T0243677

TIEMPOS DE PASIÓN Y GUERRA

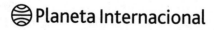

Planeta Internacional

MAGGIE BROOKES

TIEMPOS DE PASIÓN Y GUERRA

*Dedicado a todas las valerosas personas
que brindan ayuda humanitaria a lo largo
y ancho de nuestro atribulado mundo.*

*Y a Matilda, Katie, Amy y Tim...
mi amor por siempre.*

Probemos, pues, lo que el amor puede lograr.

WILLIAM PENN
(Prominente cuáquero y fundador de Pensilvania,
14 de octubre de 1644 - 30 de julio de 1718)

Contexto histórico

La Guerra Civil Española (1936-1939) dividió a una nación y enfrentó a miembros de diversas familias unos contra otros por sus puntos de vista violentamente opuestos en temas tales como religión, clase, democracia y fascismo. Aquellos a favor de la izquierda creían que los terratenientes y la Iglesia católica mantenían al país en la ignorancia y la pobreza medieval. Aquellos a favor de la derecha temían que España se volviera comunista y atea.

En 1936 se eligió a una coalición republicana de izquierda, y el ejército, afín a la derecha, se movilizó de inmediato para dar un golpe de Estado. Esto desató la furia de las muchedumbres, que iniciaron una ola de violencia en la que murieron miembros del clero, ardieron iglesias y se usurparon tierras y propiedades. La derecha se unió tras la figura del general fascista Francisco Franco y el conflicto no tardó en convertirse en una guerra entre los republicanos, elegidos de manera democrática, y los fascistas, que intentaban derrocarlos.

A pesar de un pacto internacional de no intervención, Hitler y Mussolini acudieron en ayuda de Franco con incontables tropas, bombarderos y aviones de caza. En apoyo a la democracia, y por temor a que se propagara el fascismo, cerca de cincuenta mil hombres y mujeres de izquierda viajaron desde todas partes del mundo para unirse a las Brigadas Internacionales republicanas, a las que Stalin envió armamento.

Franco tenía la expectativa de que su golpe militar sería rápido, pero un maltrecho Ejército Popular formado de campesinos, trabajadores industriales y sindicalistas, junto con las Brigadas Internacionales, lo mantuvieron a raya.

Prólogo

Hertfordshire, Inglaterra, 1921

Lucy se encontraba sentada en su sitio favorito, a mitad de la escalinata de caoba, con su muñeca acostada sobre su regazo. Desde allí podía contemplar todos los ires y venires de la casa. Miró a su padre abrir la puerta principal y la luz inundó el pasillo revestido de madera, lo que fijó el recuerdo en su memoria para siempre, como si ése fuera el día en que alguien le diera cuerda a su mecanismo interno para iniciar su vida.

Su padre invitó a la señora Murray al interior y la llevó hasta la salita de estar. Detrás de ella, entraron dos muchachos, sus siluetas se marcaban más allá de la puerta contra la luz del día: uno mayor que sostenía la mano de su hermano más pequeño. Jamie y Tom se detuvieron un momento, en el umbral de la vida de Lucy, y después ingresaron con cautela al desconocido pasillo. Mientras caminaban hacia ella, sus oscuras sombras adquirieron color y se definieron en formas de carne y hueso.

Lucy pensó que uno de ellos parecía un poco mayor que ella y el otro un poco menor, quizá de siete y cuatro años de edad. El mayor, Jamie, llevaba puesto un uniforme escolar con saco, corbata y shorts. El pequeño que se aferraba a su mano estaba vestido con un traje de marinerito. A medida que la luz de la ventana del rellano detrás de ella caía sobre sus rostros, Lucy vio que Jamie se mordía los labios con fuerza en un intento por no revelar sus sentimientos, mientras que Tom miraba a su alrededor con una mezcla de miedo y curiosidad. Eran lo menos parecido que podían ser dos hermanos. Jamie tenía los ojos azules de su madre, el cabello rubio y la piel llena de pecas, mientras que Tom tenía los ojos tan cafés como su cabello; Jamie era delgado, como si hubiera crecido con demasiada velocidad, mientras que Tom era cuadrado y sólido; Jamie era tan pálido como una muñeca de porcelana y Tom era por completo sonrosado.

Lucy sabía que estos eran los niños que iban a vivir en la modesta casa de campo de al lado. Los chicos del padre muerto. Le dio vuelta al pensamiento como si se tratara de una monedita nueva y brillante, e impreso en el reverso, encontró el hecho del fallecimiento de su propia madre.

Observó mientras los muchachos se acostumbraban a la relativa oscuridad del amplio pasillo, momento en el que se percataron de su presencia sobre las escaleras. Cuando sus miradas se cruzaron con la suya, algo pareció atorarse en su garganta y un extraño escalofrío la recorrió de arriba abajo. Colocó la muñeca a un lado y se puso de pie.

Tiempo después, ellos le contaron que los rayos del sol provenientes de la ventana del rellano iluminaron los dorados rizos que cubrían su cabeza, pero lo único que ella pudo recordar fue la forma en que se detuvieron en seco para mirarla con fijeza, como si fuera una visión, como si pudiera convertirse en el punto fijo dentro del torbellino de sus vidas. Como si pudiera salvarlos.

HERTFORDSHIRE

Octubre, 1936

1

Lucy estaba retirando la parte superior del cascarón de su huevo tibio cuando Tom entró al comedor de manera intempestiva por las ventanas francesas. Su cabello estaba erizado, como si se acabara de levantar de la cama, y agitaba el periódico que llevaba en la mano. Lucy colocó la cuchara sobre el plato y lanzó una mirada nerviosa a su padre, el capitán Nicholson. No le agradaría nada esta interrupción a su desayuno.

—¡Llegó! —gritó Tom—. ¡Llegó el llamado!

El padre de Lucy levantó la vista del arenque ahumado que estaba deshuesando y se limpió el bigote.

—Buenos días, Thomas —dijo con sequedad.

Tom se detuvo un momento en su enloquecida carrera hacia el lado de la mesa donde se encontraba Lucy y pareció advertir la presencia del capitán Nicholson por primera vez.

—Ah, sí, claro; buenos días, señor. —Se hincó junto a la silla de Lucy mientras apuntaba al periódico con un dedo—. Mira, mira. Al fin hicieron el llamado. Voy a ir.

Lucy tomó el *Daily Worker* de sus manos para poder leer el llamado a los voluntarios para que fueran a luchar en defensa de la República Española. Los titulares la estremecieron de espanto. Volteó a verlo y observó que sus ojos, tan cafés como castañas, relucían de la emoción; su rostro entero parecía iluminado por la dicha. ¿Cómo era posible que algo que le ofreciera tanto placer se sintiera como una piedra en el fondo de su propio estómago?

—¿Vas a ir a dónde? —le preguntó el capitán Nicholson después de darse por vencido con el arenque.

Lucy colocó su mano sobre el brazo de Tom a modo de advertencia, pero él se la sacudió de encima y se puso de pie de un brinco, para después empezar a dar vueltas por la habitación, incapaz de estarse quieto.

—A España. Me marcho a España.

—¡Por supuesto que no! —espetó el capitán—. ¡No seas ridículo, muchacho! Siéntate ya. —Sus ojos se dirigieron de inmediato a Lucy, que estaba a punto de decir algo en defensa de Tom—. Y tú… Ni una sola palabra.

Lucy no insistió más y decidió guardarse sus comentarios; esperaría un momento más oportuno para intervenir en apoyo de su amigo. Mientras tanto, Tom tomó una silla con recato y se sentó en ella, para después colocar el periódico frente a él sobre la mesa. Lucy observó la desaprobación de su padre ante las mejillas sin afeitar, el cabello despeinado, la camisa por fuera y el suéter desarreglado de Tom. Resultaba evidente que se había vestido de prisa para correr a su casa a contarle las noticias en el momento mismo en que recibió el periódico. Le encantaba su impulsividad, pero desearía que se hubiera cerciorado de que estuviera sola.

El capitán Nicholson bajó sus cubiertos.

—Veamos, entonces. ¿A qué se refieren todas estas tonterías?

Tom se inclinó hacia adelante.

—No son tonterías. De verdad que no lo son. Ésta es mi oportunidad de hacer algo para ayudar. Es lo que he estado esperando.

Lucy podía ver que el rostro de su padre empezaba a enrojecerse mientras intentaba mantenerse en control.

—No estoy seguro de que te entienda del todo.

Tom volvió a agitar su ejemplar del *Daily Worker*.

—Es un llamado para unirse a las Brigadas Internacionales para luchar contra Franco. Tengo que ir.

Lucy sintió que la atravesaba una corriente de admiración que, casi al mismo tiempo, se convertía en una sensación de horror ante la mera idea de que Tom se colocara en tal peligro.

El capitán empezó a golpear la mesa con un dedo para enfatizar cada una de sus palabras.

—No. Harás. Nada. Por. El. Estilo.

Tom pasó una mano por su despeinada cabellera y Lucy pudo ver que estaba haciendo un esfuerzo por parecer razonable.

—Con todo respeto, señor. Voy a ir. Tengo que hacerlo.

El padre de Lucy se puso de pie.

—Thomas Murray. Tienes 19 años de edad y no tienes ni la menor idea de lo que es la guerra. Te quedarás aquí mismo y completarás tus estudios. No hay nada más que discutir.

Tom también se puso de pie y empujó su silla hacia atrás con tal fuerza que cayó de manera intempestiva.

—Sé que no sé nada acerca de la guerra, pero tengo que ir. No puedo quedarme aquí sin hacer nada.

Lucy levantó una mano y trató de interrumpirlos.

—¡Cálmense los dos! —Pero no la estaban escuchando. Su pecho se sintió invadido de sentimientos encontrados: la necesidad de defender a Tom contra su padre luchaba contra el horror de pensar que se pudiera marchar a España para arriesgarse a que lo mataran, pero sabía que no habría oportunidad alguna de que la oyeran ahora que el capitán estaba más que metido en la discusión.

—Esto es exactamente lo que tendrás que hacer —vociferó—. Regresar a la LSE para concluir tus estudios. No vas a luchar junto a esos malditos rojos. No es tu guerra.

Tom seguía dando vueltas por la habitación, con los puños a sus costados.

—Claro que lo es; si nosotros no detenemos a esos fascistas en España, terminarán yéndose a todas partes.

El padre de Lucy estiró el brazo al otro lado de la mesa y tomó el periódico de Tom. Antes de que Lucy o Tom pudieran detenerlo, rompió el periódico por la mitad. Tom brincó al otro lado de la mesa y se lo arrancó de las manos. Se quedaron parados allí, mirándose con furia, a sólo un golpe de distancia. Eran casi de la misma estatura, pero Tom era joven y musculoso, mientras que el capitán Nicholson tenía sobrepeso y ya era de mediana edad. No había duda de quién saldría perdiendo. Lucy se levantó de un brinco para colocarse entre ambos y se aferró al brazo derecho de Tom. Jamás habían llegado a los golpes, a pesar de un sinfín de peleas, pero quizá ésta fuera la primera vez.

—¡Voy a ir! —rugió Tom.

El capitán se irguió lo más que pudo.

—¡Lo prohíbo!

Antes de siquiera pensarlo, Tom le respondió con furia.

—¡Usted no es mi padre!

Las palabras cayeron como una piedra en un estanque, ocasionando una ola expansiva de pasmo al tiempo que Lucy miraba a su padre con ansiedad. Diferentes emociones se reflejaron en su rostro y sus mejillas temblaron mientras intentaba encontrar la respuesta correcta.

«Vamos», pensó Lucy sin decir palabra, «dile lo que sientes en realidad. Dile: "Sé que no soy tu padre, pero desde que los traje a ti, a Jamie y a su madre a vivir en la casita de al lado, has sido como un hijo para mí, de modo que te ruego que no te empeñes en ir a España para que te maten"».

Miró a su padre abrir la boca para hablar y cerrarla después. Su manzana de Adán se movió de arriba abajo y tragó en dos ocasiones, como si estuviera aguantándose todas las cosas que podría decir. Después, le dio un tirón a su bigote, parpadeó con fuerza en varias ocasiones y ambos gestos le sirvieron para reacomodar su máscara de autocontrol.

Volvió a tomar su tenedor y se limitó a decir:

—No sé lo que te dirá tu hermano acerca de que te largues a pelear a favor de esos malnacidos matacuras.

Los ojos de Lucy y de Tom se encontraron. Los dos sabían justo lo que diría Jamie.

—Esperemos que te haga entrar en razón.

Lucy levantó las cejas. No era posible que su padre ignorara que lo que Jamie sugiriera era garantía de que Tom hiciera justo lo contrario de inmediato. Si alguien pudiera evitar que Tom saliera a todo correr a que lo mataran por allí, tendrían que ser ella y la madre de Tom.

Pensó en las furiosas discusiones que habían desgarrado el aire de la cocina de los Murray desde que empezaron a aparecer las noticias de la República Española en los periódicos. Lucy y la señora Murray se habían interesado en los derechos de las mujeres y en la insistencia por educar a la población que apoyaba a la República. En un acceso de provocación, Tom dijo que Inglaterra debía convertirse en república y que la religión debería prohibirse. Jamie empezó a gritarles a todos. ¿Cómo era posible que no se dieran cuenta de que la República estaba en contra de Dios?

—¿Y qué piensa tu mamá? —preguntó Lucy mientras jalaba a Tom hacia la puerta principal.

—No le he dicho nada —masculló mientras volteaba hacia ella y golpeaba el periódico contra su pierna con furia apenas contenida—. Quise platicártelo a ti primero porque supe que me entenderías.

Lucy revisó su reloj y calculó que le quedaba el tiempo suficiente antes de que se tuviera que marchar al trabajo.

—Pues vayamos a contárselo ahora mismo.

Tom se le adelantó por el camino y ella cerró la puerta de golpe tras de sí, pero una vez que salieron por la reja, se dio la vuelta a la derecha en lugar de seguir por la izquierda hacia la casita de los Murray. Sabía que Tom necesitaba calmarse un poco antes de que pudieran hablar.

—¡Te reto a una carrera hasta la parada del autobús! —exclamó por encima de su hombro antes de adelantársele.

Esa nebulosa mañana de octubre, corrieron por la conocida calle del pueblo, frente a la verdulería y a la carnicería. Tom tenía dificultades porque todavía traía puestas sus pantuflas. Serpentearon entre las pocas personas que ya iban de camino a la estación de Welwyn para trasladarse a sus sitios de trabajo en Londres.

Lucy llegó primero a la banca de la parada y se arrojó sobre la misma, respirando con fuerza y acomodándose los rizos dorados tras las orejas. ¿Cuántas veces se había sentado aquí con Tom para convencerlo de que abandonara alguno de sus enloquecidos planes o para calmarlo después de una pelea con su padre o su hermano mayor?

Se dejó caer junto a ella con el atesorado periódico, ahora arrugado, en una mano.

—Es que no traía zapatos —explicó mientras le mostraba sus pies con las pantuflas.

—Ya lo sabía —le respondió con una sonrisa—. Y no te afeitaste, ni te peinaste. —Fingió olerlo—. Ni tampoco te bañaste.

Se alejó algunos centímetros de ella sobre la banca.

—Lo siento, no; estaba demasiado emocionado.

—Está bien; ahora, muéstrame lo que dice.

Empezaron a leer el periódico, sosteniendo las hojas rotas mitad contra mitad, mientras Lucy trataba de pensar en qué podría decirle para impedir que se marchara, pero por el momento sabía que tenía que dejarlo decir lo que quisiera.

—Entiendes la razón por la que todo esto es tan importante, ¿verdad, Luce? —imploró Tom—. Escuelas y mujeres y campesinos y educación y todo lo demás.

Lucy pensó en el número de veces que había desafiado a su padre e ignorado la aversión de Jamie de acompañar a Tom a las reuniones en defensa de la República. Empezaron a ir desde julio, cuando se enteraron del brutal ejército fascista del general Franco y de la manera en que estaba arrasando España y destruyendo todo el trabajo que habían iniciado los republicanos desde que ganaron las elecciones. Había quedado de lo más impactada por Dolores Ibárruri, la fogosa política española a la que conocían como la Pasionaria y cuyo rostro se iluminaba de fervor cada que hablaba.

—Sabes que sí —le dijo, dándole unas palmaditas en el brazo.

—Está bien. Vamos a contárselo a mi mamá. ¿Me acompañas?

Lucy y Tom entraron a todo correr hasta la cocina, donde la señora Murray le estaba preparando el desayuno a Tom y éste, sin decir palabra, le pasó el periódico. Leyó los titulares con velocidad y su pálido rostro pareció envejecer de manera repentina, tanto que no parecía tener cuarenta y tres años.

—Temí que este día llegara —afirmó después de pasar una mano sobre las hojas rotas que se encontraban sobre la mesa de la cocina—. ¿Dónde están mis lentes?

Lucy los encontró en una repisa y se los pasó, dándole un apretón de consuelo en la mano. La señora Murray se lo devolvió y las dos supieron que harían lo que fuera necesario para que Tom no se marchara a la guerra. Se quedaron paradas una junto a la otra, sus hombros apenas se tocaban mientras la señora Murray leía el artículo con detenimiento. Tom la miraba ansioso y golpeteaba sus dedos contra la mesa. La señora Murray levantó la mirada y se quitó las gafas.

—¡Oh, Thomas! —le rogó—. De seguro habrá otros hombres que puedan ir. Tú apenas estás a mitad de tus estudios.

—Acabas de empezar tu segundo año —añadió Lucy.

—¿Qué no podrías acabar el año para ver lo que pasa? —sugirió su madre.

Tom chasqueó la lengua con impaciencia.

—¿Qué no entienden? El momento es ahora. Tiene que ser en este mismo momento si queremos tener cualquier oportunidad de detener a Franco. Saben lo que esos viles animales les están haciendo a las mujeres de cada pueblo y aldea. Tenemos que impedir que lleguen hasta Madrid y ésta es nuestra oportunidad.

Lucy intentó otra estrategia.

—Pero seguro que querrán hombres ya experimentados. Hombres mayores que pelearon en la Gran Guerra. ¿Tú de qué les servirías? —Emitió una risa forzada—. ¡Me imagino que no necesitarán economistas!

—¡Caray Luce! Gracias por tu voto de confianza. Se te olvida que puedo disparar un rifle. Lo aprendí en la escuela, ¡gracias a tu padre! Y sé cómo manejarme. Lo aprendí en el campo de *rugby*. Creo que de verdad les sería de utilidad.

—Saber manejar un rifle no le salvó la vida a tu padre, ¿o sí? —interrumpió la señora Murray.

Tom apretó las manos, exasperado.

—Debí saber que no lo entenderían.

—Es sólo que te queremos —respondió su madre.

—Y ni siquiera hablas español —insistió Lucy en un esfuerzo desesperado.

—Lo hablo un poco, de cuando Jamie nos lo enseñó a los dos. Creo que tú lo hablas mejor que yo, pero eso fue porque sólo traté de aprenderlo para que no me dejaran de lado. —Carraspeó un poco—. «¿Dónde está el burro?».

Lucy no pudo evitar reírse. Volteó hacia la señora Murray y le explicó el significado.

—Preguntar dónde está el burro te será de gran utilidad, me imagino —respondió la madre de Tom.

Lucy le dio un empujón de broma a Tom.

—Además, todos sabemos dónde se encuentra el burro… ¡Está en esta misma habitación!

La señora Murray logró esbozar una triste sonrisa en su rostro.

—No quiero ni imaginar lo que dirá Jamie cuando llegue a casa esta noche.

Esa noche, desde su asiento de ventana, Lucy observó a Jamie caminar por la calle desde la estación del tren a su hora habitual, con la nariz metida entre las páginas de un libro, como siempre. Era un verdadero misterio que no chocara contra un poste o que no se cruzara en el camino de algún automóvil. Siempre abandonaba su trabajo como subeditor del *Catholic Herald* a las cinco en punto y tomaba el tren de las 5:15 desde Moorgate. Se podían ajustar los relojes según su rutina; a gran diferencia de Tom.

Incluso de muy pequeños eran por completo opuestos. Para cuando llegaron a Welwyn, Jamie, de siete años, estaba colmado de una silenciosa determinación de ser la continuación, sino es que casi la reencarnación, de su padre fallecido. Tomó lo poco que sabía de Robert Murray y se refugió en ello; su padre había sido católico, de modo que Jamie encontró la iglesia católica local y empezó a ir a misa domingo a domingo a solas, sin importar que granizara, nevara o hiciera un calor insoportable. Su padre fue un soldado que sacrificó su vida para salvar la de su superior, el capitán Nicholson. Jamie ardía en deseos de convertirse en un héroe también, de ser merecedor de la memoria de su padre. Sin embargo, Tom, de cuatro, no tenía la admiración de Jamie por el sacrificio de su padre. Sólo estaba furioso de que papi hubiera muerto y que los dejara solos. Su vida sería de lo más diferente si tan sólo el soldado Murray se hubiera salvado a sí mismo.

Lucy salió por la puerta trasera de su propia casa y pasó por la reja de la cerca que su padre construyó cuando los muchachos eran pequeños, y ya estaba en la cocina de la casa de junto, con la señora Murray y Tom, antes de que Jamie siquiera pudiera meter su llave en el cerrojo.

La señora Murray y ella cruzaron miradas ansiosas. Sabían que nada de esto iba a salir bien. Los hermanos jamás compartían la misma opinión acerca de nada, pero en lo que a España se refería, eran tan opuestos como era posible.

Las tres cabezas voltearon hacia la puerta de la cocina en cuanto Jamie la abrió.

Los miró con desconfianza y puso su libro sobre la mesa.

—Oh, oh. ¿De qué se trata todo esto? ¿Alguna delegación oficial?

La señora Murray empezó a llenar la tetera para darse algo que hacer.

—¿Y cómo te fue el día de hoy? —preguntó en una voz que se suponía tenía que sonar normal, pero Lucy advirtió que contenía un inusual tono agudo—. ¿Una tacita de té antes de la cena? Ya casi está lista. Hay pastel de salchichas para hoy.

Tom se movía en la pequeña cocina como animal enjaulado y Jamie tomó asiento con cuidado.

—Sí, gracias. Me gustaría una taza de té. Ahora, ¿quién me va a decir lo que está sucediendo?

Tanto Tom como la señora Murray voltearon a ver a Lucy, que siempre hacía de pacificadora e intermediaria, y Lucy se dio cuenta de que no había nada que hacer, de modo que se sentó al otro lado de Jamie.

—Se trata de Tom —empezó.

—Pensé que eso sería —respondió Jamie con sequedad—. ¿Acaso lo expulsaron o metió a alguna chica en problemas o perdió una fortuna jugando a las cartas?

—Vaya, gracias —murmuró Tom.

—Ninguna de ellas —dijo Lucy con lentitud—. Es algo que te parecerá peor que todo eso.

Jamie la atravesó con sus penetrantes ojos azules y pareció leerle la mente, como siempre lo hacía.

—Por favor, no me digas que se enlistó para ir a España.

Lucy estiró la mano y la colocó sobre la muñeca de Jamie para refrenarlo y Tom dejó de dar vueltas por la cocina.

—Todavía no me enlisto, pero lo voy a hacer.

La voz de Jamie sonó peligrosamente calmada.

—Eso es algo que no va a suceder.

—¡Claro que sí!

Jamie se levantó y miró a Tom por encima de la mesa de la cocina.

—Nadie que se diga hermano mío va a pelear a favor de esos comunistas asesinos. Sabes lo que están haciendo, ¿o no? Ya te mostré todos esos relatos: decapitaron a varios sacerdotes, les están haciendo sólo Dios sabe qué a las monjas, están asesinando monjes…

—Sé las asquerosas mentiras y propaganda que tus periódicos reaccionarios están tratando de vender —espetó Tom.

—¡Ésa es la verdad! Es sólo que te niegas a verla aunque está justo frente a tus narices.

Lucy intentó utilizar su voz de maestra con los dos.

—Ya deténganse, muchachos. Necesitamos consultar todo esto con la almohada y discutir los puntos a favor y en contra por la mañana.

—No hay puntos a favor —respondió Jamie—. Es de lo más sencillo. Si se marcha a pelear en España, deja de ser mi hermano.

—¡No tengo el más mínimo problema con eso! —gritó Tom—. No tengo deseo alguno de ser el hermano de un fascista.

De repente, la cocina pareció increíblemente caliente.

Lucy volteó hacia Tom mientras se quitaba el suéter.

—Sabes que Jamie no es ningún fascista.

—Me voy a España y no hay nada más que discutir.

La voz de la señora Murray apenas y se oía.

—Vamos, chicos. Hablemos de esto de forma razonable.

Lucy perdió los estribos con los hermanos.

—¡Los dos son imposibles! Me gustaría estrellarles la cabeza entre sí. Dejen de pelear en este instante.

La voz de Jamie parecía hecha de acero.

—Si te largas, te cortaré los fondos. No tendrás un solo centavo y, para lo que me importa, puedes morirte de hambre y listo.

Sus palabras quedaron suspendidas en el aire y todos quedaron como congelados. Tom recogió el periódico y abrió la puerta trasera con fuerza.

—No lo dice en serio —lo llamó Lucy mientras le lanzaba una mirada asesina a Jamie.

Pero Tom ya no estaba; se alejó de la casa sin mirar atrás. La señora Murray se quedó parada en el quicio de la puerta mientras lo miraba alejarse y torcía un trapo de cocina entre las manos.

Lucy volteó hacia Jamie.

—Al menos pudiste escucharlo; pudiste hablar con él.

—¿Escuchar qué? Todas esas loas a los rojos cuando sabe los hechos.

—Las cosas son más complicadas —contestó Lucy—. Todos lo sabemos.

Jamie abandonó la habitación y corrió escaleras arriba. Las dos mujeres podían escucharlo buscar algo en su habitación. Levantaron las cejas y cruzaron miradas.

—Su libreta de recortes —dijo la señora Murray, ante lo cual Lucy suspiró.

Los periódicos y los noticieros en el cine y la radio no habían dejado de hablar del conflicto en los últimos seis meses. Las únicas noticias que desplazaron a España de la primera plana fueron las que hablaban del amorío que el rey estaba teniendo con la señora Simpson. Toda Gran Bretaña estaba obsesionada con la guerra española y las opiniones estaban más que divididas. La mayoría de la prensa de la nación y los noticieros de los cines eran estridentemente antirrepublicanos y temían que el fervor comunista se extendiera de Rusia a España y de ahí a Gran Bretaña. Se aprovecharon del odio de los republicanos hacia la Iglesia católica.

Como parte de su fe religiosa, Jamie siempre había tenido interés en la política de los países católicos romanos, de modo que no fue sorpresa alguna que eligiera estudiar español en Oxford. Y fue todavía menos sorprendente el fervor con el que empezó a atacar a los republicanos en julio, cuando la turba inició su orgía de violencia quemando iglesias y cometiendo atrocidades contra los sacerdotes que, afirmaban, los habían mantenido en el oscurantismo y la ignorancia.

Y fue entonces que Jamie empezó a recortar los artículos de los diversos periódicos para pegarlos en un álbum de recortes.

Lucy le dio un abrazo a la señora Murray y pasó su mano sobre el cabello canoso de la mujer. Alguna vez fue del color del cabello de Jamie, pero con luces cobrizas; sin embargo, ahora parecía casi blanqueado por sus diversas preocupaciones.

—Quizá Tom no se marche —exclamó Lucy sin grandes esperanzas—. Tal vez podamos convencerlo.

La señora Murray descansó su cabeza sobre el hombro de Lucy en absoluta desesperación y escucharon los atronadores pasos de Jamie, que venía escaleras abajo.

Arrojó el ya conocido álbum sobre la mesa frente a ellas.

—¡Vamos, miren lo que dice allí dentro!

Lucy ya había visto cada uno de los artículos con anterioridad, pero sabía que tendría que apaciguar a Jamie antes de que tuvieran cualquier posibilidad de disuadir a Tom, de modo que abrió la libreta que casi parecía gritar con los diversos titulares recortados de diferentes periódicos.

Jamie miró página por página los recortes del *Daily Mail* de julio y agosto de 1936, apenas tres meses antes, y empezó a colocar su dedo con fuerza sobre los mismos para enfatizarlos aún más:

MUJERES ROJAS MASACRAN A SACERDOTES ESPAÑOLES; FAMILIA CALCINADA POR LOS ROJOS; LOS ROJOS AHOGAN A 447 ALMAS EN DIFERENTES POZOS; LOS ROJOS EXHIBEN HILERAS DE CALAVERAS; SACERDOTES Y MONJES TORTURADOS POR LOS ROJOS.

—Basta —dijo Lucy—. Basta. Sé que sucedieron todas estas terribles cosas.

—Uno más —insistió Jamie—. Sólo para que no me digas que todos son del *Daily Mail*.

Dio más vueltas a las páginas del álbum.

—Mira. Éste de aquí es del *Daily Mirror*.

Lucy se obligó a ver la página. «SACERDOTES DECAPITADOS Y MONJAS DESPOJADAS DE SUS HÁBITOS POR LA TURBA», escandalizaba el titular.

—Es terrible —susurró, y lo decía en serio; era más terrible de lo que podía expresar. ¿Cómo era posible que personas les hicieran eso a otras?

La señora Murray colocó tazas de té frente a cada uno y Lucy endulzó la suya.

El rostro de Jamie estaba rojo de cólera.

—¿Quieres decirme que sabes que todo esto es cierto y que de todas maneras estás del lado de Tom?

—No estoy del lado de nadie —protestó Lucy—. Sé que la muchedumbre hizo todo esto durante los primeros días, pero la República también ha hecho mucho que es bueno.

—¿Cómo es que los malos hagan algo bueno?

—Es que para ti todo es blanco o negro. El mundo es mucho más complicado que eso.

—Para mí no lo es. Son anticristos malévolos y Tom quiere convertirse en uno de ellos.

—Podría intentar explicártelo, pero sé que no me vas a escuchar.

—No estoy interesado en escucharte defender lo indefendible.

Lucy se sintió repentinamente exhausta.

—Oh, Jamie —suspiró.

Jamie recogió su libreta de recortes.

—Estaré en mi habitación si alguien está interesado en hablar de manera razonable.

—Oh, Jamie —repitió su madre, pero él ya había abandonado la habitación.

Las dos mujeres quedaron en silencio; Lucy tomó las manos de la señora Murray ente las suyas.

—Está tan fría —exclamó—. Venga, bébase mi té. Yo me haré otro.

—No crees que Tom de verdad se vaya, ¿o sí? —Los ojos de la señora Murray buscaron al interior de los de Lucy—. Tom no se irá a la guerra, ¿verdad? A esa guerra.

Lucy sacudió la cabeza, pero le parecía que, aunque resultaba horrible, era lo más probable. Lo había observado en las reuniones y en los mítines, y había visto que sus ojos se iluminaban con un celo casi religioso.

Levantó la cabeza de repente.

—¿Qué es ese olor?

La señora Murray brincó hacia la puerta del horno, pero cuando la abrió salió una densa nube de humo negro.

—¡Es el pastel de salchicha! —protestó al tiempo que sacaba el molde con rapidez—. Pero no creo que ya nadie quiera comerlo.

Y, como si ésa fuera la gota que derramara el vaso, se llevó el mandil hasta su rostro y empezó a sollozar.

2

De vuelta en su propia casa, Lucy se apresuró a cocinar la chuleta que sería la cena de su padre. Ahora, casi parecía un sueño que antes de que perdiera la mayor parte de su dinero tres años atrás, habían tenido una cocinera y una sirvienta que venían a diario. En aquel entonces, Lucy no tenía idea de cuánto polvo acumulaban los libros, los zoclos y las puertas; no conocía el peso de una plancha, ni lo difícil que era el secado de las sábanas cuando llovía. Se avergonzaba de lo mucho que había tomado por hecho; la forma en que la comida aparecía en las casas como por arte de magia y la manera en que los alimentos parecían materializarse sobre la mesa. Apenas tres años antes, había estado al borde de cumplir sus sueños. Sólo tenía que pasar los exámenes necesarios para asistir a la universidad y convertirse en médico. Todos sus maestros le aseguraron que le iría de maravilla. Curaría a los enfermos y haría que el mundo fuera un poco más sencillo para el mayor número de personas que le fuera posible ayudar.

Y entonces llegó ese día, cuando su padre le contó a ella y a los Murray que todos sus ahorros se habían esfumado y que tendrían que hacer cambios muy importantes.

Primero, anunció que la cocinera y la sirvienta se tendrían que ir. Tom, de dieciséis años, tendría que abandonar la pequeña escuela particular de Wellington en Somerset que el capitán solventaba y, en lugar de ello, asistiría a la escuela pública de la localidad. Jamie tenía una beca católica para asistir a Saint Benet en Oxford, de modo que todos estos reveses apenas lo afectarían.

La señora Murray había conseguido trabajo en una sombrerería local desde su llegada a Welwyn y siempre insistió en pagar renta por la casita. Estaba preparada para aceptar la generosidad del padre de Lucy en lo que se refiriera a los chicos, pero jamás quiso estar en deuda con él más que por lo estrictamente necesario.

Su padre se aclaró la garganta.

—Me temo que tendrás que abandonar tus estudios para empezar a trabajar, Lucy —no dejaba de mirar con fijeza a un punto justo arriba de su hombro izquierdo—. No sabes cuánto lo siento, pero no podrás asistir a la universidad. De todas maneras, no tiene caso que una mujer estudie; ya pronto terminarás por casarte, de modo que pensé que, quizá, podrías trabajar como maestra aquí en el pueblo para que regreses a casa temprano y te encargues de lo que haga falta.

Por un momento, no pudo pronunciar palabra. Fue como si una enorme puerta de hierro se cerrara sobre el soleado paisaje de su futuro. Abrió la boca para decir algo, pero su padre la vio a los ojos con esa expresión de oficial al mando que le comunicó que no había nada que pudiera decir ni hacer.

De inmediato, Jamie le indicó que fuera con su madre y Tom a la casita de junto mientras trataba de razonar con su padre. Jamie siempre estuvo dispuesto a pelear con el capitán Nicholson a su favor y, por lo general, lograba hacerlo cambiar de opinión.

En la casita, esperaron el retorno de Jamie en un tenso silencio, pero tan pronto como Lucy vio la palidez de su rostro, supo que todo había sido en balde.

—Se lo rogué —afirmó Jamie—. De verdad. Le rogué que reconsiderara. Le recordé que quisiste ser médico toda tu vida y que serías una doctora maravillosa. Le dije que eras demasiado inteligente, demasiado capaz, demasiado astuta como para que terminaras siendo una maestrita sin capacitación en una escuela local. De verdad, de verdad lo intenté.

Sus ojos se llenaron de lágrimas y no pudo responderle nada, pero Lucy le creyó por completo.

—Pero es que es mucho peor de lo que pensamos —siguió—. Cuando el mercado se vino abajo en 1930, empezó a pedir préstamos y ahora está terriblemente endeudado. Debe más dinero del que podrías imaginar; es posible que la casa tenga que venderse.

—Si tan sólo me permitiera seguir en la escuela para presentar mis exámenes, es posible que pudiera obtener una beca, como tú —imploró Lucy.

—Se lo dije —respondió Jamie al tiempo que sacudía la cabeza con profunda tristeza—. Le dije que quizá hubiera algo que yo pudiera hacer, que trabajaría noches y días festivos, lo que fuera con tal de que te dejara terminar tus estudios. Cuando se negó a eso, le ofrecí salirme de la universidad para conseguir un trabajo porque no me importa lo que pueda sucederme, pero se mostró inflexible. Me dijo que no sólo se trataba del costo de tu entrenamiento médico, sino que necesita cualquier sueldo que puedas devengar en este momento. No sabes cuánto lo siento, Lucy. —Su rostro estaba contorsionado de angustia ante su fracaso por salvar sus sueños, como si también fueran los suyos.

Lucy sollozó entre los brazos de la señora Murray y ambos chicos le dieron palmaditas en los hombros. Cuando terminó de llorar, Jamie le dio su pañuelo y se sentó cerca de ella, con la frente recargada contra la suya, como si así pudiera compartir el sufrimiento.

Unos días más tarde, cuando el capitán habló con el director de su escuela, quien también le rogó en vano, y después con la directora del jardín de niños, que aceptó darle un puesto, Lucy regresó a la cocina de los Murray.

Jamie le tomó las manos por encima de la mesa.

—Sé que no es lo mismo que ser doctora, pero de todos modos puedes hacer mucho bien como maestra, ¿sabes? —dijo con sinceridad—. Y serás una maestra increíble; los niños te adorarán y recordarán todo lo que les des por el resto de sus vidas. Hay muchísimos niños allí que necesitan tu ayuda. Niños pobres que jamás tendrán otra oportunidad en todas sus vidas.

Ella le brindó una débil sonrisa y pensó que era la persona que mejor la comprendía en el mundo entero.

Tom se acuclilló frente a ella y empezó a hablarle en un agudo falsete.

—Por favor, señorita, enséñeme a leer, enséñeme a escribir, la amaré por siempre jamás, ¡se lo juro! —Y Lucy, que jamás podía resistirse a sus bromas, soltó una carcajada, estiró el pie y lo empujó al piso. El cayó de espaldas y empezó a agitar piernas y brazos como un escarabajo indefenso—. ¡Señorita, sálveme! ¡Una niña grande me empujó!

—Absurdo —masculló Jamie.

—Anda, levántate —dijo la señora Murray, indulgente—. Vas a ensuciarte el suéter.

* * *

De modo que la vida de Lucy cambió de la noche a la mañana, de alumna a maestra, de despreocupada chica de diecisiete a cocinera, limpiadora y ama de casa. Cada día, compraba los víveres de camino a casa desde la escuela; se enrollaba las mangas y empezaba a hacer una tarta de pescado o un pastel de queso. Las cosas pesadas, como las papas, se las entregaban en casa los sábados, gracias al verdulero que las llevaba en su camioneta. Los sábados también eran los días en los que Lucy se ponía a lavar; sacaba el perol de cobre para hervir las sábanas y batallaba para exprimirlas antes de ponerlas a secar.

El sueño de ser doctora había sido la conclusión evidente de su deseo perenne por reparar diversas cosas. Jamie y la señora Murray siempre habían sido sus aliados en eso y la habían ayudado a alimentar a los pajaritos que caían de sus nidos o a entablillar la pierna rota de algún gatito. A los nueve años, Lucy había rescatado al minino de un grupo de niños mayores que lo estaban torturando junto al canal. Escuchó los lastimeros maulliditos y se asomó entre sus piernas para ver que estaban picoteando al animal con palos. Sin siquiera pensarlo, se abrió paso entre ellos codeándolos para hacerlos a un lado, recogió al gatito entre sus brazos y volteó para enfrentárseles, aunque todos eran mucho más altos que ella.

—Vergüenza habría de darles —los increpó—. Son una bola de bravucones asquerosos.

Todos quedaron tan sorprendidos que se hicieron a un lado mientras ella se llevaba al gatito para cuidarlo hasta devolverle la salud.

Lo mismo sucedía con las personas. Si veía que alguien estaba molestando a otro niño en la escuela, de inmediato se hacía su amiga, lo buscaba en el patio de juegos y se sentaba con él a la hora del almuerzo, su mera presencia les indicaba a los demás que ya no podían portarse de manera desagradable con su nuevo protegido.

Le producía un profundo dolor que le dijeran que jamás tendría la oportunidad de ser médico para aprender a sanar a los seres humanos que estuvieran rotos; que jamás salvaría de la muerte a mujeres como su madre durante el parto; que jamás podría evitar que otras pequeñas crecieran sin una mamá. Incluso sugirió que podría convertirse en enfermera, pero su padre se negó a permitirle vivir lejos de casa.

De manera que Lucy empezó a trabajar como maestra de jardín de niños y trasladaron a Tom a la escuela pública local, donde su proeza en los deportes y sus gracejadas generales pronto lo harían lo bastante popular como para llenar su casa con los chicos de la localidad, muchos de los cuales no dejaban de suspirar por la vecina de diecisiete.

Todo eso había pasado hacía ya tres años. Desde entonces, Tom había obtenido una beca en la LES y Lucy se había acostumbrado a su vida como Miss Nicholson, la maestra. Al principio, resintió estar encerrada en los sombríos salones victorianos y decidió que detestaría su nueva profesión pero, a pesar de sí misma, descubrió que era todo un placer estar en compañía de esos pequeñitos. Su imaginación, creatividad y franqueza la llenaban de energía. Cada día hacían algo para hacerla reír y no podía más que responder a la abierta adoración que le profesaban. No le llevó mucho tiempo percatarse de que las personas pueden estar dañadas en un sinfín de maneras y que el magisterio podría darle los medios para apoyar a niños y niñas que estuvieran sufriendo de otras formas que no fueran físicas.

Tenía la capacidad intuitiva de reconocer esa mirada que por vez primera observó en los rostros de Jamie y de Tom el día que llegaron a su vida, y que le indicaba que los niños estaban dolidos, desplazados u oprimidos, y que necesitaban que ella los ayudara. Sabía que se había enamorado de Tom y de Jamie desde ese primer momento, de manera instantánea y sin reservas, de la forma en que solamente los pequeños saben brindar sus afectos, y nada en los años transcurridos había disminuido la devoción inicial que sentía por ellos. No obstante, ahora también encontró espacio en su corazón para la ocurrente Joan, con sus piernas y brazos imposiblemente delgados; para Alfie, que se reía todo el tiempo, pero cuyos zapatos eran demasiado pequeños y cuyos calcetines eran más remiendos que tejido; para Harry, que siempre le pedía el corazón de su manzana; y para Gladys, que no lograba dominar la lectura hasta que Lucy se dio cuenta de que necesitaba los lentes que sus padres no podían costear.

Aunque la suerte del capitán Nicholson había sufrido un fuerte revés, Lucy sabía a la perfección que no eran para nada igual de pobres que la infinidad de otras personas en esos años tan oscuros: los padres de muchos de sus alumnos, los participantes de la

Marcha de Jarrow y los tres millones de desempleados más. Le dolía que su padre parecía en constante búsqueda de pequeñas sumas de dinero para complementar la beca de Tom, pero desde hacía años que sabía que los muchachos lo eran todo para él y que ella valía poco menos que nada. Después de todo, era la criatura que ocasionó la muerte de su esposa. Quizá debió odiar a los hermanos por recibir los cuidados paternos que a ella le faltaban, pero los amó desde el primer momento, a Jamie por su patético intento por ser el hombre de la casa y a Tom por su naturaleza juguetona. No podía tener resentimientos hacia Tom por obtener el apoyo de su padre que a ella le faltaba; no era su culpa.

* * *

Ahora, Lucy se estaba cepillando el cabello con fiereza mientras se miraba en el espejo de su tocador. En los días desde la aparición del llamado en el *Daily Worker*, ella y la señora Murray habían rogado y hecho todo lo posible para que Tom cambiara de parecer, pero no lo convencieron de no ir a España. Pudo oír a su padre y a Tom abajo, y sabía que esperaban que los acompañara, pero ¿cómo podría despedirse de uno de los muchachos a los que había amado desde que tenía cinco años? Estaba demasiado enojada consigo misma por su fracaso en disuadirlo, y demasiado aterrada del peligro al que se estaba dirigiendo.

Escuchó la voz de Tom desde el fondo de las escaleras.

—¡Vamos Luce! Voy a perder mi tren.

«Espero que así sea», se dijo a sí misma con fiereza al espejo. Sus ojos grises relucieron como cuchillos. «Espero que pierdas tu tren y que te rechacen por ser demasiado joven y poco confiable como para llegar a tiempo».

Dejó de cepillarse cuando escuchó sus pasos sobre las escaleras, dos a la vez como siempre lo hacía. Entró en su habitación de manera intempestiva y ella se dio vuelta para confrontarlo.

—¿Acaso no sabes tocar a la puerta? —espetó.

Él levantó las palmas de sus manos en una especie de disculpa a medias.

—Es hora de marcharnos —dijo—. Estoy a punto de irme.

Lucy colocó el cepillo de golpe sobre su tocador.

—Pues yo preferiría que no lo hicieras.

—No empieces con todo eso de nuevo. Está decidido. —Con dos grandes pasos, se paró junto a ella, casi temblando de la emoción—. Me voy y no hay nada más que hacer al respecto.

Se acercó a ella por la espalda, tomó uno de sus rizos entre sus dedos, y empezó a darle vuelta, como lo había hecho desde que era un niño. Por lo general, esto le parecía encantador a Lucy y él lo sabía. Les recordaba a ambos cuando ella tenía cinco y él cuatro, y no eran más que amigos. Ahora, encogió los hombros para alejarlo.

—Quítate de encima.

Se levantó y tiró un recipiente lleno de horquillas, pero Tom no se alejó, sino que los dos quedaron de pie a una distancia incómodamente cercana, por lo que su corazón empezó a latir con fuerza. Los ojos del muchacho se clavaron en los suyos y volvió a levantar las manos hacia su cabeza, pero en lugar de tomar uno de sus rizos, la tomó por la nuca y acercó su cara hacia él en un beso descontrolado. Con su otra mano, apretó su cuerpo contra el suyo y, muy a su pesar, ella empezó a devolverle el beso de manera apasionada, con desesperación, como si siempre hubiera estado esperando este momento.

Se oyó la voz del capitán Nicholson desde el piso de abajo.

—¿Y ahora dónde se metió ese malhadado muchacho? —Empezó a subir las escaleras con paso lento.

Cuando se separaron, los dos estaban temblando. Lucy buscó en el rostro de Tom para tratar de comprender lo que esto debía significar. Ya la había besado una vez antes, cuando tenía doce y ella trece, pero aunque jamás lo olvidó, ese beso no se pareció en nada a éste.

—No te vayas —le rogó.

—Tengo que hacerlo.

Pero la joven pensó que detectaba una nueva reticencia, una nueva angustia en su voz.

El capitán Nicholson les habló desde la puerta.

—Vaya, allí estás, Tom. Tu madre te está esperando, al igual que Jamie.

Lucy y Tom intercambiaron miradas. Después de todo el capitán logró convencer a Jamie de venir a despedirse.

Acompañó a Tom afuera de su habitación y Lucy se vio de reojo en el espejo. Sus mejillas estaban sonrosadas y había fuego en sus ojos; su cabello estaba alborotado alrededor de su rostro en forma de corazón. Pensó que se veía casi bonita.

«Muy bien», pensó, levantando el mentón. Éste sería el recuerdo que Tom se llevaría consigo. Quizá eso lo traería de regreso.

* * *

Todos permanecieron de pie, incómodos, sobre el camino irregularmente pavimentado del frente. Tom abrió la reja, pasó al otro lado y quedó parado sobre la acera con su pequeña maleta de cuero, mientras que la señora Murray, Jamie, Lucy y su padre permanecieron en el jardín. Tom cerró la reja. Se le quedaron viendo, vestido con sus pantalones de sarga de caballería y su corbata roja, el lustroso cabello alisado con brillantina y su sombrero arriba de la maleta, mientras los besaba a todos para despedirse. Lucy pudo sentir cómo la señora Murray temblaba junto a ella a pesar de que no hacía frío. Tom se inclinó sobre la reja y le dio la mano al capitán. Después, Lucy dio un paso adelante y le ofreció su mano, pero él la tomó por los hombros, y le dio un fuerte beso sobre los labios. Sintió los ojos de Jamie sobre los dos, captándolo todo, pero no se atrevió a mirarlo y se hizo a un lado para que pasara la señora Murray.

—¡No te preocupes, ma! —exclamó Tom mientras la abrazaba con fuerza por encima de la reja. Cuando la soltó, ella se tambaleó hasta que Lucy la tomó por el brazo para detenerla. Tom recogió su maleta y se dio la vuelta para marcharse.

—¡Tu hermano, por el amor de Dios, dale la mano a tu hermano! —gruñó el padre de Lucy y Tom se dio la vuelta de nuevo. El capitán le dio un empujón a Jamie y los dedos de los hermanos se unieron en un flácido apretón de manos.

Después de limpiarse la palma de la mano contra el pantalón, Tom se colocó el sombrero y se alejó caminando a toda velocidad sin mirar atrás. Cuando llegó a la esquina, Lucy pensó que quizá se daría la vuelta para saludarlos con la mano, pero no lo hizo, y hubiera corrido hacia él si la señora Murray no se hubiera colapsado encima de ella.

—Entonces, eso es todo —dijo Jamie, como si su enloquecedor hermano menor jamás hubiera existido.

Lucy sintió cómo la señora Murray rompía en llanto.

—¿Cómo pudiste despedirte de él de esa manera? —le preguntó a Jamie, pero él sólo levantó sus hombros y caminó al otro lado de la baja reja de madera que separaba el jardín de Lucy del suyo.

Avergonzado por las muestras de sentimientos, el capitán Nicholson se aclaró la garganta.

—Bueno, pues; las dejo a las dos para que… eeeh… Tengo que…. —Agitó una mano distraída y se apresuró a regresar a la casa, y las dejó mirando a través de sus lágrimas el sitio por el que Tom desapareció.

* * *

Esa noche, Lucy se quedó acostada en cama mientras imaginaba a su adorado Tom marchar hacia la guerra para pelear en las lodosas trincheras, su carne despedazada por el acero de las balas o de las bayonetas, hasta que al fin se cubrió el rostro con las manos y empezó a sollozar. Y ese beso. ¿De dónde había provenido y qué significaba? No era para nada el tipo de beso que un hermano le daría a una hermana, y su respuesta había sido menos que casta; a un mundo de distancia de la manera en que se había sentido ante los nada emocionantes besos de sus pocos y breves noviazgos.

Cuando se cansó de llorar, se escurrió hasta el cuarto de baño para lavarse la cara y se detuvo en seco en el rellano al escuchar un sonido que venía desde abajo. Se deslizó con cuidado por las escaleras y abrió la puerta del comedor. Sentado a la mesa, de espaldas a ella y con una botella de *whisky* casi vacía frente a él, se encontraba su padre. El extraño sonido se debía a los sollozos profundos y ahogados que parecían surgir desde el fondo de su vientre.

Lucy jamás había oído llorar a un hombre, menos a su padre. Por un momento, se preguntó si debería ir hasta él para abrazarlo y reconfortarlo como lo haría con cualquier persona con ese grado de angustia. Pero supo que ella no era lo que él deseaba. Jamás lo fue. El padre de Tom y Jamie, el soldado Murray, había muerto por el gas que inhaló mientras salvaba la vida del capitán Nicholson, al pagar su deuda de honor cuidando de los hijos de quien lo salvara, el padre de Lucy la había hecho al lado. Jamie y Tom se convirtieron en el centro de su mundo y se llevaron cada gramo del amor que, por derecho propio, debió corresponderle a ella. No había nada que Lucy pudiera hacer para ganárselo.

Se alejó de la puerta y subió por las escaleras de nuevo, su temor por Tom palpitaba en su cabeza. De vuelta en la cama, sus pensamientos se retorcían ante el dolor de su pérdida y recordó una ocasión en la que Tom, a los siete años, había estado parado al borde del arroyo tratando de recuperar la red de pesca que se le había caído. Mientras se balanceaba en la orilla, ella estiró su mano, lo tomó del cuello de la camisa y lo jaló hacia atrás. Tenía un año más que él y le correspondía salvar a Tom de todos los líos en los que se metía.

—Casi me ahorcas —gimoteó Tom mientras se acomodaba el cuello de la camisa—. No era necesario, estaba a punto de tomar la red entre mis manos y sabía lo que estaba haciendo a la perfección; no me hubiera caído. Y ahora, la red se perdió para siempre y tu papá me la obsequió y se va a molestar y eres una niña tonta.

Pasó junto a ella y regresó a la casa a solas, aunque se suponía que debían mantenerse juntos.

Lucy estudió la red perdida, después miró a su alrededor hasta que vio una rama de buen tamaño. Sosteniéndose contra el tronco de un sauce como apoyo, buscó en el agua y arrastró la red hasta la lodosa ribera, donde pudo inclinarse para tomarla. Era su trabajo reparar las cosas y lo hizo, aunque Tom aceptó la red que ella recuperó sin decirle una sola palabra de agradecimiento.

Se incorporó en la cama a medida que sus convicciones se solidificaban. Había fracasado en su intento por convencerlo de no enlistarse, pero esas eran bravatas de muchacho. Quizá cuando llegara a España y viera la realidad de la guerra de primera mano, podría persuadirlo de dejarles la pelea a los demás para regresar a casa. Se volvió más que claro que sólo quedaba una cosa por hacer. Tendría que viajar a España para traer a Tom de vuelta, le gustara o no.

3

El ocaso empezó a cernirse sobre el horizonte cada vez más temprano a medida que octubre se convertía en noviembre, reflejando la pesadumbre de los días de Lucy sin la presencia de Tom para hacerla reír, para bailar con ella alrededor de la mesa de la cocina, para llevarla a mítines políticos. Sabía que podía ser egocéntrico y poco confiable, pero su entusiasmo y alegría eran contagiosos y siempre aligeraban el estado de ánimo de quienes lo rodearan. Ahora, Lucy podía sentir cómo la luz se iba alejando cada vez más de ella y la dejaba en la más profunda oscuridad.

De forma externa, su vida era la misma. Lucy acudía a su trabajo como maestra en el jardín de niños de la localidad mañana tras mañana; el capitán Nicholson se dirigía a su oficina y los dos se reunían a la media luz de las primeras horas de la noche para hacer su comida juntos. Casi siempre comían en silencio, únicamente con la compañía del tictac del reloj de pie, y el capitán jamás le daba las gracias por la comida que le había preparado. Cuando él prendía la radio y se acomodaba con su periódico para leer, Lucy se deslizaba por la reja de atrás a la casa de los Murray, como lo había hecho por años, pero no era lo mismo sin Tom. El espacio de su vida donde él faltaba parecía ser algo tangible y cada momento confirmaba su resolución de ir a España para traerlo de vuelta a casa. No tenía idea de cómo le sería posible hacerlo, pero empezó a hacer preparativos.

El día después de que Tom se marchara, Lucy le preguntó a Jamie si querría volver a darle clases de español, como lo hizo durante sus vacaciones de la universidad. En ese entonces, había sido una alumna entusiasta, gustosa de encontrar algo que mantuviera activo su cerebro. Siempre le daba gusto poder complacer a Jamie y disfrutaba de su admiración cuando la elogiaba por su rápido aprendizaje. Tom siempre se presentaba a las lecciones también, aunque jamás hacía nada de la tarea que Jamie les asignaba y no podía conjugar un verbo aunque su vida dependiera de ello. Lucy sospechaba que sólo estaba allí porque no toleraba ver que ella y Jamie hicieran algo que no lo incluyera. Era frecuente que las lecciones terminaran en peleas a gritos en las que Jamie decía que Tom era un burro holgazán y Tom lo acusaba, a su vez, de ser un maestro incapaz.

Sin la presencia inquieta de Tom en sus clases de español, Lucy empezó a aprender con velocidad y era evidente que Jamie disfrutaba de la hora que pasaban juntos, noche tras noche, tanto como ella. Se sentaban frente a la mesa de la cocina y Jamie se aflojaba la corbata, sacaba todos sus libros de la universidad y se colocaba cerca de Lucy mientras trabajaban con ellos. Lucy sentía que su mente se unía a la suya y se llenaba de conocimientos nuevos.

* * *

No obstante, a medida que pasaron los días, a Lucy le empezó a parecer cada vez más difícil levantarse de la cama para ir a trabajar. Una densa y fría niebla llenaba las calles, y el campanario de la iglesia se perdía en una nube gris que también parecía meterse dentro de su cabeza. La gente se subía el cuello del saco y se envolvía con bufandas mientras aparecía entre la neblina, sólo para volver a desaparecer en la misma. Y aunque era una buena maestra y disfrutaba de la compañía de sus niños, de alguna manera no podía concentrarse de lleno en su trabajo.

Cada mañana, abría la cortina que colgaba frente a la puerta delantera en busca de una carta de Tom. Y cada día había un momento de esperanza seguido de una oleada de decepción, hasta que el 10 de noviembre apareció una carta en un sobre de correo aéreo, con la familiar y abigarrada letra de Tom, dirigida a la señorita Lucy Nicholson. Con velocidad la metió dentro de su bolsa, abandonó la casa sin despedirse de su padre y se dirigió a la esquina casi corriendo, para poder abrirla sin que la vieran. Sus dedos empezaron a temblar cuando sacó el delgado papel del sobre y agradeció su buena fortuna por haber pensado en empacar el papel y los sobres en la maleta de Tom.

Después de acomodarse el cabello detrás de las orejas, empezó a leer al tiempo que caminaba.

6 de noviembre de 1936
En algún lugar de Francia

Hola, Luce:

Pues resulta que ésta ya es una aventura de lo más grandiosa. Aunque puedo verte frunciéndome las cejas, sí, me dirijo a una guerra y aunque sé lo que implica, al momento no puedo evitar más que disfrutarlo todo a lo grande. (No se lo digas a tu padre).

Estoy a bordo de un tren que está atravesando Francia, de modo que mi letra no será del todo clara. Mira. Justo así. A ver, déjame usar un lápiz; al menos no manchará tanto.

Aquí, el campo no es tan diferente de Hertfordshire, con suaves colinas verdes, pueblos pintorescos y árboles desnudos parados como centinelas que vigilan todo. En mi carro hay otros tres voluntarios, pero no necesariamente nos conocemos, de modo que sólo intercambiamos breves miradas y levantamos las cejas cuando sucede algo francés que nos resulta gracioso. ¡Alguien se subió al tren con un gallo vivo! Al poco tiempo, se subió una anciana, tan gruesa como alta, vestida toda de negro y con un pañuelo del mismo color sobre la cabeza, que se puso a desenvolver la baguette más grande que jamás hayas visto. La colocó sobre su regazo y la atiborró de jamón y de queso; creo que todos nos quedamos viéndola y, quizá, también empezamos a babear, porque con sumo cuidado rompió un trozo para cada quien al tiempo que parloteaba en francés. Entendí un poco de lo que estaba diciendo, pero me di cuenta de que los demás chicos no y, de la nada, eso me pareció tan gracioso que tuve que apretar la nariz contra la ventana y pellizcarme el brazo para no soltar la carcajada. Cómo nos hubiéramos contagiado la risa tú y yo, Luce.

Pero me estoy adelantando y tal vez debería contarte todas mis aventuras desde el principio. Como sabes, me comuniqué por carta después del anuncio del Daily Worker *y me indicaron que fuera a Londres, con mi pasaporte y cinco libras con ocho céntimos para mi pasaje a España, y que me dirigiera al cuartel general del Partido Comunista en la calle King de Covent Garden. Siento haberme marchado con tanta velocidad. No quise pasar demasiado tiempo despidiéndome de ti y de mamá. Ni tampoco me atreví a darme la vuelta para despedirme con la mano. Espero que lo entiendas.*

Covent Garden es un área algo deteriorada de Londres, con un aroma a frutas y verduras en descomposición, y había como veinte hombres reunidos allí, todos con un aspecto de lo más sospechoso. La mayoría era de mi edad, pero también había otros hombres mayores, creo que casi todos trabajadores, con gorras planas y bufandas, como si se hubieran enterado de que había trabajo y estuvieran en espera de que los contrataran.

La puerta se abrió y todos nos metimos en una habitación, donde Harry Pollitt, del Partido Comunista Británico, nos dio una plática donde nos dijo que debíamos tomar todo esto muy en serio y teníamos que ir por las razones correctas, y entender que quizá no regresaríamos. (No te preocupes, querida amiga, te prometo que yo sí lo haré).

El punto es que jamás he sido comunista del todo, pero la emoción que daba vueltas por la habitación me hizo querer dejar el Partido Laborista para unirme al movimiento. Pero no te preocupes, ¡no lo hice! Al menos todavía no.

Después nos llevaron uno por uno a una pequeña habitación privada para entrevistarnos en cuanto a nuestras afiliaciones políticas y motivos. No estaba seguro de lo que debía decir acerca de las afiliaciones políticas, de modo que dije que había sido socialista desde que empecé en la universidad. La pregunta acerca de mis motivos fue más sencilla. Mi entrevistador era un joven de lo más serio con anteojos de armazón de acero; cuando le dije: «Para pelear contra esos b–dos fascistas y para salvar la revolución española», se inclinó sobre el escritorio y estoy seguro de que sus ojos brillaron un poco. Supongo que fue la respuesta correcta porque siguió adelante como si nada. Me imagino que necesitan identificar a los posibles espías entre nosotros.

Me preguntó si contaba con algún dependiente y pensé en mamá y si debería mencionarla, pero Jamie puede cuidar de ella, de modo que en realidad no es mi dependiente, ¿no crees? Y me atrevo a decir que tu padre no permitiría que se muriera de hambre, de modo que crucé mis dedos detrás de la espalda y lo miré directo a los ojos antes de decir: «Ninguno. Soy más libre que un ave».

Después me preguntó acerca de mi condición física y le dije que jugaba rugby *y que también remaba un poco. Al parecer, pensó que bastaba. Al final de todo, me preguntó si contaba con alguna «experiencia especial». Me imagino que debí parecer confundido por su pregunta porque después me preguntó si sabía dar primeros auxilios; si alguna vez había manejado un arma; si había organizado algún sindicato o si hablaba algún otro idioma. Le dije que podía decir algunas palabras en español, aunque mi hermano era el verdadero lingüista. Recuerdo que me dieron mi banderola de primeros auxilios en los Scouts, pero no quise mencionarlo. Me imagino que tendrán mejores médicos que yo. Lo único que recuerdo es la manera de atar un pañuelo en forma de cabestrillo, Pensé en decirle que era estudiante de economía, pero la verdad es que no pude ver de qué serviría en el campo de batalla. Todas esas clases de cálculo para nada. Cuando le mencioné que estuve en el Cuerpo de Cadetes puso una cara como si hubiera comido un limón y me supongo que eso me marcó como niño de escuela elegante, aunque no fue mi elección asistir ahí, pero su expresión pareció algo más positiva cuando dije que sabía cómo manejar y desarmar un rifle. No lo he hecho desde que me marché de Wellington, pero supongo que me será sencillo recordarlo.*

Después de que terminó de anotar todas las respuestas, me envió a otra habitación donde había un doctor (en todo caso, era un tipo que traía puesta una bata blanca; ¡supuse que era un médico, ja, ja!) que me dijo que me desvistiera y me hizo un examen físico de lo más superficial: me preguntó si podía tocar los dedos de mis pies y si podía leer las letras de un cartel; después me dijo que me volviera a vestir. Lo vi poner una gran palomita en un papel, así supe que había pasado el examen físico para el servicio.

Esa noche, regresé a mi viejo dormitorio universitario y miré por toda mi habitación, sabiendo que sería la última vez que la vería por un buen tiempo, se sintió de lo más extraño. Empecé a empacar y me volví a emocionar con todo el asunto. Hice lo que la carta decía y compré dos camisas color caqui con bolsillos y un par de shorts. ¿El clima será apropiado para usar shorts? Todo ese tiempo no dejaba de repetir en mi cabeza: «Me voy a España, me voy a España». Después me puse frente a mi pequeño estante de libros y traté de decidir cuáles llevaría conmigo. Metí demasiados dentro de la maleta y ya no quiso cerrar; solamente llevé esa café que es pequeña, de modo que tuve que sacarlos todos de vuelta. Y adivina por cuáles me decidí al final. Obvio, el de Español en tres meses sin un maestro, *de Hugo, pero no te diré los demás. Déjame saber qué piensas de todo esto cuando me escribas. Escribirás, ¿verdad? Hazlo pronto. Mándame tus cartas al Cuartel General del Partido Comunista de Londres.*

Entonces, uno de los muchachos que vive en el mismo dormitorio que yo, tocó a la puerta y sugirió que nos fuéramos al pub *para tomar un último trago. De modo que lo hicimos y allí encontramos a otros de mis compañeros, que insistieron en comprarme tragos y en darme de palmadas en la espalda porque me marcho a pelear por la libertad y la democracia. No me molesta decirte que me sentí de lo más orgulloso de mí mismo para cuando llegó la hora de cerrar.*

49

A la mañana siguiente, me vestí con unos pantalones de pana, que es lo que estaba usando la mayoría de los voluntarios, y ya no me puse el sombrero. De verdad quiero congeniar con ellos y todos traían gorras planas, no sombreros. Cuando cerré la puerta tras de mí, mi estómago dio una extraña voltereta y me pregunté qué habría visto ya para cuando la volviera a abrir.

Ya de vuelta en el CG del PC nos dieron los boletos para el tren de fin de semana a París. Tienen que ser boletos de fin de semana ya que la mayoría de los hombres no cuenta con un pasaporte y con el boleto para regresar después del fin de semana, puedes viajar a París sin el documento oficial. Nos dieron algo de dinero en moneda francesa y ¡nos advirtieron que no lo gastáramos en licor ni en mujeres! De modo que, como era viernes por la noche, todos tomamos el subterráneo a Victoria y nos dijeron que viajáramos en pares y que nos «comportáramos como turistas» para no atraer la atención. Yo estaba con un tipo larguirucho, un sindicalista de una fábrica de Lancashire. En Victoria nos quedamos parados por allí en espera del tren, tratando de vernos de lo más casuales, y pescando a otros pequeños grupos de hombres que ya habíamos visto en Covent Garden. Había dos tipos que estaban parados en la plataforma equivocada y, al parecer, uno de los guardias les dijo: «Los Brigadistas Internacionales están parados de aquel lado». ¡Ni para qué hacer el intento de parecer turistas!

No puedo decirte lo emocionante que fue subir a ese tren, acomodarnos, abordar el trasbordador para cruzar el canal en la oscuridad y, más adelante, tomar el segundo tren hasta París. Yo era el único de nuestro grupo que hablaba un poco de francés, de modo que yo fui el que les consiguió algo de café a todos en Calais y, más adelante, a bordo del tren. Alguien nos recibió en la Gare du Nord y nos llevó a un hostal. Era un sitio bastante desagradable, pero ¡supongo que tendré que acostumbrarme a cosas mucho peores!

Algunos de los otros muchachos salieron a pasearse y regresaron borrachos, por lo que se deshicieron de ellos por la mañana, ¡de regreso a Blighty! Yo me quedé en un café con el hombre de Lancashire y le *compré una cerveza francesa, que no le gustó; dejé que me contara todo acerca de su vida. Hay tanto que no sé acerca de la manera en que sobrevive la mayoría de la gente; acerca de las casitas adosadas y personas que trabajan como despertadores humanos y jamás tienen dinero para ir a ver a un doctor. Me siento avergonzado. Ésta va a ser una verdadera educación.*

Al día siguiente, nos llevaron al CG del PC de París; nos hicieron otro examen físico y nos dieron algo de desayunar, junto con una tarjeta de identidad española. Le colocaron un sello que dice «Antifascista». Estoy de lo más orgulloso de ella. No dejo de sacarla para leerla cuando creo que nadie me está mirando.

Y ahora estamos en un tren que de nuevo se dirige al sur; hacia España. ¡Imagina eso! Después de tantos meses de leer y de hablar de ello, y de gritarle a Jamie, ¡de verdad estoy en camino!

Te mando mi más profundo cariño,
tu antifascista Tom

P.D. Le escribiré a mamá por separado. No dejes que Jamie lea esta carta, ¿de acuerdo?

El reloj de la iglesia dio las 8:45 y Lucy corrió el resto del camino a la escuela. Cuando colgó su abrigo pensó que ésta era exactamente el tipo de carta que hubiera esperado de Tom antes de ese beso: una carta amorosa y fraternal. ¡Su más profundo cariño! ¿Y eso qué significaba?

4

Todas las noches, Lucy sacaba el ejemplar del *Times* del día anterior del bote de basura junto a la chimenea, donde su padre lo colocaba. Mientras hacía la cena, torcía algunas de las hojas a fin de usarlas para prender la chimenea. Después de que terminaba de hacer un pequeño montón, colocaba las mechas de papel en la chimenea recién barrida con algunas astillas de madera y trozos de carbón encima. Una vez que prendía fuego al papel y que las flamas empezaban a avivarse, sostenía las grandes hojas dobles sobre la abertura de la chimenea para atraer el fuego. Mientras tanto, pasaba un rato ojeando los artículos frente a ella.

El 19 de noviembre, mientras se encontraba hincada frente a la chimenea con sus brazos estirados en espera de que las hojas empezaran a arder, y algo desesperada porque no querían hacerlo, su atención se vio atraída a una carta de la Sociedad de Amigos de España.

«El sufrimiento de los niños...» leyó mientras se hacía hacia atrás sobre sus talones. «Desastre... Bombardeos aéreos...». Jaló hacia sí las hojas calientes del periódico. El más cercano al fuego ya estaba algo quemado, por lo que lo volvió a meter en la chimenea, después dobló la hoja con la carta a un tamaño más manejable para llevarla a la luz de la ventana y leerla.

«La población infantil de esta infeliz nación se ha visto sujeta a incontables miserias, no sólo a causa de las heridas físicas y de la muerte, sino también a causa de los nervios alterados y la salud arruinada». Indicaba que los miembros de Socorro Cuáquero estaban trabajando con la Unión Internacional de Save the Children y el Comité Internacional de la Cruz Roja para evacuar a los niños de las peores zonas de guerra. Ya habían logrado desplazar a más de mil pequeños a campamentos o «colonias» vacacionales en distritos más seguros de España o de Francia, pero se necesitaba evacuar a miles más en lo que llamaban el «rescate imparcial de los niños». Daban una dirección y pedían donativos para la causa.

Con la garganta reseca de la emoción, Lucy se obligó a volver a leer la carta con mayor lentitud. Sin duda que no podía ser un accidente que se hubiera topado con estas palabras que parecían dirigidas sólo a ella. Después de leerla por tercera vez, sostuvo la hoja de papel cerca de su corazón y pensó en los niños y niñas de su salón. Podría ser Joan quien viera a sus padres muertos por una bomba; Alfie cuyo hogar estuviera destruido y que ahora se viera obligado a vivir en la calle; Gladys a quien mandaran a un hogar infantil donde no hubiera nadie conocido, ni mucho menos alguien que la amara.

Una semana antes, la señora Murray le había enseñado las fotografías del *Daily Worker*, donde mostraban a los niños españoles asesinados por las bombas del general Franco, y ahora esas terribles imágenes se combinaban con esta carta del *Times*.

El fuego de la chimenea no había querido prender, pero otro había iniciado en su mente y ardía con una flama más que brillante. *El rescate imparcial de los niños.*

Esa noche, durante la cena, Lucy casi no pudo contener su emoción. Bullía y burbujeaba en su interior, como si en cualquier momento fuera a emitir el agudo chiflido de una tetera sobre la estufa. Apenas pudo tragarse la coliflor con queso que preparó.

Tan pronto como el capitán Nicholson abrió su ejemplar del *Times*, Lucy se escabulló hasta la casita de junto para mostrarles el recorte, ya suave de tanto que lo había manipulado, a Jamie y a la señora Murray.

—Siempre pareces brillar de alguna manera, Lucy, pero esta noche estás más que radiante —observó la señora Murray.

Jamie la miró con fijeza.

—¿No estarás pensando en ir a España tú también? ¡Jamás has ido más allá de Londres a solas! —Aunque no dijo: «¡y eres mujer!», Lucy supo que lo estaba pensando. Siempre trataba de protegerla, pero ahora era momento de que ella se valiera por sí misma.

—¡No trates de echarme un balde de agua fría encima, Jamie Murray, o no regresaré a contarte mis secretos nunca más! Suenas justo igual que mi padre.

Volteó hacia la señora Murray.

—Podría ser de enorme ayuda allá; sé que lo sería. Y una vez allí, podría tratar de encontrar a Tom para traerlo de vuelta a casa.

—Pero ¿y cómo lo lograrías, querida?

—En enero cumpliré veintiún años y entonces empezaré a recibir la asignación que me dejó mi abuela. Son sólo cincuenta libras al año, pero creo que sería suficiente como para vivir en España, ¿no lo creen? Y cuando cumpla los veintiuno, mi padre ya no podrá decirme lo que tengo que hacer.

—Eso es cierto —coincidió la señora Murray—. Lo más seguro es que no cueste gran cosa vivir allá y yo tengo algunos ahorros que podría prestarte para el pasaje.

Jamie miró a una y a otra, y el horror que le provocaba su plan estaba plasmado sobre su rostro.

—Pero resultaría peligroso, Lucy. Estarías adentrándote en una zona de guerra. No quisiera que salieras lastimada.

Lucy volteó la absoluta luminiscencia de su sonrisa hacia él.

—Pero los niños, Jamie. ¡Los niños me necesitan!

Después de una noche completa casi sin dormir, Lucy fue en busca de Ruth, una de las otras maestras de la escuela, apenas dos años mayor que ella, y la única cuáquera que conocía. Lucy practicaba su propia religión sin gran fervor y asistía a la iglesia de Saint Mary's cada domingo con su padre y con la señora Murray, más porque era el centro de la comunidad del pueblo que por cualquier profunda sensación de fe. Había tomado todo lo que necesitaba de la cristiandad; la idea de que estaba sobre esta tierra para ayudar a los demás. No sabía lo que creían los cuáqueros, pero sabía que Ruth emanaba una especie de calma envidiable.

Ruth estaba de guardia en el patio de juegos, envuelta en su pañuelo café y guantes, cuando Lucy le mostró el recorte.

—Sí, las cosas en España están terribles —dijo Ruth.

—Quiero ir —balbuceó Lucy—. Sé que suena de lo más absurdo, pero siento que esta carta fue escrita para mí, para hacerme saber que necesito ayudar.

Ruth sonrió.

—Creo que fue escrita para recaudar fondos para la causa.

—Pues yo no tengo dinero, pero me tengo a mí misma. Y sé mucho acerca de niños.

—De eso no cabe la más mínima duda.

Ruth recogió una pelota que había rodado hasta sus pies y la arrojó de vuelta a un grupo de muchachos.

—El mes que entra, un conferencista que hablará de España va a asistir a la Casa de los Amigos en Euston. —Pudo ver que Lucy parecía confusa—. Es el cuartel general de los cuáqueros. Nuestro nombre oficial es la Sociedad de los Amigos y nos llamamos Amigos a nosotros mismos, pero la mayoría de la gente nos conoce como cuáqueros. Si gustas, puedo llevarte.

—Oh, sí. ¡Sí, por favor! —exclamó Lucy, apretándole la mano.

Se escuchó un alarido infantil desde una de las esquinas del patio de juegos y las dos jóvenes se apresuraron a investigar.

No fue sino hasta la mitad de diciembre que llegó otra carta de Tom. Hacía tanto frío dentro de la casa que Lucy se tenía que levantar temprano para asegurarse de que el fogón estuviera lleno de carbón antes de partir a la escuela. Escuchó el sonido de la carta cuando cayó al piso a través de la puerta y su corazón dio un vuelco.

1 de diciembre
Barcelona, ¡¡¡España!!!

Estimada camarada Luce:

Me encuentro en España, en Barcelona, en un pequeño hostal cercano a la calle principal, La Rambla. Dios mío, Luce, este lugar te fascinaría. Cómo me gustaría que estuvieras aquí.

Mientras tanto, el tren atravesó Francia hasta llegar a Perpiñán, para ese entonces ya ni siquiera estábamos fingiendo ser turistas y empezamos a sentarnos más o menos juntos. La mayoría somos muy jóvenes, pero hay algunos hombres que sirvieron en la Gran Guerra y muchos organizadores sindicales. Mineros y demás. Tu padre los llamaría rojos o bolcheviques. Todos me van a caer de lo mejor.

Perpiñán es un sitio de lo más bonito, con palmeras como en Torquay. Está junto al mar, creo, pero no fuimos a la playa. Entramos a un café por algo de vino y de comida. El vino sabía bastante avinagrado.

Justo cuando pensamos que tendríamos que pasar la noche en el café, se apareció un español, quizá el hombre más pequeño que jamás haya visto, y me dio mucho gusto entender lo que estaba diciendo. Bueno, parte de lo que dijo, por lo menos. He estado revisando mis clases en el tren. Nos dijo que nos recogería un autobús, de modo que nos sentamos junto al camino por algunas horas; hacía bastante frío y me sentí como un imbécil por llevar únicamente shorts. Espero que nadie los vea jamás. Me dio gusto que llevara mis pantalones de pana.

Ya estaba oscureciendo cuando se apareció el autobús y era el objeto más viejo que te puedas imaginar, casi parecía que tendría que ser arrastrado por caballos, pero todos nos subimos como pudimos.

También desearía no haber traído la maleta. La mayoría de los hombres trajo mochilas, que se ven mucho menos afeminadas. Yo doy la impresión de que voy de vacaciones. Todo me distingue como alguien que creció con una educación privilegiada, pero los demás no parecen resentirlo.

El autobús nos llevó por caminos muy sinuosos y subimos más y más por las montañas. Yo estaba tan mareado que tuve que abrir una ventana con la esperanza de que no me evidenciara. La mayoría de los hombres estaban fumando, lo que empeoró las cosas. Todo estaba bien siempre y cuando no pensara en el vino que bebí. El vino de aquí es más fuerte que la cerveza británica.

No sé cuánto tiempo pasó y no creo que debiera decirlo tampoco en caso de que la carta caiga en las manos equivocadas, pero se sintió como una vida entera sobre ese autobús. Después, al final, se detuvo y todos nos bajamos. Respiré bocanadas profundas de aire de montaña. Pude darme cuenta de que estábamos a gran altura por el frío que estaba haciendo y por la nieve sobre el piso, pero estaba todo tan oscuro que no podía verse nada más, excepto las miles y miles de estrellas. Me puse todas mis camisas, una encima de la otra, así como mi suéter y mi saco, pero de todos modos me estaba helando. El español llegó y nos entregó unos zapatos de suela de cuerda; casi como zapatillas, en realidad, con la parte de arriba hecha de lona. Se llaman alpargatas. Por primera vez, noté lo mal calzados que estaban casi todos los demás hombres británicos, aunque un tipo traía puestos zapatos calados de cuero, que no creo que le sirvan para hacer alpinismo. Por suerte, yo traje mis botas para caminar; ya sabes, las que compré para ir de vacaciones al Distrito de los Lagos, de modo que aunque recibí mi par de alpargatas con la mayor educación, las metí en mi maleta cuando el español no me estaba viendo. Me sentí como un reverendo idiota por llevar esa maleta, puedo decirte, pero no quise dejar mis libros. ¿Y acaso te conté? Tengo una fotografía de ti. La que te tomaron en la boda de tu prima: estás riéndote como loca y traes puesto ese vestido azul que tanto me gusta, aunque claro que en la fotografía se ve gris.

En fin; las cosas empezaron a ponerse más sombrías. El español nos dijo que no debíamos hablar ni fumar y que teníamos que caminar en fila india detrás de nuestro guía francés. Debo admitir que eso nos puso de lo más serios y todos empezamos a mirar a nuestro alrededor y a tratar de oír si no habría algún guardia fronterizo que impidiera que cruzáramos. Nos empezamos a torcer los tobillos sobre el camino rocoso porque no podíamos ver dónde estábamos poniendo los pies. Casi tan pronto como emprendimos la marcha, empezó a llover directo hacia nuestras caras; lo más seguro es que fuera aguanieve.

Incluso con todo y mis guantes, la mano que tenía sosteniendo la maleta empezó a congelarse y tuve que cambiar de manos para meter una de ellas a mi bolsillo. Algunos de los hombres no traían guantes y yo me sentí como un verdadero tonto por dejar mi sombrero atrás sólo por tratar de encajar. Mi cabello terminó empapado y la helada lluvia empezó a correr por mi rostro y cuello.

Creo que caminamos, o más bien, nos tropezamos y dimos traspiés en la absoluta oscuridad por cerca de dos horas, hasta que el guía se detuvo en seco frente a nosotros; como estábamos en fila, todos empezamos a chocar unos con otros. Hubiera sido gracioso si no fuera tan aterrador. Nos calló con urgencia y susurró que debíamos guardar el más absoluto silencio porque estábamos cerca de la frontera.

Apenas podíamos discernir algunas piedras y rocas pintadas de blanco, que parecían casi brillar en la luz de la luna, y comprendimos que de este lado era Francia y que del otro era España. Nos distribuimos y, a medida que nos acercábamos a las piedras, pude sentir que los hombres a cada lado de mí se estaban apresurando, de modo que lo hice yo también. Al final, todos corrimos los pocos metros que nos faltaban, en la espera de que se escuchara algún disparo en cualquier momento.

Cuando cruzamos al otro lado de las piedras, nos dijeron que dejáramos de correr porque podríamos caer de un acantilado. Eso nos detuvo de inmediato, como te lo podrás imaginar, y nos empezamos a reír y a dar palmadas en la espalda porque lo habíamos logrado. ¡Estábamos en España!

Nuestra celebración no duraría gran cosa, porque tuvimos que seguir caminando con dificultades por otro camino de lo más traicionero durante cerca de una hora más, y ahora la lluvia se transformó en nieve. Ya no sentíamos los pies y la aguanieve se estaba derritiendo dentro de mi saco y escurriéndome por la espalda.

Al fin llegamos a un camino lo bastante amplio como para que cupiera un vehículo y encontramos un camión que nos estaba esperando. Todos subimos y nos sentamos en la parte trasera, juntos y temblando tratamos de prendernos un cigarro mientras el camión nos arrojaba a un lado y al otro como papas en costal.

Ahora, estoy en Barcelona y, Dios mío, Luce, tendrías que verlo. Es todo lo que soñamos que sería la República. Cada edificio tiene una bandera que vuela, ya sea la bandera roja o la rojinegra de los anarquistas o la de rayas rojas y amarillas, que es la bandera de Cataluña (Barcelona está en Cataluña y hablan un idioma distinto; la República les va a otorgar su independencia. ¡Imagínatelo! Los mineros galeses que están con el grupo creen que es una excelente idea).

De modo que imagina todas esas banderas ondeando contra el cielo más azul que jamás hayas visto; es como una fiesta por dondequiera que veas. Hay carteles revolucionarios color rojo y azul colocados sobre cada pared y, en los pequeños espacios que quedan entre uno y otro, la gente pintó pequeñas hoces con martillos o las iniciales de todos los partidos revolucionarios. Los autobuses están pintados de rojo y negro ¡e incluso los cajones de los limpiabotas son rojinegros! Aparte, están todas las personas; todo el mundo se viste más o menos igual. No hay personas bien vestidas por ninguna parte y todo el mundo usa ropa de clase trabajadora, overoles azules o algún tipo de uniforme militar. También hay mujeres combatientes, Luce; te fascinaría verlas. Se ven espléndidas en sus pantalones de pana ceñidos a la rodilla, chamarras cerradas de lana y ojos centelleantes. Yo mismo estoy equipado con una chamarra de cuero, un gorro cuartelero y un pañuelo negro que llevo atado al cuello. Me veo muy apuesto y mi piel tiene suficiente color como para me tomen con frecuencia como español, uno muy alto. Por *favor, mándame unos calcetines de lana cuando puedas. Todos los calcetines de aquí son de algodón y no me sirven para nada. Dile a mamá que mande lo que sea que sirva para el clima frío; camisas de franela, ropa interior de lana.*

Lo mejor de todo es que la mayoría se dirige a los demás llamándolos camarada. Si entro en una tienda no me llaman señor, ni tampoco me hablan de usted, me ven a la cara, como si fuésemos iguales, me llaman camarada y me hablan de tú. Nadie dice «buenos días», por cierto, todos te dicen «¡salud!». En todas las tiendas y cafés hay avisos que indican que están colectivizados y ya no se permite que les dejes propinas a los meseros. En el centro del pueblo, en la calle que llaman La Rambla, hay altavoces que transmiten canciones revolucionarias día y noche. Nadie parece sentirse triste y hay una emocionante sensación de igualdad y libertad. Esto es por lo que vine, Luce. No podemos dejar que el general Franco y sus fascistas destruyan todo esto.

Debo admitir que también hay señales de guerra; todos los edificios están dañados, todas las iglesias están vacías (no se lo digas a Jamie) y hay cuadrillas de trabajadores que están demoliendo piedra por piedra. Por las noches, mantienen bajas las luces de la ciudad en caso de que haya bombardeos nocturnos. Hay largas filas para poder conseguir pan; está muy escaso porque toda el área de cultivo de trigo está en manos de Franco. Y casi no hay carne ni carbón ni azúcar. El único tipo de carne que hay es el tipo de salchicha color rojo intenso que suele provocarte diarrea. (Lo siento). Y no hay manera alguna de conseguir leche. ¡Cómo añoro beberme una taza de té con leche! Ahora, tomo pequeñísimas tacitas de un café negro y espeso.

Además, hay refugiados que llegan por tren de todas las áreas en donde están peleando. Te los querrías llevar a todos a casa, en especial a los niños.

Así que aquí estoy, Luce, y nuestro tren nos llevará a algún sitio el día de mañana. Sí, todo esto me produce un poco de miedo, pero ahora que pude verlo con mis propios ojos, estoy todavía más seguro que vale la pena pelear por ello. Te prometo que tendré cuidado y que mantendré la cabeza baja.

No te olvides de pedirle a mamá que me mande calcetines y cosas abrigadoras. Las puede mandar a través del Partido Comunista de Londres. Y cartas también. Por favor, escríbeme y, por favor, dale un abrazo mas a mamá de mi parte y quédate con otro para ti.

¡Buenas noches, camarada!

Tom

Y esta vez, ni siquiera su «más profundo cariño», pensó Lucy al tiempo que doblaba la carta y la guardaba en su bolsillo. Ahora, no era más que una camarada, pero ya tenía un plan. Iba a viajar a España para unirse a los cuáqueros y, tan pronto como llegara, sería la camarada que lo trajera sano y salvo de vuelta a casa.

5

Para cuando llegó la Navidad, la determinación de Lucy de ir a España había adquirido la dureza de un diamante y se centró en sus lecciones de español con la más absoluta concentración. Jamie estaba sorprendido por la velocidad con la que estaba progresando y, como siempre, Lucy se deleitaba en la calidez de su aprobación.

Ruth la llevó a la junta en la Casa de los Amigos en Londres, donde escuchó a los conferencistas hablar de manera conmovedora acerca de las desgracias de los niños refugiados en España. Lo que les platicaron fue como para romper el más duro corazón. Miles de mujeres, cuyos maridos y padres estaban luchando en el frente, se habían lanzado a los caminos con sus hijos para escapar de los bombardeos que antecedían la llegada del brutal ejército de Franco. Dado que todos esos refugiados convergían sobre pueblos ya empobrecidos y desesperados, el gobierno republicano apenas y podía alimentarlos y albergarlos a todos. Para empeorar las cosas, incontables niños quedaron huérfanos y ahora se encontraban solos y vulnerables en sitios desconocidos para ellos.

Durante la reunión, Lucy escuchó atentamente a una pareja de nombre Alfred y Norma Jacob, que iban a viajar a Barcelona, adonde se estaban dirigiendo miles de refugiados. Los dos eran graduados de Oxford, de apenas veintitantos años y con un hijo e hija pequeñitos, pero los eligieron porque eran cuáqueros que ya habían vivido en España y porque hablaban un español fluido. Otra mujer de mayor edad, llamada Edith Pye, y su intérprete, Janet Perry, también estaban a punto de marcharse en una misión de recolección de datos. Edith era una anterior comadrona, baja y gordita, con acento de Somerset; era el tipo de mujer que apenas se notaba al pasar junto a ella en la calle. Lucy se sintió emocionada de que hubiera mujeres involucradas en posiciones de tal importancia. Supuso que sólo se les permitiría algo así a los hombres.

En el tren de camino a casa, Lucy le dijo a Ruth:

—Me sentí algo inoportuna con mi sombrero y guantes rojos.

—Lo siento. Debí decirte que a los cuáqueros nos gusta vestir con mucha sobriedad —le respondió Ruth.

Lucy se dio cuenta de que jamás había visto a Ruth en ropa de colores brillantes. Siempre se vestía de gris o de café y Lucy pensaba que era cuestión de gusto personal.

—¿Te interesaría acompañarme a la Casa de Reunión local? —le preguntó Ruth—. Está en la Ciudad Jardín de Welwyn.

Lucy se rio algo incómoda.

—Si es alguna especie de servicio religioso, no sabría cuándo pararme y cuándo sentarme. Durante mi adolescencia, Jamie me arrastró a misas católicas con él en algunas ocasiones, pero no logré entender nada de lo que estaba pasando.

Ruth levantó las cejas, divertida.

—Te puedo prometer que no se parece en nada a una misa latina. No tenemos sacerdotes ni pastores. Y nadie se para ni se hinca. Sólo nos sentamos en silencio.

—¿No hay himnos ni sermones ni lecturas ni oraciones? —Lucy estaba sorprendida.

Ruth sacudió la cabeza.

—Si alguien se siente motivado a hablar, puede hacerlo, pero de lo contrario, sólo nos sentamos juntos en silencio. Es de lo más pacífico.

—Por lo general, asisto a Saint Mary's —respondió Lucy todavía algo dudosa—, pero está bien. Te acompañaré.

De repente, le vino una idea a la cabeza. Recordó que la señora Murray le había dicho que se tuvo que convertir al catolicismo cuando se casó con el señor Murray, aunque había regresado a sus raíces protestantes después de enviudar.

—¿Tendría que convertirme en cuáquera si quisiera viajar a España para ayudar?

Ruth volvió a reírse.

—No, no es así en absoluto. No tenemos ningún credo ni ninguna doctrina. Nadie nos dice lo que debemos pensar.

A Lucy le agradó lo que estaba escuchando.

—Y, entonces ¿qué es lo que creen?

—En realidad, es de lo más sencillo. Que dentro de todos, en cada ser humano, hay una luz, de amor, supongo, o de Dios o como quieras llamarla. Y eso hace que toda persona sea valiosa.

—Ya veo —respondió Lucy lentamente—. De modo que ésa es la razón por la que son pacifistas.

Ruth asintió.

—Ésa es la razón por la que estamos en contra de la guerra y de la esclavitud y demás. ¿Por qué no vienes a verlo? Serías muy bienvenida. Y alguien de allí podría escribirte una carta de presentación para llevarla a los Jacobs en Barcelona; claro, si de verdad estás segura de querer ir.

Lucy sonrió de oreja a oreja.

—Jamás he estado tan segura de nada en toda mi vida.

La época de fiestas se sintió vacía sin la presencia de Tom. Siempre era el que elegía los árboles de Navidad y siempre los cargaba de vuelta a las dos casas. Después, ayudaba a Lucy y a su propia madre a decorarlos mientras cantaba villancicos y cambiaba las letras hasta que todos terminaban riéndose.

El 25 de diciembre, Lucy se levantó temprano para prender las chimeneas y para poner el pudín a cocerse al vapor en la cazuela de cobre donde hervía la ropa. Sabía que la señora Murray estaría en la casa de junto pelando papas y preparando los colinabos y las zanahorias. Las dos familias siempre compartían la comida en Navidad y cada una cocinaba la mitad en cada casa, para después reunirse en la mesa grande del comedor de los Nicholson.

Para las ocho de la mañana, Jamie habría asistido a su misa católica: Lucy se preguntó si habría elevado alguna plegaria por su hermano. La señora Murray estaría sola y Lucy sabía que las dos estarían pensando en Tom; en dónde se encontraba y en cómo celebraría el día, ambas deseaban desesperadamente que estuviera bien. Lucy se limpió una lágrima y deseó que pudieran fingir que la Navidad no estaba sucediendo.

Por lo menos, las cosas se sintieron normales cuando Lucy, el capitán Nicholson y la señora Murray caminaron a la iglesia juntos para sentarse en su banca habitual. Tom ya no los acompañaba desde hacía algunos años después de afirmar que sería una hipocresía ahora que era ateo. Pero le ofreció cierto consuelo a Lucy cantar los viejos y conocidos villancicos, darles la mano a sus amigos y desearles felices fiestas a los demás feligreses.

Ya en la comida, todos jalaron sus *crackers* navideños, se pusieron sus coronas de papel y leyeron los chistes y acertijos del interior en voz alta. Jamie hizo su mejor esfuerzo por incluir a todos en una conversación acerca de temas de interés general; de la abdicación, claro, del pobre rey Jorge, y del accidente aéreo de Croydon. En una voz alegre y fingida, la señora Murray se puso a platicar acerca de aquello que los clientes de la tienda decían acerca de esa diablesa, la señora Simpson; de cómo a algunos parecía agradarles su ropa y de que uno de ellos había visitado Cannes, donde ahora estaba viviendo en pareja. El único tema que todos evitaron de manera muy deliberada fue la guerra en España.

Lucy reacomodó las sillas para los cuatro a fin de que no hubiera una que estuviera vacía, pero sus ojos no dejaban de voltear hacia el sitio en el que Tom solía sentarse. El capitán Nicholson cargó el pudín navideño a la mesa, le vació el *brandy* encima y le prendió fuego. Eso solía fascinarle a Tom y siempre hablaban de lo azules que eran las flamas. Este año, todos miraron cómo las flamas se desvanecían sin que nadie dijera nada.

Después de la comida, intercambiaron sus regalos. El padre de Lucy le regaló una mascada de seda muy coqueta en tonos pastel, color azul, lila y verde; Lucy sospechó que fue elección de la señora Murray. Jamie le compró un pequeñísimo diccionario Inglés-Español. La señora Murray le regaló un marco plegable de cuero en el que colocó una fotografía retocada a mano de cada uno de los muchachos. Los rasgos clásicos de Jamie parecían haberse pintado en suaves acuarelas, mientras que los labios rojos y cabello castaño de Tom parecían pintados al óleo. Se veían justo como eran en la vida real y sería perfecto para empacarlo.

Este año, los paquetes más grandes y elegidos con mayor esmero se habían enviado por correo a Tom. Cada familia le envió un paquete relleno de ropa abrigada de todo tipo, de chocolates y de otros gustos igual de modestos. Se mandaron al Partido Comunista de Londres y, de allí, se transportarían hasta Marsella y por mar a Valencia. Aunque los empacaron con tiempo de sobra, nadie sabía si llegarían ni cuándo lo harían. Las dos familias recibieron tarjetas de parte de Tom, ambas dibujadas por uno de sus compañeros de armas. Las colocaron en el sitio de honor de la repisa de cada chimenea.

Después de recoger la mesa y de lavarlo todo, los cuatro se reunieron en la sala para entretenerse sin mucho entusiasmo con algunos juegos de palabras, hasta que el capitán Nicholson se quedó dormido y empezó a roncar de manera sonora.

La señora Murray se puso de pie.

—Creo que me iré a casa para tomar una breve siesta. Me siento bastante cansada después de toda esa maravillosa comida.

Con evidente alivio, Jamie le sugirió a Lucy que tomaran una caminata y ella se apresuró a ponerse su abrigo, su sombrero y sus botas de hule.

Ya fuera del pueblo, caminaron juntos por el bosque y su cómodo silencio fue tranquilizador después de la conversación forzada del día. Los árboles desnudos dejaban caer gotas de agua de la lluvia anterior y el piso mojado despedía un fértil aroma a hojas y tierra. Cuando el camino salió del bosque para ver hacia los campos arados, Jamie se detuvo por un momento. Lucy veía hacia las praderas cuando sintió que su mirada se posaba sobre ella. Al levantar los ojos, vio que la miraba con intensidad, pero también intuyó que se sentía emocionado.

—Tengo algo que decirte —soltó—, pero no debes repetírselo a nadie.

Su rostro normalmente pálido estaba sonrosado y lo primero que Lucy pensó es que tenía alguna novia de la que nadie sabía y que estaba a punto de anunciar su compromiso. «Sería tan típico de Jamie mantener a una chica en secreto», pensó Lucy, y sintió que la atravesaba una intensa punzada de celos. La fuerza de su propia reacción la tomó por sorpresa, pero trató de componer su rostro en una máscara de placentera anticipación.

Jamie emprendió la marcha de nuevo, caminando con velocidad por el camino lodoso que rodeaba el campo. Se apresuró para seguirle el paso.

—El corresponsal del *Herald* en España va a regresar a casa y los convencí de que me dejaran ir en su lugar. No dije nada antes, porque quise que mamá tuviera una última Navidad antes de que yo me marche también. Estaré enviando notas a todos los periódicos católicos y tratando de que publiquen algunas de ellas en los diarios nacionales, a pesar de que tendrán a sus propios reporteros allí, pero es una oportunidad maravillosa. No le diré nada a mamá sino hasta mañana, hasta que termine la Navidad, pero no pude esperar para contártelo.

Volvió a detenerse y estudió su rostro.

—¿Qué piensas?

Lucy seguía tratando de ordenar sus pensamientos.

—Es… es… una sorpresa —trastabilló.

—¿Por qué te resulta sorprendente?

Jamie volvió a iniciar la marcha con tal velocidad que Lucy estuvo a punto de tener que correr para alcanzarlo.

—Sabes que estaba interesado en ir desde que todo esto empezó —siguió—, para gritar la verdad de la causa católica en cada esquina del planeta. Es sólo que el *Herald* ya tenía a alguien en España. Es como si toda mi vida se dirigiera a este fin; si no hubiera cumplido mi última promesa a papá y si no hubiera seguido siendo católico, jamás habría aprendido latín, jamás hubiera obtenido la beca de Ampleforth y de Saint Benet, jamás hubiera aprendido español y jamás hubiera conseguido un empleo en el *Catholic Herald*. Todo se presentó ante mí porque me mantuve fiel a mí mismo y porque cumplí todas mis promesas. Puedes ver lo que eso significa para mí y por qué resulta imperativo que vaya, ¿o no?

La cabeza de Lucy empezó a dar vueltas y sintió que necesitaba sentarse. Parecía que había pasado muy poco tiempo desde que tuvo justo esta misma conversación con Tom. Aunque los hermanos eran tan diferentes en su aspecto y tenían puntos de vista radicalmente contrarios, los dos eran iguales de corazón, pensó, igual de tercos; idealistas obstinados con una exagerada opinión de su propio destino. Ya de por sí era terrible que Tom se hubiera marchado, pero sería un absoluto desastre que Jamie se fuera a España también.

—Pero sin duda hay otros reporteros que puedan ir —argumentó sabiendo que sería en vano.

—Pero casi ninguno de ellos habla el español como yo y lo más seguro es que no sean católicos, por lo que no comprenden que esto es como una cruzada; una cruzada moderna contra los poderes de la oscuridad.

Lucy suspiró; lo imaginó con armadura, una gran cruz roja sobre su tabardo y un fervor inagotable en su rostro. «Por lo menos, no está planeando ir a pelear», pensó para sí.

—¿Pero no será peligroso? ¿No tendrás que ir a donde están peleando?

—Eso es lo que sin duda dirá mamá. Pensé que tú al menos te sentirías feliz por mí, que comprenderías que esto es todo lo que siempre esperé. Me conoces mejor que nadie más en este mundo.

Regresaron por el camino hasta la entrada al bosque y Jamie se tropezó un poco al entrar en la oscuridad del mismo. Lucy lo tomó del codo para detenerlo.

—Claro que lo entiendo. Es sólo que… me tomaste un poco por sorpresa porque pensé que ibas a decir algo por completo diferente.

—¿Y qué podría decir?

Se rio de sí misma.

—Pensé que me ibas a decir que tenías una novia secreta y que ibas a casarte.

Jamie se detuvo en seco y la miró con total asombro.

—¿Cómo podrías pensar algo así?

Ella se levantó de hombros.

—Tuviste novias en la universidad y no espero que me digas todo lo que pasa en tu vida.

Los ojos azules del muchacho se clavaron en los suyos, como si estuviera buscando algo.

—¿Pero es que acaso no lo sabes?

—¿No sé qué?

—Que siempre has sido la única para mí.

Lucy tuvo un repentino recuerdo de los dos cuando tenía cerca de seis años. Había estado jugando al hospital con Tom y con toda una fila de muñecas y ositos de peluche en el patio delantero. Era un juego frecuente y, al ser un año mayor, Lucy estaba a cargo y disfrutaba de darle órdenes a Tom. Cuando Tom terminaba por aburrirse, fingía que era un gatito y hacía que Lucy le rascara el estómago. Sus travesuras siempre la hacían reír. A sus ocho años, era evidente que Jamie pensaba que el juego del hospital era para bebés, pero no podía dejar de verlos y odiaba que no lo incluyeran. Cuando al fin les pidió que lo dejaran jugar, Tom dijo:

—Pero nosotros somos el doctor y la enfermera, de modo que ¿tú quién eres? No eres nadie.

Incluso en aquel entonces, Lucy no pudo evitar ver la mirada de aflicción en el rostro de Jamie y trató de mostrarse amable con él.

—Podrías ser el hombre que vive junto al hospital. —Pero para ese momento, Jamie se había marchado y Lucy se percató, por primera vez, que los muchachos rivalizaban por sus afectos y que tenía cierto poder sobre los dos.

De modo que sí, tenía razón. Siempre supo que la amaba. Siempre era Jamie a quien acudía con sus problemas, siempre era Jamie quien la entendía, quien sabía lo que estaba en su cabeza incluso antes de que ella misma lo supiera. ¿A ese tipo de amor se refería? Asintió lentamente y él acomodó uno de sus rizos debajo de su sombrero rojo.

—Las demás chicas fueron como una prueba para mí, una manera de compararlas contra ti. Y nadie te llegó ni a los talones. Esperé que así fuera contigo, con esos muchachos de los Jóvenes Granjeros y de la iglesia.

De nuevo, Lucy asintió. Tenía toda la razón, por supuesto. Sus pocos pretendientes parecían densos y tontos en comparación con Jamie y con Tom.

—Yo quiero casarme contigo, Lucy. Pero eso ya lo sabes, ¿no? —Bajó la vista al lodoso camino—. Si quieres, me pongo de rodillas, pero…

Lo detuvo, riéndose.

—¡No hagas eso, tonto! Te vas a ensuciar.

—Haría lo que fuera con tal de que aceptes casarte conmigo.

Lucy se sintió acalorada y confusa.

—Soy demasiado joven como para casarme con nadie. Todavía no he vivido.

—¿Es por Tom? —Jamie no hizo intento alguno por ocultar sus celos—. ¿No quieres casarte conmigo porque quieres casarte con Tom?

No podía mentirle a Jamie. Era transparente para él.

—No lo sé —le respondió, tomándolo del brazo—. Simplemente no lo sé.

—¿Tom te pidió matrimonio antes de irse?

—¡No, no! —trastabilló Lucy—. ¡Claro que no! ¡Apenas tiene diecinueve años!

—No toleraría perderte.

—Cuando los dos regresemos de España —aseguró—. Entonces estaremos seguros.

—Yo siempre he estado seguro.

Jamie se quitó los guantes y los metió en su bolsillo para después tomar el rostro de Lucy con gentileza entre sus manos. Miró profundamente sus ojos y ella sintió como si él pudiera conocer su alma misma. Después, se inclinó y la besó con tal gentileza que sintió que se derretiría.

La estrechó con fuerza y susurró.

—Te amo. He estado esperando decírtelo desde que tenía siete años.

Lucy ocultó su rostro en su abrigo de *tweed* y murmuró: «Yo también te amo», porque era cierto, porque siempre había sido cierto de algún modo y deseaba tanto complacerlo que le parecía terrible no corresponder a sus palabras.

Se quedaron de pie en el bosque por un largo tiempo, escuchando el agua que caía de los árboles y a un mirlo que cantaba en la distancia. Después se separaron y el rostro de Jamie parecía brillar de dicha.

—Prométeme esto al menos, que no… que no te casarás con nadie hasta que termine la guerra en España.

Fue fácil prometerle que no lo haría. No tenía intención alguna de casarse con nadie.

—Te esperaré el tiempo que sea necesario.

—Sé que lo harás.

Jamie tomó su mano enguantada.

—Vamos, regresemos a la casa. Todo el mundo estará preguntándose dónde estamos.

Lucy sintió un repentino temor.

—Pero no les vamos a decir nada, ¿verdad?

—¿De nosotros? No si tú no lo deseas. Me basta haberte dicho lo que siento y poder escribirte y decirte «amor mío». Ése es el mejor regalo de Navidad de mi vida.

«Sería agradable que alguien me llamara "amor mío"», pensó Lucy. «Mucho más agradable que "camarada"».

A la mañana siguiente, Jamie le dijo a su madre que se marchaba a España y dos días después se reunieron de nuevo frente a la reja delantera para despedirse. Le dio un beso casto en la mejilla a Lucy y ella se sintió agradecida de que no estuviera haciendo ninguna afirmación pública de sus afectos por ella. Lo miraron caminar hasta el final de la calle, donde se dio la vuelta, levantó su sombrero y les sopló un beso a ella y a su madre antes de que él también desapareciera.

6

Enero de 1937 se presentó templado, húmedo, gris y deprimente, y Lucy no sabía cómo lo hubiera sobrevivido sin sus alumnos, que le pisaban los pies, se abrazaban a sus piernas y la hacían reír. Sabía que los extrañaría terriblemente, pero se dijo con gran firmeza que estos eran niños que contaban con un techo sobre sus cabezas, con ropa abrigadora y con comida. Tenía que ir a ayudar a aquellos que no contaban con nada de eso.

Los periódicos estaban colmados de noticias acerca de la guerra española y todas las noches Lucy se sentaba con la señora Murray a escuchar las noticias en la radio, y a estudiar un mapa de España para tratar de determinar en dónde las luchas eran peores. Franco estaba intentando tomar Madrid. Todo habría terminado una vez que capturara la capital. Lucy recordó a la Pasionaria y su lema: «¡No pasarán!».

La señora Murray decidió que, una vez que estuviera sola, iría a visitar a sus familiares en Lanarkshire, Escocia, y que incluso se quedaría a vivir allí. Ninguna de las dos le mencionó estos planes al capitán Nicholson. Los fines de semana trabajaban juntas en silencio, empacando todo en cofres de té para su almacenaje. Las dos mujeres sentían que se encontraban en un limbo, temerosas por los muchachos, añorando sus cartas y en la espera del vigesimoprimer cumpleaños de Lucy, el 11 de enero, cuando todo cambiaría.

Lucy ya había visitado las oficinas de Thomas Cook para determinar la ruta por la que viajaría a Barcelona, después de atravesar

Francia y de cruzar la frontera en tren. Estudió los horarios ferroviarios con tal frecuencia que casi los sabía de memoria. La señora Murray insistió en darle el dinero para su boleto y Lucy cambió parte de sus ahorros a francos franceses y a pesetas españolas. Su estómago parecía tenso todo el tiempo, con una mezcla de ansiedad y emocionada anticipación ante la aventura que estaba a punto de iniciar.

Ruth le escribió previamente a Alfred Jacob, en Barcelona, y uno de los consejeros de la Casa de Reunión de los cuáqueros le dio una carta a Lucy que pudiera llevar consigo, en caso de que la otra no llegara a su destino. Lucy ya había entregado su renuncia en la escuela y obtuvo el juramento de la directora de no revelar su secreto. Se cortó el cabello algo más de lo habitual para que pudiera manejarlo mejor. Mientras más corto su cabello, más ensortijados sus rizos y más fáciles de domar; algo semejante a un permanente. Lavó y planchó sus cuatro vestidos más sencillos, dos de lana y dos de algodón, todos confeccionados por la señora Murray con el paso de los años. Uno de los vestidos de invierno era color ciruela y el otro verde oscuro; los de verano eran color lila y azul pálido respectivamente; ése último era el vestido que más le agradaba a Tom. Usaría el verde para viajar. Quizá le trajera algo de suerte. Su nueva mascada de seda le iría bien a cualquiera de ellos.

Decidió llevar un cinturón café y sus prácticos zapatos de agujetas con el tacón de media pulgada. Cuando llegara el verano, compraría sandalias en España. Sus únicos libros serían el diccionario de español que Jamie le obsequió para la Navidad y uno de catalán que le compró cuando Lucy le informó que viajaría a Barcelona, además de la *Antología de poemas* de Palgrave, que era fácil de llevar. Sería una mujer independiente en una maravillosa aventura y no podía esperar a que iniciara. Antes de doblar y empacar el marco plegable de fotografías, besó cada una de las imágenes de los chicos y juró que los traería de regreso con vida. Ahora, todo lo que le restaba era esperar.

Durante el desayuno del primer domingo de enero, se preparó para informarle a su padre que no lo acompañaría a Saint Mary's, sino que asistiría a la Casa de Reunión de los Amigos con Ruth.

—Sólo para ver de qué se trata —dijo en tono casual mientras le ponía mantequilla a su pan tostado.

Contuvo la respiración en espera de un discurso acerca de cómo los cuáqueros eran cobardes de cepa a quienes deberían fusilar, pero en lugar de ello el capitán Nicholson le respondió algo muy distinto en una voz ronca.

—Hombres de lo más valientes. Fue la Unidad de Ambulancias de los Amigos la que nos recogió a mí y al soldado Murray. No hubiéramos sobrevivido si no hubieran salido a toda prisa con sus camillas para regresarnos de detrás de las líneas enemigas. Tuvieron que hacerlo a todo correr mientras trataban de evitar el fuego de los francotiradores. Y nos llevaron al hospital de campo en menos de lo que canta un gallo.

Lucy se sorprendió. Jamás le había contado esta historia con anterioridad.

—Serán pacifistas los cuáqueros —siguió su padre—, pero no son ningunos cobardes.

* * *

Lucy y Ruth tomaron el autobús para llegar a la Casa de Reunión de los Amigos en la Ciudad Jardín de Welwyn y, mientras miraban por las ventanas hacia el paisaje mojado y sombrío, hablaron acerca de Barcelona que, en contraste, parecía vivaz y vibrante en sus imaginaciones. Sabían que era el corazón de la República y la ciudad a la que se dirigían muchos de los refugiados. Ruth dijo que había escuchado que Alfred Jacob había instalado un comedor en la estación ferroviaria principal.

—Hay mujeres y niños que llegan a todas horas del día y de la noche y les dieron permiso de servirles bebidas de cocoa, mientras esperan a que los trasladen al Centro de Recepción de Refugiados. Hay tres empresas chocolateras de Inglaterra que les están donando la cocoa: Rowntree, Shuttleworth y Cadbury Fry. Cadbury es la que más dona. Todas son empresas cuáqueras, ¿sabías?

Lucy sacudió la cabeza. Parecía haber mucho que no sabía.

—Empezaron a repartir bebidas el día de Navidad, en la madrugada, únicamente a once niños llegados de Madrid, donde está lo peor de la batalla. Debe ser un viaje largo y difícil y no tengo duda de que sea aterrador. Ahora, llegan cientos de ellos todos los días.

Mientras miraba las pulcras casas de la Ciudad Jardín de Welwyn, Lucy casi no podía imaginar lo difícil que sería vivir a través de ese tipo de agitación. Pero Barcelona era donde tenía que estar. Lo sabía con cada fibra de su ser.

Ruth presentó a Lucy con algunas personas antes de que iniciara la reunión y todos le dieron una cálida bienvenida. Le dio gusto que Ruth le contara acerca de la ropa sombría y no usó su sombrero y guantes rojos. Después se sentó a escuchar el tictac de un gran reloj y el canto de un petirrojo en el exterior, junto con las toses invernales ocasionales de las personas que la rodeaban. Pensó acerca del beso de Tom, en la propuesta de Jamie y en lo confuso que todo ello le resultaba. También pensó acerca de los niños refugiados y de los horrores que quizá vería. Cerró los ojos y rezó por que tuviera la fuerza suficiente para tolerarlo, y para que ni Tom ni Jamie terminaran muertos o heridos antes de que pudiera convencerlos de regresar a casa. Además, pensó en la cocoa caliente, en cómo le gustaría beber una taza en ese momento y en lo incómodo que se sentía su trasero sobre el duro asiento. Se sobresaltó cuando alguien se puso de pie y aclaró la garganta.

En total, hubo tres personas que hablaron. Una habló acerca de su semana y de lo amable que se había mostrado su vecina. Otra persona recitó un poema. Poco a poco, Lucy empezó a sentir cómo se desvanecía la agitación de las últimas semanas. Una mujer de cabello cano se esforzó por ponerse de pie y empezó a leer algo escrito por William Penn, el fundador de Pensilvania. Sus ojos encontraron los de Lucy cuando leyó: «Probemos, pues, lo que el amor puede lograr». Lucy sintió que la recorría una especie de corriente eléctrica, como si William Penn le hubiera hablado desde el pasado para comunicarse directamente con ella a cuatro siglos de distancia. Dentro de su cabeza respondió a sus palabras. «Sí, trataré de hacerlo. Iré y veré lo que el amor puede lograr».

Después de terminada la reunión, sirvieron té y galletitas. Ruth la presentó con otras personas más y, por primera vez, Lucy se oyó a sí misma decir en voz alta: «Voy a ir a Barcelona para ayudar con los niños; los niños refugiados».

—Habla español —dijo Ruth orgullosa—, y es una excelente maestra.

Lucy se preparó para su reacción, pero nadie le dijo que no podía, que no debía o que no era buena idea. Sólo le ofrecieron sus amables consejos y apoyo, y le dijeron que podrían «mantenerla en la luz».

Al fin le pareció real; iba a ir.

El día antes de su cumpleaños, llegó una carta de Tom. En esta ocasión, no tenía ni la fecha ni el sitio de donde la había escrito.

Querida camarada Luce:

Por razones más que evidentes, no puedo decirte dónde estoy y no sé cuándo será que te encuentre la presente, pero las cartas parecen llegar hasta acá con bastante velocidad, de modo que contéstame en cuanto puedas. El PC de Londres sabrá a dónde enviarla.

Ahora, nos encontramos en un campamento de entrenamiento de las Brigadas Internacionales «en algún lugar de España». Hace un poco más de calor que en Barcelona.

La noche que nos fuimos de la ciudad fue de lo más emocionante. Había banderas rojas, luces de antorcha y canciones que salían a gritos de los altavoces mientras marchábamos al tren con nuestras mochilas a la espalda (vendí mi maleta) y nuestras cobijas enrolladas al hombro. ¿Te conté que me compré un cinturón Sam Browne, una cartuchera, un cuchillo de caza y una chamarra de cuero? ¡Me veo como todo un forajido!

El tren estaba atestado de soldados, brigadistas internacionales como nosotros, de una multitud de países: Hungría, Yugoslavia, Rumanía, Polonia, Finlandia y Francia, además hay alemanes e italianos que detestan lo que están haciendo Herr Hitler y Mussolini; aparte de los hombres y mujeres españoles de la milicia, con su aspecto bastante deteriorado y exhausto.

Viajar al sur por tren tomó muchísimo tiempo y pudimos ver todo lo que ha sufrido el país. Los campos estaban llenos de las cosechas del año pasado que jamás se recogieron. Y de naranjos y olivos. En sentido contrario, pudimos ver enormes oleadas de refugiados que iban en dirección a Barcelona. Tantísimos niños, Luce. Te romperían el corazón. El tren se estaba moviendo con tal lentitud que algunos chicos que corrían a la par de nosotros nos pasaban naranjas por las ventanas.

Ahora, estamos en un campamento de entrenamiento que está en medio de una enorme cantidad de viñedos y de campos de trigo sin cosechar. Estamos en un pueblo donde las ruinas de una vieja iglesia se están utilizando como letrina (no se lo cuentes a Jamie).

Somos la compañía número 2 del Batallón Inglés, que en esencia se refiere a cualquier persona que hable nuestro idioma. Los irlandeses no quieren estar con nosotros y creo que se van a unir al Batallón Estadounidense cuando termine por establecerse. La compañía número 1 ya está peleando en el frente.

En el pueblo, hay un salón donde duerme la mayoría de nosotros y también donde nos sentamos en el piso para oír conferencias acerca de cosas como qué hacer en caso de ataques con gas, cómo limpiar nuestros alojamientos y cómo juzgar distancias cuando arrojas granadas, además de clases de español. Aparte, practicamos cómo limpiar nuestras armas y tenemos reuniones y discusiones allí mismo. ¡Deberías oír los debates! Tenemos un comisionado político y un comandante militar que nos inspiran con disciplina y lealtad. Pero la verdad es que no los necesitamos. Sabemos que estamos aquí para defender una noble causa, para pelear una batalla justa. Jamás has visto tal entusiasmo, tal solidaridad. Todos tenemos excelente ánimo y un gran entusiasmo.

Ya conocí a varios hombres con los que creo que me llevaré de maravilla: Frank Graham, que fue estudiante en Sunderland, Charles Goodfellow, un minero de Bellshill, John Cornford, que es poeta y Miles Tomalin, que es escritor. Hay un montón de mineros galeses y ¡deberías oír cómo cantan!

Llegan hombres nuevos todo el tiempo, a veces de dos o tres y, en ocasiones, en grupos de hasta cincuenta. A todos nos dieron rangos temporales hasta que estemos en acción. ¡Imagínate! No importa a qué escuelas asististe o qué tan rico es tu padre. Y los oficiales y soldados reciben la misma paga. Hay algunos oficiales que pelearon en la Gran Guerra y debemos dirigirnos a ellos como «Camarada capitán», pero tenemos permitido debatir las órdenes que nos den. ¿Qué pensaría tu papá de eso?

La comida es terrible, con aceite de oliva encima de todo, incluso los huevos. Te afecta el estómago, debo decirte. A diario a cada uno nos dan un litro de agua y mucho vino.

La compañía número 1 del Batallón Inglés todavía está en el frente, ayudando en la defensa de Madrid, y ya nos estamos hartando de todo el entrenamiento. Algunos de los hombres «desertan hacia el frente», porque quieren entrar en batalla, pero nos aseguran que ya no vamos a tardar. No vamos a permitir que Franco gane.

Por favor, mándame calcetines de lana y chocolates. Están dejando pasar paquetes y me llegó tu carta acerca de los cuáqueros que están viniendo a ayudar a los refugiados. En definitiva, necesitan toda la ayuda que puedan conseguir. Y me llegó lo de mamá, muchas gracias. Dale un beso de mi parte y quédate con otro beso para ti. No dejes que se preocupe por mí. Ten una feliz Navidad, ¿sí? No sé cómo va a ser aquí.

Con amor y camaradería,
Tom

«Quédate con otro beso para ti». «¿Qué tipo de beso sería?», se preguntaba Lucy. Y si se trataba de un beso pasional, no fraterno, ¿debería tratar de detenerlo ahora que le había dicho a Jamie que lo amaba? Sacudió la cabeza. Simplemente no podía pensar en eso en este momento.

Al parecer, no le había llegado la carta en la que le decía que había decidido viajar a España. Lucy se abrazó a sí misma al pensar en lo feliz y sorprendido que estaría. «La buena de Luce», diría sin duda.

De no haber sido un día entre semana, el cumpleaños 21 de Lucy hubiera sido de lo más triste. Se sintió terriblemente decepcionada de que no recibiera ni una carta ni una tarjeta de ninguno de los muchachos, pero su desaliento cedió cuando la directora empezó a tocar las primeras notas de la canción *Las mañanitas* durante la asamblea y todos los niños y niñas se unieron en un estrepitoso coro. En secreto, Ruth dispuso que cada uno de los niños del salón de Lucy le hiciera una tarjeta de cumpleaños y se escabulló al aula para organizar la presentación de éstas. A medida que uno tras otro le entregaba sus imágenes pintarrajeadas, Lucy se sintió de lo más conmovida y los abrazó a todos con fuerza mientras, con una punzada de dolor, se percataba de lo mucho que los extrañaría. Al final del descanso para comer, con gran solemnidad, Joan y Jean le entregaron un montón de caramelos y de pasto y le dijeron: «Es un *aleglo* especial, señorita Nicholson». Sintió arder las lágrimas en sus ojos.

Esa noche, cuando llegó a casa, la señora Murray había preparado una comida para los tres, prendió la chimenea e incluso le horneó un pastel. Durante la comida, al padre de Lucy le pareció gracioso darle un paquete envuelto para regalo que contenía «la llave de la puerta». Por supuesto, Lucy ya contaba con una y estuvo tentada a preguntarle cómo creía que llegaba a casa del trabajo para cocinarle la cena y limpiar la casa sin tenerla. Pero decidió brindarle una gran sonrisa. Pronto se iría de ahí. Lo único que le faltaba era reunir el valor para decírselo.

* * *

La señora Murray se ofreció a estar con ella cuando le diera la noticia, pero Lucy pensó que si quería que la tratara como adulta, tendría que enfrentarse a él a solas. Esperó hasta que se hubiera terminado su pudín favorito la noche después de su cumpleaños para preguntarle cómo era que se pagaría la asignación de dinero que le había dejado su abuela.

—No necesitas preocuparte por eso —le informó, indulgente.

—Al contrario, claro que necesito hacerlo —respondió Lucy.

—¿Y por qué? —le preguntó su padre—. Yo retiraré el dinero en tu nombre y será de gran ayuda para pagar la deuda.

—No es *la* deuda —afirmó Lucy lentamente—. Es *tú* deuda y yo necesito ese dinero porque me marcho a España.

La boca del capitán Nicholson quedó abierta como si se tratara de una tira cómica y Lucy casi tuvo la necesidad de reírse.

—Me voy a España a traer a Jamie y a Tom de regreso antes de que logren que alguien los mate y, mientras me encuentre allí, me voy a sumar a los esfuerzos de ayuda que hacen los cuáqueros con los niños refugiados.

—Pero eso es absurdo —tartamudeó con su rostro pálido de pasmo—. No tiene caso. Es una guerra. No es lugar para las mujeres.

—Diles eso a las mujeres refugiadas —espetó Lucy.

—Pero ¿y qué crees que podrías hacer? Una niña tonta no podría hacer ni la más mínima diferencia.

Lucy había calculado que su padre estaría más contento con el prospecto de tener a los muchachos de regreso, que enojado con ella por querer ir, pero se le había olvidado tomar en cuenta la cuestión económica.

Su padre emitió un carraspeo descontento.

—Además, la casa necesita tu sueldo de maestra.

Lucy le entregaba la totalidad de su salario a su padre mes con mes y él le regresaba una pequeña cifra para lo que llamaba «fruslerías». Su salario era casi invisible para ella.

Se obligó a mantenerse en calma.

—Pues de todas maneras me marcho, el lunes que viene. Ya está todo dispuesto.

—¡Pero por supuesto que no harás nada por el estilo, jovencita! —Su voz se elevó a un rugido—. ¡Vives bajo mi techo y harás lo que yo te diga!

Lucy empujó su silla y se levantó de la mesa, lejos del rostro furioso y enrojecido de su padre.

—Tengo 21 años —dijo casi en silencio—. Y no tengo que vivir bajo tu techo ni un instante más.

—¡Sigues siendo mi hija, Lucy Nicholson, y harás lo que yo te ordene! —vociferó.

Lucy pudo sentir cómo su propia rabia iba en aumento y se esforzó por controlarla.

—Nunca te importé nada, ni jamás te interesaste por mí. Todo lo que soy para ti es un salario y una sirvienta. Pues ahora que soy mayor de edad mi vida me pertenece.

Una vena empezó a pulsar en la frente de su padre cuando se levantó y dio un paso hacia ella.

—Harás lo que yo te ordene —repitió.

Las palabras salieron de su boca antes de que tuviera tiempo de pensar en las consecuencias.

—No eres mi oficial a cargo —dijo con cuidado énfasis mientras se aferraba a la espalda de su silla.

Su padre la miró pasmado, como si de verdad la estuviera mirando por primera vez. Y aunque estaba aterrada, Lucy levantó la barbilla y se le quedó viendo con una mirada desafiante. Estaba acostumbrado a que lo obedecieran. Durante tres largos segundos, el capitán Nicholson se quedó inmóvil y, después, fue el primero en bajar la mirada al tiempo que mascullaba «estúpida mujer».

Se dio la vuelta y abandonó la habitación corriendo en dirección a la oscuridad del pasillo.

Lucy esperó hasta que oyó el golpe de la puerta de enfrente y se dejó hundir en una silla, temblando de pies a cabeza. Estaba hecho.

* * *

La señora Murray fue la única que acudió a la estación de trenes para despedirse. Esa mañana, su padre se fue de la casa antes del desayuno; dejó una nota junto a su plato donde le informaba la manera en que se le pagaría su asignación de dinero.

Le dio la vuelta, pero no escribió nada más. Nada de «Ten cuidado» o «Con cariño de tu padre». Nada. Lucy la dobló con cuidado y la colocó en su bolsa junto con la carta de presentación de los Amigos y sus boletos. Cuando abrió la puerta, se topó con el cartero, quien le entregó una carta de correo aéreo. Lucy casi se la arrancó de las manos ¡Era la letra de Jamie! La leería en el tren.

La señora Murray le dio un beso a través de la ventana del carro, le deseó buen viaje y le pidió que le escribiera con frecuencia.

—Sabes que eres como una hija para mí —le dijo.

Lucy le respondió a pesar del nudo que tenía en la garganta.

—Y usted es la madre que jamás tuve.

Todo el pesar de los adioses acumulados llenó de lágrimas los ojos de la envejecida mujer.

—Regresa con bien. Y también trae a mis muchachos de regreso —dijo mientras las lágrimas corrían por sus mejillas—. Si puedes.

Se quedó sobre la plataforma y se despidió de ella con la mano hasta que el tren desapareció de su vista y cuando Lucy ya no fue capaz de verla, subió la ventana para mantener el frío viento de enero afuera, se limpió las mejillas mojadas con la manga y se sentó para leer su primera carta de Jamie. Su corazón pareció brincar ante las primeras palabras.

Mi amada Lucy:

No puedo decirte la dicha que me embarga al escribir esas palabras, de modo que lo volveré a hacer: mi amada Lucy. Siento como si hubiera ocultado algo durante toda mi vida y que ahora, al fin, lo puedo dejar salir a la luz. El poeta español Lorca escribió: «Quemar con el deseo y guardar silencio al respecto es el mayor castigo que podemos aplicarnos». Y ahora que he levantado ese castigo de mi corazón, por primera vez en años me siento libre porque puedo decirlo, eres mi amada.

Y aunque desearía que estuvieses aquí y que pudiera abrazarte con fuerza y susurrarte esas palabras, también me da gusto que no pueda verte poner esa carita de burla cuando tu boca hace ese puchero. Estás demasiado lejos como para burlarte de mí como siempre lo haces. Pues ahora que ya todo quedó a la vista entre los dos, estoy lleno de felicidad. Y no me va a importar que te burles de mí siempre y cuando tú también me quieras y no te cases con nadie más mientras yo esté lejos.

Tuviste razón en decirme que eras demasiado joven como para casarte, pero lo que sucede es que te amo muchísimo. Y ahora puedo verte, riendo de nuevo, con la cabeza echada hacia atrás y tus ojos llenos de chispas y tus rizos agitándose por la gracia que te causo. Pues bien, ríete todo lo que quieras, de todos modos voy a seguir adorándote.

Te contaré acerca de mi travesía. Me hubiera gustado tenerte en el asiento de la ventana del tren, señalándome todo con esa manera tan vivaz que tienes, pero no habría visto nada más que tu reflejo en la ventana y la forma en que tus ojos se iluminan con interés y emoción ante cada cosa nueva.

Tomar el tren a Portsmouth y encontrar el barco a Lisboa fue toda una aventura. Ya a bordo del barco, me senté frente a una mesa con un sacerdote portugués que hablaba español. Cuando oyó que me estaba dirigiendo a España para hacer reportes para el Catholic Herald, *me empezó a contar historias que no te podría repetir, pero que hicieron que se me helara la sangre; peores que cualquier cosa que te haya mostrado en esos titulares de periódicos. Me dijo que han asesinado a diecisiete mil monjes, sacerdotes y monjas. Hay calaveras de monjas como decoración de muchas capillas.*

Casi parecían ser historias de la Edad Media, actos de barbarie inimaginable. ¿Cómo es posible que las personas se traten así unas a otras? Siento que mi vida ha sido de lo más protegida, de lo más tranquila y que jamás he conocido a hombres o mujeres malos ni a personas que harían el tipo de cosas que he estado oyendo. No comprendo cómo es que Tom puede apoyar a los demonios que cometieron tales atrocidades.

Y después llegamos a Lisboa. ¡Qué ciudad! Creo que te llevaré a ella de luna de miel y nos quedaremos en los hoteles más elegantes, no en el apestoso hostal en el que tuve que hospedarme.

En Lisboa me presentaron al equipo francés de filmación del noticiero Pathé, que se dirigía al mismo lugar que yo, donde todos los reporteros están juntos. Estaban muy emocionados de que hablara un español perfecto y me preguntaron si querría ayudarlos con entrevistas y demás. Tenían espacio en su camioneta y atravesamos Portugal juntos; entramos a la parte de España que ya controla Franco.

Siento como si esto fuera aquello a lo que mi vida me ha estado conduciendo y estoy seguro de que éste era el plan que Dios tenía para mí. Y ahora, puedo oírte burlándote de mí de nuevo y preguntándome por qué creo que soy tan importante, tanto que la deidad omnipotente tendría planes para mí; sin embargo, lo creo, y con todo el corazón. Pienso que también tiene un plan para ti y rezo que sea que te conviertas en mi esposa y en la madre de mis hijos.

Sé que mi padre estaría orgulloso de mí, quiero ser un héroe, igual que él, pero mi esperanza es que no tenga que morir como él porque quiero regresar para tomarte entre mis brazos y hacerte mi esposa, amadísima Lucy.

Volveré a escribirte tan pronto como me establezca y pueda decirte todo lo que está sucediendo. No sabes el gusto que me da estar aquí para contarle la verdad al mundo, aunque signifique dejarte por un tiempo, mi bella y maravillosa Lucy.

Te amo más de lo que puedo decirte.

Tuyo para siempre,

Jamie

Lucy leyó la carta dos veces, su corazón palpitaba con fuerza. Jamás en la vida la habían amado así. Se sentía como si estuviera sentada frente a un enorme fuego en una fría noche de invierno, calentándose frente a las llamas. Ignoró la pequeña duda que no la dejaba en paz al preguntarse si ella lo quería de esa misma manera y sonrió a sí misma al pensar en cómo le haría burla por su extravagante romanticismo.

BARCELONA

Enero de 1937

7

Lucy jamás había viajado más allá de Londres a solas y trató de convencerse de que el aleteo de su estómago se debía a la emoción, no a los nervios. Siempre y cuándo pudiera mantener la cabeza fría, todo estaría perfecto.

El hombre de mediana edad de Thomas Cook sentía ansiedad de que viajara sola: «¿Acaso no sabe que hay una guerra, señorita?», pero ella le informó que estaba viajando para visitar a su hermano. Era casi cierto. El agente de viajes quería que se quedara a pernoctar en París y en Béziers, pero Lucy insistió con firmeza que dormiría en el tren. Jamás había tenido problemas para dormir; eso le ahorraría dinero en hoteles y un preciado tiempo, además de que no tendría que admitir ante sí misma que le provocaba miedo tener que arreglárselas ella sola en algún pueblo francés. De modo que le escribió instrucciones cuidadosas en su fina letra acerca de cómo debía manejar cada paso de su travesía.

El cruce en trasbordador a Calais fue relativamente calmado, pasó la mayor parte del tiempo en cubierta, arropada en su abrigo y con su nueva boina negra manteniendo su cabello alejado de sus ojos mientras platicaba con los demás pasajeros y observaba cómo los blancos acantilados se alejaban de ella, mientras la costa francesa se acercaba con su promesa de extranjería. Ya antes había estado en Francia, pero no más allá de Honfleur, donde su padre los llevó a todos de vacaciones en tiempos mejores. Las instrucciones del hombre de Thomas Cook, para atravesar París desde la Gare du Nord hasta la magnífica Gare de Lyon, con sus candiles, fueron sencillas de seguir, aunque las estridentes muchedumbres francesas y los hombres que la miraban de arriba abajo en franca valoración fueron más abrumadoras en la realidad que en su imaginación. Por suerte, sólo tuvo que utilizar su francés de colegiala para comprar una *baguette* y un café cuando los rollos de salchicha y sándwiches de res encurtida que trajo de casa se convirtieron en un distante recuerdo. Miró a su alrededor e inhaló los aromas desconocidos, repleta de adrenalina.

Ahora, se encontraba en un tren que estaba cruzando el valle del Ródano mientras pasaba frente a los bonitos pueblos franceses con sus pintorescas iglesias. Al mirar por la ventana, su mente se detuvo a contemplar sus propios misterios internos: el beso de Tom, la declaración de amor de Jamie y a cuál de los dos hermanos amaba más. ¿Era pecaminoso y antinatural pensar que los amaba a ambos? Quizá todo terminaría por aclararse en España.

Se irguieron montañas con cimas cubiertas de nieve a ambos lados de las vías. Cómo hubiera deseado tener a alguien a quién señalárselas.

La familia francesa que estaba en su mismo compartimento trataba de hacerle plática, y ella asentía y sonreía a pesar de que no comprendía todo lo que le decían. De vez en vez, salía al corredor a estirar las piernas. Cada tanto, dos o tres muchachos franceses o trabajadores británicos pasaban junto a ella. Escuchó un acento galés y otro de Liverpool. ¿Por qué habrían de estar viajando a Francia sino para unirse a las Brigadas Internacionales? Añoraba pedirles que le llevaran un mensaje a Tom, pero pensó que sería mejor abstenerse de hablar con ellos en caso de que los arrojaran a todos del tren. El pacto de no intervención significaba que ir a pelear en España era igual de ilegal en Francia que en Gran Bretaña, aunque era más que sabido que los alemanes y los italianos estaban ignorando el acuerdo para acudir en ayuda de Franco.

Al llegar el ocaso, el vaivén del tren la adormeció y dormitó durante cierto tiempo, que pudo haber sido minutos u horas, a medida que el tren avanzaba hacia el sur y solamente se despabilaba para leer los letreros de las estaciones cuando se detenían, como en Nimes y Montpellier donde subían o bajaban algunos pasajeros. El hombre de Thomas Cook le dijo que debía ver la catedral de Béziers, pero la oscuridad ya era total cuando pasaron por ese lugar.

Al amanecer, despertó con el cuello tieso y su boina de lado, mientras se daba cuenta de que el tren estaba bordeando la costa del Mediterráneo, con sus playas desiertas y sus pantanosos lagos, y donde grupos de flamencos rosas se detenían en una sola pata en los bajíos. ¡Qué maravilla! ¡Había visto una parvada de flamencos! Si tan sólo estuvieran Tom o Jamie para contarles. La abuela de la familia francesa le ofreció un trozo de queso, que aceptó con gusto, y una cebolla, que declinó. ¡Cómo le hubiera fascinado a Tom ver a la viejecilla comerse la cebolla como si se tratara de una manzana!

Le dio pena que la familia se marchara al llegar a Cervera. La abuela se le quedó viendo con fijeza y le prometió que le rezaría a la Santísima Virgen para que la mantuviera a salvo. Un estremecimiento de intranquilidad recorrió el cuero cabelludo de Lucy cuando empezó a percatarse de lleno de la enormidad de estar dirigiéndose a una zona de guerra.

* * *

Lucy sabía que el tren se hundiría por debajo de los Pirineos en Cervera, Francia, y que volvería a emerger en Portbou en España y, al ingresar al túnel, su estómago se tensó en una mezcla de emoción y terror. Estaban a punto de llegar.

Al salir del túnel, parpadeó ante la luz brillante mientras el tren desaceleraba al entrar en un pequeño pueblo costero dominado por una enorme estación de trenes. Se levantó, se estiró, tomó su equipaje y salió a la plataforma. Por un momento, miró arriba, hacia el enorme techo abovedado de acero y vidrio que se arqueaba sobre su cabeza, a cada lado de las vías. Su parecido con la estación de King's Cross le dio una repentina sensación de añoranza. Pero no podía quedarse quieta ya que los pasajeros que descendían del tren la empujaban hacia adelante al edificio que albergaba la oficina de pasaportes. Los guardias fronterizos que los acomodaron en una línea hablaban catalán con alguna que otra palabra de español o francés. Nadie hablaba inglés y se sintió de lo más insignificante y lejos de casa.

Presentó su pasaporte en una de las ventanillas donde un desinteresado guardia lo selló. Le había preocupado que el pacto de no intervención significara que tendría problemas para ingresar a España. Después de todo, ésa era la razón por la que Tom había escalado un paso alpino y por la que Jamie había ingresado por Lisboa, pero el guardia levantó la vista de su fotografía a la joven que tenía frente a él y le ofreció un guiño coqueto antes de hacerle ademanes de que siguiera adelante. Evidentemente, no parecía pensar que una señorita elegante como Lucy estuviera de camino a unirse las Brigadas Internacionales. Se alejó con rapidez y volteó a buscar a los jóvenes de Gales y de Liverpool, pero no los encontró por ninguna parte. ¿Se habrían bajado en Cervera para cruzar la frontera a pie? Susurró una silenciosa plegaria por su seguridad y siguió a la masa de gente por el interior del edificio hasta que salieron a unas vías más anchas; calibre ibérico, le informó el hombre de Thomas Cook. Se subió al amplio tren que la llevaría hasta Barcelona y se acomodó en un asiento de ventana. Los demás pasajeros la observaban con franca curiosidad, de modo que cuando el tren empezó a alejarse de la estación, se asomó por la ventana de manera deliberada para evitar sus miradas. El vapor de la máquina ocultó el panorama hasta que empezó a disiparse para dejar entrever una montaña nevada que dominaba el horizonte. Sintió lo lejos que se encontraba de Hertfordshire, de su padre y de la señora Murray. Fue sobrecogedor.

Cada vez más personas abordaban el tren mientras caminaba con lentitud, con una enloquecedora lentitud, hacia Barcelona. Todo era diferente; la ropa, los aromas de las personas y sus alimentos colmados de ajo, la estridencia de las voces catalanas y españolas que chocaban entre sí como olas. Trató de seguir alguna conversación, pero todo le pareció de lo más rápido y con un acento complicado. Los hombres se le quedaban viendo con abierta admiración y uno que estaba sentado en el asiento frente a ella insistió en patear la orilla de su zapato hasta que Lucy recogió las piernas lejos de su alcance.

Al fin, el tren llegó a la estación de Barcelona, casi veinte horas después de que se marchara de Welwyn. No sabía cuánto había dormido, pero no se sentía cansada; su cerebro parecía vibrar y tenía mariposas en el estómago. Enormes bóvedas de acero se erguían sobre su cabeza como arcoíris, mientras caminaba hacia el edificio de piedra color crema con las ventanas de arco de medio punto al final de la plataforma. Pensó que parecía la fachada de un palacio medieval.

Fue fácil encontrar el guardarropa donde pudiera dejar su maleta y un baño para mujeres para lavarse el rostro y peinarse aunque, para su enorme horror, el escusado no era más que un hoyo en el piso sobre el que tuvo que acuclillarse. Si así era la estación principal, no quería ni pensar lo que encontraría en áreas más rurales. Se quedó parada en la sala principal, sintiéndose muy sola por un momento, mientras las mujeres examinaban su ropa y su cabello, y los hombres se acercaban demasiado, mientras trataba de encontrar el comedor de Alfred Jacob. Sabía que estaba situada sobre la plataforma de la línea principal de Madrid. Y, entonces, la vio: una enorme sala de espera con la estrella cuáquera en rojo y negro, y un letrero escrito en español y catalán que daba la bienvenida a los refugiados. Trató de alisarse el arrugado abrigo y abrió la puerta. La sala de espera estaba vacía excepto por un joven y una mujer que estaban sentados en una mesa cercana a la puerta.

El calor y el aroma a chocolate envolvieron a Lucy y reconoció al joven de cabello pardusco y ojos azules, aunque parecía más bajo que en el escenario de la Casa de los Amigos.

—Alfred Jacob —dijo, sintiendo una oleada de alivio al tiempo que le ofrecía la mano.

El hombre pareció sorprendido por un segundo antes de ponerse de pie y sonreír. Le habló en inglés con acento estadounidense.

—Usted debe ser la señorita Nicholson. ¿Lucy? No la esperábamos sino hasta un par de días después.

La atractiva mujer sentada junto a él asintió en acuerdo. Tenía el cabello negro azabache, arreglado en ondas y prendido tras el cuello. Su frente alta y cejas depiladas le daban un aire aristocrático que parecía contraponerse con la amistosa redondez de su rostro y de su cuerpo.

—Ésta es Margarita Ricart —anunció Alfred.

Margarita le brindó una aguda mirada a Lucy y le consiguió una silla. Después, la conversación continuó en español mientras le preguntaban acerca de su viaje. Margarita era pequeña, se movía con velocidad y sus ojos parecían reír. Alfred era algo formal y parecía un poco desconfiado de esta persona no cuáquera que había viajado desde Inglaterra para brindarles su ayuda. Lucy sabía que era un estadounidense educado en Oxford, pero no podía detectarlo por la forma en que hablaba el español. Su acento era tan perfecto como el de Jamie. Supo que ambos estaban hablando con lentitud de manera deliberada para que así pudiera entenderlos, pero también le pareció que Alfred estaba sometiendo a prueba sus capacidades de lenguaje.

—Jamás sabemos la hora a la que llegan los trenes, de modo que tiene que haber uno de nosotros aquí en todo momento. En general, el comedor se atiende por una rotación de mujeres locales que no tardan en llegar. Sin embargo, todas hablan catalán y la mayoría de los refugiados sólo habla español.

—Pues ahora estoy aquí para ayudarlos —afirmó Lucy—. Puedo empezar de inmediato.

Margarita inclinó la cabeza a un lado y la miró con atención.

—Pero debes estar agotada.

En cuanto lo dijo, o quizá fue porque lo dijo con gran compasión, Lucy sintió que la tensión de las últimas veinticuatro horas se desvanecía para dejarla exhausta. Asintió.

—Si no me necesitan en este preciso momento, ¿podría llevar mi maleta al hostal y regresar más tarde?

En ese instante, entró un hombre español con gafas que asintió en dirección a Lucy y se acercó para darle un rápido beso en la boca a Margarita. Margarita le presentó a su esposo, Domingo Ricart. Los tres no eran mucho mayores que Lucy; apenas de treinta años a lo más, supuso ella. Margarita se dirigió a los dos hombres.

—Ahora que los dos están aquí, ¿por qué no llevo a Lucy a la YWCA para explicarle todo?

Lucy ya sentía agrado por ella.

* * *

Margarita llevó a Lucy a que recogiera su maleta y la dirigió por los arcos tipo catedral de la estación hacia la calle.

—¿Te sientes demasiado agotada como para caminar? —le preguntó Margarita en una voz grave y ronca que no parecía concordar en absoluto con su pequeño cuerpo—. Es una caminata como de treinta minutos.

Lucy le aseguró que estaba ansiosa por caminar después de tantas horas en el tren, además de que no podía esperar ver la ciudad que Tom tanto amaba.

En definitiva, tenía toda la razón en cuanto al colorido; había banderas y carteles por todas partes. Pasó frente a uno que mostraba soldados europeos, africanos y asiáticos y en el que se leía:

95

«TODAS LAS PERSONAS DEL MUNDO ESTÁN EN LAS BRI-GADAS INTERNACIONALES».

Las calles estaban repletas de personas que caminaban a toda velocidad, como si estuvieran a punto de llegar tarde a alguna reunión. En general, estaban vestidos con overoles azules o cafés. Muchos de ellos se le quedaban viendo fijamente al pasar junto a ella.

—Es por tu sombrero —dijo Margarita con una risa—. Las mujeres republicanas no usan sombreros y menos una boina vasca. Están tratando de determinar si perteneces a un grupo militar que desconocen.

Con velocidad, Lucy guardó la boina en su bolsa.

—Y ahora se le quedarán viendo a tu hermoso cabello —sonrió Margarita—. ¡No hay manera de que ganes!

Mientras caminaban, Margarita le explicó que ella y su marido habían conocido a Alfred en la YWCA, donde trabajaba Domingo. Éste quedó tan impactado por las ideas de Alfred acerca del pacifismo y de los refugiados, y fue tal el encuentro de inteligencias, que no tardó en invitar a Alfred a que viviera con ellos. Lucy no pudo determinar cómo se sentía al respecto Margarita. Su español era demasiado imperfecto como para comprender las sutilezas de la inflexión; ya bastante le costaba traducir las palabras y, aunque Margarita le hablaba lentamente, había muchas frases que no acababa de entender, aunque se dio cuenta de que podía interpretar el significado general de la conversación si se concentraba.

Margarita le contó que ella y su marido hablaban el catalán, además del español, con gran fluidez y que fue un gusto presentar a Alfred con las personas correctas que pudieran ayudarlo. Las autoridades estaban haciendo lo que podían, pero estaban más que agradecidas de cualquier ayuda por las oleadas de refugiados que llegaban a la ciudad a diario. Con rapidez, Alfred identificó que la carencia de leche en Barcelona afectaba a los niños gravemente y reunió dinero a través del Socorro Cuáquero para establecer comedores que sirvieran bebidas calientes a los niños al momento de su llegada. Margarita estaba orgullosa de la manera en que Domingo convenció a las autoridades de que les permitieran el uso gratuito de cinco espaciosas bodegas «incautadas» para almacenar la leche en polvo que no tardó en empezar a llegar desde Inglaterra.

Mientras la oía, Lucy miraba a su alrededor, impactada por el orden que imperaba, pero pasmada ante la pobreza de la ciudad. Las calles estaban limpias, pero muchos de los niños que estaban jugando en ellas traían puesto el tipo de ropa de segunda mano que sólo había visto entre niños paupérrimos de Inglaterra. Margarita la llevó al otro lado de la Avinguda Diagonal, que le recordó a Lucy a la calle Oxford o a la calle Regent, con tiendas bajo los imponentes edificios públicos. Las banquetas bordeadas por árboles a cada lado eran del ancho de cualquier calle.

—Es la calle más amplia de Barcelona —afirmó Margarita con evidente orgullo. Lucy pensó que con toda probabilidad era la calle más amplia del mundo entero. Jamás imaginó este tipo de grandeza en una ciudad anarquista-comunista.

Las tiendas estaban abiertas, pero no parecía haber alimentos ni ropa a la venta; gran parte de los escaparates tenía exhibidos artículos militares, cuchillos, cantimploras y cinturones con cartucheras. La mayoría mostraba algún cartel revolucionario, a menudo con la imagen de Dolores Ibárruri, la Pasionaria, o con su lema para el ejército novato de campesinos, trabajadores, sindicalistas y Brigadistas Internacionales que estaban defendiendo Madrid: «¡No pasarán!».

—La escuché hablar en Londres —dijo Lucy y Margarita inclinó la cabeza a un lado de manera inquisitiva.

—Me llevó mi amigo Tom. Está aquí en este momento, con el Batallón Inglés —El orgullo y el temor se mezclaron en su voz y añadió—. Está allí, supongo, defendiendo Madrid contra Franco, aunque no tiene permitido decirme dónde se encuentra.

Margarita la estudió por un segundo y Lucy pensó que lo mejor sería ser honesta.

—Y su hermano es periodista… pero para el lado contrario.

Margarita dejó escapar un apesadumbrado suspiro.

—No es inusual que las familias estén divididas así, que hermano esté luchando contra hermano. La guerra es una cosa malévola.

Cruzaron la calle para evitar una larga fila de mujeres.

—Es una fila de pan —dijo Margarita—. La gente invierte horas parada en fila a diario para conseguir pan o gasolina. Todo está racionado de manera justa y el gobierno hace lo que puede, pero sencillamente no alcanza.

Por primera vez Lucy se preguntó si ella misma no pasaría hambre. Era algo que jamás consideró. Preguntó acerca de los intrincados diseños de papel que había en todas las ventanas frente a las que pasaban, y Margarita le explicó que eran para evitar que los vidrios se rompieran durante los bombardeos. Hambre y bombardeos. Lucy tragó con fuerza. ¿De verdad estaba preparada para esto?

Cambió su maleta de mano.

—¿Son frecuentes los bombardeos?

—No tan frecuentes como en Madrid. Pero los apagones son bastante irregulares, de modo que cuando suenan las alarmas, apagan toda la electricidad desde la central. Te traeré velas y cerillos, y tendrás que comprar una linterna. Esta noche te daré un brazalete de los Amigos con la estrella cuáquera. Sirve para que la gente sepa quién eres.

—Pero no soy una Amiga —protestó Lucy.

—Yo tampoco lo soy —Margarita sonrió—. O quizá las dos lo seamos.

Margarita la dejó frente al mostrador de recepción de la YWCA. Como formaba parte del consejo de la YWCA, logró conseguirle una pequeña habitación individual a Lucy al saber que quizá tuviera que trabajar la noche entera y que sería imposible que lograra conciliar el sueño en uno de los dormitorios generales. Le prometió regresar a las nueve; lo más temprano que podría llegar el siguiente tren.

—No puedo esperar a cambiarme y darme un baño —dijo Lucy.

—Duerme —le recomendó Margarita—. Es posible que estemos ocupadas hasta el amanecer.

La pequeña habitación era sencilla, pero limpia. Había un gancho en la puerta para que colgara sus vestidos y su abrigo. Lucy se quitó los zapatos y después, a pesar de la emoción de estar en la ciudad con la que tanto había soñado —y tanto más cerca de sus muchachos, y de sus intenciones de lavar el vestido que traía puesto—, se acostó completamente vestida sobre la estrecha cama y cayó en un profundo sueño.

Lucy se sintió de lo más agradecida cuando Margarita pasó por ella esa noche. Apenas tuvo tiempo de cambiarse de vestido y dudaba que pudiera encontrar el camino de vuelta a la estación en la oscuridad, a pesar de que las calles discurrían según un sistema de cuadrícula y Margarita le había mostrado la ruta más directa.

Welwyn siempre estaba desierto para las nueve de la noche, excepto por los pocos hombres de camino o de regreso de la taberna, pero aquí las calles estaban igual de atestadas que durante el día y la estación se encontraba repleta de gente. Tom tenía razón; nadie iba bien vestido. Se preguntó si habían matado a todas las personas ricas, pero no se atrevió a preguntar. En lugar de ello, preguntó acerca de los refugiados y a dónde se dirigían después de abandonar la estación ferroviaria.

—Mañana te llevaré al Centro de Recepción de Refugiados que está en el estadio —respondió Margarita—. Allí es a donde van para que los registren y procesen. Más tarde, quizá vayamos a visitar algunas de las colonias infantiles.

Lucy ya sabía que muchos de los jóvenes refugiados se estaban quedando en casas o colonias infantiles, como la del doctor Barnardo en Inglaterra, lo que facilitaba alimentarlos, vestirlos y educarlos.

—Yo era maestra en Inglaterra. ¿Crees que pueda ayudar a dar clases, o en la oficina cuáquera cuando no haya trenes?

—Estoy segura de que Alfred estaría más que feliz de que lo ayudaras. Hay tantas tareas administrativas que no podrías imaginarlo. Prefiere que las mujeres locales trabajen en el comedor y tiene una buena cantidad de Niños Exploradores y de grupos de mujeres, pero los refugiados sólo hablan español, por lo que necesita a alguien que hable español y que pueda estar con ellos en todo momento.

Cuando volvieron a entrar en la estación de trenes, Margarita se detuvo un instante para reajustarse las peinetas que levantaban su cabello.

—Si pudiera —suspiró—, me lo cortaría como tú; pero a Domingo le gusta largo y ya sabes cómo son los hombres. —Levantó sus ojos al cielo de manera expresiva y Lucy se rio. Parecía que tendría a una buena amiga dentro de esta extraña ciudad.

—¿Y tú estás casada? —le preguntó Margarita, y Lucy se encontró explicándole que jamás había encontrado a nadie tan especial como Tom y Jamie.

Margarita la miró, interrogante.

—Entonces estos chicos que son tus vecinos, ¿son como hermanos para ti?

Lucy se agitó, incómoda.

—Bueno, sí y no. No puedo recordar un momento en que no los haya querido. Tom es divertido y Jamie es afectuoso —dijo, como si dos adjetivos pudieran resumir el total de las complicadas y retorcidas fibras que conformaban a los dos hombres que tenía arraigados dentro de su esencia misma. Su español no era lo bastante bueno como para tener esta conversación. Volvió a intentarlo—. Tom me hace sentir viva, pero Jamie me comprende. —Pensó en «voluble contra constante», pero no pudo traducir las palabras.

—¿Y los dos te aman?

Lucy dudó sólo un segundo.

—Sí, creo que sí. En sus propios estilos. Jamie me pidió que me casara con él y Tom me besó como si me deseara.

Margarita silbó por lo bajo.

—¿Pero a cuál de ellos adoras de verdad?

—No lo sé. A veces a uno y a veces al otro. Uno por una razón y al otro por otra. Son muy distintos entre sí y los amo de forma diferente. Sólo espero que no se maten antes de que pueda llevarlos de regreso a casa. —Lucy sacudió la cabeza.

¿Cómo explicárselo a alguien más cuando no podía explicárselo a sí misma? Jamie sería el marido y padre perfecto, pero Tom tenía una energía que irradiaba emoción.

Las cejas cuidadosamente delineadas de Margarita se elevaron casi hasta la línea de nacimiento de su cabello y Lucy se sonrojó cuando se percató de lo extraño y escandaloso que debía parecer que amara a dos hombres.

A las tres de la mañana, llegó un tren atestado desde la sitiada Madrid y los oficiales condujeron al grupo exhausto de mujeres y niños hacia el comedor de Alfred Jacob. Eran más o menos sesenta, algunas mujeres con maletas y ropa lujosa que no se hubiera visto fuera de lugar en Londres, mientras que otras llevaban faldas largas, mascadas y chales, que le hacían pensar a Lucy en ropa campesina, junto con bultos atados con hilo. Se formaron para las tazas de chocolate caliente que estaban entregando dos mujeres catalanas. Lucy y Margarita portaban brazaletes con la estrella cuáquera encima de sus vestidos y algunos de los refugiados miraron el símbolo desconocido con desconfianza.

Lucy miró a Margarita por un momento mientras recorría la fila e intercambiaba una que otra palabra con las demacradas mujeres, dándoles la bienvenida a Barcelona, y palmaditas en los hombros, y asegurándoles que al día siguiente se les conseguiría comida y un sitio donde vivir. Entonces, Lucy empezó a hacer lo mismo, se acuclilló a la altura de los niños para preguntarles sus nombres y el sitio de donde venían, admiraba una muñeca por acá y un carrito de juguete por allá, y acariciaba sus manos sucias o su cabello enredado por un instante. Algunos parecían casi muertos de hambre y no le cabía duda de que estaban infestados de piojos.

Una mujer hizo un ademán hacia una niña que no se le despegaba.

—No es mía —afirmó—. La encontré entre unas ruinas ¿pero, ¿qué se le va a hacer? —Los oscuros ojos de la pequeña parecían llenos de inquietud y Lucy se preguntó los horrores que habría visto. Otros niños se escondían entre las faldas de sus madres mientras trataban de decidir si esta mujer de rostro pálido y cabello rubio en un vestido color ciruela quería hacerles algún daño. Ninguno de ellos se separaba de sus madres; no parecían inclinados a jugar entre sí como lo haría cualquier criatura normal. A Lucy le pareció que guardaban un silencio poco natural.

Cuando terminaron de servirles a todas las mujeres y niños, Margarita le llevó una taza de chocolate caliente a Lucy, que la recibió con agradecimiento. Había perdido la cuenta del número de horas desde su última comida. Mientras bebía de su taza, Lucy miró la forma en que los pequeñitos envolvían sus dedos alrededor de las tazas e inhalaban con profundidad antes de sorber su lechosa dulzura. Ahora se percató de lo listo que fue Alfred; no sólo les estaba proporcionando un alimento más que necesario, sino que el aroma del chocolate parecía llevar consigo la confirmación de que aquí estaban a salvo, de que las cosas mejorarían. Lucy esperaba que así fuera.

Durante el primer día completo de Lucy en Barcelona, Margarita se hizo cargo de ella.

—Te voy a enseñar cómo es que funciona todo —le dijo, y Lucy no pudo evitar escuchar el orgullo en su voz.

Lucy ya sabía que a los refugiados recién llegados se les llevaba hasta el Centro de Recepción del estadio y fue allí donde Margarita inició su recorrido. Era evidente que la conocían a la perfección en las oficinas y el director la saludó con respeto para después explicarle a Lucy el sistema que habían establecido. A los refugiados entrantes se les registraba en un índice de tarjetas y, cuando estaban listos para salir del estadio, su tarjeta se actualizaba con información acerca de su destino y de la ayuda proporcionada para que llegaran al mismo. Lucy comprendió lo importante que eso resultaría para los hombres que intentaran localizar a sus familiares en el futuro. Se enviaba a algunas mujeres y niños a aldeas lejos del peligro principal de los bombardeos sobre la ciudad de Barcelona. Se le dijo que ya habían colocado a más de quince mil jóvenes en granjas, aldeas y colonias infantiles. A los huérfanos, o aquellos niños separados de sus padres, se les enviaba de manera automática a las colonias, pero muchas madres también optaban por que se enviara ahí a sus hijos, intercambiaban el dolor de la separación por saber que no pasarían ni hambre ni frío. Lucy se preguntó si algunas de estas mujeres iban en busca de sus maridos o si ayudaban como enfermeras en el frente o si se unían a la batalla con esa intolerable tristeza dentro de sus corazones.

—Me fascinaría ver las colonias —dijo Lucy y Margarita asintió. Visitarían algunas de ellas pronto.

El director las acompañó a los dormitorios; en general, había camas para las mujeres y los niños, pero también había algunas habitaciones para una que otra pareja de viejos que perdieron su hogar, pero que no habían terminado separados. Lucy miró a estas personas, sentadas o acostadas sobre sus camas, y aunque el sitio estaba limpio, estaban protegidos de los elementos y se les estaba cuidando, trató de imaginar lo que se sentiría verte obligado a huir de tu hogar de cuarenta o cincuenta años, apenas con lo que pudieras llevar contigo, y encontrarte vagando sin saber dónde terminarías ni de dónde vendría tu próxima comida.

Margarita le mostró el enorme salón comedor, la enfermería y el pabellón de descanso. Lucy pensó que había sido inteligente de parte del Comité de Refugiados y de los médicos reconocer que había ocasiones en que las personas no estaban enfermas como tal, sino que eran incapaces de hacer cualquier cosa por sí mismas sin el tiempo necesario para que sus mentes dañadas se acostumbraran a sus circunstancias. Una joven que estaba amamantando a su bebé levantó los ojos, llenos de profunda desesperación. Margarita vio la mirada que intercambiaron y se llevó a Lucy con gentileza.

Margarita le mostró la alberca y las regaderas, todas impecables, y después salieron al bajo sol invernal que brillaba sobre las gradas, donde estaban sentados pequeños grupos de niños acompañados cada uno de un adulto.

—Y aquí es donde está su escuela —dijo Margarita resguardándose los ojos del sol con una mano—. Sabemos que la educación es la clave de todo y sus mentes necesitan ocuparse de cosas distintas al horror que ya vieron. Darles clases les ofrece estructura y normalidad.

Lucy aprobaba de todo corazón.

Caminaron lentamente frente a los diferentes grupos. Lucy observó que algunos de los niños traían ropa buena, quizá porque habían viajado desde más cerca o porque provenían de hogares más acaudalados, mientras que otros traían puestos suéteres viejos, destejidos y llenos de hoyos.

Su mirada se vio atraída hacia una pequeña con un listón azul en su cabello. Había bajado su hoja de papel y parecía a punto de llorar. Lucy se acuclilló junto a ella y miró hacia la maestra para obtener su permiso; ella le hizo un ademán para que se sentara. Tomó el papel de la niña y vio que se le estaba dificultando formar las letras. Sostenía el lápiz con torpeza en su mano derecha, como si fuese un cuchillo que quisiera usar para apuñalar el papel.

—¿Qué mano usas para atrapar pelotas? —le preguntó y la chica levantó la izquierda. Lucy colocó el lápiz en su mano izquierda y la pequeña miró a la maestra, quien asintió en aprobación.

—Las monjas no me dejaban —susurró la pequeña antes de colocar la línea que completaba una «A» sobre la página con su mano izquierda mientras le sonreía a Lucy.

Margarita la estaba observando con detenimiento.

—Te va a gustar visitar las colonias —le indicó a Lucy cuando se marcharon del estadio—. La mayoría está a cargo de una maestra capacitada en el método de Montessori. Creo que se llevarán de maravilla.

De regreso en la YWCA, Margarita le preguntó cuándo había oído de Tom o de Jamie por última vez. Era evidente que le fascinaba la idea de los dos pretendientes de Lucy.

—Tom todavía no está en el frente—le dijo Lucy—. Al menos, no creo que lo esté.

Margarita frunció el ceño.

—Las Brigadas Internacionales están teniendo fuertes bajas en la batalla por defender Madrid —dijo con gentileza.

—Lo sé —respondió Lucy, su estómago se contraía de ansiedad—. No creo que pudiera tolerar que muriera.

Margarita le dio unas palmaditas en la mano.

—Todos tenemos a seres amados en el frente.

Cuando llegaron a la oficina de Alfred Jacob en la calle Caspe, pusieron a Lucy a trabajar con un complejo libro de contabilidad donde estaban asentados los pedidos que mostraban que Alfred estaba a cargo del abasto de leche en polvo financiada por los Amigos británicos, así como de la leche condensada enviada por Save the Children en Ginebra. Estaba furioso por lo de la leche condensada.

—Pedí a Cadbury que hiciera un informe acerca del contenido nutricional de la leche en polvo contra la leche condensada, pero esa mujer ni siquiera lo leyó.

Lucy no tardó en darse cuenta de que «esa mujer» era la señora Small, la representante de Save the Children, que ya había regresado a Ginebra. Era más que evidente que Alfred no la toleraba.

—La leche condensada vale sesenta libras por tonelada, pero las latas son tan pesadas ¡que cuesta doscientos setenta y cinco pesetas transportar cada una! —farfulló encolerizado—. Podríamos alimentar a muchísimos más niños con ese dinero si usáramos solamente la leche en polvo, pero quiere que todo se haga como ella dice.

Lucy asintió. Pudo ver por el libro mayor que la leche condensada terminaba siendo el doble de cara. Incluso el apoyo a los refugiados resultaba más complicado y politizado de lo que pensó en Inglaterra.

Los ojos azules de Alfred brillaron irritados.

—Y los refugiados no son los únicos niños hambreados en Barcelona. Quiero expandir los comedores a los distritos más pobres. No ha habido ni gota de leche en la ciudad desde octubre y los pequeños de la localidad también se están muriendo de hambre.

—¿Pero no están haciendo nada las autoridades locales? —preguntó Lucy.

Alfred asintió, pero siguió explicando la situación.

—Están haciendo lo que pueden. Es sólo que no les alcanza sin los suministros del extranjero. Las madres con hijos de menos de dieciocho meses tienen derecho a recibir leche de la Casa de Maternología pero solamente pueden brindarles apoyo a cuatrocientas madres y las raciones se redujeron de cinco latas por semana a dos.

Lucy se sintió invadida de energía; estaba aquí y haría lo que fuera para ayudar. Por primera vez en su vida tenía un propósito.

Lucy ayudó en la oficina la mayor parte del día, salvo por una breve siesta después de la comida, después regresó al comedor de la estación para darle la bienvenida al siguiente cargamento de refugiados. Al mirar los cansados rostros de las mujeres, se preguntó cómo habrían sido sus vidas anteriores y cómo ella misma manejaría el verse desarraigada y transportada por todo el país como ganado.

Para cuando regresó a su habitación en la YWCA, estaba exhausta. Pero poco después de que se acostara, la despertó la aguda sirena antiaérea. Saltó, aterrada, y trató de prender la luz, pero no funcionaba. Recordó que Margarita le había contado que cortaban toda la electricidad en la central durante los bombardeos. Metió los pies en sus zapatos con rapidez, se puso el abrigo encima del camisón y salió a tientas de su habitación para bajar por las oscurísimas escaleras mientras sus dientes castañeaban de miedo. Una muchedumbre de mujeres salió de uno de los dormitorios y empezó a empujarse y a chocar entre sí, mientras el cubo de las escaleras se llenaba con las agudas voces ansiosas y el juego de luces de las linternas. Lucy se concentró en mantenerse en pie.

En el área del comedor, prendieron algunas velas y las chicas se agazaparon en torno a las mesas. Alguien prendió la radio de baterías y se escuchó la voz de un anunciador que indicaba: «¡Catalanes, catalanes! ¡Mantengan la calma! ¡Serenidad! ¡Mantengan la calma! Hay un par de aviones enemigos que circulan en lo alto. ¡Acudan a sus refugios!».

El corazón de Lucy empezó a latir con fuerza. ¿Dónde estaban los refugios? ¿Había viajado hasta acá sólo para morir en un bombardeo durante su segunda noche en España? Nadie más parecía estar corriendo a esos refugios. ¿Acaso existían siquiera?

Alguien bajó el volumen de la radio y todo el mundo se quedó sentado atento a si se acercaba el enemigo. Lucy se esforzó por oír, pero no pudo detectar el sonido de aviones ni, mucho menos, de un bombardeo. A la larga, la cocinera asomó la cabeza al exterior y anunció que no había señal alguna de los aviones. Se habían marchado.

Todas regresaron a sus habitaciones en la oscuridad y Lucy decidió que lo primero que haría a la mañana siguiente sería comprarse una linterna.

Regresó a acostarse, demasiado agitada como para dormir, y se preguntó si los muchachos estarían acostados bajo los bombarderos que arrojaban su lluvia de muerte desde los cielos. O, incluso, si ya estarían muertos. No pudo evitar imaginar el bello y enérgico cuerpo de Tom desparramado sobre la orilla de una trinchera; la espesa sangre emanar de su vientre. Imaginó a Jamie, sosteniendo con sus largos dedos una herida en la cabeza mientras la vida se apagaba de sus ojos.

¡No! No podía permitirse pensar así o se volvería loca. No podía pensar en horrores imaginarios cuando había tantos verdaderos justo enfrente de ella. En cambio, de ahora en adelante, debía concentrarse en las cosas que podía ayudar a cambiar. Si habría de sobrevivir a su nueva vida en España, tendría que dirigir todas sus atenciones hacia los niños, como esa pobre pequeñita zurda del estadio a la que quizá habían sacado a rastras de un refugio antiaéreo o de las ruinas de su hogar, para pasar días y noches sin nada de beber ni comer. ¿Qué pesadillas habría atravesado? Hasta que Lucy pudiera comunicarse con Jamie y con Tom para convencerlos de que regresaran a Inglaterra, no podía centrarse más que en los niños.

8

Alfred Jacob no tardó en aceptar a Lucy como miembro invaluable de su equipo, pues a medida que aumentaba la ambiciosa operación de los Amigos para administrar colonias y comedores infantiles, comenzaba a sentirse abrumado. Lucy trabajaba en las oficinas por las mañanas y, durante las primeras tardes, Margarita la había presentado con la gente importante que necesitaba conocer para administrar el transporte y almacenamiento de alimentos donados.

—Te harán caso porque eres mi amiga —dijo Margarita con una risa—, y te recordarán porque eres una chica inglesa de lo más bonita.

De camino a conocer a los funcionarios importantes, Margarita le presumió algo de su lugar de nacimiento. A Lucy le interesó descubrir que había un laberinto de calles medievales en el corazón de esta ciudad moderna planeada en cuadrícula. Los edificios de piedra negra tipo fortaleza tenían ventanas y balcones que se veían unos a otros sobre los retorcidos callejones que el sol jamás tocaba, y el fétido hedor de las alcantarillas permeaba todo el sombrío laberinto. Lucy se estremeció al pensar en las vidas que pasaban en la lúgubre oscuridad de estas barriadas.

Margarita la ayudó a subir por los amplios escalones de la catedral, dentro había una penumbra casi impenetrable que ocultaba a aquellos que se escabullían en su interior para rezar. A Lucy le dio gusto salir de ahí y caminar por el amplio paseo conocido como La Rambla, con sus plataneros de sombra, asientos, kioscos de periódicos, limpiabotas, puestos de flores y multitudes en constante movimiento. En el brillante sol de invierno, parecía estar a un mundo de distancia de Welwyn.

Durante algunas otras tardes, Margarita la llevó a visitar los hogares infantiles, o colonias, como se les decía, y por la noche Lucy se convirtió en miembro de la rotación para el comedor. Era trabajo agotador y dormía profundamente, pero no tardó en sentirse como en casa en Barcelona. Mientras caminaba al trabajo, era frecuente que Lucy viera turbas enojadas de mujeres que protestaban por la carencia de pan y en alguna ocasión se refugió en un portal y observó mientras la policía disolvía la protesta sin miramientos. El sistema de raciones de alimentos simplemente no podía darse abasto con el número de personas que estaba llegando a la región. Alfred calculaba que había más de trescientos cincuenta mil refugiados dentro de la ciudad.

Las sirenas que advertían los bombardeos sonaban cada par de noches y cundía el pánico en el comedor entre los refugiados que provenían de sitios como Madrid, donde sufrían bombardeos frecuentes. El trabajo de Lucy era mantenerlos en calma y acompañarlos al refugio más cercano. Tener una tarea práctica evitaba que se preocupara demasiado por sí misma, en especial porque la mayoría eran falsas alarmas.

Diez días después de su llegada, las alarmas empezaron a sonar alrededor de las tres de la mañana, justo cuando acababan de servirles la cocoa a los recién llegados. Todas las luces se apagaron y las voces de mujeres y niños se elevaron en aterrados gritos mientras preguntaban dónde se encontraban los refugios. Los Amigos habían comprado un megáfono y Lucy se paró sobre una silla y empezó a usarlo.

—¡Silencio! ¡Mantengan la calma! —siguió clamando hasta que el alboroto se tranquilizó. Prendió la linterna roja que guardaban junto al megáfono y empezó a agitarla sobre su cabeza—. Sigan esta luz y yo los llevaré al refugio. —Al bajarse de la silla sintió cómo la multitud se apretaba contra ella, amenazando con aplastarla y aplastar a los demás.

—¡Abran paso! —gritó al megáfono, casi tropezándose con un bulto de ropa—. ¡No empujen!

Se hicieron a un lado para dejarla llegar hasta la puerta.

—Manténganse calmados y todos estaremos a salvo.

Mientras los dirigía con rapidez hacia el refugio, el profundo rugido de los aviones hizo temblar el aire y Lucy levantó la mirada al techo abovedado arriba de las vías; se estremeció al imaginar las astas de metal que podrían precipitarse sobre ellos si las bombas caían cerca. Los reflectores empezaron a pasearse por el cielo nocturno y pudo escuchar el resonar de las ametralladoras antiaéreas en dirección al puerto. Los refugiados que la estaban siguiendo se desplazaron hacia adelante como una ola, con quejidos y gritos de temor.

A la entrada del refugio, se hizo a un lado y dejó que la multitud entrara, al tiempo que seguía dirigiéndolos.

—¡Vayan lento! ¡Tengan cuidado con los niños!

El impacto de las bombas que empezaron a caer cerca de la costa estremeció a la ciudad y, por un momento, el terror se apoderó de Lucy. Esto era la guerra y ella estaba en medio. Tuvo un desesperado impulso por empujar a todas estas personas a un lado para abrirse paso hasta la seguridad del refugio, pero se controló. Cuando el último de los refugiados de la noche bajó por las escaleras, se dio la vuelta y paseó la luz de la antorcha por la explanada de la estación. Al principio, pensó que estaba vacía, pero entonces el haz de luz iluminó a un chico de cuatro o cinco años, agazapado junto a la entrada de la plataforma. En una docena de zancadas llegó hasta él, lo levantó y lo cargó en uno de sus brazos mientras la estructura metálica vibraba con la explosión de otra bomba.

Abajo, en el refugio, el ruido era ensordecedor: una cacofonía de adultos que gritaban y niños que lloraban. Se abrió paso con cuidado entre la multitud, el niño estaba aferrado a ella mientras ocultaba su rostro contra su hombro. Después de encontrar un sitio entre dos familias, Lucy se acomodó con la espalda contra la pared y sentó al pequeño en su regazo. Su temor empezó a disolverse mientras se centraba en el pequeño.

—¿Y tú cómo te llamas? —le preguntó; después de unos instantes, el pequeño levantó la cabeza y la miró directamente. Sus ojos eran cafés con pequeñas motas doradas, como los ojos de un tigre.

—Jorge.

—Ése es un nombre de lo más varonil para un pequeñito.

—Tengo seis y cuarto.

Mientras hablaba, pudo ver que le faltaba uno de sus dientes de enfrente. Sin duda que tendría seis años, aunque era pequeño para su edad.

—Ya veo —dijo pensativa—. Ahora me queda claro que ésa es la edad que tienes. ¿Y dónde vives, Jorge?

Recitó la dirección de Madrid que le enseñaron en casa en caso de que alguna vez se perdiera, pero después su rostro pareció colapsarse.

—Pero ya no vivimos allí.

—No —respondió Lucy—. Ahora estás en Barcelona.

El pequeño miró a su alrededor.

—Pasa lo mismo con las bombas.

—¿Y con quién viniste?

—Con mi hermana mayor, María, y mi tita, pero después las perdí y me encontró otra señora, pero me le olvidé cuando empezaron a caer las bombas. —Sus ojos eran como enormes estanques de desesperación, pero no dejó caer ni una sola lágrima. Quizá ya las había gastado todas, pensó Lucy.

—Pues yo me llamo Lucy y mañana mismo te llevaré al Centro de Refugiados. Allí es posible que sepan dónde se encuentra María. ¿Te parece?

La vio con enorme seriedad.

—Sí, está bien.

Sus ojos se pasearon por toda ella, como si quisiera memorizarla, y entonces señaló el brazalete con la estrella cuáquera.

—¿Eso qué es?

—Eso significa que soy tu amiga.

Estiró su mano hasta su cabello y lo acarició.

—¿Y por qué tienes el pelo amarillo?

Ella se encogió de hombros y sonrió.

—Así soy.

El pequeño asintió sabiamente.

—Está bien. —Después, se acurrucó contra ella, metió el pulgar en su boca y se quedó dormido.

Aunque Lucy no tardó en sentirse incómoda, se movió lo menos que pudo hasta que sonó la señal de fin de alerta y tuvo que despertar al pequeño. Al principio, pareció sorprendido de verla, pero después la recordó. «Lucy, la del pelo amarillo».

Lucy lo llevó directamente al estadio y estuvo atenta mientras le preguntaban todos sus particulares y los anotaban en una tarjeta. Le dijeron que lo llevarían a una colonia al norte de la ciudad y que, con suerte, algún día se reuniría con su familia.

—Y ahora tú también me vas a dejar —le dijo a Lucy, cuyo corazón dio un vuelco.

—Vas a un lugar de lo más agradable con otros niños y yo iré a visitarte.

La miró con gran firmeza con sus ojos de anciano en su rostro de niño.

—No creo que lo hagas —afirmó mientras dejaba que se lo llevaran.

* * *

Después de unos cuántos días de que Lucy llegara a Barcelona, empezaron a llegar cartas de casa. Primero, por supuesto, recibió una carta de la señora Murray llena de noticias, en donde le platicaba acerca de lo que estaba haciendo para empacar todo el menaje de casa para su regreso a Lanarkshire. Había arreglado quedarse con su hermana hasta que encontrara empleo y no podía esperar a irse ahora que «sus tres hijos» se habían marchado.

La primera carta que Lucy recibió de su padre fue un contraste absoluto y tan poco emotiva como pudo haber esperado. Dijo que la casa parecía «diferente sin ti», pero arruinó la posible inferencia que podría hacerse de lo anterior al decirle que aunque estaba encargándose de la limpieza y de la cocina él mismo, estaba pensando en mudarse a la casita de junto y en pedirle a la señora Murray que se quedara a trabajar como su ama de llaves; un arreglo que creía que podría beneficiarlos a los dos. Cuando Lucy le escribió de regreso, no hizo comentario alguno al respecto, sino que llenó los dos lados de la hoja de papel de correo aéreo contándole todo acerca de su trabajo en Barcelona.

También le llegaron cartas de amistades de Welwyn que sentían curiosidad acerca de su nueva y exótica vida, pero Lucy tenía tan poco tiempo libre que sus respuestas fueron muy breves. No recibió carta alguna ni de Tom ni de Jamie.

Una vez que el comedor de la estación empezó a operar con regularidad, Alfred Jacob se ocupó del siguiente paso de su plan: abrir comedores para los niños más pobres de Barcelona, que estaban sufriendo a causa del decreciente abasto de alimentos dado que la mayoría de los terrenos agrícolas de España ahora estaban en manos de Franco.

—¿Has visto algún gato? —le preguntó Margarita.

—No —respondió Lucy, extrañada—. No creo que haya visto ningún gato desde que llegué.

—Exacto —asintió Margarita—. Ya se los comieron a todos.

Le contó que los niños y niñas de Barcelona no sólo tenían hambre, sino que aparte estaban presentando raquitismo y tuberculosis.

114

—Sus madres están aterradas de que contraigan sarampión. Tiene una tasa de mortalidad del cien por ciento y se propaga con gran velocidad en los centros de refugiados.

Lucy empezó a aporrear su máquina de escribir, escribiéndoles cartas a todas las personas en que pudiera pensar para reunir más dinero. Organizó el almacenamiento y distribución de ropa y cobijas provenientes de Estados Unidos e Inglaterra, y que también donaban los catalanes más acomodados. Macfarlane y McVitie, fabricantes británicos de galletas, acordaron donarles suministros. Avena Quaker ofreció enviar su cereal para alimentar a los niños.

El comedor de la estación les daba a los niños medio litro de cocoa por cabeza y aunque el sabor de la cocoa inglesa no les era conocido, parecían deleitarse, y sus ojos se abrían como platos cuando aparte se les entregaban dos galletas dulces inglesas.

Llegaron setecientas cajas de leche, cocoa, azúcar, galletas y avena, y se distribuyeron no sólo a los comedores, sino también a los centros de refugiados que se habían establecido en la iglesia de San Felipe Neri, en el sombrío Asilo Durán y en diferentes exconventos de la ciudad. Alfred y el marido de Margarita, Domingo, trabajaban de cerca con el Ministerio de Salud y con el Comité Regional de Ayuda a Refugiados para garantizar que nadie muriera de inanición.

El ocho de febrero, la ciudad sureña de Málaga cayó ante el general Franco y el flujo de refugiados que viajaban al norte se convirtió en un verdadero río. Muchos de los refugiados eran personas muy pobres que hacían pensar a Lucy en siervos medievales con sus faldas largas y sus chales, a veces con zuecos de madera en lugar de zapatos y con costales sobre sus hombros para protegerse de la lluvia. La mayoría se había marchado sin dinero y apenas con los andrajos que traían puestos. Quienes lograban llegar hasta Barcelona, les contaban a Lucy y a Margarita que las filas de refugiados que huían eran víctimas de ataques de metralleta de aviones alemanes e italianos. Lucy no podía creer que existiera tal maldad en el mundo. No podía ser que Jamie supiera todo esto y que aún así apoyara a Franco. La Cruz Roja, el consejo ciudadano y los grupos milicianos ayudaron con un barco que transportaba a tres mil quinientos refugiados provenientes de Málaga. Después, empezaron a llegar vascos y asturianos desde las asediadas provincias norteñas. Lucy empezó a trabajar más y más horas, únicamente se detenía cuando no le era posible mantener los ojos abiertos.

Las autoridades llevaron a Alfred Jacob a inspeccionar una estación de bomberos vacía en el distrito de Sans, que acordaron redecorar como comedor para los habitantes más pobres de Barcelona. La noche antes de que abriera, Alfred y Domingo ayudaron a colocar las mesas mientras Margarita y Lucy fregaban los pisos de rodillas. Alfred había contratado a algunas mujeres locales para que ayudaran a operar el comedor. Así, los habitantes seguirían viniendo y las madres comprenderían que era un sitio seguro adonde llevar a sus pequeños. Habría un médico de guardia para atender a los niños más enfermos y se distribuiría ropa abrigadora a quien la necesitara.

Para la mañana siguiente, todo estaba listo. Kilos de leche en polvo ya estaban mezclados con agua, cocoa y azúcar y se calentaban en enormes ollas para poder alimentar a los ochocientos niños menores de seis años que tenían calculados. Margarita tomó a Lucy del brazo y miraron mientras se abrían las puertas. Afuera, había una larga fila de mujeres con bebés en brazos y pequeños aferrados a sus faldas. Las mujeres llevaban consigo botellas y frascos para que pudieran llenarlos de la preciosa leche con chocolate. Lucy volvió a notar lo silenciosos que eran los niños de la fila, aletargados y pálidos, tan diferentes a sus alumnos de Welwyn. Cuando les preguntaba su edad, se percató de que los débiles niños catalanes de seis años tenían la talla de los niños ingleses de cuatro.

A una de las mujeres locales le tocó la poco envidiable tarea de rechazar a aquellos que hubieran llegado tarde o cuyos nombres no estaban en la lista. A la mañana siguiente, la fila empezó a formarse desde antes de que saliera el sol.

Alfred y Domingo atosigaron a las autoridades para que les permitieran abrir un segundo comedor en la calle Carmen, en el tristemente célebre quinto distrito. Pusieron a cargo a la señora Petter, de la Unión Internacional Save the Children, pero se rehusó a contratar ayuda local y prefirió pagarle al personal que ella misma eligió. También insistió en usar leche condensada en lugar de la leche en polvo, y estableció una estación especial donde disolver y calentar la leche enlatada. Allí podían alimentar a mil niños con leche y cereal de avena, pero no bastaba.

El primer día en que abrió el comedor de la calle Carmen, Lucy vio cómo un grupo de cinco o seis mujeres que sollozaban y levantaban las consumidas extremidades de sus bebés después de que las rechazaran. Volteó a ver a Margarita, presa de la angustia.

—¿Qué podemos hacer? ¿Qué podemos hacer?

—Trabajar más duro, escribir más cartas y abrir más comedores, supongo —respondió su amiga con los dientes apretados.

Margarita volvió a entrar al comedor, pero Lucy permaneció afuera, en la entrada, mirando a una mujer que se mantenía algo separada del resto del grupo. Cuando las otras se marcharon, siguió paseándose cerca del comedor. Estaba vestida con una falda que le llegaba a los talones y una mascada sobre su cabeza; tenía a un bebé envuelto en un mugroso chal. Lucy pensó que bien podría haber salido de alguna historia bíblica: podría haber sido María huyendo a Egipto con su pequeño en brazos. Cuando Lucy se acercó, la muchacha levantó la cabeza. Al verla de cerca, se dio cuenta de que era más joven que ella, de apenas unos diecisiete años y su rostro demacrado estaba lleno de desesperación. Uno de los brazos del bebé se asomaba del chal, más delgado que una ramita. Quizá ya estuviera muerto.

—Ven conmigo —le indicó y la joven la siguió al otro lado del edificio a una entrada lateral.

Lucy le tocó el brazo de manera fugaz.

—Espera aquí, por favor.

Ya adentro, Lucy se apresuró para encontrar al médico; sus dedos tamborileaban impacientes contra su propia muñeca mientras le daba cápsulas de aceite de hígado de bacalao a una mujer de aspecto cansado con cinco hijos.

Antes de que la siguiente familia pudiera acercarse, Lucy dio un paso adelante y casi en silencio le pidió que la acompañara. Él pudo detectar la urgencia de su voz y la siguió de inmediato.

El doctor tomó el bulto inmóvil de los brazos de la chica y con gentileza abrió el chal. Al sentir el aire, la criatura dejó escapar un lloriqueo débil y lastimero; Lucy exhaló, aliviada. Mientras el médico se apresuraba con el bebé de vuelta al comedor, la madre miró a Lucy por encima de su hombro y en un susurro dijo: «Dios la bendiga».

Lucy se recargó contra la pared del edificio viendo a su alrededor a la muchedumbre. Esta chica no era más que una y había muchísimos. Muchísimos.

Margarita también llevó a Lucy a visitar algunas de las colonias infantiles que recibían alimentos y se encontraban bajo la administración del equipo de Alfred Jacob. Principalmente, ocupaban las enormes casas que los ricos habían abandonado al huir a sus haciendas campestres. Las casas eran limpias, bien ventiladas y estaban pintadas de colores brillantes: un dormitorio azul en una de ellas, un comedor amarillo en otra. Había flores y plantas por doquier, así como adornos de cerámica y libreros atestados de ejemplares. Los niños se veían bien vestidos y ocupados, aunque había algo en sus cortes de pelo reglamentarios que incomodaba a Lucy. Todas las niñas traían fleco y el cabello muy corto, justo por debajo de las orejas, mientras que el de los niños parecía casi rapado. Lucy notó con aprobación que había una abundancia de materiales de arte y de equipo de deportes, pero sin una sola pistola de juguete. Los pequeños dormían en camas de metal con colchas de lo más alegres. Cada cama tenía una caja debajo, donde podían guardar su ropa, libros y artículos personales. Un muchacho le mostró su colección de soldados de cartulina y otro su libro de estampillas.

Le dijeron que todos los niños tenían algún papel en la gestión de la colonia; cada quien hacía su cama y tomaban turnos para servir a la mesa, hacer trabajos de jardinería y cuidar de los pollos y los conejos. Había una rotación de limpieza y los chicos mayores ayudaban a los más pequeños.

En una de las colonias, los chicos estaban reunidos en lo que llamaban un «parlamento de niños». Se daban discusiones y debates ordenados acerca de cómo se administrarían las clases, las comidas y los dormitorios. Lucy guardó toda esta información para usarla en el futuro; ¡no se podía imaginar que en las escuelas inglesas les pidieran su opinión a los alumnos!

Cuando llegaron a la colonia de Los Cipreses en Pedralbes, al norte de Barcelona, el corazón de Lucy brincó de gusto cuando reconoció a uno de los pequeños.

—¡Jorge! —llamó.

El chico volteó y su rostro se iluminó de dicha.

—¡Viniste!

Corrió hasta ella y estiró la mano para darle un apretón de lo más formal. Lucy se sintió tanto divertida, como enternecida. Jorge volteó a su compañero para hacer un anuncio pomposo.

—Ésta es Lucy la del cabello amarillo, y es mi amiga.

La tomó de la mano e insistió darle un recorrido de toda la colonia. Estaba de lo más interesado en la habitación donde estaban produciendo volantes en una imprenta. Lucy exclamó de sorpresa al ver una máquina así. La maestra a cargo levantó las cejas.

—¿Qué no tienen lo mismo en Inglaterra? —preguntó—. Casi todas las escuelas de la República tienen una imprenta.

En opinión de Lucy, España le parecía un país plagado de contradicciones, donde las ideas más innovadoras coexistían con el feudalismo medieval y la miseria con la moda más actual. Los muebles que había en las colonias parecían casi salidos del catálogo de las mueblerías de moda en Londres, por completo diferentes a los de su propia aula victoriana y monótona.

—Todo es de lo más moderno —le susurró asombrada a Margarita—. Los métodos de enseñanza, el equipo.

—¿Y qué esperabas? —respondió Margarita con una sonrisa de satisfacción—. También vivimos en el siglo xx.

—Pero en Inglaterra únicamente los hijos de los ricos recibirían una educación así.

Margarita se levantó de hombros y extendió sus expresivos dedos.

«Y eso es por lo que Tom está luchando», pensó Lucy, experimentando una cálida ráfaga de orgullo.

Cuando se marchó de la colonia, Lucy le dio la mano a Jorge y le prometió que volvería.

En el camino de vuelta de la colonia, Margarita le contó a Lucy más cosas acerca de su vida. Ella y Domingo llevaban tres años de casados y compartían diversos intereses. Domingo formaba parte del consejo de la YMCA y Margarita estaba en el consejo de la YWCA.

—Somos como dos mitades de una misma persona —le platicó Margarita y Lucy sintió un aguijonazo de envidia. ¿Algún día podría decir lo mismo?

Margarita rompió en sus risotadas roncas y guturales, teñidas de un asomo de amargura.

—Pero ahora está Alfred Jacob, de modo que somos tres mitades. Cuando conoció a Alfred, Domingo pensaba que era el único pacifista del planeta. Ahora, es como si fueran hermanos; pero más que hermanos de sangre… son hermanos del alma.

Lucy miró a Margarita de reojo. «¿Estará celosa?», se preguntó.

—¿Y te agrada tener a Alfred Jacob viviendo con ustedes?

Margarita suspiró con suavidad.

—Norma, la esposa de Alfred, llegará pronto con sus hijos. Y entonces buscarán un hogar propio, pero siempre tendré a Domingo —dudó con cierta timidez mientras su mano revoloteaba sobre su vientre—. ¡Y pronto tendremos a alguien más!

Aunque no conocía a Margarita de más tiempo, Lucy supuso que era una persona perfectamente cómoda con su situación. Tomó su mano.

—Pero ¡qué emocionante! ¿Para cuándo llega?

—Ya llevo cinco meses de embarazo. Sé que es terrible traer a una criatura a una guerra, pero los dos estamos contentísimos. Y es posible que nuestro niño crezca para convertirse en un mensajero de paz, en un diplomático que traiga armonía al mundo.

Lucy se preguntó si algún día tendría la dicha de anunciar un embarazo y, en ese caso, quién podría ser el padre.

Margarita volteó a verla.

—¿Y qué hay con tus muchachos? ¿Hay alguno de ellos que sea como tu otra mitad? ¿Tu alma gemela?

Lucy titubeó. A veces, sentía eso acerca de uno y, en ocasiones, acerca del otro. ¿Cómo podía explicarlo?

—¿A quién amas más? —Presionó Margarita, sonando tanto intrigada como escandalizada.

Lucy se mordió el labio.

—Adoro a Tom porque es vivaz, porque está lleno de risas y de vida. Y amo a Jamie porque es leal y confiable y comprensivo. Es como si entre los dos hicieran a la persona perfecta. Algunos días siento que quiero estar con uno de ellos y en otros días con el otro. Es como si fueras una madre con dos hijos. Los amarías mucho por igual a los dos, aunque fueran así de distintos.

Margarita levantó sus elegantes y delgadas cejas.

—Pero la manera en que amas a un hombre no es misma en la que amas a tus hijos. Y la forma en que amas a tus hermanos no es la misma en la que amas a tu marido.

Lucy pensó en los besos tan distintos que le dieron los chicos.

—No, me imagino que no.

En su carta semanal, el capitán Nicholson le informó que le había dicho a la señora Murray que ya no podía costear el gasto de mantener la casita y la casa principal. Le dijo que necesitaría rentar la casa grande para mudarse a la casa de junto, y le ofreció la oportunidad de quedarse como su ama de llaves. Su indignada sorpresa parecía transmitirse a través del papel cuando describió su rechazo y Lucy no pudo más que empezar a reírse mientras imaginaba la escena. Pero la propia carta de la señora Murray, en la que le platicaba sobre «declinar la generosa sugerencia de tu padre de convertirme en su sirvienta sin sueldo» la hizo aullar de risa. Ahora, la señora Murray no podía esperar para marcharse a Lanarkshire, pero estaba muy preocupada, en especial acerca de Tom. No había oído nada de él desde que le mandó una breve carta en Navidad, aunque le habían llegado dos cartas de Jamie. Se preguntó si el correo del frente estaría llegando a Barcelona pero Lucy tampoco había recibido noticias de ninguno de los dos hermanos.

Lucy estudiaba los periódicos a diario en busca de alguna noticia de cualquiera de los dos, y escuchaba la radio del comedor de la YWCA cuando hacía sus comidas. Allí escuchó acerca de la Batalla de Jarama, que se libró para mantener a Franco fuera de Madrid. Era bien sabido que las Brigadas Internacionales y las milicias estaban sufriendo pérdidas atroces. Después de todo, eran extranjeros, campesinos, adolescentes y sindicalistas apenas entrenados que estaban luchando contra las brigadas bien capacitadas y equipadas de mercenarios marroquíes y soldados alemanes e italianos de las fuerzas de Franco. Cualquier día, en cualquier momento, Tom podía terminar muerto. Lucy se preguntó si se enteraría del momento de la muerte de Tom de alguna manera. Su ansiedad al respecto era como una banda apretada alrededor de su pecho.

Esperaba que Jamie estuviera algo más a salvo, detrás de las líneas del frente. Le preocupaba menos que terminara herido porque, como periodista, no estaría tan directamente en peligro como lo estaba su hermano. Le preocupaba más que esa luz pura que emanaba de él quedara mancillada y disminuida.

Y se preocupaba un poco acerca de sí misma. Estaban la escasez de alimentos y los bombardeos, por supuesto, pero una noche, mientras se apresuraba a casa del comedor por las oscuras calles de la ciudad, dio la vuelta en una esquina y se topó con un pequeño grupo de milicianos que perdían el tiempo mientras hacían labores de guardia. Se detuvo en seco por unos momentos mientras iluminaba con su linterna los rostros que voltearon hacia ella. Intercambiaron algunos comentarios soeces y después empezaron a acercarse, moviéndose en silencio sobre sus zapatos de suela de cuerda en tanto que la rodeaban. Escuchó un ruido metálico mientras uno a uno dejaban sus rifles sobre la calla empedrada. No los necesitarían para lo que tenían en mente. Apuntó la linterna detrás de sí y pudo distinguir la oscura forma de otro hombre que le cortaba el paso. Su boca se secó por completo y su pulso empezó a latir en sus oídos. Cambió la linterna a su mano izquierda y levantó la derecha apretando el puño como el saludo republicano mientras recordaba el llamado a las armas de la Pasionaria.

—«¡No pasarán!» —exclamó en una voz pequeña y aguda. Después, en una voz más fuerte y firme—. «¡No pasarán!». — Hubo una pausa y lo único que pudo escuchar fueron los alejados sonidos de la ciudad, pero los hombres frente a ella parecían incapaces de moverse o de respirar.

—«¡No pasarán!» —gritó con furia.

Y, entonces, uno de ellos respondió: «¡No pasarán!» y levantó su mano en el saludo. Uno tras otro de los soldados repitió la consigna y se hicieron a un lado para dejarla pasar, mientras temblaba de pies a cabeza.

Cuando le contó a Margarita lo sucedido, las dos estuvieron de acuerdo en que no debía irse del comedor sino hasta que amaneciera.

Después de siete semanas sin noticia alguna, llegaron dos cartas de Tom el mismo día, a principios de marzo. Una estaba escrita justo después de la Navidad y había viajado todo el camino hasta Inglaterra y de regreso.

30 de diciembre de 1936.
¡En algún lugar de España!

Mi muy querida Luce:

La Navidad no fue para nada como en casa. Cenamos carne curada para las Navidades, pero debo decirte que pareció todo un manjar ¡en comparación con los aceitosos frijoles de costumbre! Hubo mucha niebla y cayó una profunda nevada. No me imaginaba que nevara en España, pero estamos a una considerable altura. Salimos e hicimos un muñeco de nieve. Los locales pensaron que estábamos locos.

Al segundo batallón, en el que me encuentro, no le han dado autorización de movilizarse al frente. Seguimos atrapados detrás de las líneas, entrenándonos en el manejo de armas. Estoy haciendo mi mejor intento por ser paciente.

Tus paquetes llegaron justo a tiempo y ahora soy el tipo más abrigado de toda la compañía. El cartero del batallón es un verdadero mago: se llama Ernest Mahoney y solía ser dueño de una librería. Tiene una pequeña camioneta y maneja hasta el frente, sin importar cómo esté el clima, para asegurarse que todo el mundo reciba cartas y paquetes de casa. Hoy traigo puestos tres pares de calcetines de lana.

No dudo que hayas oído que las cosas están muy mal en la primera línea, Luce, de modo que no tiene caso que te mienta. La compañía núm. 1 salió de aquí el 24 de diciembre. ¿Recuerdas que te conté acerca del poeta John Cornford? Murió el día después de su cumpleaños veintiuno. Me ofrecí a mandar sus efectos personales a su familia, aunque casi no tenía nada. Una que otra fotografía, un lápiz, un cuchillo y las últimas cartas que recibió de casa. Espero que sus poemas sobrevivan.

Les dimos una bienvenida de héroes a los que lograron regresar, debo decirte. Nos formamos en una guardia de honor y los vitoreamos con tal fuerza que seguro nos pudieron oír hasta Barcelona.

Pero no debes pensar que estamos desanimados. Somos como jóvenes médicos en una misión para curar al mundo. Es una cruzada, una confraternidad. No puedo explicártelo, pero hay días en que me siento exultante, como si escuchara el Aleluya de Händel por primera vez, o como si estuviera de pie dentro de una catedral cuando el sol la inunda de luz a través de los vitrales o como si mirara el techo de la Capilla Sixtina o algo por el estilo. Tenemos una causa en la que creemos de manera tan absoluta que nuestras vidas casi no parecen importar. No puedo esperar a que nos manden a pelear.

No falta mucho.

Con amor,

Tom

Con velocidad, Lucy abrió la segunda carta, que le comprobó que Tom había estado con vida apenas unos días antes.

28 de febrero de 1937
Campamento base

Querida Luce:

Supongo que estarás siguiendo la Batalla de Jarama en las noticias y sabrás para este momento que resistimos y que Madrid sigue fuera del alcance de Franco. Si te soy honesto, no sé cómo lo logramos, pero lo hicimos, Y, como podrás ver, sigo vivo.

El segundo batallón, el mío, llegó al frente en un convoy de camiones con el Batallón Dimitrov de los Balcanes y con el Batallón Franco-belga. Los pobladores se acomodaron a cada lado de la calle para lanzarnos vivas y algunas de las mujeres se pusieron a llorar. Nos sentimos bastante bien con nosotros mismos. Después, viajamos por tren y de nuevo por camión en dirección a Madrid.

Cuando llegábamos a cualquier poblado, los habitantes nos daban una bienvenida de lo más cálida; ¡parecía que rebuscaban cada huevo del distrito con tal de dárnoslo a nosotros! ¡Si tan sólo no los ahogaran en aceite de olivo! Nos detuvimos en una granja que se había convertido en cocina y tomamos pan y café. Llenamos nuestras cantimploras y después nos dieron órdenes de subir por la colina. Ya podíamos escuchar el sonido del fuego a poca distancia.

No teníamos idea de la posición del enemigo, pero trepamos por la escarpada ladera, cruzamos una meseta y un valle seco y, de repente, estábamos al tope de la colina que miraba hacia abajo, al río Jarama. Los tipos que llegaron primero la bautizaron «colina del suicidio» porque estábamos rodeados por tres flancos. El intenso fuego de rifles y metralletas hacía que saltaran terrones de tierra a todo nuestro alrededor. Preparamos nuestra ametralladora sólo para darnos cuenta de que nos habían enviado el parque incorrecto. Hubo muchos chistes acerca de la «no intervención».

No puedo describirte cómo fueron las siete horas siguientes, excepto por el hecho de que existe un tipo de miedo que te reseca la boca y la garganta cuando estás acostado con el rostro contra el piso y rodeado del fulgor y estruendo de las detonaciones. Después, como de la nada, sientes una descarga de adrenalina y te olvidas por completo del temor. Sentí que estaba peleando por todos los pobres y oprimidos del mundo; experimenté ese tipo de gusto salvaje que sientes cuando te enfrentas a un bravucón, aunque sabes que lo más seguro es que termines aporreado.

En esas siete horas, mataron o hirieron a más de la mitad de mi batallón. No sé qué le hace a un hombre ver al amigo que se estaba riendo y hablando hace un minuto terminar hecho trizas como en una carnicería, ver su rostro convertirse en un hoyo sanguinolento. No puedo sacarme esas imágenes de la cabeza. No sé si algún día vuelva a ser el Tom que conociste.

126

Los camilleros subían y bajaban por la colina con los heridos, llevándolos al CG *por una especie de camino hundido detrás de la línea. Allí fue donde, más tarde, nos dieron comida caliente y algo de beber, lo primero que probamos en siete horas, y donde dormimos un momento. Después, regresamos. Día tras día. Para el 13 de febrero, solamente quedaban ciento sesenta de los quinientos hombres y creo que terminé por aceptar que no saldría de allí con vida.*

Un día, se abrió una brecha en la línea y salimos para volver a cerrarla, liderados por un irlandés de nombre Ryan que empezó a cantar La internacional. *Todos empezamos a cantarla también y se nos unieron los demás combatientes de las unidades incompletas, por lo que logramos sostener la posición. Las tropas de Franco no pudieron entrar a Madrid.*

Ahora, nos dicen que ganamos la batalla de Jarama, pero no sientes que hayas ganado nada cuando la mayoría de tus amigos falleció.

Hay una canción que andan cantando por aquí que escribió un tipo que se llama Alex McDade. Lleva la tonada de Red River Valley:

En España está el valle Jarama,
conocido por todos aquí,
pues es donde perdimos la hombría
y mis años dorados yo di.

De este valle será que partamos,
pero nunca diremos adiós,
porque aunque de veras salgamos,
volveremos en un rato o dos.

Orgullosos seremos los anglos,
la quinceava brigada también,
por Madrid hemos dado la vida,
al luchar como hijos de bien.

Hay otras versiones, pero no son aptas para mencionarlas frente a una dama. El punto es que estamos de regreso en la base y logramos bañarnos, despiojarnos, beber vino y dormir. Tuvimos una reunión de quejas para ventilar todo lo que salió mal. Ahora, estoy contemplando tu fotografía y pensando en la manera como me besaste esa última mañana; la verdad es que no creo que sobreviva, Luce, pero me fascinaría verte una última vez. Sé que tu trabajo en Barcelona es de lo más importante, pero, ¿no habrá alguno que otro refugiado más al sur que necesite de tu ayuda? Si, aparte, logro conseguir que me den algunos días de licencia, podría reunirme contigo en algún lugar.

¿Lo pensarías?

Con todo mi amor,

Tom

El corazón de Lucy se encogió de dolor ante el cambio que había sufrido entre las dos cartas. Si ya se había dado por vencido en cuanto a que pudiera sobrevivir, sabía que era urgente que llegara hasta él para convencerlo de que regresara a casa.

9

La oportunidad para viajar al sur llegó antes de lo que Lucy esperaba, cuando, al final de marzo de 1937, llegaron tres mujeres cuáqueras de Inglaterra: Francesca Wilson, Barbara Wood y la esposa de Alfred, Norma Jacob. Francesca era una maestra de Birmingham a quien su directora le dio dos meses de permiso para que fuera España y viera cómo podía ayudar. Al principio, no parecía nada especial; era una mujer alta, delgada y de mediana edad con una nariz algo ganchuda y ojos divertidos, cuyos vestidos simples habían visto días mejores. Pero pronto, Lucy habría de descubrir que una mujer de aspecto poco notable también podía ser una irrefrenable fuerza de la naturaleza.

La llegada de Francesca a Barcelona coincidió con el apogeo de la batalla entre Alfred Jacob y Save the Children en cuanto al debate de la leche en polvo y la leche condensada. Una mujer de lo más intransigente, la doctora Marie Pictet llegó de las oficinas generales de la Unión Internacional Save the Children en Ginebra con su secuaz, la señora Small. La doctora Pictet era experta en nutrición y consideraba que la leche condensada era superior a la leche en polvo por su saludable contenido de azúcar y crema. La señora Petter se desplazó del comedor de la calle Carmen para unírseles y las tres se manejaron como un solo organismo. Todas le tenían aversión a Alfred, quien en vano agitaba el informe de los expertos de Cadbury frente a sus narices.

Margarita y Lucy trataban de actuar como mediadoras entre las facciones contrarias y afirmaban que podían ver ambos lados del asunto, aunque en privado pensaban que Alfred era quien tenía la razón porque podían alimentar a un número mucho mayor de niños si gastaban los recursos en leche en polvo.

—No tiene ninguna capacidad de diplomacia —Lucy le dijo a Margarita—. Sabe que lo que está haciendo es lo mejor, por lo que se rehúsa a discutir cualquier otra posibilidad.

Las tres mujeres de Save the Children no parecían apreciar el hecho de que sin la visión de Alfred, y el sentido común de Domingo, no habría comedores acerca de los cuales discutir.

Después, la discusión se amplió a la administración de los comedores; Alfred estaba convencido de que debían operarlos mujeres locales y refugiadas en oposición al punto de vista de la señora Petter, quien afirmaba que debían estar bajo el cuidado de personas extranjeras.

La atmósfera en las oficinas se estaba volviendo cada vez más opresiva, de modo que Lucy quedó triplemente encantada cuando Francesca anunció sus intenciones de viajar al sur, a Murcia, y cuando dijo que estaría encantada de que Lucy la acompañara. Primero, Lucy se sentía aliviada de poder huir de las facciones de trabajadores humanitarios en guerra; segundo, le parecía correcto dirigirse a donde los niños estaban más desesperados de ayuda y, tercero, estaba feliz de que pudiera estar más cerca tanto de Tom como de Jamie, con la posibilidad de convencerlos de abandonar España antes de que cualquiera de los dos muriera.

En los pocos días antes de que se marcharan, Lucy llevó a Francesca a visitar las tres colonias infantiles de Rubí, cerca de Barcelona, apoyadas por grupos de Amigos desde Birmingham, Saint Helen's y París. Francesca llevó su cámara y tomó fotografías de los niños limpios y vestidos con pulcritud. A Lucy no le sorprendió ver la cámara porque la asesora médica cuáquera, la doctora Audrey Randall, le había contado que Francesca era periodista y fotógrafa, además de ser maestra.

—A estos niños los evacuaron de Madrid —explicó Lucy—. Eran niños de las barriadas, que jamás habían asistido a una escuela. Al principio estaban aterrados, pero míralos ahora.

—Es increíble —comentó Francesca, sus ojos brillaban de detrás de la cámara—. Las fotografías de niños felices convencen a la gente de donar más dinero. Pueden ver el bien que están haciendo.

Francesca no dejaba de fotografiar a los felices pequeños en los cuartos de actividades artísticas de la colonia y en las amplias verandas donde se les daba clases ahora que los días eran más cálidos. Lucy pensó que, ahora, los niños de la colonia se parecían mucho más a los de su salón en casa, con extremidades rollizas y mejillas sonrosadas. Solamente los diferenciaban sus oscuros ojos y su cabello cortado según la norma reglamentaria. Por un momento, sintió una profunda añoranza por los alumnos que había dejado atrás.

—Antes de que me marchara de casa, alguien me contó que la República Española estaba luchando por sus experimentos y reformas sociales —siguió Francesca—. Dijeron que los republicanos pelearían hasta la muerte porque estaba en juego todo un renacimiento español. No tenía idea de lo que eso significaba, pero creo que estoy empezando a entender.

Se quedaron de pie, contemplando a dos chicos de cinco años que trataban de acarrear agua de un fregadero a una cubeta, parecía una misión muy importante. Se dieron cuenta de que necesitarían trabajar juntos para poder llevar los recipientes de agua y mantener firme la cubeta.

—Pues esto lo dice todo —afirmó Lucy y Francesca le ofreció una enorme sonrisa.

El día antes de que partieran a Murcia, Lucy fue a visitar a Jorge. El pequeño salió corriendo para darle la bienvenida a Lucy, la del cabello amarillo, y la arrastró de inmediato para que admirara sus más recientes producciones impresas. Su maestra dijo que estaba teniendo un progreso relativamente bueno en clase, pero que se escapaba en cada momento posible para trabajar con su amada imprenta.

Esa noche, mientras empacaba su pequeña maleta, Margarita tocó a su puerta. Acordaron que Lucy dejaría sus vestidos, su abrigo y sus ropas íntimas de lana con Margarita en Barcelona. Sabía que haría muchísimo más calor en Murcia, que se encontraba a quinientos ochenta kilómetros más al sur, y el verano ya estaba cerca.

Margarita se sentó sobre la cama y abrió la bolsa que traía consigo.

—Te traje tres regalos —le dijo.

Lucy no supo ni qué decir. No había comprado nada para darle a su única amiga en Barcelona.

Margarita sacó un par de alpargatas con suela de cuerda de la bolsa y se lo entregó.

—Yo me quedaré con tus zapatos de agujetas. Así, sé que tendrás que regresar —afirmó con una risotada.

Lucy se sentó junto a ella y se probó sus sandalias nuevas.

—Y también te traje esto —siguió Margarita, sacando un suave vestido de algodón del más pálido tono gris. Tenía pequeñísimas pinzas al frente y botones cubiertos. Lucy pudo ver que era muy caro. Margarita frotó el redondeado contorno de su vientre, que ya parecía apretarse contra la tela de su vestido.

—No hay manera de que me lo pueda poner este verano —continuó con una sonrisa—. Anda, pruébatelo.

Lucy se quitó el vestido de lana gris, lo que hizo que su cabello quedara erizado, después desabotonó el regalo de Margarita y se lo puso sobre el fondo que traía. Aunque Lucy era más alta que su amiga, el vestido le quedaba justo por debajo de las rodillas en agradables ondas. El pequeño cuarto de la YWCA no contaba con un espejo, pero Margarita asintió en aprobación.

—Sabía que se te vería mejor que a mí; es justo del color de tus ojos.

Le dio unas palmaditas a la cama y Lucy volvió a sentarse junto a ella mientras Margarita sacaba un frasco de mermelada de su bolsa con un gesto triunfal. El frasco parecía estar ocupado por una criatura apretujada, preservada en formaldehído.

—Parece un espécimen médico —dijo Lucy con cierto asco; esperaba que Margarita no le dijera que tendría que comérselo.

—Ése es el regalo más importante —afirmó Margarita con gran dramatismo—. Creo que cuando viajes al sur, quizá te veas con tu Tom o con tu Jamie —pronunció la *j* como en español, de modo que casi sonaba a *Jaime*.

—Y entonces quizá sea posible que decidas cuál de ellos es a quien amas como una mujer ama a un hombre. Incluso, es posible que te cases; tal vez no con un sacerdote, sino en tu corazón, porque en tiempos de guerra todo es distinto. Y es cuando necesitarás esto.

Lucy seguía dándole vueltas al frasco, todavía confundida.

De repente, Margarita se llevó una mano hasta la boca mientras estudiaba el rostro de Lucy.

—¿Pero sí sabes lo que pasa cuando se casan un hombre y una mujer? ¿Cómo se hacen a los bebés?

Lucy se sonrojó y asintió. La señora Murray había tenido cuidado en explicarle todos los detalles cuando Lucy había empezado a reglar.

Margarita se rio en su profundo tono gutural y arrojó sus manos al cielo.

—¡Gracias a la virgen María que no tendré que explicarte eso! —Desenroscó el frasco y, con gran cuidado, sacó su contenido.

—Es una esponja —explicó y entonces Lucy pudo ver los hoyos que tenía—. Una esponja que se guarda en vinagre. ¿Saben acerca de esto en Inglaterra?

Lucy sacudió la cabeza y Margarita siguió adelante.

—Cuando creas que vas a hacer el amor, tomas la esponja y la metes lo más profundamente que puedas. Ya después, la dejas allí entre cuatro y ocho horas. Sólo que no debes olvidar sacarla después. ¿Entiendes?

—Sí, entiendo. ¿Pero para qué sirve?

—A los espermatozoides no les gusta el ácido del vinagre. Te ayudará a no quedar encinta si no quieres.

Lucy miró el vientre de Margarita con una mirada de cuestionamiento y ésta rompió en risotadas.

—Hay veces en que tu hombre puede tomarte por sorpresa y quizá te dejes llevar y no quieras detenerte para ir al baño. La esponja no funciona muy bien si la tienes en un frasco debajo de tu cama.

Lucy empezó a reírse también.

—¡Cómo te voy a extrañar! —exclamó mientras abrazaba a Margarita.

—Y yo a ti. Jamás conocí a nadie tan valiente como tú; llegar hasta acá sola y, ahora, te vas de lo más tranquila a los horrores del sur.

Lucy le dio unas palmadas en el hombro y se preguntó qué encontraría en el sur y si vería a Tom y a Jamie de nuevo. ¿Alguna vez tendría oportunidad de sacar la esponja del frasco? Y, de ser así, ¿con quién estaría?

El día que tenía programado para marcharse, llegaron dos cartas de casa y otra de Jamie. Con velocidad, ojeó primero las de Inglaterra, deleitándose en la espera de leer la carta de Jamie. La señora Murray le contó que se encontraba en Lanarkshire y que se había reconciliado con su familia. Ya había encontrado un empleo en una mercería y le estaba pagando renta a su hermana, aunque esperaba poder encontrar un pequeño departamento para cuando los muchachos regresaran a casa.

La carta de su padre ni siquiera mencionaba la partida de la señora Murray, sino que le ofreció un recuento largo y detallado de la desesperada posición económica en la que se encontraba, antes de decirle que, por el momento, había decidido rentar la casa grande y mudarse a la casita de los Murray. «Es mucho más pequeña y podré cuidar de ella solo con más facilidad», le escribió. Si se suponía que eso la hiciera sentir culpable por marcharse, no tuvo el más mínimo efecto. Le haría bien a su padre darse cuenta de todo lo que las mujeres a su alrededor hicieron por él durante años.

Pero Lucy ya no podía esperar y dejó las cartas de casa a un lado para abrir la de Jamie.

29 de marzo de 1937
Sevilla

Mi amada Lucy:

Me hubiera fascinado que estuvieras aquí en Semana Santa para que pudieras ver la alegría que expresó la gente ante el hecho de que Franco la liberara de la República. Estuve con el equipo de filmación de Pathé-Journal *y también envié artículos a todos los periódicos y diarios católicos.*

¡No tiene nada que ver con la Semana Mayor en Inglaterra! Duró once días y once noches, con enormes multitudes que abarrotaban las calles para ver procesiones como ninguna que puedas imaginarte. Hay cerca de setenta cofradías, cada una da dos o tres «pasos» gigantescos desde sus iglesias hasta la catedral y de regreso. Estos pasos son enormes plataformas con escenas de la Pasión talladas y cubiertas de oro, o grandísimas estatuas plateadas de María que llora mientras sostiene a Jesús entre sus brazos. Algunos de los pasos datan del siglo XV y es un verdadero milagro que hayan sobrevivido cuando los rojos atacaron las iglesias. Los hombres los llevan a hombros, aunque son increíblemente

pesados y algunas de las cofradías se tardan doce horas en completar cada ruta circular.

Al frente de cada procesión va una cruz enorme y detrás vienen los miembros de la cofradía, todos descalzos y vestidos con ropajes blancos con máscaras blancas y puntiagudas con hoyos para ver, semejantes a las del Ku Klux Klan en Estados Unidos, pero aquí las llevan en señal de penitencia. En algunas procesiones, hay cientos de estos hombres. Después, están los monaguillos, algunos de los grupos tienen bandas de música, otros caminan en el más inquietante y completo silencio. Uno era tan largo y se movía con tal lentitud que tardó hora y media en pasar frente a mí.

Todas las mujeres de la multitud estaban vestidas de negro con las tradicionales mantillas de encaje en su cabello y lloraban o rezaban el rosario. De verdad fue como estar en los funerales de Cristo. No me cabe la menor duda de que también estén llorando por sus seres amados que murieron en esta terrible guerra. Fue de lo más conmovedor, Lucy, ver a estos miles de personas que al fin volvían a ser libres para rendir culto como deseaban. Me hace sentir seguro de que Franco está del lado de Dios.

Me fascinaría que pudieras verlo tú misma. ¿No habrá alguna manera de que puedas venir? De una manera segura, claro está.

Deseo tanto verte y sostenerte entre mis brazos. Quizá incluso podamos casarnos aquí, en España, aunque te prometo que no te obligaría a hacerlo.

Espero que no te veas engañada por todas las falsas noticias que están haciendo correr los republicanos. Cuando regresaste de una de esas reuniones con Tom, dijiste que Dolores Ibárruri, la Pasionaria, había afirmado que los legionarios, mercenarios y moros de Franco estaban violando a las campesinas, pero no son más que mentiras republicanas; fueron los rojos y los anarquistas quienes mutilaron cadáveres y violaron mujeres. Y me dicen que las afueras de Madrid hierven con milicianas republicanas que se desnudan hasta la cintura como guerreras amazonas y que llevan rifles soviéticos modernos, con una furia asesina que brilla en sus ojos. ¿Acaso piensas que está bien que cualquier mujer se comporte de esa manera? A diario rezo porque Tom comprenda el error de la causa que eligió. Sé que sus intenciones son buenas. Además, rezo por ti, para que te mantengas a salvo y sigas haciendo el maravilloso trabajo que estás realizando.

    Con todo mi amor,

    Jamie

Lucy dobló la carta, irritada. ¿Qué razón habría para que hubiera guerreras desnudas hasta la cintura corriendo por allí? No resultaba ni práctico, ni racional. Pensó que sería mejor que se apresurara a ver a Jamie pronto para hacerlo entrar en razón.

MURCIA

Abril de 1937

10

Francesca convenció a Alfred Jacob de que le prestara un auto para conducir hasta Murcia a ver lo que se necesitaba hacer en el sur y Lucy acordó que ella manejaría parte del camino. A decir verdad, le aterraba bastante la idea de conducir por estos caminos españoles sin ley, pero la enérgica audacia de Francesca era contagiosa. A sus cuarenta y nueve años, a Lucy le parecía casi una anciana y pensó: «Bueno, si una persona ya vieja puede hacerlo, seguro que yo también podré».

Ya estaban en el mes de abril y aunque los días todavía iniciaban con cierta frescura en el aire, la temperatura no tardó en ascender. Lucy estaba feliz de traer solamente sus dos vestidos de verano y el de Margarita, que guardaría como «el mejor». Francesca decidió que no debían manejar por más de tres horas por día porque quería ver cómo la gente vivía fuera de las ciudades, de modo que viajaban durante el periodo más fresco de las mañanas y se detenían a medio camino para pasar la noche.

Lucy no podría haber estado más feliz y absorbía cada detalle de los sitios por los que viajaban. Vio campos de naranjos y de limoneros, arrozales donde apenas empezaban a asomarse los primeros brotes y, después, los caminos se abrieron hacia la costa. Estiraba el cuello para ver las arenosas playas, las ruinosas y blanqueadas aldeas pesqueras y el mar, que se difuminaba desde las franjas de profundo azul rey cerca del horizonte hasta un color turquesa de lo más tenue cerca de la orilla. Después, el camino giró hacia el interior una vez más. Lucy no podía determinar qué plantas crecían en los campos, pero Francesca pudo identificar palmeras de dátiles, cáñamo, cacahuates, árboles de corcho y pimientos. Para Lucy era emocionante ver todas estas especies exóticas y le parecía por completo imposible que estas apacibles zonas rurales pudieran estar en medio de una guerra. A las orillas de la planicie se elevaban las montañas en terrazas colmadas de olivares y viñedos. Por doquier, los árboles estaban en flor y el dulce olor de la primavera flotaba por sus ventanas abiertas.

Lucy pronto descubrió que Francesca era una excelente narradora y que, sin duda, tenía infinidad de historias que compartir. Provenía de Tyneside, pero Lucy no podía escuchar rastro de ello en su acento, y era hija de cuáqueros, aunque ella misma no era una Amiga practicante. Estudió historia en la Universidad de Newnham y daba clases de la misma materia en Gravesend, una ciudad en el condado de Kent.

Le contó a Lucy que, en Gravesend, a principios de la Gran Guerra, se empezó a topar con los refugiados belgas que huían del ejército alemán y que llegaban en grandes números a Gran Bretaña.

—Por las tardes, tomaba el trasbordador hasta Tilbury, donde arribaban, y en la tenue luz veía hordas de mujeres y niños desconcertados con sus pertenencias atadas en sábanas o, a veces, sin nada más que un canario o un loro dentro de alguna jaula. —Recibió un regaño por estar «haraganeando por allí» y preguntó si podría enseñarles inglés a algunas de las mujeres belgas con el fin de prepararlas para su nueva vida en Gran Bretaña. Aceptaron su petición, pero pronto eso ya no era suficiente para ella; había escuchado que el Socorro Cuáquero estaba ayudando a los civiles en Francia y solicitó ir allí.

Una enorme sonrisa iluminó su rostro.

—Me entrevistó Ruth Frye en la Casa de los Amigos. Destaqué mi francés fluido y mi disposición para hacer cualquier tipo de trabajo. «Ya estás dedicada al trabajo útil aquí mismo. ¿Cuál es tu motivo para quererte marchar? ¿Es por una preocupación genuina por ayudar a los desafortunados o simplemente te emociona viajar?». ¡Me descubrieron! ¡Soy una aventurera de corazón!

Lucy se rio abiertamente y se preguntó lo que pensaría Ruth Frye de sus motivos al dirigirse a España para salvar a Tom y a Jamie de su idealismo suicida.

Después, Francesca le describió la manera engañosa que encontró para llegar a un campamento de prisioneros de guerra en la isla holandesa de Urk, de allí a un campo de refugiados en Gouda y más tarde a trabajar con refugiados en Francia, Córcega, África del Norte, Serbia, Austria, Rusia y, ahora, España. Lucy quedó pasmada por los sitios a los que había viajado Francesca. ¡Y pensar que la consideró como una vieja acabada!

—¿Y nunca tienes miedo?

Francesca rebasó a un camión de carga que iba demasiado lento.

—Tengo una especie de arrogancia que me hace sentir segura de que no es mi momento de morir —respondió—. Mi insolente confianza me protege del miedo. —Miró de reojo a Lucy—. ¿Y qué me dices de ti? ¿Tienes miedo?

—No, no mucho. Más que otra cosa, estoy emocionada y ansiosa por ayudar; pero tengo dos segundas intenciones.

Francesca la presionó y Lucy encontró que era un alivio contarle a su nueva amiga acerca de Tom y Jamie, así como de su deseo por ayudar a los niños.

—He conocido a algunos de los muchachos de las Brigadas Internacionales —le dijo Francesca—. No sabía que todavía quedaran idealistas de ese calibre en el mundo. No creo que puedas convencer a Tom de que se marche.

—Quizá; pero tengo que hacer el intento. Mientras tanto, estoy decidida a ser de buena ayuda para ti.

Se detuvieron a medio camino y, después de su comida vespertina, Francesca pidió un café con algo de ron y prendió un cigarro.

Mientras comían, le platicó de sus amigas activistas, de su labor periodística para el *Manchester Guardian*, de las conferencias que ofrecía, de los libros que escribió acerca de Viena y Macedonia, y de sus apasionadas creencias en la educación progresista.

—Conocí a Sigmund Freud —le platicó de manera casual después de darle una profunda fumada a su cigarro—. No me agradó.

Lucy empezó a sentirse como poco menos que una provinciana hasta que Francesca hizo eco de las ideas de Rousseau acerca de convertir las escuelas en «jardines donde los niños pudieran crecer» y Lucy coincidió en que sí, eso era exactamente lo que quería lograr; era lo que sabía hacer.

El segundo día de su travesía, Lucy condujo el auto con cierto nerviosismo al principio, pero pronto tomó confianza mientras Francesca asomaba su mano por la ventanilla y hablaba sin detenerse. Simpatizó con las frustradas ambiciones de Lucy por estudiar medicina y le contó que ella era la única de entre todos sus hermanos y hermanas que había logrado estudiar en la universidad. Lucy sospechó que había cansado a sus padres hasta que accedieron a dejarla ir. Al parecer, igual que Lucy, no tenía ningún deseo particular por impartir clases pero «¿qué más podía hacer una mujer?».

Lucy se preguntó por qué jamás se había casado. ¿Habría tenido algún novio al que mataron en la Gran Guerra? La explicación de Francesca fue mucho más sorprendente que eso.

—Todos mis amoríos fueron con extranjeros con los que hubiera sido un desastre casarme.

Describió un romance fallido en Serbia y su profunda amistad con un hombre llamado Nikolai Bachtin, quien tenía un matrimonio desastroso con una amiga suya.

—Si muriera, lo extrañaría más que a nadie en el mundo entero.

Justo cuando Lucy se estaba preguntando cómo pudo abandonar a este Bachtin, Francesca siguió adelante.

—Esto podrá parecerte extraño, pero durante toda mi vida adulta he tenido un enorme deseo consciente por no aferrarme a ningún ser humano.

Lucy pensó en lo mucho que difería de ella, en cómo añoraba envolverse como hiedra alrededor de aquellos a quienes amaba para tenerlos cerca. Jamás antes había conocido a nadie como Francesca, con su contagioso deleite por la vida, pero decidida a mantenerse siempre a cierta distancia.

Al parecer, el hogar de Francesca en Birmingham era una especie de centro de concentración para refugiados, con huéspedes e inquilinos entre los que se encontraba a un escritor llamado Nikolaus Pevsner. Lucy pensó que reconocía ese extraño nombre. Lo más sorprendente de todo fue que Francesca le contó, de la manera más casual, que al paso de los años había «adoptado» o acogido a ocho muchachitas y a dos chicos, todos adolescentes, que habían sido refugiados rusos que vivían en París.

Lucy se atrevió a lanzarle una rápida mirada.

—¿Y qué pasa con ellos cuando te marchas?

—Estoy decidida a no demandarles nada y a mantenerme desapegada de ellos. Me apasiona viajar.

Lucy no supo qué responder a eso y se alegró de que ahora tuviera que concentrarse en conducir al interior de una gran ciudad, Murcia, donde los carretones y demás ocupantes de los caminos no parecían seguir ninguna regla de tránsito conocida.

Murcia parecía tener el mismo aspecto que debió tener desde hacía siglos; un pueblo árabe cuyas calles principales alguna vez fueron mercados abiertos y que ahora se encontraban atiborrados de todos los pobres del sur.

Francesca y Lucy siguieron las instrucciones que les proporcionaron en las oficinas del Comité para Refugiados. Se abrieron paso entre muchedumbres de emigrantes harapientos con miradas de desesperación que rodeaban el edificio y, en el interior, encontraron a cuatro distraídos funcionarios que batallaban con índices de tarjetas y listas. Era casi imposible escucharlos por encima de la cacofonía de hombres y mujeres furiosos que gritaban de frustración, enloquecidos de hambre y de ansiedad por sus familiares.

Lucy habló con el hombre que estaba a cargo, quien le gritó al oído que Murcia era un pueblo pobre de sesenta mil personas y que ya estaba lleno antes de la llegada de los veinte mil refugiados y soldados adicionales. Habían enviado a los refugiados malagueños a cinco «refugios de noche», incluyendo al que llamaban Pablo Iglesias, que era el peor. En los demás refugios les daban dos comidas al día a sus huéspedes, pero en Pablo Iglesias únicamente les daban la comida de la tarde y un poco de leche para los bebés. Francesca asintió decidida como si eso fuera todo lo que necesitara escuchar y dijo: «Veremos lo que podemos hacer».

Pronto, Francesca y Lucy estaban afuera del refugio de Pablo Iglesias y miraban el inconcluso edificio de departamentos mientras atraían una atención inmediata. Las dos mujeres inglesas eran más altas que los refugiados que las rodeaban y tenían un aspecto muy diferente con sus caras pálidas, ropa limpia y el cabello rubio de Lucy. Francesca entró de inmediato sin dudar siquiera y Lucy la siguió, llena de emoción nerviosa mientras incontables manos trataban de asirla y las mujeres le rogaban que ayudara a sus hijos. Viajó en la estela de la confianza absoluta de Francesca. Nada parecía perturbarla.

En el momento en que entraron, Lucy quedó impactada por el hedor, el ruido y la suciedad. Era un enorme edificio de departamentos, de nueve pisos de altura, a medio construir. No tenía puertas ni ventanas y los pisos aún no se habían dividido en habitaciones, de modo que sólo había enormes espacios abiertos atestados de mujeres, niños y uno que otro hombre. No había muebles; solamente algunos colchones de paja. El bullicio dentro del espacio lleno de ecos era ensordecedor: bebés que lloraban, niños que corrían de un piso a otro, enfermos que se quejaban y mujeres que gritaban. Había moscas y mosquitos por todos lados pero, en especial, en los corredores y en los baños carentes de plomería donde los desechos humanos inundaban los pisos.

Les dijeron que el edificio contenía a cuatro mil refugiados de Málaga, aunque Lucy dudaba que alguien los hubiera contado. Cuando subían a cada piso, los refugiados se arremolinaban a su alrededor, gritando todos al mismo tiempo para que los escucharan. La peste de todos los cuerpos sin bañar y de la fetidez de las letrinas hacían que el estómago de Lucy se retorciera de asco, pero controló sus arcadas con absoluta determinación. Una mujer no dejaba de sollozar y le decía que había perdido a sus hijos en la locura de su huida de Málaga y que no sabía si estarían vivos o muertos; otra trató de entregarle a un bebé desfalleciente que tenía en brazos, mientras le gritaba que sus otros hijos habían muerto y que ahora el bebé estaba ardiendo de calentura; otra les gritó: «Se llevan a los muertos de aquí a diario». Lucy miró los rostros de los niños que eran testigos de todo este horror y, por un momento, en medio de este pandemonio, sintió la absoluta imposibilidad de poder ayudarlos.

No obstante, en menos de una hora, Francesca ya había hablado con Barbara Wood, a quien designaron como la organizadora cuáquera en Valencia. Barbara le informó que enviaría cargamentos de leche, cocoa, azúcar y galletas. Lucy observó a Francesca y pensó, «Si ella puede hacerlo, quizá yo pueda también. Una persona no puede cambiarlo todo, pero quizá pueda cambiar algo».

Las dos mujeres pasaron la noche en un hotel barato, pero limpio, donde habían cosido costales de azúcar unos con otros para hacer sábanas. Eran sorprendentemente suaves. Francesca ayudó a Lucy a empujar su cama en medio de la habitación, debajo de la instalación de luz, y de ahí colgaron un mosquitero. Acordaron que este hotel sería su base de operaciones en Murcia y Lucy escribió varias cartas veloces a Tom, Jamie, la señora Murray, su padre y Margarita; les indicaba su nueva dirección. Sabía que Margarita le reenviaría cualquier carta que le llegara a Barcelona.

Esa noche, Lucy durmió profundamente y se despertó llena de energía y expectativas por lo que pudieran lograr. En la mañana, ella y Francesca se formaron para tomar un baño, pero ya no quedaba agua caliente. Mañana, decidió, se despertaría más temprano.

De vuelta en el refugio de Pablo Iglesias encontraron a un hombre en un traje desgastado quien les dijo que había sido funcionario de gobierno antes de la guerra. Extendió las manos para indicar la miseria a su alrededor.

—¿Cómo es que llegamos a esto? —preguntó con lágrimas en sus ojos.

Lucy no podía imaginar cómo se sentiría si se viera reducida a vivir en estas condiciones, peores que las de cualquier animal.

Francesca lo envió a que tomara los particulares de todos los niños para darles fichas para el desayuno, pero regresó con una lista de no más de sesenta nombres.

Lucy miró a su alrededor. Podía ver al menos a doscientos pequeños desde donde se encontraba.

El hombre se lo explicó.

—Las vieron el día de ayer y se percataron de que eran extranjeras, de modo que empezó a correr el rumor de que todos los niños de la lista terminarían en Estados Unidos, México o Rusia. Esta gente podrá no tener nada, pero jamás se separaría de sus niños.

—No importa —respondió Lucy—. Sesenta niños es un buen número para empezar, por lo menos hasta que podamos conseguir quién nos ayude.

Francesca le pidió al Comité de Refugiados que les enviaran trabajadoras voluntarias, pero le dijeron que Murcia no era como Barcelona. La mayoría de las mujeres murcianas antes de la guerra carecía de educación y vivía en una especie de aislamiento; apenas y salían de sus casas para ir al mercado. No estaban dispuestas a mezclarse con esos «asquerosos malagueños», como llamaban a los refugiados del sur, ni a contagiarse de sus enfermedades.

Entonces, Lucy y Francesca se instalaron en la rudimentaria cocina y les sirvieron las primeras tandas de chocolate a los niños y niñas que trajeran sus propios cuencos, tazas de lata o botellas vacías para llenarlas de cocoa. Los niños tenían que entregar sus fichas para recibir el chocolate caliente y Lucy tuvo que reírse cuando vio a un emprendedor chiquillo que se la pasaba recogiendo las fichas ya usadas del piso para volver a formarse y recibir más chocolate. Pudo imaginar a Tom de pequeño haciendo algo como esto.

Cuando llegaron a la mañana siguiente, Lucy y Francesca intuyeron el cambio en el edificio. Apenas pudieron subir por las escaleras entre las multitudes de personas y tuvieron que trabar la puerta de la cocina y echarle llave, lo que las dejó tosiendo por las nubes de humo que emitía la estufa. Todo el mundo empezó a tratar de llegar a la cocina a empujones y fue imposible mantener un sistema ordenado para formarse. Ahora, cada niño del edificio clamaba por la cocoa.

Francesca volvió a visitar el Comité de Refugiados y esa noche enviaron trabajadores que limpiaron las letrinas con mangueras y desinfectante, y que conectaron un sistema rudimentario de tuberías. Desocuparon uno de los pisos y algunos carpinteros le colocaron puertas para convertirlo en un comedor. Unos herreros fabricaron tazas con las latas vacías de leche condensada. Francesca y Lucy decidieron que tenían suministros suficientes para alimentar a las madres embarazadas y lactantes, así como a los niños. A Lucy le hizo gracia que la palabra «embarazada» en español sonara como avergonzada, «*embarrassed*», en inglés.

La noticia no tardó en propagarse por todo el edificio y durante el desayuno del día siguiente, los pequeñitos se portaron de manera razonablemente adecuada, pero fueron las mujeres «avergonzadas» y las lactantes quienes tumbaron las nuevas puertas y entraron en tropel, empujándose, para llegar a las enormes ollas hirvientes de cocoa y meter sus tazas. La voz de Lucy, que hacía llamados a la calma, quedó superada por los gritos de las mujeres, que se jalaban del cabello unas a otras para llegar a las ollas.

—Son como una jauría de perros muertos de hambre —comentó Francesca.

Lucy pensó que cualquiera se comportaría de la misma forma si estuviera tan desesperada.

Durante los dos días que siguieron el desayuno fue una absoluta locura pero, para el tercer día Lucy llevó un megáfono y llegaron dos chicas de la Unidad de Ambulancias de la universidad. Entre las cuatro mujeres, lograron restaurar el orden y los famélicos refugiados poco a poco se dieron cuenta de que siempre habría alimento suficiente para que comieran todos.

Sin embargo, Lucy y Francesca no tardaron en percatarse de que algunos de los niños estaban demasiado enfermos como para ir al comedor. Se quedaban sobre los colchones de paja, cubiertos de harapos inmundos, asediados por moscas y mosquitos; sus voces eran demasiado débiles como para que alguien escuchara sus clamores de agua por encima del escándalo.

Francesca sacudió la cabeza.

—Ésta es la peor miseria que he visto en toda mi vida y he visto algunas cosas terribles.

A Lucy le mostraron un bebé que había nacido al lado del camino mientras su madre huía de Málaga; su cuerpo estaba cubierto de llagas. Lucy llevó a la madre en auto al hospital civil, pero estaba sobrepoblado y no las recibieron.

—Hay un hombre llamado Sir George Young —le dijo Francesca—. Vio condiciones parecidas en Almería y estableció un hospital pediátrico allí con enfermeras de Inglaterra. Déjame ver si puedo hablar con él.

Al cabo de algunos días, Sir George llegó de visita y acordó fundar otro hospital pediátrico si podían encontrar una edificación adecuada, de modo que Lucy y Francesca regresaron al Comité de Refugiados y explicaron la oferta de Sir George. Los sobrepasados funcionarios les respondieron que verían lo que podían hacer.

Al día siguiente, Francesca se marcharía a evaluar la situación en Madrid y a averiguar si Socorro Cuáquero podía hacer algo para ayudar. Lucy se maravilló ante su valentía de dirigirse a la ciudad asediada por bombardeos y se preocupó de quedarse sola en Murcia.

Francesca se limitó a encogerse de hombros.

—Estaré bien; siempre lo estoy. Y sé que puedo dejarte a cargo aquí. Confío en que podrás hacerlo.

Parte de Lucy quería decir: «Sólo tengo veintiuno. No puedo hacerme responsable de alimentar a esta gente hambrienta», pero Francesca la estaba mirando con tal confianza que, a pesar de su terror, la miró directo a los ojos y le respondió: «Claro que sí».

11

Durante los días que siguieron, Lucy batalló para mantener el orden en el refugio de Pablo Iglesias, pero ella y las dos chicas inglesas de la unidad de ambulancias lograron su cometido. Escuchó que una de las mujeres españolas decía: «No te metas con la de los ojos gris acero» y se dio cuenta de que estaba hablando de ella. Excelente, entonces utilizaría todas sus estrictas mañas magisteriales para mantener las cosas bajo control.

Al enterarse del éxito que Alfred estaba teniendo al utilizar a las refugiadas como asistentes, Lucy estuvo deseosa de encontrar voluntarias entre las mujeres malagueñas para que mezclaran la leche y sirvieran los desayunos. Las dos muchachas inglesas no podían seguir ayudando con la cocoa de las mañanas y después regresar a su unidad de ambulancias a trabajar el resto del día.

Lucy pasó varias horas paseándose por el edificio y preguntando acerca de la experiencia de las refugiadas. Se volvió evidente para ella que la mayoría de las malagueñas provenían de un tipo de pobreza horripilante que pensó que solamente existía en India o en África. No sabía que los europeos del siglo XX pudieran vivir en casuchas o, incluso, en cuevas de las áreas rurales. Muchas no poseían nada aparte de una olla para cocinar y los harapos que llevaban puestos, y apenas se ganaban la vida haciendo los trabajos más serviles. Habían viajado por el camino de la costa en dirección a Almería; los reflectores las iluminaban por las noches y sufrían los ataques de los buques de guerra, mientras que por el día, los aviones las ametrallaban desde el aire. Una mujer con una venda sucia alrededor del cuello describió cómo un avión italiano descendió para atacarlos con sus ametralladoras mientras corrían. Otra le contó cómo un conductor de ambulancias de Canadá, llamado Norman, había ido y venido por el camino recogiendo a los heridos. Pero había familias enteras a las que aniquilaron. Se decía que habían muerto cerca de quince mil personas que trataban de huir.

Las refugiadas se aglomeraban en torno a Lucy para contarle los horrores que habían devastado sus paupérrimas, pero pacíficas vidas.

Para el final del día, había identificado a seis mujeres que parecían contar con cierta autoridad natural y que se habían ganado el respeto de las demás, por lo que les preguntó si querían ayudarla. Lucy sabía que los Amigos estadounidenses habían enviado ropa y telas a España, de modo que le habló a Barbara Wood en Valencia y le pidió que les enviaran algunos vestidos de mujer, jabones y rollos de tela en el siguiente cargamento destinado para Murcia.

Cuando le repartió un vestido y una pastilla de jabón a cada una de las mujeres que acordaron ayudarla, le agradecieron con una efusividad impactante. Era evidente que jamás les habían dado nada en toda su vida. Al día siguiente, estas mujeres malagueñas, en sus envidiables vestidos, se hicieron cargo de los desayunos.

Con Francesca en Madrid y las chicas inglesas de vuelta con su unidad de ambulancias, las cartas se convirtieron en un medio de contacto todavía más importante para Lucy. Cuando Jamie estuvo en la Universidad Ampleforth, desarrolló el hábito de escribir sus cartas cada domingo. Le era atractivo a su sentido del orden. Semana con semana, le enviaba una carta a su madre, las más de las veces con una pequeña nota para Lucy o para su padre incluida en el interior. Ahora, le escribía a Lucy cada domingo, aunque había veces en que las cartas llegaban fuera de orden o en grupos. El capitán Nicholson y la señora Murray también le escribían cada semana, incluso cuando Lucy estaba demasiado ocupada como para responderles algo más que una nota garabateada con velocidad. Su padre estaba muy orgulloso de poder «arreglárselas solo», aunque frecuentemente le preguntara cuándo volvería a casa. Le dijo que le agradaría vivir en la casita. Jamás se lo confesó, pero Lucy se dio cuenta de que se sentía muy solo.

La señora Murray, por el contrario, estaba adaptándose bien a su vieja comunidad escocesa y estaba reuniéndose con amigas de la escuela hacía tiempo olvidadas y ayudaba administrando la escuela dominical. Dijo que el jefe de la oficina de correos se iba a jubilar y que ella solicitaría el empleo, dado que el puesto ofrecía alojamiento arriba de la oficina. A diferencia de las cartas pragmáticas del capitán Nicholson, las de la señora Murray a menudo estaban cargadas de emotividad; en especial, hablaba de lo mucho que extrañaba a los muchachos y a Lucy.

De vez en cuando, Lucy recibía noticias de otras amistades en Inglaterra, quienes estaban fascinadas por su decisión de ir a España, pero estaban más preocupadas por sus propias vidas; sus padres, novios y empleos. De entre todas sus amigas, su correspondiente más habitual era Margarita quien le contaba todas las noticias de Barcelona y a menudo la hacía reír. Cuando no llegaron cartas de Margarita durante un par de semanas, Lucy supuso que se debía a algún problema con el sistema de correos. Cuando siguieron sin llegar durante la tercera semana, empezó a preocuparse. Seguramente habría escuchado acerca de algún bombardeo. ¿O acaso había dicho algo que lastimara a su amiga? Su español escrito estaba muy lejos de ser perfecto. Alejó todos esos pensamientos de su cabeza y se concentró en su trabajo.

De todas maneras, fue un verdadero alivio cuando le llegó una carta escrita en la preciosa cursiva de Margarita.

Mi más querida amiga:

No quise escribirte porque supe que quizá tratarías de regresar a Barcelona para estar conmigo y tu trabajo en Murcia es muy importante como para que lo abandones. Ahora estoy en Puigcerdà con Norma Jacob.

Siento mucho decirte que tuve un aborto espontáneo. Apenas me atrevo a escribir las palabras, pero debo aceptar que eso es lo que sucedió. El dolor fue terrible, como si estuviera dando a luz. Domingo no soportó quedarse en la casa para oírme; me temo que hice muchísimo ruido.

No nos dejaron ver a la criatura, pero el médico dijo que su cabeza no era de la forma que debía tener y que no hubiera sobrevivido. Me enferma pensar que tenía algo monstruoso y deforme creciendo en mi interior durante todos esos meses y, después, me siento terriblemente triste por mi pobre hijo contrahecho; además, y no me avergüenza decirlo, siento mucha pena por mí y por Domingo.

Lloro tanto que no creo que pueda llorar más, pero después empiezo a llorar de nuevo. Imposible saber de dónde provienen tantísimas lágrimas. Aparte, mis pechos gotean leche y eso me parece lo más cruel de todo cuando no hay un bebé al que pueda alimentar.

Las primeras dos semanas no quería ni levantarme de la cama; lo único que quería era dormir y olvidar, pero cada que despertaba, acordarme era una nueva agonía. Domingo y los demás se mostraron de lo más amables y me traían de comer al cuarto, aunque yo no quería probar bocado. ¡Incluso cuando me trajeron pasteles de miel!

Después, la cuáquera danesa Elise Thomsen vino a sentarse conmigo. Me dijo que Domingo estaba sufriendo también y que lo estaba haciendo más difícil porque no podía dejar de preocuparse por mí. Al día siguiente, lo miré con cuidado y vi que tenía unos profundos círculos negros debajo de los ojos. De modo que me obligué a levantarme y a vestirme, y le dije que tenía que concentrarse en su trabajo. Elise me dio la idea de que viniera a Puigcerdà para acompañar a Norma y a los dos niños. Las montañas y el aire limpio me ofrecen cierto consuelo y salgo a tomar caminatas largas, largas. Norma es muy amable, pero no es tú. Me resulta evidente que piensa que debería «hacer de tripas corazón». Creo que tú sí me entenderías.

Me duele ver a sus hijos sanos que corren por todas partes y se ríen, mientras que mi niño jamás lo hará pero, al mismo tiempo, me alivia tener a Terry, la pequeñita de Norma entre mis brazos.

Me quedaré aquí una semana más hasta que me sienta más fuerte y, entonces, regresaré a Barcelona y me sumergiré en el trabajo. Sé que Domingo me extraña; me escribe a diario.

El doctor dijo que no había razón alguna por la que nuestro niño no hubiera nacido bien por lo que no deberíamos dejar de intentar tener hijos a futuro. No sé si me atreva. Quizá una vez que termine la guerra.

No debes venir; sé que lo harías si te lo pidiera, pero tienes mucho trabajo importante que hacer. Escríbeme y, tal vez, reza por mí y por nuestro niño.

Con todo mi cariño,

Tu amiga, Margarita

Las lágrimas empezaron a correr por las mejillas de Lucy mientras leía. Su pobre, pobre amiga. A pesar de sus instrucciones de permanecer en Murcia, Lucy se empezó a preguntar si no podría llegar hasta Margarita por tren una vez que Francesca regresara de Madrid. Se sentó y le escribió una carta muy larga, intentando expresar la profundidad de su pesar y contándole todo acerca del trabajo en Murcia. Mientras le escribía acerca de las refugiadas de Pablo Iglesias, supo que Margarita tenía la razón y que ellas la necesitaban más en ese momento.

Mientras Lucy se paseaba por Pablo Iglesias hablando con las diferentes familias, no pudo más que preocuparse por los niños que estaban demasiado enfermos como para comer el desayuno. Les llevaba agua, leche y galletas, pero podía ver que muchos de ellos estaban tan enfermos que no las podían tragar. Cada tercer día moría un niño, y cada vez que pasaba Lucy regresaba al Comité de Refugiados para preguntar acerca de algún sitio potencial donde montar el hospital.

También empezó a notar un problema diferente. Las chicas adolescentes que no estaban ocupadas cuidando de sus pequeños hermanos se la pasaban en pequeñas camarillas a las que seguían grupos de muchachos. Sus maldiciones y gritos mantenían alejados a los chicos. ¿Pero por cuánto tiempo?

Frustrada con la lentitud de encontrar un edificio para el hospital, Lucy decidió dedicarse al problema de las muchachas. Había leído un artículo que hablaba del alcalde de Murcia, quien también era el maestro principal, de modo que una mañana se abrió paso hasta su escuela a lo largo de las estrechas y retorcidas calles y de las plazas del pueblo bañadas de sol. Tuvo que esperarlo dos horas porque lidiaba con una huelga de maestros estudiantes y cuando ingresó en su calurosa y sofocante oficina, el alcalde estaba hundido su silla, como si estuviera exhausto. Lucy se preparó a la perfección para la entrevista. Se puso el precioso vestido gris de Margarita y controló su rebelde cabello con algunas gotas de aceite de olivo en su cepillo. Incluso, se aplicó un poco de bilé. Cuando se puso su brazalete cuáquero, pareció darle un valor que por lo normal no poseía.

«No estás haciendo esto por ti», se recordó con firmeza. «Es por esas niñas». El alcalde la miró con extrañeza y, después, sonrió y se irguió un poco en su silla.

—Vine por su ayuda —le dijo de la manera más imperiosa que pudo lograr.

Él se arregló la corbata y le hizo señas para que se sentara en la silla al otro lado de su escritorio. Apenas se hubo sentado, Lucy empezó a explicarle.

—Hay varias chicas, adolescentes, en el refugio de Pablo Iglesias y no tienen nada que hacer. Quiero darles un trabajo y la capacidad para ganarse la vida.

El alcalde asintió con aprobación.

—Yo soy maestra, como usted —siguió—, y la mayoría de los refugiados parecen ser analfabetas. Pensé que si pudiéramos reunir a algunas de las chicas para empezar a enseñarles a leer y escribir, ellas podrían enseñarles a las demás.

El alcalde tomó lápiz y papel.

—Usted de verdad que es de las mías. ¿Qué necesita?

Lucy respiró hondo. Ésta era su oportunidad.

—Necesito máquinas de coser, las más que pueda conseguir. Y agujas e hilo. Yo puedo conseguir la tela. Necesitaré un pizarrón y gises; lápices y papel. Y quizá algunos de sus propios maestros que puedan ayudarnos después de clases. No estaré en Murcia para siempre.

—Una verdadera lástima —musitó—. ¿Les puede enseñar a coser?

La señora Murray le había enseñado a Lucy a hacerse su propia ropa, pero estaba lejos de ser una experta.

—En realidad, no. Vi que había una costurera a unas calles de Pablo Iglesias. Pensé que podría pedirle su ayuda.

El alcalde inclinó la cabeza a un lado mientras la contemplaba.

—Sea diplomática —le respondió—. Las mujeres de Murcia pueden ser de lo más conservadoras y son secretamente religiosas. No han adoptado a la República y les da miedo pescar enfermedades de las refugiadas, además de que estarían escandalizadas por el tipo de lenguaje que usan las mujeres de Málaga.

Lucy se percató de que le estaba dando maravillosos consejos. Se preguntó si podría aprovechar su suerte un poco más. Le contó acerca de Sir George y de su oferta de fundar un hospital pediátrico.

—Eso sería un verdadero milagro —respondió—. He oído del Hospital Inglés en Almería. Déjeme ver qué puedo hacer.

Lucy había escuchado esto mismo incontables veces, pero el alcalde parecía hablar en serio y sus esperanzas se elevaron un poco.

El hombre se puso de pie y le dio la vuelta a su escritorio. Le dio un fuerte apretón de manos y después, para su enorme sorpresa, la besó en ambas mejillas.

Lucy regresó por donde había venido bajo el calor de la tarde. Se preguntó qué tan insoportable sería el lugar en agosto si abril ya era así de caluroso. Esperaba que pudiera aclimatarse. O, tal vez, ya habría persuadido a Jamie y a Tom de regresar a Inglaterra para ese entonces. Un pensamiento repentino la dejó impactada. Si los muchachos regresaban a Inglaterra, ¿ella querría regresar también o se quedaría con las refugiadas que tanto la necesitaban? ¿Sería posible que se convirtiera en Francesca, una mujer soltera que se pasara la vida viajando por el mundo para sembrar el orden dentro del caos?

Regresó al hotel para revisarse el vestido y el cabello antes de ir en busca de la costurera. En esta ocasión, dejó el brazalete sobre la cama, pensando que quizá se viera demasiado como un uniforme miliciano o como el distintivo de algún sindicato.

Una delgada mujer con gafas abrió la puerta, al parecer, enojada por la interrupción, pero después echó una mirada a la alta extranjera con el vestido caro y la hizo pasar de inmediato.

Lucy parpadeó para adaptar sus ojos a la oscuridad del taller. Se preguntó cómo alguien podría coser en esta penumbra, pero después el sonido de máquinas de coser y el parloteo de voces femeninas llamó su atención hacia la habitación contigua . La costurera vio la dirección de su mirada y cerró la puerta del taller.

—¿En qué puedo ayudarla, señorita?

Lucy enterró sus uñas en las palmas de sus manos y trató de adoptar el tono de Francesca, que no admitía oposición alguna.

—No he venido a pedirle que me haga un vestido. Al menos, no el día de hoy.

La mujer apretó los labios. Era evidente que eso no era lo que quería escuchar.

—Vine a pedirle su ayuda —continuó Lucy—. Soy inglesa y trabajo con las refugiadas.

La mujer emitió un sonido de desprecio y arrugó la nariz en desaprobación.

—Son niñas, adolescentes. Temo que caigan en malas costumbres a menos que aprendan un oficio de bien.

La costurera hizo una cara que con claridad comunicaba «sólo para eso sirven».

—No es asunto mío —afirmó.

Lucy notó una cadena de oro que se asomaba por el cuello del vestido de la mujer. Hubiera apostado lo que fuera que, en su extremo, vería un crucifijo.

—El acalde prometió conseguirme máquinas de coser. Algunos amables estadounidenses están donando la tela. Lo único que me hace falta es la ayuda de algunas mujeres españolas de verdad cristianas que les enseñen a coser a estas muchachitas.

—No tenemos tiempo para eso —dijo la costurera mientras acompañaba a Lucy hasta la puerta. Cuando la abrió, la luz que entró en el taller hizo que Lucy notara una marca en la pared, donde la pintura no estaba tan desgastada, como si se hubiera retirado algún cuadro. Sin duda, una imagen religiosa.

—¿Acaso no nos enseña Nuestro Señor que cuidemos de los pobres y de los necesitados?

La mujer la miró con ojos duros, como si estuviera tratando de determinar si éste no era más que un truco para exponer su catolicismo secreto. Después, quizá al ver la sinceridad en los claros ojos de Lucy, volvió a cerrar la puerta.

—«Ama a tu prójimo como a ti mismo» y... este... «dejad que los niños vengan a mí» —citó Lucy, deseando que todos esos años en Saint Mary's le hubieran dado algo más sólido.

La costurera empezó a mirarla todavía con más suspicacia y Lucy se percató de su error. Esta mujer sólo habría escuchado la Biblia en latín, no en español. Deseaba que Jamie estuviera con ella.

—¿Eres protestante? —le preguntó la costurera de repente.

Lucy puso una mano sobre la perilla de la puerta y, después, se dio la vuelta con lentitud.

—Dudo muchísimo que desee saber que una extranjera protestante se mostró más caritativa que una mujer española que profesa la verdadera fe. Pero no le dé importancia. Estoy segura de que todavía quedan algunas mujeres genuinamente cristianas en algún rincón de Murcia.

Sus ojos se encontraron y, por un momento, Lucy pensó que todo había sido en balde hasta que, de improviso, la mujer empezó a reírse a carcajadas.

—Podrás ser una extranjera protestante, pero eres más astuta que un zorro.

Lucy sonrió y su cuerpo entero se relajó cuando la mujer la llevó hasta la entrada del taller, donde se paró y dio varias palmadas y después exclamó: «¡Señoras!».

De inmediato, el sonido de las máquinas y la plática cesaron.

—¿Cómo te llamas y de dónde vienes? —le preguntó a Lucy y ella respondió.

—¡Señoras! —anunció—. Ésta es Lucy Nicholson, de Inglaterra, y la vamos a ayudar a enseñarles a coser a las niñas refugiadas. Es nuestro deber cristiano salvarlas de caer en el pecado.

No parecían muy convencidas, pero Lucy no dudó de que su formidable empleadora las convencería de lo contrario.

—Precioso vestido —comentó la costurera cuando acompañó a Lucy a la salida—. No se te olvide a dónde venir si necesitas otro.

Unos días más tarde, después del desayuno, volvieron los carpinteros al refugio de Pablo Iglesias para apartar un cuarto que sería salón de clases y taller en el piso de arriba. Una de las personas del Comité de Refugiados le trajo a Lucy un ejemplar del periódico local y le mostró un artículo escrito por el alcalde. Decía que unas benévolas mujeres de Inglaterra habían llegado para ayudar a los niños moribundos de España. Estas personas desinteresadas estaban preparadas para fundar un hospital y resultaba escandaloso que no podía encontrarse un sitio adecuado.

Por la tarde, entregaron las primeras dos máquinas de coser, entre gran algarabía e interés, y Lucy recibió un llamado para presentarse ante el gobernador civil. Se sintió aliviada de que Francesca hubiera regresado de Madrid para que pudiera acompañarla a la cita.

—¿Lo ves? —exclamó Francesca—. Sabía que podías hacerlo. Debí quedarme más tiempo. Ya hubieras resuelto el problema de las refugiadas por completo.

El gobernador civil las llevó a ver una gran villa blanca en estilo *art déco* que contaba con un terreno propio, diez habitaciones, dos cocinas, dos baños, frescos pisos de mosaico, escaleras de mármol, balcones en todo el derredor y un techo plano. Era ideal para albergar un hospital, pero había un pequeño detalle. La pareja de ancianos, que eran los dueños, aún vivía ahí. El gobernador entró en rápida conversación con los dos en una esquina y, después, se dio la vuelta, todo sonriente.

—Quedó arreglado. Tienen otra casa a la que pueden ir y acordamos una renta satisfactoria.

Lucy se quedó preocupada porque hubieran desalojado a la pareja de ancianos de su hogar, pero Francesca se mostró imperturbable.

—Vamos y comamos algo para celebrar. Me muero de hambre y, aparte, mataría por un cigarro.

Lucy dejó de lado cualquier idea de ir a visitar a Margarita en el momento en que ella y Francesca entraron en acción. En sólo una semana de actividad frenética, el hospital estaba listo para sus primeros pacientes. Lucy estaba exhausta, pero sintió que había sido la semana más emocionante de toda su vida. Francesca le asignó un presupuesto y Lucy hizo las compras necesarias. Compró ollas y sartenes para la cocina. Ordenó 30 camas y el dueño de la tienda le prometió que las tendría en cuestión de días. Envió a las refugiadas a los talleres de costura para que elaboraran sábanas y protectores para los colchones, mientras que las costureras murcianas producían pijamas y camisones. Algunas otras de las damas católicas de Murcia se enteraron de las buenas obras del hospital infantil y llegaron más juegos de ropa de cama, ropa de dormir y de otro tipo para los niños enfermos, en forma de donativos.

Lucy trató de pensar en todo. Compró peines, tarjeteros, papel y pinturas para entretener a los niños cuando empezaran a recuperarse, porque no dudaba que lo harían.

El Comité de Refugiados trajo cajas enteras cuidadosamente empacadas con vasos y vajillas de la mejor calidad. Cuando Lucy expresó su sorpresa ante la costosa delicadeza de algunos de esos artículos, se le informó que los habían «recolectado» de las casas de los ricos que habían huido al inicio de la guerra. No tuvo más que un pequeño remordimiento de conciencia ante el buen uso que se les daría.

Mientras Lucy equipaba el hospital, Francesca se concentró en el personal que necesitarían. Contrataron a una cocinera y a una criada para la limpieza, así como a una lavandera entre las refugiadas de Pablo Iglesias. Al hospital se le asignó al médico que ayudó a Lucy y a Francesca a recorrer las farmacias locales en busca del equipo y las medicinas que necesitarían, y después llegó una enfermera de Inglaterra.

La enfermera parecía poco impresionada por el hecho de que habían montado el hospital de la nada en poco más de una semana.

—¿Y dónde están los termómetros y las tablillas con los expedientes clínicos? —preguntó, y fue su siguiente petición la que regresó a Lucy de golpe a la tierra, pues se encontraba en un estado total de euforia—. Y también vamos a necesitar biombos para poner alrededor de las camas de los niños moribundos.

Una vez que todo estuvo listo, Francesca se hizo de un pequeño autobús y junto con Lucy empezó a recorrer todos los refugios en busca de los niños más enfermos.

Había tantos lactantes necesitados de tratamiento que, al principio, el hospital parecía sala de maternidad, atestada de madres y bebés. Pero en la siguiente semana, empezaron a llegar pequeños con fiebre tifoidea, muchos de ellos delirantes y con fiebres altísimas. Lucy y Francesca se rotaban para tomar el turno de noche; les daban al doctor y a la enfermera la posibilidad de dormir entre sus propios turnos. La enfermera inglesa no tardó en entrenarla en las rutinas especiales para los pacientes con tifoidea: los enjuagues de boca, los constantes cambios de la ropa de cama y de dormir empapadas de sudor y de diarrea, el lavado de los pequeños y temblorosos cuerpecitos. Lucy se percató de que temblaban de miedo, no sólo por la fiebre, y empezó a cantarles suavemente mientras les daba los baños de esponja y los cambiaba para ponerles ropa limpia. Eso parecía calmarlos y muchos de ellos se quedaban dormidos mientras les cantaba las viejas canciones de cuna de su propia infancia.

La enfermera le explicó que la tifoidea se propagaba a través de las heces y la orina, y que las manos de los niños debían lavarse con cuidado antes de que comieran cualquier cosa. La invadió el temor por su propia seguridad. No tenía esa sensación de inmortalidad que poseía Francesca.

—¿Y yo no podré contagiarme?

—No si te lavas las manos después de tocar sus heces y su orina, y antes de tomar alimentos —dijo la enfermera con firmeza.

Lucy se tallaba las manos hasta el cansancio con el jabón carbólico rojo después de cuidar a cada niño. Hizo un pacto con Dios de que si no le daba fiebre tifoidea, trataría de ignorar la constante comezón de los piquetes de mosquito con los que terminaba cubierta después de pasar las noches en el hospital. Había veces en que sus piernas terminaban llenas de horribles y enormes ronchas. Las personas le recomendaban diferentes remedios: rebanadas de limón, cebolla cruda, bicarbonato de sodio; ninguno de ellos tenía el más mínimo efecto.

Durante el día, Lucy y Francesca se ocupaban de supervisar el trabajo de la lavandera, la sirvienta y la cocinera, y recogían a los jóvenes pacientes de los diferentes refugios o llevaban a casa a aquellos que habían salido de peligro, junto con las medicinas y alimentos especiales que se necesitaban para los bebés, niños enfermizos y convalecientes. Aquí, las Brigadas Internacionales eran de enorme ayuda. Había cientos de brigadistas heridos en los hospitales militares de Murcia y los choferes de los camiones de las brigadas eran muy hábiles para encontrar alimentos de buena calidad para ellos. Manejaban hasta la costa para conseguirles pescado, y a las granjas del interior para conseguirles frutas y verduras frescas, huevos y carne. Estaban encantados de traer los suministros tan deliciosos como frescos para el hospital.

Entre sus turnos en el hospital, Lucy caminaba por los pisos de Pablo Iglesias; animaba a las madres para que llevaran a sus hijos a ver al doctor.

«Es gratis», les decía. O bien: «Es un guapísimo médico español». O incluso: «Hay jardines donde se pueden sentar, todo es muy silencioso y limpio». —Y, sobre todo: «La comida es deliciosa». Y entonces ayudaba a alguna madre ansiosa a cargar el pequeño y ligero bulto que emitía chilliditos y no era más que pellejo y huesos; entonces los llevaba al autobús que las esperaba afuera.

Lucy estaba por completo centrada en las refugiadas y en su trabajo. Sólo por la noche, ya acostada en cama, era cuando tenía un momento para pensar en Margarita, Tom y Jamie, y para rezar por que todos estuvieran bien.

12

Algunos sucesos son tan trascendentales que naciones enteras recuerdan dónde se encontraban y qué estaban haciendo cuando escucharon la noticia.

Lucy se encontraba en su hotel, alrededor de las 9:30 de la noche del 26 de abril, descansando después de un día entero de pie en el hospital, cuando escuchó un tremendo barullo en la calle. Volvió a meter sus pies cansados en sus alpargatas y salió a ver qué pasaba. La gente corría de un lado al otro mientras gritaba algo acerca de un sitio del que Lucy no había oído jamás; un pequeño pueblo vasco del norte. Un pueblo llamado Guernica.

Entró al comedor del hotel, donde los huéspedes y trabajadores del hotel se agazapaban en torno a la radio, callándose unos a otros y acercándose para escuchar las noticias. Al parecer, Guernica, que no contaba con defensas antiaéreas, había sido arrasada por bombas esa misma tarde. El lunes era el día en el que se ponía el mercado, de modo que las personas de las granjas y aldeas circundantes todavía estaban ahí a las cuatro de la tarde, momento en el que los residentes escucharon el bajo rumor de los pesados bombarderos que se acercaban. La gente supuso que se estaban dirigiendo a algún blanco militar, pero cuando aparecieron los primeros aviones sobre el pueblo, empezaron a descargar sus bombas, lo que hizo que los aterrados civiles salieran gritando a las calles mientras corrían a casa para reunir a sus familias y esconderse en sótanos y otros refugios bajo tierra. Un total de veinticuatro bombarderos alemanes e italianos hicieron cinco incursiones separadas hasta que el pueblo entero se sacudió con las explosiones de las bombas y la caída de edificios. Los ataques continuaron por tres horas más y aviones de caza ametrallaban a cualquier civil que se atreviera a asomar la cabeza o tratara de escapar. Pronto, el pueblo entero empezó a arder. Las llamas y el humo podían verse a kilómetros a la redonda.

Las personas que se encontraban en el comedor se abrazaban unas a otras; con sus rostros pálidos de incredulidad mientras preguntaban cuánta gente había muerto, si alguien conocía a alguno de los habitantes del pueblo y si el general Franco había dado su aprobación o si los demonios alemanes e italianos habían actuado por iniciativa propia como los bárbaros que eran.

Lucy jaló al administrador del hotel a un lado.

—¿Y dónde es esto? ¿Por qué Guernica?

Se levantó de hombros.

—Supongo que porque es la capital del nacionalismo vasco. Está a unos treinta kilómetros de Bilbao, en la costa norte.

Lucy tomó su bolsa y corrió hasta el hospital, sabiendo que Francesca había tomado el turno de noche y que quizá no sabría la noticia.

—¡Oh, Lucy! —La mujer hundió la cabeza en sus manos.

Cuando levantó su rostro, estaba transformado por la desesperación más absoluta.

—Pensé que había visto lo peor, pero bombardear a civiles desprotegidos es un nuevo infierno. Los refugiados vascos inundarán Francia y Barcelona.

—¿Qué no es un crimen de guerra? —preguntó Lucy.

—¿Y a ellos qué les importa? Si ganan los fascistas, ¿quién los va a llevar a juicio?

—Podría suceder donde fuera —musitó Lucy—. Incluso en Welwyn.

El aspecto de Francesca era sombrío.

—Si los fascistas ganan aquí, un día bien podría tratarse de Londres.

Fue el único comentario político que Lucy la escuchó decir jamás.

Al cabo de algunos días, las fuerzas terrestres de Franco empezaron a moverse con velocidad a lo largo y ancho del territorio vasco. George Steer del *Times* y Noel Monks del *Daily Express*, que en el momento se encontraban en el norte de España, dieron recuentos completos del ataque contra Guernica, incluyendo el hecho de que en los escombros del pueblo se encontraron carcasas de bomba con el águila imperial alemana impresa encima. El *New York Post* mostró una caricatura en la que se mostraba a Adolfo Hitler blandiendo una espada sangrienta etiquetada como «ataques aéreos» sobre un montón de civiles muertos regados sobre la «ciudad santa de Guernica».

Lucy estaba furiosa ante este nuevo horror perpetrado contra civiles indefensos. Recortó los artículos y se los envió por correo a Jamie, rogándole que «por el amor de Dios» regresara a casa a Inglaterra o que, al menos, acudiera a ayudarla con los refugiados. Estaba segura de que no querría permanecer del lado de Franco una vez que se enterara de lo de Guernica.

Pero, antes de que recibiera respuesta de él, le llegó una nota rápidamente garabateada de Tom. Tan sólo decía: «Guernica. ¿No intervención? Malnacidos».

Cuando llegó, la carta de Jamie también era breve y, al parecer, se cruzó con la suya en el camino.

28 de abril de 1937

Mi amada Lucy:

Supongo que habrás oído acerca de Guernica, pero te ruego que no creas todo lo que lees. Hay tantas mentiras revoloteando alrededor que resulta difícil determinar cuál es la verdad. Todo se ve distorsionado por este asunto tan horrible que es la guerra. Creo que tengo más en común con tus pacifistas cuáqueros de lo que pensé al principio.

Te puedo prometer que el general Franco aseguró que no ordenó vuelo alguno el 26 de abril porque había mucha niebla. Sé que están afirmando que fueron aviones de la Luftwaffe y de los italianos, pero Berlín también niega el bombardeo por completo. Tuvimos una sesión informativa con el general brigadier Queipo de Llano, quien nos dijo que contaban con evidencia de que los rojos habían dinamitado Guernica de manera deliberada durante su retirada de la ciudad. La línea del frente estaba apenas a pocos kilómetros de distancia y no cabe duda de que la gente estuviera tratando de escapar del lugar. ¿Cómo podrían haber instalado el mercado con la guerra ya tan cerca? Debes admitir que parecería mucho más probable que los rojos volaran un pueblo vacío para impedir que las tropas de Franco se hicieran de las casas y de las pertenencias. He oído que los republicanos afirman que los reporteros encontraron tres pequeñas carcasas de bombas alemanas. El general Queipo de Llano dijo que las plantaron los rojos para tratar de inculpar a alguien más. ¿Alguna vez has oído de una bomba alemana que no haya explotado?

Creo que no es más que una terrible mentira inventada para desacreditar a Franco en el extranjero.

Me encantaría que vinieras a ver el aspecto que tienen las áreas ya liberadas de los republicanos y que escucharas las historias que escucho yo; que pudieras ver a las mujeres que lloran por la profanación de sus templos y el asesinato de sus sacerdotes. Sigo creyendo que ésta es una guerra santa y que Dios está de nuestro lado.

Te ruego que vengas. ¿Acaso no podrías venir?

Añoro tanto verte.

Tu siempre amoroso,

Jamie

A Lucy le hubiera gustado darle una buena sacudida. Siempre admiró a Jamie por su inteligencia y claridad de pensamiento, pero ahora parecía que se estaba dejando engañar con tal de seguir creyendo lo que quería que fuera cierto. Como la flama de una vela parpadea cuando alguien cierra una puerta de golpe, así se tambaleó su admiración por él.

A principios de mayo, Lucy se enteró por Margarita que las tiendas de comida de Barcelona estaban vacías y que las raciones se habían reducido a un kilogramo de alimento por persona cada diez días. Margarita estaba de vuelta en la ciudad para ayudar a Domingo, pero volvió a insistirle a Lucy que siguiera adelante con el maravilloso trabajo que estaba llevando a cabo en Murcia.

«Jamás olvidaré a nuestro hijo ni dejaré de pensar en él», le escribió, «Pero estoy bien y a ti te necesitan donde estás».

Le contó a Lucy que Norma Jacob se había unido a la batalla de Alfred en contra del doctora Pictet, la señora Small y la señora Petter de Save the Children. Alfred y Norma decidieron renunciar y regresar a Londres a menos de que les permitieran llevar a cabo sus operaciones de ayuda sin interferencia alguna.

Sin embargo, las guerras intestinas entre las agencias de auxilio no fueron la única guerra civil dentro de la Guerra Civil que afectarían a Barcelona. El 4 de mayo los periódicos estaban plagados de noticias acerca de la historia de las facciones rivales dentro de los republicanos, cuyas diferencias habían estallado en francas luchas dentro de la ciudad. Cinco partidos conocidos por sus diferentes siglas se hicieron de edificaciones esenciales y habían abierto el fuego unas en contras de otras. Construyeron barricadas para bloquear las calles y las Guardias de Asalto Republicanas estaban enfrascadas en luchas mano a mano con los anarquistas. El golpeteo sordo, el traqueteo y las explosiones provenientes del fuego de armas cortas, ametralladoras y granadas de mano sacudía las calles noche y día.

Margarita le envió un mensaje para dejarle saber que los trabajadores auxiliares y los comedores estaban a salvo.

—Franco debe estar riéndose como loco —afirmó—. Los antifascistas se están asesinando entre sí sin esfuerzo alguno de su parte.

A lo largo del mes de mayo, Lucy y Francesca continuaron trabajando cada hora que permanecían despiertas en el refugio de Pablo Iglesias y en el hospital. Cada vez más mujeres refugiadas las estaban ayudando y había llegado una enfermera más desde Inglaterra. Escucharon la noticia de que evacuaron a cuatro mil niños vascos a Gran Bretaña, acompañados de sus maestras y sacerdotes. Al parecer, Alfred Jacob estaba lívido. Creía que los niños debían permanecer en España y que se les debía alimentar allí.

—Estarán mejor en Inglaterra —afirmó Francesca mientras le daba una profunda fumada a su cigarro.

—¿Pero y qué con sus madres? —argumentó Lucy—. No es correcto que separen a los niños de sus familias.

Francesca la miró con dureza.

—Eres demasiado sentimental. Has visto lo felices que son los niños en las colonias. Estoy segura de que yo hubiera sido mucho más feliz en una colonia que dentro de mi propia familia.

Lucy pensó que quizá ella también hubiera sido más feliz en una colonia en lugar de que su padre la criara, pero entonces jamás habría conocido a la señora Murray, a Jamie y a Tom.

Francesca empezó a preocuparse de haberle dicho a la directora de su escuela que sólo estaría ausente dos meses. Si quería conservar su trabajo, necesitaría regresar a Inglaterra.

—Cuando regrese para mis vacaciones de verano, me gustaría establecer un espacio para muchachos de catorce a dieciséis años, para enseñarles a leer y escribir y para mantenerlos fuera del ejército.

Lucy estaba de acuerdo. Demasiados chicos jóvenes estaban abandonando los campos de refugiados; mentían acerca de sus edades y se presentaban como voluntarios para el ejército republicano. Sus madres, que ya habían perdido a sus maridos, a otros hijos y a sus padres durante la caída de Málaga, estaban inconsolables.

—Yo estuve pensando que tal vez pudiéramos establecer algunas colonias de estancia corta cerca de las aldeas de pescadores que están sobre la costa —dijo Lucy—, para darles a los muchachos y a las chicas la posibilidad de respirar algo de aire fresco y de correr por allí. ¡Como una especie de campamento de verano con juegos y manualidades, y algo de lectura y escritura!

Francesca se mostró entusiasta y le prometió a Lucy que lo dispondrían todo tan pronto regresara.

Mientras tanto, una cuáquera estadounidense, Esther Farquar, llegó con maletas atestadas de ropa y juguetes donados por los Amigos de Estados Unidos. Se dispuso que ella se hiciera cargo de todos los proyectos de Francesca.

Esther planteó el tema de los refugiados del otro lado del frente, en el territorio de Franco.

—Deberíamos ayudarlos a ellos también, para mostrar que somos apolíticos.

Lucy le explicó que antes de que Alfred Jacob estableciera el primer comedor en Barcelona, había acudido a los cuarteles generales de Franco, en Burgos, para ofrecerles su asistencia, pero la recepción que le dieron fue de lo más fría. Los fascistas le dijeron que ellos podían alimentar y vestir a su propia gente.

—Pero eso fue hace ya seis meses. ¿Cómo la estarán pasando ahora? —presionó Esther.

Lucy miró a una y a otra, mientras pensaba. Durante la semana en que Francesca le estuviera entregando sus proyectos a Esther, no la necesitarían tanto en Pablo Iglesias.

—¿Por qué no voy a averiguarlo? —ofreció—. Mi amigo… —se sonrojó un poco al darse cuenta de que no estaba diciendo que Jamie fuera su novio, ni mucho menos su prometido— es periodista. Es católico y está reportando las cosas del lado de Franco.

Podría llevarme por allí y entonces yo podría ver si necesitan ayuda con los refugiados y los niños. Si fuera hasta allá como representante oficial de los Amigos podría hacerse, ¿no es así?

Y así fue como lo arreglaron. Lucy iría en barco hasta Ibiza, controlada por Franco, y de allí al sur del territorio franquista. Llevaba cartas de presentación del Servicio de Auxilio de los Amigos y de Save the Children, y Jamie logró conseguir una carta de invitación del ministro de educación de Franco, que le envió junto con su promesa de que se reuniría con ella y que la acompañaría como reportero del *Catholic Herald*.

¡Iba a ver a Jamie!

13

Cuando el navío en el que viajaba Lucy se acercó a Marbella, las casas blancas del viejo pueblo, enmarcadas por las montañas casi azules a la distancia, parecían como un paraíso en comparación con la suciedad y desesperación de Murcia. Sintió como si un peso se levantara de su pecho, como si un ave oscura hubiera levantado el vuelo para abandonarla. Parecía prometerle que a pesar de las profundas dudas que albergaba respecto a los fascistas de Franco, encontraría felicidad en este sitio.

Jamie estaba parado sobre el muelle cuando el barco atracó, cubriéndose los ojos del intenso reflejo del sol contra el agua. Cuando lo vio, con el aspecto de una caricatura del típico inglés, con su traje blanco de lino y su sombrero de paja, se sintió invadida de felicidad. Pasó muchísimo tiempo desde que lo había visto. Agitó su brazo con entusiasmo y, cuando él la detectó, se quitó el sombrero y empezó a agitarlo en saludo.

Después, su corazón empezó a latir con fuerza cuando se dio cuenta de que los temibles soldados falangistas de Franco estaban revisando los documentos de cada persona que desembarcaba. A la mayoría de la gente le daban la señal de que siguiera adelante, pero arrestaron a uno de los hombres. Lucy supo, con una sensación de náuseas, que podría ser ella a la que se llevaran a la fuerza para someterla a sólo Dios sabe qué tortura, o para desaparecerla si sospechaban que pudiera ser espía. Se repitió el mantra de los amigos: estaba aquí para ayudar a los niños necesitados, sin temor ni favor alguno.

Sin embargo, una cosa era decir «sin temor» y una muy distinta no sentirlo ante el soldado imperioso e inescrutable que estaba estudiando su pasaporte y cada una de sus cartas.

—¿Jamie Murray está aquí para recibirla? —Pareció casi rasparse la garganta con la pronunciada J. Lucy estiró la mano y señaló a Jamie.

El soldado se inclinó tan cerca que pudo oler su aliento.

—La estaremos vigilando. Si nos enteramos de que no es quien dice ser… —Hizo un gesto como si arrastrara un cuchillo sobre su cuello y Lucy se forzó a sí misma para no alejarse de él y correr de vuelta por la rampa hasta el interior del barco.

El soldado le devolvió sus documentos y le indicó que podía ir hasta donde se encontraba Jamie, pero pudo sentir sus ojos sobre su espalda incluso cuando Jamie la levantó del piso y le cubrió el rostro de besos. Dos marineros que estaban cerca empezaron a chiflar y a aplaudir.

—¡Maldito suertudo! —exclamó uno de ellos—. Dale otro de mi parte. —Jamie y Lucy fingieron no comprender lo que decía. Lucy miró por encima de su hombro y vio al soldado falangista observándolos aún y, después, diciéndole algo a su compañero mientras pasaba un dedo sobre la funda de su arma.

—Deberíamos marcharnos de aquí —afirmó Lucy con nerviosismo. Jamie siguió la dirección de su mirada y les brindó una franca sonrisa a los soldados.

—No te preocupes —le dijo en español—. Soy bien conocido por lo que escribo a favor del régimen de Franco. Estás más que segura conmigo.

Después, le rodeó los hombros con el brazo, levantó su maleta y le indicó el camino.

Cuando entraron a la sombra de un callejón estrecho entre dos edificios, se acercó de nuevo a ella y la besó. Lucy empezó a temblar, pero no pudo determinar si era por agitación o por gusto.

Al fin, la sostuvo a cierta distancia y la miró de arriba abajo, como para memorizar cada parte de ella.

—¡Benditos los ojos que te contemplan! Te ves todavía más bella de lo que recordaba. Un poco más delgada, pero te sienta. —Tocó su cabello—. Y tu cabello está casi tan claro y rizado como cuando eras una niña.

Se relajó un poco bajo la calidez de sus elogios. Quizá tenía razón y no había motivo para tener miedo. Siempre la había protegido y era reconfortante permitirse apoyarse en él, como si su llegada fuera volver a su hogar al fin. Después de todo lo que había visto y hecho en los últimos cuatro meses, sería un consuelo que alguien la cuidara a ella por algunos días.

Ella también lo miró y tocó la punta de su nariz.

—¡Todas tus pecas se unieron!

—¡Es que estoy bronceado!

La llana adoración con la que la veía era como salir de un oscuro sótano hacia la luz y Lucy pensó: «Pero claro que lo amo. ¡De verdad que sí!».

—Encontré un pequeño hotel —dijo Jamie al volver a tomar su maleta. Al voltear a verla por encima de su hombro, pescó la expresión de su rostro—. Cuartos separados, por supuesto. ¿Por quién me tomas?

Lucy se colgó de su brazo mientras se abrían paso por las multitudes junto al muelle. Jamie volteó a sonreírle.

—Quiero que me cuentes todo lo que estás haciendo. No sabes lo orgulloso que estoy de ti. Creo que te convertirse en una especie de santa.

Lucy se detuvo y se paró de puntas para darle un beso en la mejilla.

—No tanto.

—Demos gracias a Dios. —Volteó la cabeza y la besó de lleno sobre los labios con velocidad.

Lucy se aseó y se puso el vestido gris de Margarita para después acomodarse el rebelde cabello. Podía escuchar a Jamie moviéndose en el cuarto contiguo mientras se vestía para la cena, y sintió una cierta emoción de atrevimiento al tenerlo tan cerca. Pasó uno de sus dedos sobre sus labios, donde la había besado, y se acomodó el vestido sobre los pechos y caderas que jamás había tocado. Dentro de su maleta, envuelto en unas medias, estaba el frasco que Margarita le dio con la esponja remojada en vinagre. Pensar en lo que significaría que tuviera que desenvolverla despertó un aleteo de anticipación muy profundo en su vientre.

Había un pequeño espejo en la habitación del hotel y se contempló un momento, intentando ver la belleza que Jamie afirmaba detectar. Su barbilla le seguía pareciendo demasiado aguda, su boca demasiado ancha y su cabello demasiado esponjado; sin embargo, había algo que no pudo ver en el espejo de Murcia, una emoción que sonrojaba sus mejillas y dilataba sus pupilas. Era cierto que el vestido era del color de sus ojos, pensó.

El hotel contaba con más que suficiente comida. Había carne, así como diferentes tipos de pescado en el menú, y el pan era blanco y suave. Cuando llegó su comida, Jamie rezó una oración de gracias y empezó a comerse su paella con gusto.

Lucy bajó la mirada al precioso pescado blanco y a los montones de arroz y frijoles que había sobre su plato, y se sintió embargada por una terrible oleada de tristeza. No podía probar bocado.

—¿Pero qué pasa? —le preguntó Jamie.

—Este plato alimentaría a una familia entera. ¡Pescado, verduras, pan!

Jamie bajó sus cubiertos y puso una mano cálida sobre la suya.

—Lo sé, Lucy. Sé que has visto cosas terribles y quiero que me cuentes todo al respecto; pero las familias de refugiados no se encuentran aquí y tú sí. Lo que no te comas terminará tirándose a los perros. Estoy seguro de que ninguna de tus familias dudaría en comer.

Lucy respiró profundamente y empezó a comer, pero aunque su cuerpo ansiaba las vitaminas y minerales de los alimentos, su estómago no estaba acostumbrado a comida tan sustanciosa, por lo que pronto se sació.

—De verdad que la has pasado mal, ¿no es así? —le preguntó Jamie y la preocupación en su rostro bastó para casi hacerla llorar.

Sacudió la cabeza.

—No, yo no. Yo estoy bien. Es sólo todo lo que he visto. Y eso no es ni la mitad de terrible de lo que ha pasado Tom.

Una breve mirada de molestia pasó por los rasgos de Jamie. Quizá esperaba que no mencionara a Tom.

Tomó otro bocado de comida.

—¿Y cómo está?

De modo que los hermanos no tenían contacto entre sí. Lucy sacó la carta más reciente de Tom y se la entregó a Jamie.

—No he recibido nada desde ésta; tiene casi un mes.

Jamie alisó las hojas y siguió comiendo mientras leía.

15 de abril
Una trinchera en algún lugar del infierno

Querida Luce:

Siento mucho que no te he escrito. No parecía que pudiera decirte mucho, no creerías lo helada y húmeda que está la planicie. Un tipo me contó que Madrid es la capital del interior de mayor altura en Europa. No sé si sea cierto, pero mientras que sigue siendo primavera en Murcia, aquí parece ser un eterno invierno.

¿Qué puedo decirte? Lluvia intensa y fría, trincheras inundadas, ropa empapada, cobijas mojadas, turnos de guardia, fuego de francotiradores, bombardeo de morteros, árboles dañados por las balas, uniformes atascados de lodo, aburrimiento, confusión, ratas que se comerían una cartuchera o una bota si les dieras la oportunidad,

excremento por todas partes y, en lugar de pájaros, balas que silban sobre nuestras cabezas. El único alivio es que hace demasiado frío como para que haya mosquitos o piojos. Y por lo menos ahora tenemos cascos de acero, bayonetas, mapas, binoculares y linternas. Pero no tenemos aceite para las armas y tenemos que usar aceite de oliva. Ensuciamos las bayonetas para que no brillen en la luz y delaten nuestra posición.

Y, aparte, el ruido. El rugido de la artillería lejana, el ensordecedor tamborileo de un montón de rifles, el chiflido y explosión de proyectiles, balas como un monzón sobre un techo de hojalata y el estruendo y estallido de luz de las granadas. El escándalo constante te desgasta los nervios. Puedo determinar lo cerca que caerá un proyectil por el sonido de su chiflido. Hago apuestas al respecto conmigo mismo y me pregunto cuándo me tocará a mí y si sería peor perder un brazo o una pierna. No me gustaría quedar ciego. Dicen que puedes sobrevivir si te dan en alguna extremidad.

En la guerra sólo hay cinco cosas que importan: leña, comida, tabaco, velas y el enemigo. Manda comida, tabaco y velas. Sí, ahora fumo. No te enojes.

Te contaré lo que llevo puesto: calzoncillos largos de lana y una camiseta de manga larga, dos camisas de franela, dos suéteres tejidos por mamá, mi chamarra de cuero (con la que ya no me veo tan apuesto), una gabardina, pantalones de pana con polainas y calcetines gruesos, una bufanda, guantes de cuero forrados y un gorro de lana que bajo para que me cubra las orejas pero, con todo y todo, sigo temblando. Hace demasiado frío como para dormir. Cuando terminamos nuestros turnos de guardia por las noches, reunimos lo que queda de los rescoldos del fuego de la cocina y nos paramos sobre los mismos para descongelarnos los pies.

Lo que sí es que nos dan comida caliente, cigarros y buenas cantidades de vino, gracias a Dios, que bebemos en botas de cuero de cabra. No sabía que llevaban el pelo de la cabra por dentro. Bastante asqueroso, ¿no crees?

Nos consuela un poco saber que los fascistas deben estar igual de incómodos que nosotros, y que los italianos y los moros deben estar congelados hasta los huesos. Malnacidos.

Me dieron tres días de descanso y pensé en ir a verte, pero al final sólo me dediqué a dormir y a comer. Bastó con no tener frío y no estar bajo fuego enemigo.

Sabemos cuándo es que los fascistas van a darnos batalla porque hacen sonar las campanas de las iglesias primero; eso nos da cierta advertencia. Idiotas.

Nuestra mejor arma es el megáfono que logró conseguir uno de los muchachos. En el punto en el que más cerca se encuentran las trincheras de los fascistas, empezamos a gritar «¡Pan con mantequilla! ¡Aquí tenemos pan caliente con mantequilla!», o también «Ustedes son trabajadores. ¿Por qué están luchando contra su propia clase en nombre de esos bastardos ricos?» y «¡Deberían de ver a las mujeres de la milicia cuando bailan!»; noche a noche, nos llega un pequeño número de desertores.

Ayer, vi un número de brotes verdes; iris quizá, o azafranes, de modo que tal vez llegue la primavera. Además, siempre y cuando se mantenga firme la gente de Madrid, aquí estaremos para protegerlos de los fascistas. ¿Recuerdas a Dolores Ibárruri, la Pasionaria, y su lema «No pasarán»? Te prometo que los fascistas no pasarán ni tomarán Madrid mientras tenga aliento en mi cuerpo; a pesar de los muchos que han muerto, Luce. Tantísimos buenos muchachos ingleses. Por las noches, repito sus nombres una y otra vez en mi cabeza para que no sean olvidados.

¿Crees que podamos vernos en Madrid durante mi siguiente descanso? Dicen que hay «mucha alegría en Madrid». Uno de mis camaradas vio a unas mujeres que estaban haciendo fila para comprar pan, cada una se aferraba a los hombros de la de adelante, mientras cantaban y bailaban levantando las rodillas muy en alto. «Nosotros, los españoles, morimos bailando», decían. Cómo me gustaría ver esa valentía, ese desafío; me haría un mar de bien. ¿Crees que pudieras llegar hasta allí? No sé cuándo sería.

Me disculpo si esto te resulta deprimente, camarada. Quizá el censor no la deje pasar.

Todo antes de España me parece como una vida diferente y no me puedo permitir pensar demasiado en ella, pero sí me ayuda saber que tú no estás tan lejos.

Tom

Una veloz expresión de alivio se dibujó sobre el rostro de Jamie antes de que doblara la carta y volviera a pasársela a Lucy. De seguro notó que Tom la había llamado «camarada» y que no le había escrito ningún mensaje de amor.

—Desearía que lo hubieras convencido de quedarse en casa —dijo.

—Yo desearía que los pudiera convencer a los dos de regresar.

Jamie la miró y sus ojos eran tan azules como el cielo de Murcia. Lucy pensó que siempre había sido el más apuesto de los dos hermanos. Como si pudiera leerle la mente, sonrió y tomó su mano.

—Ven, unámonos a la caminata nocturna por el bulevar. Los muchachos estarán mirando a las chicas y ellas los estarán mirando a ellos, pero yo sólo tendré ojos para ti.

Pudo haber sido la velada más romántica de su vida de no ser por el recuerdo de los horrores que tan recientemente había vivido y por el impacto de ver a tantos soldados alemanes, vestidos con enorme pulcritud, que se mezclaban con los locales mientras hablaban y reían. ¿Cómo era posible que Jamie pensara que el fascismo era aceptable? ¿Cómo podía cegarse así ante lo que estaba sucediendo? Pero se guardó sus palabras de crítica, decidida a no arruinar su primera noche juntos. Se recordó a sí misma con enojo que estaba allí para ver el trato que se les daba a los niños refugiados, sin temor ni favor, no como juez de un régimen político.

Entonces vieron cómo el sol se hundía en el mar y se permitió recargarse contra él, con sus brazos rodeándole la cintura. Estaba un poco achispada por la copa de vino que le había dado. Sentía que ahí era donde siempre estuvieron destinados a estar, incluso desde que ella tenía cinco y él siete; le parecía cómodo y correcto.

De regreso en el hotel, afuera de su puerta, se dieron un beso, profundo y delicioso. Jamie le dijo que ella era el amor de su vida y la mujer más bella que jamás hubiera visto, pero al final le plantó un pequeño beso en la nariz y le dijo:

—Ya vete a la cama, mi amor; tenemos mucho que hacer el día de mañana.

A la mañana siguiente, Lucy se puso el brazalete con el distintivo cuáquero sobre su vestido y, al hacerlo, pareció refrescar la confianza que adquirió en Barcelona y en Murcia, y fortaleció su determinación por ir en busca de la verdad. Sostuvo la cabeza bien alta y se recordó que estaba ahí de forma oficial a nombre de Save the Children International y del Consejo de Servicio de los Amigos. Llevó un cuaderno y un lápiz para su trabajo de recopilación de datos y trató de ignorar la comezón que le estaban provocando los nuevos piquetes de mosquito que acumuló la noche anterior. La persona a cargo del hotel le dio un limón para frotárselo encima.

Había un chofer vestido con el uniforme del ejército de Franco al que asignaron para llevar a Lucy y a Jamie en su recorrido. Miró desconfiado el brazalete y ella afirmó: «Servicio Internacional de los Amigos, cuáqueros» con firmeza. «Estoy aquí para hacer un reporte acerca de los refugiados y de la educación».

Jamie parecía rebosante de orgullo ante este nuevo aspecto de Lucy que estaba viendo, pero ella logró ver el rostro amargado del chofer, que pudo haber significado: «¡Protestantes!», o bien, «¡Mujeres!». Sostuvo la puerta abierta para que pudiera subirse al asiento de atrás del auto y después le mostró a Jamie un mapa de los sitios que visitarían en los próximos cinco días: Ronda, Córdoba y Sevilla. A Lucy le parecía de lo más exótico y supo que tendría que recordarse de manera constante que no estaba ahí de vacaciones.

Dentro del auto, se tomaron de las manos, fuera de la vista del chofer, y abrieron las ventanillas para dejar que entrara el aire a fin de refrescarse. Hablaron y hablaron como para compensar por los meses de separación.

Jamie empezó a hablarle en su español formal y perfecto, contándole acerca de los diversos artículos que escribió para los periódicos ingleses y de los diferentes viajes a los que había ido con el equipo de *Pathé*. Describió al padre Vicente cuando brincaba de las trincheras para brindar los últimos sacramentos, ignorante de las balas que volaban a su alrededor, la borla morada de su birrete volando tras él. Con enorme satisfacción, enumeró los suministros médicos donados por los católicos británicos y el número de enfermeras del Reino Unido que se habían prestado como voluntarias. Trató de comunicar el asco que sintió al ver las bellísimas casas e iglesias donde los republicanos dejaron cantidades inusitadas de heces humanas. Resultaba evidente que la imagen de esas iglesias resumía todo lo que detestaba de la República; lo que él consideraba el desorden, el caos y la suciedad que nacían a partir del rechazo del catolicismo.

Lucy se percató de que el chofer lo estaba escuchando. ¿Cómo podría hacer lo contrario? Le respondió a Jamie en español y él elogió su progreso con el idioma, aunque había adquirido algunos interesantes hábitos coloquiales. Le dijo algunas palabras en catalán y vio que el chofer arrugaba la frente, aunque Jamie pareció impresionado.

Lucy empezó a hablar en inglés para contarle a Jamie acerca de los refugiados de Barcelona y de Murcia, así como la monumental tarea a la que se estaban enfrentando los Amigos. Jamie siempre fue un escucha interesado y para ella resultó un alivio poder contarle todo acerca de las penurias de los refugiados y del trabajo que ella y sus colegas estaban llevando a cabo para mantener a los niños con vida. El camino empezó a serpentear y a alejarse de la costa para adentrarse en las montañas; le contó acerca de Alfred

Jacob y de Domingo, pero cuando pronunció el nombre de Domingo vio la expresión del chofer por el retrovisor y se percató de que hablaba inglés además de español. Debía tener cuidado, de modo que cambió el tema de inmediato.

—Pero mejor no hablemos de eso por el momento. ¿Cómo se encuentra tu madre?

Por supuesto que Lucy recibía cartas frecuentes de la señora. Murray, pero dejó que Jamie le diera las noticias acerca del viaje de su madre a Lanarkshire y la reconciliación con su familia.

—Imagínate eso. Tengo todo un lado de la familia al que jamás conocí y todo porque le retiraron el saludo por casarse con un católico.

—Si te fueras a casa ahora, podrías conocer a tus abuelos y primos. Estoy segura de que tu madre estaría fascinada de tenerte consigo.

Jamie sacudió la cabeza.

—Tengo trabajo que hacer aquí y es de lo más importante, Lucy.

Ella se mordió la lengua y no respondió. Éste no era ni el sitio ni el momento para tratar de convencerlo de que estaba equivocado.

En lugar de ello, le dio vuelta a la conversación para que platicaran de su infancia y miró el paisaje de Andalucía por la ventanilla a medida que se hacía más montañoso y que los verdes olivares cedían su lugar a los bosques de pináceas que se erguían contra el cielo intensamente azul.

En Ronda, los llevaron a ver dos escuelas dirigidas por monjas; Lucy pudo advertir que todos los niños estaban bien alimentados y vestidos, y que se mostraban de lo más obedientes. Hizo algunas anotaciones. Los alumnos se sentaban en filas ordenadas y repetían sus lecciones para aprenderlas. Era por completo diferente a la educación progresiva que había visto en Barcelona, pero difícilmente podía criticarla; era la misma manera como se le daba clase a la mayoría de los niños de Inglaterra. Caminó por los salones y habló con algunos niños y maestros, pero los habían preparado a la perfección, de modo que hubo poco que averiguar de lo que quizá se ocultara debajo de su cabello aseado y sus zapatos lustrados. El acento de los pequeños era por completo diferente al de los niños malagueños y barceloneses a los que estaba acostumbrada a escuchar, pero su español no era lo bastante bueno como para saber si se trataba sólo de variaciones locales o si era porque los niños provenían de las clases medias y acaudaladas.

—¿Cómo estuvo? —le preguntó Jamie, que estuvo caminando al exterior mientras la esperaba.

—Ordenado y en calma.

Asintió con satisfacción y Lucy pudo ver de nuevo al pequeño al que le gustaba tener sus lápices alineados a la perfección sobre su escritorio y para quien cualquier alteración del itinerario esperado de sus vidas resultaba de lo más abrumador.

—Idéntico a Ampleforth, me supongo. —Y Jamie empezó a rememorar con cariño el mundo de su escuela particular, con sus campanas y reglas que llevaban generaciones sin cambio alguno.

El hotel de Ronda tenía una terraza que miraba al paisaje de ondulantes colinas que se topaban con escarpados acantilados en la distancia. Algunos de los campos circundantes eran casi verticales, pero se cultivaban de todas maneras. A corta distancia, podían escuchar el sonido de una guitarra española. De no ser por los insectos, todo hubiera sido perfecto. La terraza olía a jazmín y a tomillo, y los canarios enjaulados cantaban como si la vida fuera perfecta; como si no hubiera una guerra.

Tomaron gazpacho frío y compartieron una botella de vino. Jamie empezó a contarle algunos de sus recuerdos de su padre, pequeñas cosas que jamás había compartido con anterioridad: que su padre le permitiera acomodar la última pieza de un rompecabezas; que recogiera los trozos rotos de una azucarera que Jamie rompió para culparse a sí mismo del accidente. Mientras caminaban por el pueblo y se asomaban al famoso desfiladero de piedras color oro, atravesado por sus tres puentes imposibles, la voz de

Jamie se volvió casi un susurro cuando empezó a contarle acerca de la pérdida de su padre.

—Fue justo así; como caer dentro de un profundo desfiladero sin saber cómo lograría salir del mismo. Tom no era tan cercano a él y mamá estaba en tal confusión de dolor que dejó que tu padre nos llevara a Welwyn y nos alejara de la casa donde vivimos con papá, y casi ni se percató de que tu padre estaba tratando de ocupar el lugar de papá con nosotros.

Lucy podía recordar con claridad el entusiasmo con el que el capitán Nicholson les dio la bienvenida a los chicos como su fueran los hijos que siempre añoró y nunca tuvo. Los invitaba a patear pelota, los enseñó a pescar y, cuando se volvieron mayores, los llevaba a partidos de *rugby*. Todo lo que hacía por ellos fue como una cachetada para ella. Cuando todavía era chica, trató de unírseles en sus juegos, pero su padre la alejaba y la mandaba a ayudar a la servidumbre o a la cocinera, hasta que dejó de pedírselo y se limitó a sentarse en el patio para mirarlos, susurrándole palabras de venganza a su osito de peluche. Recordó el día en que su padre entró en la casa, canturreando, con dos cañas de pescar de tamaño chico y se dio cuenta de que había comprado dos, no tres. Los quería a ellos, no a ella.

Pero Jamie estaba pensando en su padre.

—Fue como si dependiera de mí solamente mantener a mi padre con vida. Intentaron detenerme mi madre y tu padre, pero aunque apenas tenía siete, averigüé dónde se encontraba la iglesia católica y fui a solas porque cuando asistía a misa, sentía que papá estaría justo detrás de mí, sonriendo con orgullo y aprobación. Quizá te parezca una tontería, pero me daba la impresión de que en cualquier instante pondría su mano sobre mi hombro. Allí me sentía increíblemente cercano a él, lo tenía sólo para mí.

—Lo sé, lo entiendo.

—Creo que mi infancia finalizó el día de la muerte de papá. ¿Alguna vez te mencioné que justo antes de que muriera me pidió que cuidara de mamá y de Tom? Fue lo último que me dijo.

Los ojos de Lucy se llenaron de lágrimas.

—Eras un pequeño de lo más valiente; siempre estabas tratando de hacer lo correcto.

Jamie le limpió la lágrima que corrió por su mejilla y después besó el camino que recorrió.

—Tú fuiste la única luz en toda esa oscuridad, Lucy. Fuiste tú quien me sacó del desfiladero y me llevó de vuelta a la luz del sol.

Lucy volteó para besarlo, de lleno y a profundidad, y se dio cuenta de qué poco amor había conocido en su vida. Nada en absoluto de su padre, quien debía amarla más que nadie. La adoración de Jamie por ella era como una lluvia de amor sobre un desierto sediento y quería más; no quería que se acabara nunca.

Al día siguiente condujeron a Córdoba y durante el viaje de tres horas se quedaron en un cómodo silencio mirando el paisaje o platicando más acerca de casa. El campo estaba colmado de cosechas nuevas, como si la guerra no existiera en absoluto. Con razón no había escasez de alimentos en las regiones fascistas, pensó Lucy. Pasaron a los campesinos que trabajaban las tierras y que se le quedaban viendo al auto elegante con el soldado que iba conduciendo a los extranjeros. Los adultos llevaban puestas harapientas camisas azules, pantalones negros y sombreros de paja de ala ancha, y las mulas jalaban sus carretones. Un chico estaba bebiendo agua a la usanza española: sostenía una jarra de arcilla roja sobre su cabeza mientras dejaba que un chorro de líquido entrara directo a su boca. Había jóvenes que también trabajaban junto a los adultos, y Lucy hizo una nota mental para señalar que la educación no era universal. Se acercó al chofer y le preguntó si podían detenerse para que hablara con los niños, pero sus ojos jamás se alejaron del camino y de manera muy educada le indicó que los estaban esperando en la siguiente escuela en Córdoba.

—¿Podremos visitar algunas de las colonias para los refugiados? —preguntó.

—No tenemos colonias de refugiados en la España de Franco —respondió con orgullo.

«No», pensó Lucy, «apuesto a que no. Los republicanos están muertos o escondiéndose y todos los refugiados que no murieron tuvieron que batallar para llegar hasta el norte, con nosotros».

Volteó la cabeza para mirar a los niños campesinos de nuevo y para que el chofer no pudiera ver su expresión. Cuando recobró la compostura, volteó hacia adelante otra vez. Estaba decidida a no verse engañada de que todo estaba bien cuando no era así.

Mientras más se adentraban en el interior, más calor hacía, hasta que los olivos que se alzaban hacia el cielo en ordenadas filas parecían vibrar en el bochorno.

Al entrar en Córdoba, Lucy vio fugaces asomos de plazas con fuentes, estrechas callejuelas blancas y minaretes y torres, como si acabaran de entrar en *Las mil y una noches*. La calle principal estaba bordeada de naranjos y la plaza de toros dominaba el pueblo. Hubo una breve vista del río, un puente antiguo y un sistema de arcos cercanos a la escuela que habrían de visitar.

Salió del auto a un aire que parecía espeso de tanto calor. El conductor le dijo que estaban a más de treinta grados. Jamie le dio la conversión a grados Fahrenheit.

—Pues algo arriba de los ochenta.

Lucy pensó que no podría tolerar el calor de mitades del verano y al fin comprendió la vital necesidad de la siesta, el descanso que se hacía durante la porción más caliente del día.

Después de visitar otra escuela impoluta y más que ensayada, se acostó sobre la cama del hotel vestida solamente con su fondo a mitad de la soñolienta tarde y dejó que la ligera brisa de la ventana abierta refrescara sus brazos y piernas. Era como si el beso de Jamie hubiera despertado su cuerpo, de tal forma que cada uno de sus nervios parecía sensible de una manera en que jamás lo fue antes. Se quedó dormida y soñó que había dos columnas de humo que se elevaban en el aire y que se mezclaban una con otra.

Durante el fresco relativo de las primeras horas de la noche, visitaron la catedral. Lucy se cubrió el cabello con su mascada de seda y quedó boquiabierta cuando entraron en lo que alguna vez fue la Mezquita de Córdoba. Era el edificio más perfecto que jamás hubiera visto. Cientos de pilares de piedra coronados con arcos de ladrillos rojos y blancos se desplegaban en la distancia, como si se tratara de una casa de espejos. La fresca simetría era increíblemente tranquilizadora. Jamie estaba ansioso por contarle acerca de su historia: se suponía que los pilares representaran los árboles de un oasis porque en el siglo X esto y aquello, y en el XIII esto más... pero Lucy se colocó un dedo sobre los labios y se alejó de él para pasearse a solas entre las columnas. Parecía como si sus piedras hubieran absorbido siglos de contemplación silenciosa. Aquí había paz.

El sitio donde la catedral católica se construyó al interior de la antigua mezquita parecía elevarse a partir de la estructura original, como si una cultura se hubiera encarnado dentro de la otra, abriendo el oasis a los elevados domos de la arquitectura occidental. Lucy se quedó sentada largo rato, absorbiendo la fe y esperanza de todos los que habían estado ahí antes. Al fin, volteó a su alrededor y allí estaba Jamie, como siempre lo estaría si le daba la oportunidad.

Rodeó su cintura con un brazo y caminaron al exterior, al ocaso que se profundizaba, y ninguno de los dos quiso hablar, romper el encanto; los dos supieron que el otro había experimentado el misterioso poder de ese sitio. De verdad parecía que su alma era una, pensó Lucy.

Durante la cena a la luz de las velas, en un frondoso patio bajo un árbol de caquis, se miraron a los ojos y Lucy sintió cómo absorbía su adoración, como si hubiera sido una esponja seca que ahora se encontrara colmada de la misma, gozándola. Después, la idea misma de una esponja la hizo sonrojarse cuando recordó el frasco dentro de su maleta y Jamie la presionó para que le contara lo que estaba pensando, pero Lucy se rehusó a hacerlo. Si le pedía que lo acompañara a su habitación esta noche, quizá lo haría.

Casi como si le hubiera leído la mente, con esa forma tan insólita que tenía, le dijo:

—No voy a pedirte nada más hasta que prometas casarte conmigo. Te conozco demasiado bien, Lucy. Es posible que hicieras algo únicamente para complacerme y quiero que tú estés por completo segura de lo que quieres.

Ella asintió.

—De hecho, me estaba preguntando si nuestros hijos tendrían tus mismas pecas escocesas —respondió ella levantando sus dedos a los labios de Jamie.

—Espero que todas sean niñas y que todas sean idénticas a ti.

—¿Todas? ¿Cuántas hijas querrías tener? Voy a terminar como una de esas viejas españolas gordas.

—Cientos —dijo mientras reía— y siempre voy a amarte, no importa qué tan gorda te pongas.

Cumplió su palabra y no la volvió a presionar para que le diera una fecha para casarse, ni la invitó a su cuarto de hotel ni pidió ir al suyo. La besó lentamente, durante mucho tiempo, con una delicia que podía sentir hasta los dedos de sus pies y se separaron, dejándola deseosa de más. Quizá esa era su intención, pensó.

Cuando empacó su maleta al día siguiente, no pudo encontrar la carta de Tom por ninguna parte, pero cuando le preguntó a Jamie al respecto, le prometió que no la tenía. Lucy trató de recordar si decía algo que pudiera revelar algo acerca de la posición de Tom o que pusiera en peligro al Batallón Inglés, y se sintió furiosa consigo misma por llevarla al sur.

—¿No crees que sea preocupante que no aparezca? —le preguntó a Jamie—. ¿No te hace sentir ansioso por Tom?

Él no le dio la menor importancia.

—Me imagino que se te cayó atrás de la cama o algo por el estilo.

Lucy retiró su mano de la suya y lo miró con atención.

—¿Cómo es posible que no puedas creer más que cosas buenas de esta gente?

—Porque están genuinamente agradecidas y felices de volver a tener su religión. Franco volvió a darles orden y estabilidad. ¿Acaso no puedes verlo?

De camino a Sevilla, al atravesar las gentiles colinas de trigo y paja, Lucy pensó en su costurera y supo que se postraría en la iglesia de Murcia si tan sólo pudiera volver a rendir culto en la misma de nuevo.

«Si la República cree en la libertad, seguro que debería incluir la libertad de culto», pensó Lucy. Quizá ninguna de las partes del conflicto había logrado hacerlo todo bien.

A pesar de la inquietante pérdida de la carta de Tom y la manera casual en que Jamie había desestimado el asunto, aparte de la creciente inquietud de que sólo le estaban mostrando lo que las autoridades querían que viera, disfrutó del recorrido por Sevilla, guiada por Jamie. Le señaló cientos de naranjos que bordeaban las calles y la llevó a iglesias iluminadas con velas para que pudiera ver los pasos con sus figuras religiosas y los fieles que oraban.

—¿Lo ves? —insistió—. ¿Lo ves ahora?

Las tiendas, restaurantes y cafés estaban todos abiertos y había gente que se dedicaba a su día con día de manera por completo normal. Las vitrinas de las tiendas estaban atiborradas de pastas y pasteles que hacían agua la boca. Los negocios parecían estar floreciendo. Lucy advirtió que no parecía haber niños que vivieran en la calle, ni un solo pordioserillo harapiento. Eso era bueno, sin duda, pero también hacía crecer sus sospechas de que lo que le estaban mostrando parecía demasiado higienizado. El conductor los llevó a una callejuela oculta donde Jamie tocó a una puerta café anónima. Entraron a un convento y los llevaron por un museo de escenas religiosas esculpidas en madera antes de venderles un frasco de la mermelada que hacían las religiosas.

Visitaron dos escuelas más donde no había nada interesante que ver y el último día los llevaron a un orfelinato, de nuevo dirigido por monjas, donde observaron a los niños tomar la comida del mediodía, que pareció bastante abundante. Jamie tomó notas para un artículo mientras les decían que éstas eran las crías abandonadas por los malvados republicanos, pero que, gracias al Señor, las almas de estos inocentes ahora estaban a salvo. Lucy se hincó y les preguntó su nombre a algunos de los pequeños, así como de dónde venían pero, de nuevo, sus respuestas parecían cautas y bien ensayadas.

Esa noche, mientras se paseaban por la calle, Jamie le dijo que siempre la había amado y el corazón de Lucy pareció agrandarse; pensó que jamás se cansaría de oírlo. Admitió lo celoso que se había sentido de sus demás novios.

—¿Te acuerdas de ese baile? —le preguntó ella sin duda alguna de que sabría a cuál se refería.

Emitió algunos ruidos de desaprobación ante el recuerdo.

—¿Habrás tenido qué… dieciséis? Y fuiste con ese granjero palurdo.

—Hugh Hamilton.

—Se sentía la crema de la crema.

Lucy empezó a provocarlo.

—Era muy guapo; todas las chicas de la escuela querían bailar con él. —Dentro de su mente añadió: «si no podían hacerlo contigo» pero, no quiso que Jamie se enorgulleciera demasiado si se lo decía en voz alta. Ella sabía cómo las demás muchachas suspiraban por él; su timidez con las mujeres le daba un ligero aire de indiferencia inalcanzable.

Jamie protestó.

—Pero era un idiota.

—No, no tenía mucho en materia de cerebro y es cierto que no podía bailar como tú.

—Es que no te tuvo a ti para que le enseñaras a hacerlo.

De hecho, había sido la señora Murray quien les enseñó a bailar a los tres, empujaba a un lado la mesa de comedor de la casa de Lucy para abrir espacio. Tom siempre fue impulsivo y exasperante, su energía y entusiasmo jamás iban acordes del todo con los ritmos de la música. Pero Jamie podía dejar ir su mente consciente y la música parecía invadir sus extremidades, de modo que le daba vueltas a su pareja por la pista en una sincronía sin esfuerzo aparente. Todas las chicas querían bailar con Jamie, sentir que las hacía flotar de tal forma que incluso la más desgarbada y torpe de todas podía sentirse bella y agraciada. Lucy recordaba la ligera presión de su mano contra la parte baja de su espalda, guiándola por la siguiente vuelta. Se habían movido como si fueran una sola persona y se preguntó si sería igual al hacer el amor con él.

Pero Jamie estaba recordando algo más.

—Dejaste que Hugh te llevara fuera.

—Hacía un calor tremendo dentro del granero y cada vez que dábamos una vuelta por la pista de baile, o tú o Tom nos miraban con ojos feroces.

—Pero lo bueno es que los seguimos afuera.

Lucy recordó lo emocionante que fue que Hugh la llevara al baile y cómo había sido la envidia de todas las demás chicas y el blanco de los viscerales celos de Jamie y Tom. Le dio una especie de poder sobre ambos y fue algo que le fascinó.

No dudó cuando Hugh le sugirió que salieran ni cuando la llevó hasta la parte posterior del granero en la oscuridad. Sin embargo, ya allí la empujó contra la astillada pared, la besó con demasiada fuerza y empezó a apretar uno de sus senos hasta provocarle dolor. Empezó a empujarlo lejos, pero él la llamó «calienta huevos» y empezó a frotar su entrepierna contra ella. Lo empujó con más fuerza, pero él colocó su musculoso brazo contra su pecho para sujetarla contra la pared del granero, mientras metía su otra mano por debajo de su falda. Lucy lucho para quitar su mano y alejarla de su cuerpo al tiempo que empezó a pedir ayuda a gritos. El presionó su boca contra la suya para silenciarla pero, en ese instante, dos figuras cayeron sobre él.

Jamie y Tom lo arrastraron lejos, lo tiraron al piso y lo patearon con fuerza.

Lucy se recuperó y se acomodó la falda. Pudo ver que Tom y Jamie estaban yendo demasiado lejos.

—¡Deténganse! —les gritó al tiempo que jalaba a los hermanos por las mangas de sus sacos—. Lo van a matar.

—Eso me gustaría —gruñó Tom al tiempo que lanzaba otro puntapié contra la pierna de Hugh.

—No tanto como a mí —jadeó Jamie con sus puños levantados.

Hugh trató de levantar la cabeza.

—Por favor, lo siento; me dejé llevar.

—No vuelvas a tocarla jamás —le advirtió Jamie.

—O verás —añadió Tom con una última patada.

Lucy se inclinó sobre él.

—Y no vuelvas a intentar lo mismo con ninguna otra chica, o les digo a estos dos que te hagan una visita.

Hugh asintió.

—No lo haré. Lo prometo. —Y aunque Lucy no le creyó, no había mucho que pudieran hacer, de modo que entrelazó sus brazos con los de Tom y Jamie.

No regresaron al granero, sino que se marcharon a casa juntos. Lucy les aseguró que Hugh no la había lastimado, pero no dejaba de temblar, conmocionada por el ataque y por el conocimiento de que no hubiera tenido la fuerza para alejarlo. Pasó mucho tiempo antes de que pudiera confiar en otro chico de nuevo.

Al mirar atrás, se dio cuenta de que ésa fue la única vez que vio a Tom y a Jamie unidos por un mismo propósito.

—Sí llegamos a tiempo, ¿verdad? —le preguntó Jamie, la tensión era evidente en su voz.

—Te aseguro que sí —dijo Lucy, tranquilizándolo. Pero entonces se detuvo—. ¿Pero querrías casarte conmigo de todas maneras si él…?

—Claro que sí —respondió Jamie, pero Lucy detectó un asomo de duda.

Durante la noche, hubo un altercado en la calle y se despertó al sonido de hombres que corrían y de alguna trifulca. Escuchó un par de disparos y Lucy se incorporó de inmediato en la cama, apretando un cojín contra su pecho, quería asomarse a la ventana, pero no se atrevía a hacerlo. Parecía como si el pueblo entero estuviera en silencio, tratando de oír, mientras una mujer rogaba a gritos: «¡No, no; es un buen chico!».

Los ruidos se alejaron del centro de la ciudad y su corazón dejó de galopar mientras trataba de tranquilizarse. Lo único que pudo oír fue el agua de la fuente del hotel. Justo cuando estaba a punto de volver a perderse en su sueño, se oyó el tamborileo de varios disparos simultáneos. De nuevo, despertó de golpe y se aferró a la sábana, segura de que acababa de oír un fusilamiento. ¿Qué más podría ser? Esperó en la oscuridad, pero el hotel se mantenía en absoluto silencio, como si nadie se atreviera a moverse o a respirar. A la larga, el fuerte palpitar de su corazón se acalló y ella se acostó de nuevo, pero no pudo volver a conciliar el sueño sino hasta después de que amaneciera.

Durante el desayuno, intentó discutirlo con Jamie, pero él le dijo que había dormido como un bebé la noche entera, y el gerente del hotel solamente se levantó de hombros y desvió la mirada. Incluso le preguntó al conductor del auto, que sin chistar negó que hubiera sucedido alguna alteración e hizo una mueca de burla al tiempo que le aseguraba que había tenido una pesadilla.

Jamie asintió de manera condescendiente y Lucy se sintió furiosa, segura de lo que oyó. Estaba resuelta; a ella no la iban a engañar como a él.

Para su última noche, regresaron a Marbella y, de nuevo, salieron a caminar a la orilla del mar pero, en esta ocasión, Lucy no pudo disfrutar del paseo nocturno. Se había sentido tensa e inquieta el día entero después de las negaciones tan absolutas de lo sucedido la víspera. Iba a ser difícil dejar a Jamie para regresar a la suciedad y a la desesperación de Murcia, pero al menos allí no le iban a mentir ni la iban a tratar como si fuera una idiota. Estaba frustrada porque el chofer había bloqueado cada intento por hablar con alguien fuera de las escuelas y orfelinatos, y sabía que su informe resultaría una versión saneada de la verdad. Sintió que quizá debió hacer un mayor intento por averiguar lo que de realmente estaba sucediendo debajo de la superficie aparentemente inmaculada. Cuando compartió sus reservas con Jamie a la hora de la cena, la silenció.

Más tarde, durante el paseo, cuando nadie podía escucharlos, volvió a intentarlo.

—No siento que me hayan mostrado una imagen real cuando fuimos a ver las escuelas.

—Por supuesto que fue real y, por favor, háblame en español; la gente nos está mirando.

Bajó la voz y cambió de idioma.

—Todo estuvo demasiado cuidado.

Jamie se levantó de hombros.

—Sólo fue un retorno al orden. Se te olvida cómo son las cosas. ¿Por qué no puedes creer lo que estás viendo con tus propios ojos?

Lucy se separó de él.

—Para ser un hombre tan inteligente, puedes ser increíblemente estúpido —susurró con furia—. ¿Qué no te das cuenta de

196

que te están engañando? Sólo ves lo que quieres ver, sólo oyes lo que quieres oír, sólo crees lo que quieres creer.

—¿Qué no hace lo mismo la mayoría de la gente?

—Pero tú eres periodista y esperaría cosas mejores de ti. El mundo es mucho más complejo y me hubiera imaginado que serías más desconfiado. Alguien se robó la carta de Tom y mataron a alguien a balazos, y tú finges que no sucedió ninguna de ambas cosas.

Se quedaron en silencio mientras pasaba junto a ellos un par de oficiales alemanes, los dos con muchachas españolas del brazo.

—Eso es a lo que me refiero —siseó Lucy—. ¿Y qué con las fuerzas alemanas? Llaman «la pequeña Alemania» a Salamanca, ¿eso no te molesta en absoluto?

Jamie suspiró.

—Quizá los fines justifiquen los medios.

—Es que tú no has visto los fines; a los niños muertos de hambre y a las madres dolientes. Deberías venir a ver lo que está sucediendo del otro lado de esta guerra.

La voz de Jamie estaba colmada de indignación.

—No le debieron dar la espalda a la Iglesia.

—¿De verdad crees que *Herr* Hitler está llenando España de tropas y de aviones de la Luftwaffe y que destruyó Guernica para salvar a tus preciosos sacerdotes y monjas?

Llegaron al final del camino y se dirigieron de vuelta al hotel. Ahora, Lucy estaba caminando con velocidad.

—¿Y qué me dices de los mercenarios moriscos? ¿Crees que están aquí para salvar a la Iglesia católica? Estás tan ciego que no puedes ver la verdad que está justo bajo tus propias narices.

La siguió hasta que llegaron al hotel y, afuera de la puerta de su habitación, tocó su brazo de manera tentativa.

—Lucy, por favor; no dejemos que la noche termine así. Pensé que sería una velada de lo más romántica. Es nuestra última noche juntos en sólo Dios sabe cuánto tiempo. ¿No podemos hacer las paces? ¿Por favor?

Pero Lucy no quería que la apaciguara. Todo lo que le dijo a Jamie también era cierto en su propio caso. No se había enfrentado al chofer ni a los maestros de las escuelas a las que visitaron para demandar que le mostraran la verdad. Estaba furiosa consigo misma además de estarlo con Jamie.

—Necesito irme a la cama —dijo inexpresiva—. Te veré por la mañana.

Durante el desayuno, ambos se mantuvieron en un incómodo silencio y fue casi un alivio cuando se separaron a la orilla del agua. Jamie parecía desconsolado cuando el barco empezó a alejarse, pero Lucy se negó a sentir compasión por él. Cuando primero llegó a Marbella, sintió que era como una flor que empezaba a abrirse en la presencia de su amor, pero si el precio era la verdad, el costo era demasiado elevado para ella.

14

Al llegar junio, la temperatura en Murcia pareció elevarse hasta los cielos. Lucy preparó su informe oficial acerca de su visita al territorio de Franco, que parecía decir poco menos que nada, y después le escribió a Jamie diciéndole que sentía que se hubieran despedido enemistados y que esperaba que abriera los ojos a lo que de verdad estaba sucediendo en España. La idea de casarse con él desapareció en la distancia. Esos primeros días románticos en Marbella y en Córdoba le parecieron casi como un sueño y le dio gusto que el frasco de mermelada haya permanecido en su maleta y que no hubiera hecho nada que la comprometiera con él todavía más.

Cuando Francesca se marchó de Murcia para regresar a su escuela de Birmingham, Lucy se entristeció por tener que despedirse de ella, pero Francesca le prometió que regresaría en agosto, durante las vacaciones de verano, y Lucy tendría mucho que preparar en el ínterin. Le agradaba la vivaz Esther Farquar, quien asumió la gerencia de sus proyectos y que trajo consigo generosas donaciones de dinero y bienes por parte de los Amigos estadounidenses. Durante su primer día juntas en el refugio de Pablo Iglesias, Esther vio cómo las mujeres cargaban una de las cajas donde venían las latas de leche condensada con gran cuidado mientras lloraban desconsoladas. Lucy le explicó que la mitad de los bebés refugiados había muerto y que de los refugios salían más de diez pequeños improvisados ataúdes a diario.

—Con razón todas las mujeres visten de negro —respondió Esther.

Lucy siguió llevando a cabo sus esfuerzos por convencer a las madres de que llevaran a sus pequeños enfermos a lo que ahora llamaban el Hospital Inglés; ayudaba con los talleres de alfabetización para las jóvenes en Pablo Iglesias y estaba más que feliz con el progreso de las hermanas de trece y dieciséis años, Carmelita y Juanita. También empezó a visitar los hospitales militares. En un momento dado, había cientos de voluntarios internacionales heridos en Murcia y parecían incluir a hombres de cada nación. Los soldados ingleses, escoceses y galeses a los que conoció abandonaron sus trabajos y dejaron atrás a sus familias para venir a luchar por la causa republicana, y ahora yacían en el intenso calor en pabellones con cuarenta o cincuenta hombres más, incapaces de comprender nada de lo que les decían sus médicos y enfermeras. La mayoría no hablaba español, de modo que se encontraban aislados y, además de sentir intenso dolor, detestaban la comida «grasosa» que se les daba en el hospital.

Lucy hablaba en su nombre con el personal y los hombres ansiaban sus visitas. Algunos le contaban historias de los horrores en las trincheras y a veces deseaba jamás haberlas oído porque siempre imaginaba a Tom en las escenas que le describían, mientras que otros de los hombres estaban conmocionados más allá de las palabras a causa de sus indescriptibles experiencias. Les preguntaba a todos acerca de Tom y algunas veces encontraba a alguien que lo conocía y podía decirle que se encontraba vivo y de buen ánimo la última vez que lo vieron. Sin embargo, todo el mundo afirmaba que las batallas eran cruentas e inacabables y todos los días esperaba recibir la noticia de que estaba muerto o tendido en una cama de hospital en algún lugar.

Después del día de trabajo, había veces que ella y Esther se integraban a la caminata nocturna por el malecón, el terraplén construido para evitar que el río Segura se desbordara hacia la ciudad. De un lado se erguían palmerales de dátiles y naranjales. Del otro, estaban las rápidas aguas marrones y el jardín morisco, conocido como La Huerta, rodeado por bronceadas colinas, que hubiera sido bello si no fuera porque se estaba utilizando como una enorme letrina pública.

Esther entrelazó su brazo con el de Lucy y las dos ignoraron los atrevidos comentarios que les lanzaban las pandillas de jovenzuelos que pasaban junto a ellas. Hablaban de todo y de nada. Esther se maravilló ante la valentía de Lucy al venir a un extraño país en guerra por iniciativa propia, no como parte de ninguna organización.

—Tu madre debe ser una mujer notable para tener a una hija como tú —comentó Esther.

—Jamás la conocí —respondió Lucy con tristeza—. Murió cuando yo nací.

Mientras Lucy esperaba el retorno de Francesca, también empezó a trabajar en los planes para establecer un campamento infantil en la costa. Para julio, Murcia estaba que ardía, con miles de personas que atestaban las calles y las casuchas, y apestaba a excremento. El sol caía a plomo cada que salía de algún sombreado callejón para cruzar cada ardiente plaza, y las moscas no daban tregua. La falta de baños en la mayor parte de las casas significaba que la gente simplemente se acuclillaba en las calles. A medida que las heces se secaban al sol, el polvo cubría las frutas y verduras que se vendían en el mercado, y los casos de tifoidea aumentaban a diario. Lucy sabía que tenía que sacar al mayor número posible de niños de la ciudad para llevarlos a algún lugar más sano.

Volvió a visitar al alcalde y él habló con el gobernador de Alicante, quien quedó impresionado con el trabajo de los Amigos al establecer el hospital, y sugirió que la aldea pesquera de Benidorm podría ser un sitio saludable para los niños. Lucy convenció a uno de los choferes del servicio de entrega de alimentos de la Brigada Internacional para que la llevara hasta allá una mañana, y encontraron una arenosa playa flanqueada por salientes rocosas, detrás de la cual crecían pinos y palmeras. Había un pozo de agua fresca y allí vivía un amistoso pescador llamado Juan, quien había perdido a su esposa e hijos durante los primeros días de la guerra. Tenía un enorme bigote que colgaba a cada lado de su boca y lo hacía parecer la persona más triste que jamás había visto. Una inmensa villa color blanco se acurrucaba entre los pinos detrás de la playa. Estaba cerrada a piedra y lodo. Juan le dijo que los dueños vivían en Barcelona.

El lugar era perfecto. Lucy le envió un cable a Francesca en Birmingham con una lista de lo que necesitarían y ella le prometió que lo enviaría a España cuanto antes.

Hacia finales de julio, llegaron dos cartas con diferencia de pocos días.

Lucy casi podía sentir la aflicción de Jamie, misma que parecía vibrar en cada página. Tener que leerlas la hizo sentir acongojada, hubiera deseado poder correr hacia él para cubrirle el rostro de besos.

23 de julio de 1937

Mi amada Lucy:

Te escribí un sinfín de cartas desde que te fuiste, pero termino arruinándolas todas y tirándolas a la basura.

Era mi esperanza que traerte a territorio franquista te haría ver el mundo a través de mis ojos, pero quizá no sea posible obligar a que una persona haga justo eso.

Jamás me sentí más cerca de nadie en mi vida como esa noche en Córdoba, cuando salimos de la catedral y me pareció que pensábamos igual, que compartíamos una misma alma. Sin embargo, ahora creo que estuve equivocado. Lo que vi allí fue la absoluta armonía de la arquitectura, que expresaba la armonía de la sensación religiosa que, por supuesto, se reduce al amor. Pensé que tú lo sentiste también y que de verdad éramos uno solo.

Pensé mucho en lo que me dijiste esa última noche tan terrible. Me pregunté si no era más que un tonto que sólo quería ver lo que deseaba y debo confesar que el personal de Franco está ansioso por mostrarles a los periodistas como yo y a los equipos de filmación la mejor faceta de su régimen. Me preguntas qué les pasa a los disidentes y me temo que tienes razón en preguntarlo. No obstante, no he visto evidencia alguna. Debo redoblar esfuerzos y ver si existe otro lado de la historia que con tanto fervor cuento en todos mis artículos. Te juro que lo haré, por ti y por la verdad misma.

He pensado en las tropas alemanas e italianas y preferiría por mucho que el general Franco no estuviera violando el tratado de no intervención al permitirles luchar a favor de nuestro lado, pero creo que muchas de las tropas italianas están luchando a favor del catolicismo, no del fascismo. Me gustaría que fuera posible estar del lado de la Iglesia sin parecer fascista, pero en mi mente son dos cosas por completo separadas; no soy un fascista, jamás lo he sido y jamás lo seré. Sólo quiero que se restablezca el orden. En cuanto a lo que se refiere a los moros: como pudiste ver en Córdoba, la conexión entre los moros y España data de muchas generaciones y aunque es cierto que no podrían estar luchando por la Iglesia en sí, estoy seguro de que están luchando por la tierra misma en la que esa planta puede arraigarse y florecer.

No sé si lo sepas, pero este mes los obispos españoles dieron su completo apoyo a Franco. Son hombres santos. ¿Acaso podrían estar así de equivocados?

Durante esa última noche, mi plan era pedirte que te casaras conmigo, ahora, aquí en España, y no esperar a regresar a Inglaterra. Fue una terrible decepción oír lo que de verdad pensabas. No dormí en absoluto.

Espero que no todo esté perdido. Todavía te amo más que a la vida misma.

Si sigue siendo válida tu promesa de que no te casarás con nadie hasta que regresemos a Inglaterra, tendré que conformarme con eso.

Soy tuyo para siempre,

Jamie

Lucy leyó la carta una y otra vez hasta que el papel comenzó a arrugarse por el sudor de sus manos. Empezó a dudar de sí misma y a preguntarse si había desperdiciado su mejor oportunidad para ser amada, pero después revivió el sonido de los disparos en la noche, los niños demasiado bien portados, la carta faltante de Tom, los soldados alemanes y supo que había tenido la razón. Abrió la carta de Tom.

Brunete
26 de julio de 1937

Querida Luce:

Te escribo la presente en parte para agradecerte todas tus maravillosas cartas, que tanto significan para mí, pero también para que haya un registro de lo que ha sucedido aquí y de todos los muy, pero muy, valientes hombres que han muerto por aquello en lo que creían.

En junio estuvimos más tiempo lejos del frente. Pudimos bañarnos y ponernos ropa limpia. ¡No puedo expresarte la dicha que es la ropa limpia! De Inglaterra llegó un cargamento de té, chocolates, libros, cigarros y encendedores. Creo que te dije que empecé a fumar, ¿verdad? Ayuda cuando tienes hambre y también calma los nervios. Nos dieron dos semanas de descanso entre nuestro tiempo en las trincheras y visitamos un polvoso pueblecito de la meseta que tenía cafés alrededor de toda la plaza central. Dormimos en graneros y en escuelas, y nos sentamos bajo el sol a leer. Miles Tomalin pegó periódicos en los tableros de noticias y escribió cartas para que todos las leyéramos, jugué futbol todos los días.

Nos permitieron ir a Madrid por un par de días pero no nos dieron más tiempo aparte de eso, de lo contrario, hubiera ido a visitarte. Recibimos a algunos visitantes estadounidenses y el poeta Stephen Spender vino a hablar con nosotros. Imagínate eso; con todo y los proyectiles cayendo tan cerca.

Y, después, de vuelta a otro tipo de infierno. Primero, el infierno del hielo en Jarama y, ahora, Brunete, un infierno de fuego. De entrada, no estábamos desanimados porque Charles Goodfellows, un minero de Bellshill, resultó ser tan sensato durante las trifulcas que lo ascendieron a segundo al mando y todos confiamos en él.

Cuando inició la Batalla de Brunete, estábamos en las reservas, viéndolo todo desde las colinas, y pudimos ver las columnas de hombres que avanzaban y la caballería que se movía en la planicie de abajo como si se tratara de algún tipo de representación o como si fueran soldados de juguete. La planicie era plana y seca, cruzada por ríos marcados con el verde más vibrante a causa de los sauces que crecen en sus orillas. Por aquí y por allá, los pueblecitos de casas blancas reflejaban la intensa luz del sol.

No obstante, después bajamos a la planicie nosotros y descubrimos que lo que parecía una superficie plana y seca eran, de hecho, restos secos de pasto irregular y tierra arenosa y accidentada a causa de la falta de lluvia. Era imposible cavar trincheras adecuadas y no había dónde cubrirse, excepto por los sauces. Cada vez que alguien se descuidaba, los restos de pasto seco empezaban a arder y el humo alertaba al enemigo, por lo que dirigían su fuego hacia nosotros. ¡Te imaginarás cómo le gritábamos a cualquiera de los hombres que no apagaba su colilla de manera adecuada!

A diario, hacía más de treinta y ocho grados durante más de doce horas al día. Todo el mundo terminó quemado, con ampollas, y te acababas tu cantimplora de agua al cabo de una hora. El intendente lograba llevarnos agua y comida y, de una manera u otra, Ernie Mahoney nos hacía llegar a diario el correo en su pequeña camioneta. Pensamos que moriríamos del calor y de la sed si no nos mataban primero los francotiradores y los proyectiles constantes.

El segundo día, capturamos Villanueva y nos hicimos con los suministros del intendente fascista. Esa noche, comimos queso y bebimos café; al día siguiente, Frank Graham, que era un estudiante de Sunderland, capturó y montó un caballo blanco hasta el tope de un risco que llamábamos el Risco del Mosquito. ¡Se veía magnífico!

Después de eso, los fascistas tomaron el Risco del Mosquito y se vengaron. El castigo fue como una especie de tormenta de granizo de acero por parte de su artillería, además de bombas desde el aire. Contamos al menos trescientos bombarderos italianos.

Movilizaban los suministros y los heridos cada noche, básicamente a espaldas de mula y con camillas; ¿puedes imaginarte la tortura de las sacudidas para un hombre con heridas abiertas? Los fascistas destruyeron cuatro de nuestras ambulancias.

El calor era intenso y no provenía del sol únicamente, sino que venía del aire a nuestro alrededor y de la tierra bajo nuestros pies. Jamás he sentido nada parecido, pero un camarada solía trabajar en una fábrica de acero y nos dijo que así se sentían los hornos. Empezamos a cavar en los lechos secos de los ríos para poder encontrar algo de agua que beber. Un hombre encontró un pequeño estanque de agua que nadie había querido tocar porque en el centro había una bota que todavía tenía un pie cercenado dentro. Tiró la bota a un lado y bebió hasta hartarse. Los hombres se tambaleaban por el calor, el hambre y la sed. Los estadounidenses sufrieron muchas bajas. Hay cerca de noventa soldados estadounidenses negros, me platicaron que ésta es la primera unidad no segregada en toda la historia de Estados Unidos. Incluso ellos sintieron que el calor era insoportable.

Nuestras bajas han sido tremendas, Luce. Quizá no debería decírtelo, pero el 25 de julio trescientos de nosotros, los británicos, entramos en batalla y sólo cuarenta y dos logramos salir. Tantos chicos maravillosos. Te haría llorar. Desearía poder llorar, pero estoy más seco que uno de los ríos de aquí. Recibí una herida superficial, pero nada más y no quiero que te preocupes al respecto. La vendaron y está sanando de maravilla.

Ahora, estamos de vuelta en un pueblo por algunos días; está fresco y lleno de árboles. Nos dividimos en dos grupos. Algunos de nosotros dormimos como si estuviéramos muertos, pero algunos otros casi parecen fantasmas y dicen que quizá no vuelvan a dormir jamás. Yo soy de los que pueden dormir, gracias a Dios, aunque es frecuente que tenga pesadillas.

Cuando estamos de descanso, se lava y remienda nuestra ropa. Las mujeres del pueblo lo hacen con gusto. Todos tomamos menos de lo que nos corresponde de las raciones completas del ejército y enviamos el resto a las colonias infantiles. Paul Robeson vino a dar un concierto y Harry Pollitt vino a visitarnos. Dijo que los mineros británicos mandaron setenta mil libras para ayudar a los hijos de los mineros asturianos.

Cada vez que te escribo me pregunto si será la última vez. Quizá no debería decirlo, pero es cierto. Veo a mi alrededor en busca de todos los excelentes jóvenes que faltan de nuestras filas y me pregunto por qué yo debería de salvarme.

Entonces, mi vieja amiga, si ésta es la última vez, sólo quería decirte que sigo creyendo hasta los huesos en aquello por lo que estamos luchando, todo habrá valido la pena si tan sólo logramos ganar.

No te desanimes, camarada, sígueme escribiendo y, por favor, envíame cigarros.

Tom

La carta angustió a Lucy de manera terrible. No logró convencer ni a Jamie ni a Tom de que regresaran a casa. Le había fallado a la señora Murray. Ahora, lo único que le quedaba era centrarse en los niños y asegurarse de no fallarles a ellos también.

Durante los días finales de julio, llegó un barco a Valencia en el que venían todas las cosas que Lucy necesitaba para las vacaciones de verano y enviaron varios camiones ingleses de los que usaban los Amigos para que las recogieran. Se llevaron enormes costales de frijoles, chícharos, lentejas, arroz y azúcar de las reservas de los Amigos, y media docena de Brigadistas Internacionales convalecientes vinieron a las playas cercanas de Benidorm para descargar las tiendas de campaña, ollas, sartenes, colchones, cubiertos, cajas de cocoa, leche en polvo, mermelada y tocino que Francesca envió desde Inglaterra. También había bates y pelotas, materiales para hacer canastos y para tejer, libros, plumas, crayones y papel. Juan, el pescador triste, vino a ayudarlos. Rápidamente, la playa vacía quedó transformada en lo que Lucy pensó que parecía un campamento de exploradores, mientras los soldados y Juan levantaban las tiendas, cavaban letrinas y trincheras para guardar las reservas y construían una gran carpa central cubierta con hojas de palma.

Los Brigadistas Internacionales levantaron cuatro tiendas para las niñas debajo de los pinos y tres para los muchachos más cerca de la orilla del agua. Lucy tenía una pequeña tienda propia. Cuando terminaron de trabajar, los soldados se quedaron a jugar en el mar, zambulléndose y salpicándose, tan despreocupados como niños aunque fuera por algunas horas.

Lucy regresó a Murcia a reunir a las personas que había seleccionado para que la ayudaran. Una joven española llamada Ana, hija de misioneros protestantes, ya estaba ayudando a algunos de los otros niños a leer. Juanita de dieciséis años junto con su hermana menor, Carmelita, se estaban desempeñando de excelente manera en sus clases de costura y lectura, pero esa no era la razón por la que Lucy quería que fueran con ella. Juanita le contó que había sido gordita antes de la guerra, pero las privaciones habían derretido la grasa en torno a su cintura al mismo tiempo que dejaron cantidades generosas de la misma en sus senos y caderas. Su largo cabello ondulado caía sobre sus hombros y parecía invitar las miradas de los jóvenes muchachos a sus curvas opulentas y a su reducida cintura. Manadas de chicos la seguían por el refugio de Pablo Iglesias; se codeaban para llamar su atención. Los más insolentes empujaban a los valientes hacia ella para que tuvieran que sacar las manos a fin de evitar alguna caída, de tal forma que chocaban con su pecho. Juanita los trataba con desdén y les escupía, cosa que parecía mantenerlos a raya, pero era sólo cuestión de tiempo antes de que la superaran por lo numerosos que eran y por las crecientes oleadas de testosterona que producían. Su delgada hermana, Carmelita, se mantenía siempre cerca de ella y también la defendía de las manadas de chicos, pero Lucy estaba ansiosa por alejar a Juanita del peligro.

Además, eligió a otros dos chicos de diecisiete que le agradaban: Julio y Alfonso. Julio era muy inteligente y respetado por los demás chicos, mientras que Alfonso era un niño delgado y tímido que veía a Lucy de reojo como alguien a quien han molestado o torturado por largo tiempo y que añora ser invisible. Lucy pensaba que él también podría estar mejor en otro ambiente.

Los cinco la ayudaron a encontrar a los cuarenta niños de entre seis y catorce años que habrían de vivir en la playa de Benidorm durante las primeras tres semanas. Algunos eran niños que simplemente se habían pegado a otras familias durante la caótica huida de Málaga sin saber lo que les había sucedido a sus propios padres. Una era una pequeñita como de seis años cuyo nombre desconocían porque no había hablado desde que la habían descubierto. La suposición era que toda su familia había muerto mientras trataba de escapar de Málaga. Una mujer que iba pasando la había recogido y llevado a Pablo Iglesias junto con sus propios pequeñitos.

—Estaba parada a la orilla del camino llore que llore —dijo la mujer, levantando las cejas—. Y resultó que era porque se había orinado en los calzones. ¡Imagínese eso! Toda su familia desaparecida, ¡y ella llorando porque se orinó!

La mujer le había puesto Concha. Lucy se le quedó viendo a la pequeña, que llevaba corto su cabello lacio color negro azabache; su rostro parecía enfermizo y amarillento. La chica le devolvió la mirada, impasible, como si no sintiera nada. Lucy decidió llevársela y la mujer que se hacía cargo de ella dejó escapar un suspiro de alivio.

—No creo que sea tonta —le confió a Lucy—, pero es de lo más hosca; sin una chispa de vida.

Lucy se acuclilló para estar a la misma altura que Concha.

—Voy a llevar a algunos de los niños al mar. ¿Te gustaría venir?

Concha la miró; la atravesó con sus oscuros ojos cafés inexpresivos y desesperanzados. Después de un largo momento, asintió de manera apenas visible y dio un paso hacia Lucy. Su oscuro cabello cubrió su rostro como una cortina y no hizo movimiento alguno por echarlo hacia atrás.

—Y más gracias no le va a dar —dijo la mujer alzándose de hombros.

Otros de los jóvenes refugiados estaban muy nerviosos por dejar lo que les quedaba de familia y, después de haber perdido tanto, las madres se mostraron más que ansiosas al besarlos para despedirse. Habían llegado a confiar en la chica inglesa de cabello rubio, y las chicas algo mayores, Ana y Juanita, prometieron que cuidarían bien de los más pequeños. Parecía que todos los residentes de Pablo Iglesias salieron a la calle o se asomaron por las ventanas sin vidrios para ver a los chicos mientras se subían al camión de carga de la Brigada Internacional que los transportaría hasta la costa.

BENIDORM

Agosto de 1937

15

El camino de dos horas de Murcia a Benidorm pareció eterno y en la parte de atrás del camión algunos de los niños sintieron náuseas. Sin embargo, cuando se abrieron las puertas, todo se les olvidó y saltaron a la playa con gritos y alaridos de felicidad al tiempo que corrían de un lado al otro; trataban de recoger la arena a brazos llenos, se empujaban, saltaban y chapoteaban y se salpicaban a la orilla de las olas. Por un instante, Lucy se preguntó si podría controlarlos para evitar que se lastimaran. Sólo se quedó atrás la niña a la que llamaban Concha, que lo miraba todo pero se mantenía cerca de Lucy como si se tratara de su sombra.

—¿Quiere que los ponga en orden? —le preguntó uno de los conductores de las Brigadas Internacionales.

Lucy colocó su mano sobre el silbato que había traído con ella, levantó una mano para escudar sus ojos del sol y sonrió.

—No, que corran hasta que se cansen. A la larga, les ganará el hambre y hasta se apaciguarán con gusto.

Construyó una fogata y empezó a cocinar. Atraído por el aroma de la leña, Juan, el pescador melancólico, se acercó y empezó a ayudarla sin decir palabra. Concha se quedó cerca, mirándolos.

Durante los primeros días, los niños anduvieron como locos. Ninguno de ellos tenía experiencia con la vida comunitaria y sólo se les había seleccionado por causas de necesidad. Eran codiciosos, egocéntricos y se enojaban con facilidad. Se daban combates intensos por nada: Maruja acusó a Luisa de arrojar su sandalia al mar. Eduardo dijo que Daniel se había robado unas uvas y Carmen insistía que Manuela no tomaba su turno cuando le tocaba lavar los platos. Surgieron muchas peleas a causa de las colchonetas o de las cobijas. Las niñas eran las peores y se gritaban insultos o, incluso, se iban encima unas de otras mientras gritaban, se mordían o se arrancaban el cabello. A veces, se necesitaba de la fuerza de Lucy y de otros tres de sus ayudantes para separarlas y tranquilizarlas.

La mayoría de los juegos de los niños tenían que ver con «guerras» y corrían por doquier con palos que hacían las veces de pistolas, disparándose con ellos. Lucy pensó en prohibir tales juegos, pero decidió que eso los haría todavía más atractivos.

Pepe, de cinco años, era todo un anarquista y un ladrón. Cuando todos los demás estaban bañándose en el agua o comiendo, desaparecía, y Lucy lo encontraba con las dos manos metidas en la lata de cocoa. Chillaba como cerdo en matadero cuando Lucy le lavaba las manos y la cara.

La mayoría de los niños parecía feliz, pero Antonio, de diez años, y Dolores, de ocho, empezaron a sollozar de añoranza durante su primera noche y no dejaron de hacerlo hasta que Lucy les prometió que los enviaría de vuelta con sus familias en el siguiente camión que les trajera suministros. Era tanto el terror que habían experimentado durante sus cortas vidas que ahora parecía imposible que pudieran estar lejos de sus madres.

Concha parecía como adherida a Lucy y no se despegaba de su lado. Le recordaba a algún tipo de gato, pequeño, oscuro y grácil. Jamás hablaba, pero era evidente que comprendía todo lo que le decían, por lo que Lucy supo que no estaba sorda. A veces, daba la impresión de querer ir a jugar con algunos de los demás niños, pero algo la detenía. Por su parte, ellos la ignoraban al detectar que era un ser ajeno y diferente.

La primera noche, se arrastró sigilosa hasta la tienda de Lucy y se acurrucó junto a ella. Lucy estaba decidida a ser firme y esperó a que la niña se durmiera para llevarla de vuelta a su propia cama, pero al paso de las siguientes noches despertó para encontrar a la niña junto a ella sobre el piso de la tienda o acurrucada en la entrada por la mañana. Además, era frecuente que Lucy se despertara por los quejidos de Concha, quien temblaba de terror y cuyo rostro se bañaba de lágrimas mientras dormía. Entonces, tomaba a la pequeña entre sus brazos y la despertaba. «Es sólo una pesadilla», le decía. «Despierta. Aquí estoy; todo está bien». Sabía que no todo estaba bien ni para Concha ni para millones de pequeños como ella, y que las pesadillas no eran terrores imaginarios, sino la muerte y destrucción que habían atestiguado; cosas que ningún niño debía experimentar. Mientras Lucy acurrucaba y mecía a Concha, su llanto se convertía en hipo y resoplidos, y se quedaba dormida con la pequeña envuelta en sus brazos.

La mayoría de los chicos terminó por sosegarse y Lucy se dio cuenta de que había escogido bien a sus asistentes. A cada uno le había asignado un grupo de pequeños con el que debía dormir en su tienda, para que así mantuvieran el orden, los tranquilizaran y les contaran cuentos, por lo que los pequeñitos se volvieron ferozmente leales hacia cada uno de *sus ayudantes*. Ana era tranquila y bonita y se volvió una especial favorita entre los más chiquitines, que se arremolinaban a su alrededor y exigían que jugara con ellos o les enseñara las letras. Las únicas veces que Concha permitía que Lucy se alejara era cuando Ana les leía. Julio les enseñó a los niños de diez años a cortar leña, a hacer fogatas, a sacar agua del pozo y a no ahogarse. Cuando Alfonso se percató de que había pedido materiales de arte para el campamento, levantó la cabeza y le sonrió al tiempo que la miraba de lleno a los ojos.

—¿Puedo usarlos yo también? —le preguntó y cuando ella alegremente asintió, él le tomó las manos y las besó como si fuera un cortesano medieval.

Aunque Alfonso jamás recibió capacitación formal, el campamento entero no tardó en descubrir que había nacido con verdaderas dotes artísticas mientras se quedaba sentado haciendo bosquejos de los niños para después regalarles las imágenes extrañamente realistas. El travieso de Pepe quedó fascinado.

—Hazme un gato. Hazme un tren. —Le exigía, y Alfonso intercambiaba los dibujos por su buen comportamiento.

Una noche, Alfonso también se llevó a los niños mayores a la oscuridad de la playa y se acostaron de espaldas sobre la arena para que les enseñara todas las constelaciones. Lucy notó que Juanita empezó a mantenerse cerca de este muchacho al que le fascinaba dibujarla, pero que jamás la perseguía, ni se apretaba contra ella de manera incómoda y ni siquiera se atrevía a verla a los ojos por más de algunos segundos.

Para tener a la parejita bien supervisada, Lucy le encomendó a Alfonso un proyecto que llevaba pensado desde hacía tiempo. Había pedido papel y crayones más que suficientes de Inglaterra y Alfonso alentaba a los niños a que hicieran dibujos de sus vidas antes de Pablo Iglesias. La mayoría jamás hablaba de los horrores que había visto, pero sus imágenes estaban colmadas de ellos. Casi todos los dibujos tenían aviones que derramaban muerte desde los cielos mientras las personas corrían debajo, o tenían cuerpos desparramados en el piso. Un niño dibujó una cobija cuadrada estirada junto a una iglesia. Cuando Lucy le preguntó de qué se trataba, el pequeño le dijo, como si cualquiera lo supiera: «Es donde ponen los pedazos de los cuerpos y los trocitos de personas que explotaron; piernas y brazos y todo eso».

Concha se sentaba por horas con los crayones agarrados entre sus puños y cubría página tras página de rayones furiosos que plasmaba con tal presión que el papel se perforaba, y los crayones negros y rojos se desgastaban con velocidad. Lucy recogía las imágenes y las guardaba con todo cuidado en su tienda.

Pronto, Juan el pescador asumió la carga de la cocina y le enseño a Lucy a hacer muchos deliciosos platillos españoles mientras hacía de su asistente. Cuando le dio las gracias, él le dijo que

Benita, una pequeñita de cabello rizado de Madrid, le recordaba a su hija más pequeña. Volteó la cabeza al decírselo, para que no pudiera ver las lágrimas de sus ojos. Cuando no estaba cocinando, cuidaba de los niños mientras trepaban por las piedras, y a menudo salía en busca de los que se extraviaban, o dejaba todo de inmediato y corría al mar para traer de vuelta a algún niño o niña que pensaba se había adentrado demasiado.

El guardacostas local pasaba cada noche para asegurarse de que todo estuviera bien y para darles a Lucy y a Juan las noticias del día. Era más bajo que Lucy y absolutamente calvo, de modo que su cabeza se asemejaba a una brillante avellana. Se llamaba Salvador y era frecuente que bromeara: «¿Qué podría haber hecho un chico llamado Salvador sino entrar a la guardia costera?».

En una ocasión que se sentó con Juan y Salvador a ver la puesta de sol que arrojaba sus reflejos color rojo y oro sobre el mar, Lucy les preguntó si debería apostar guardias que cuidaran las reservas de comida, pero los dos le aseguraron de la manera más enfática que nadie de los pueblos se acercaría a robarles comida a los niños refugiados, sin importar lo pobres que fueran. Era cuestión de honor. Los aldeanos preferirían morirse de hambre antes de quitarles el alimento a estos niños que ya habían sufrido tanto. Salvador y Juan también le prometieron que nadie trataría de meterse al campamento de las niñas en el bosque de pinos.

A Lucy le costaba trabajo reconciliar a esta comunidad respetuosa de la ley con todo lo que los periódicos habían reportado de las turbas caóticas y asesinas de los primeros días de la República.

—No lo entiendo. La gente se está portando tan bien ahora. Hay completo orden por todas partes.

Salvador, el guardacostas, sacudió la cabeza.

—No se puede imaginar cómo eran las cosas por allá del treinta y seis. Fue horroroso, horroroso. Fue como si cientos de años de temor y resentimiento se hubieran juntado en una explosión de violencia. Como un volcán de fuego.

Juan estuvo de acuerdo.

—Algunas personas parecían estar ansiosas por matar. Eran como animales; como lobos o tiburones que hubieran olido sangre y lo único que quisieran hacer fuera matar, mutilar y masacrar. El gobierno no tenía control alguno sobre ellos. Todo el mundo estaba aterrado.

—Horroroso —volvió a decir Salvador mientras se estremecía—. Horroroso.

Ahora, a Lucy se le dificultaba creer en esa época de horror, aunque había recordatorios diarios de que la guerra seguía sin tregua. A veces, durante las primeras horas de la mañana, la despertaba el lejano rugir de los aviones fascistas que regresaban de sus misiones a su base en Ibiza y en alguna ocasión llegó a escuchar cómo dejaban caer una última bomba sobre Alicante. Concha se aferraba a ella en sueños y gemía con suavidad.

A medida que Lucy llegó a conocer a los niños, empezaron a parecerle las criaturas más maravillosas del mundo, que pasaban de los berrinches más intensos a los besos y los abrazos en un instante. En comparación con ellos, los alumnos bien portados de Lucy en su salón de Welwyn le parecían pálidos e insustanciales. Al cabo de algunos días, todos los niños empezaron a subir de peso y a verse bronceados y con aspecto más saludable. La piel de Concha perdió su tinte amarillento, las profundas sombras bajo sus ojos empezaron a desaparecer y comenzó a dormir más profundamente. Lucy no quería ni pensar en el prospecto de su regreso inevitable al hedor y suciedad del refugio de Pablo Iglesias.

Al final de la primera semana, mientras los pequeños estaban sentados en la arena comiendo la cena, Lucy les informó que tomarían parte en un parlamento de niños. Recordó el sensato debate que vio en la colonia de Barcelona y se preguntó si esto parecería más un juego violento de *rugby* sobre esta playa y con estos chicos y chicas indisciplinados. De todos modos, pensaba que valía la pena intentarlo. Los niños más pequeños llevarían sus preocupaciones y sugerencias a los ayudantes, quienes serían sus representantes parlamentarios.

Algunos días después, les pidió a todos que se sentaran en un semicírculo y los ayudantes empezaron a tomar turnos para mencionar sus ideas y sugerencias. Concha estaba sentada con su cabeza escondida en el regazo de Lucy. Cuando era maestra, Lucy había sido de lo más estricta en cuanto a no mostrar favoritismo alguno, pero cada vez que separaba a Concha de su lado, simplemente volvía a acercarse a ella con sigilo.

Para su enorme sorpresa, el parlamento se dio casi sin una sola discusión, excepto cuando Carmen y Manola llegaron a los golpes por la cuestión del lavado de los platos. Juanita las separó con firmeza y puso a una al lado suyo. Lucy quedó más que satisfecha con el experimento.

Recibieron a diversos visitantes en el campamento, quienes le dijeron que Franco había establecido un bloqueo naval de los puertos mediterráneos de la República, cosa que estaba dificultando la importación de la ayuda del extranjero. Los visitantes miraban a los niños mientras participaban en actividades físicas durante las horas más fresca de la mañana, seguidas de sus lecciones hasta la hora de la comida, una siesta después, actividades artísticas o manuales por la tarde y natación cuando descendía el calor del final del día. Lucy quería que todo fuera perfecto para los visitantes, pero el día en que llegaron dos enfermeras inglesas de Alicante, hubo una fuerte ventisca que llenó la sopa de arena. Otro día, Alfonso se distrajo con uno de sus dibujos y quemó el arroz. A pesar de todo ello, los visitantes se sentaron en la carpa con techo de palma y le preguntaron a Lucy qué necesitaba; después le hicieron promesas de dinero, comida o leña. Lucy distribuía el dinero entre los ayudantes, aunque Juan el pescador se negó a recibir algo.

Un día, llegó una mujer inglesa perteneciente a una delegación del centro de España, Lucy sabía que su aprobación significaría mayor ayuda financiera para el proyecto, lo que podría permitir que se ampliara. Los frijoles estaban en su punto, la salsa de Juan, deliciosa y además hubo uvas moscatel para el postre. Lucy miró a sus niños llena de orgullo; se veían bronceados y sanos en sus pequeños trajecitos de sol y sus shorts y, por una vez, estaban comiendo todo sin protesta alguna. Se veían por completo diferentes a los pequeños que habían bajado del camión de Murcia. Entonces, la visitante la miró con algo de desprecio y le preguntó:

—¿Acaso tienen una escasez de jabón?

—Traje todo un cargamento de Inglaterra, gracias.

—¿Y entonces por qué no baña a los niños?

A los ojos de Lucy, todos parecían perfectamente limpios después de haber estado jugando en el mar.

—Pero lo hacemos —respondió perpleja.

La señora inglesa resolló y señaló a uno de ellos.

—La espalda de ese niño de allá parece como si el jabón no la hubiera tocado en un año.

Para disgusto de Lucy, la delegación de la mujer no les ofreció apoyo alguno. ¿Qué podía importar un poco de mugre cuando había niños que necesitaban comida y ropa?

Después de diez días, Francesca vino de visita. Había estado ocupada con un proyecto propio, estableciendo una colonia agrícola para los niños mayores a fin de evitar que se unieran al ejército. Había encontrado un sitio ideal en Crevillente y ya estaba avanzando.

Vio el funcionamiento del campamento con gran aprobación y le dio gusto cuando Lucy le sugirió que las dos durmieran bajo las estrellas a la orilla del mar.

—Mi experiencia es que los mosquitos molestan menos allí —dijo Lucy—, y el sonido de las olas me arrulla.

Pero a Francesca le preocupó la manera en que Concha se escurrió hasta la playa para acomodarse junto a Lucy.

—Esa niña ya lo perdió todo. Si le permites que se encariñe tanto contigo y después la dejas, podrías afectarla para siempre.

—Lo sé —respondió Lucy, llena de culpa por el favoritismo tan extremo que ya le había demostrado.

Durante el penúltimo día de la estancia de Francesca, Lucy decidió tener una sesión del parlamento de los niños por asuntos que fueran en su beneficio. Las sugerencias que se plantearon fueron las habituales, relacionadas con los turnos de trabajo, las preferencias de comida y las peticiones de que excluyeran a los más pequeños de ciertos juegos porque se metían en medio de todo. Lucy estaba tratando de enseñarles *cricket* de playa, que estaba resultando de lo más popular. Sin embargo, nada la preparó para lo siguiente. Alfonso se puso de pie y tomó la palabra.

—Algunos de los de mi grupo me dijeron que no quieren regresar a Murcia. Se quieren quedar aquí para siempre o, por lo menos, hasta el final de la guerra. —Cerca de la mitad de los niños estuvo en estridente acuerdo, mientras que la otra mitad protestó con la misma intensidad.

El plan original había sido llevar a todos estos niños y niñas de vuelta a Pablo Iglesias y traer a otro grupo por tres semanas, para así seguir con la rotación hasta que el clima cambiara. Francesca miró reflexiva al círculo vivaz y parlanchín y detectó el enorme cambio de los jóvenes refugiados en tan corto tiempo; la mirada de Lucy se cruzó con la de Francesca y le hizo un breve gesto con la cabeza en dirección a la villa blanca cerrada detrás de la playa. Francesca le sonrió y Lucy supo que esa sonrisa significaba acción.

Al día siguiente, las dos mujeres fueron a ver al alcalde de Benidorm, quien sabía dónde vivían los dueños de la villa en Barcelona. Despacharon a Margarita para que hablara con ellos y, para el final del día siguiente, había cableado el permiso de los Amigos para que establecieran una colonia infantil en la misma.

Cuando Lucy les dio la noticia a los niños, hubo una gran algarabía. Levantó una mano para pedir silencio.

—Los muchachos mayores se irán con Francesca a una colonia maravillosa, donde aprenderán las técnicas agrícolas más recientes y otras habilidades para ganarse la vida, pero los niños y niñas más pequeños que lo deseen, se mudarán a vivir en la villa.

De nuevo, se despertó una plática animada y Lucy esperó a que cesara.

—Pero, primero, todos deberán regresar a Pablo Iglesias para pedir la autorización de sus familias. Si sus madres no quieren que se vengan a vivir en la colonia, tendrán que permanecer allá con ellas. ¿Entienden? —Los niños volvieron a romper en gritos y exclamaciones de emoción.

La cálida y arenosa mano de Concha se entrelazó sigilosa con la de Lucy, quien bajó la mirada para ver a la pequeña, y le apartó el largo cabello de enfrente de los ojos cafés que la estaban mirando con una mezcla de terror y súplica.

Lucy se acercó a la pequeña.

—Ya veremos lo que hacemos contigo —le dijo.

16

La mayoría de las madres estuvo tan encantada de ver a sus hijos bien alimentados y sanos que de inmediato les dieron el permiso para que regresaran a Benidorm, a pesar de la tristeza que significaba que se separaran de ellos. Cuando en el refugio de Pablo Iglesias corrió la noticia de estos niños bronceados y felices, una gran cantidad de madres se acercó a Lucy para rogarle que se llevara a sus hijos a la playa. Fue difícil elegir únicamente a cuarenta de entre tantos tan necesitados.

Lucy también se ocupó de comprar el equipo que necesitaría para establecer una colonia infantil en la villa blanca detrás de la playa. Las tiendas y proveedores que contactó para establecer el Hospital Inglés estuvieron felices de volverla a ayudar y muchos donaron ollas, sartenes e, incluso, camas. A dondequiera que fuera, Concha estaba a su lado, asomándose detrás de su cortina de cabello lacio. Lucy le compró un prendedor de carey y la pequeña quedó maravillada con él, como si jamás hubiera recibido nada en su vida. Su cabello se habría mantenido fuera de sus ojos si Lucy le hubiera cortado el fleco, pero no quería que Concha pareciera una niña abandonada de las colonias.

Lucy le preguntó a la mujer que la encontró junto al camino si le daba su permiso para llevarla a la nueva colonia de Villa Blanca y ella le respondió con un movimiento indiferente de su muñeca.

—Llévesela; ya tengo bastante con tratar de alimentar a los míos.

Aun así, Lucy seguía dudando que quisiera asumir la responsabilidad de Concha. Había venido hasta acá para llevar a Tom y a Jamie de regreso a casa, no para adoptar a una niña refugiada de España. ¿Qué sucedería si cualquiera de los dos muchachos la solicitara y se tuviera que marchar de prisa? No podía prometer que se llevaría a Concha de regreso a Inglaterra. Fue a ver al Comité de Refugiados pero no pudo decirles ni el nombre real ni la edad de la pequeña, ni tampoco dónde había vivido en Málaga. Alfonso había dibujado un boceto muy realista de ella, de modo que Lucy se lo dejó, junto con detalles de su estatura y peso, y de una pequeña marca de nacimiento color de rosa en su hombro izquierdo. Quizá no habían matado a todos los miembros de su familia y alguien vendría a buscarla. La ingresaron en el índice de tarjetas de «huérfanos». La esperanza de Lucy era que a medida que Concha viviera en la Villa Blanca empezaría a volverse más independiente y que querría vivir allí de manera permanente cuando llegara el momento en que Lucy tuviera que marcharse.

Lucy había escrito a su colega cuáquera Ruth acerca de su proyecto y los Amigos de Welwyn acordaron donarle una cifra regular de dinero, adicional a las donaciones de los visitantes. Ahora su proyecto contaba con fondos, por lo que pudo acudir con el alcalde de Murcia para pedirle que le recomendara dos maestros estudiantes. Los niños del campamento y de la villa recibirían clases juntos hasta que el clima cambiara, entonces las maestras se quedarían para transformar a la Villa Blanca en una verdadera colonia escolar.

—Quiero que sean docentes con métodos modernos —dijo Lucy con firmeza—. Deben ayudar a los niños a aprender por medio de los juegos y del arte y estar preparados para jugar en el mar y en la playa con ellos.

El alcalde le sonrió.

—Todos mis alumnos usan métodos modernos. Les preguntaré a Mateo y a Valentina. Si están de acuerdo, puede venir a conocerlos.

Los fondos también le permitieron contratar a más ayudantes adolescentes de entre los refugiados de Pablo Iglesias, así como a una segunda cocinera que trabajara con Juan. Para ese propósito eligió a Emilia, una mujer demacrada de más de cuarenta años cuya ropa colgaba de su cuerpo, como si antes hubiera sido mucho más corpulenta. Se mantenía aparte de las otras mujeres, pero la trataban con respeto al saber que sus hijos habían muerto en el camino desde Málaga. No importaba que no supiera cocinar, Juan le enseñaría a hacerlo, y sería un verdadero placer poder sacarla del refugio. Lucy encontraría al personal de limpieza en el pueblo cercano.

Regresó a la escuela del alcalde y conoció a Mateo y a Valentina, las estrellas de su grupo más reciente de maestros en entrenamiento. Mateo era un joven delgado quien con timidez le dijo que esperaba poder iniciar clases de teatro y de danza con los chicos de la colonia.

—Además de otros temas —añadió con velocidad.

Valentina era una chica fuerte con cejas pobladas, un ligero bigote y un gusto por reírse que parecía tomarla por sorpresa en cualquier oportunidad. Lucy pensó que sería bueno tener a alguien con una disposición tan alegre. Se maravilló que una idea tan sencilla estuviera ofreciéndoles empleo a tantas personas, así como una nueva vida más sana a los pequeños refugiados.

Una vez más, los Brigadistas Internacionales ayudaron con el transporte de los niños y del personal y a acomodar treinta camas en la Villa Blanca, pero aunque les preguntó a todos, ninguno tenía noticias recientes de Tom y habían pasado semanas desde su última carta. Pudieron decirle que lo que había quedado del Batallón Inglés se unió a un batallón español que se trasladó al frente de Aragón, cerca de Teruel, donde estaba empezando una nueva ofensiva militar. Todo el mundo sabía que Franco había capturado Santander y que submarinos, casi con toda seguridad alemanes e italianos, estaban atacando a los barcos neutrales, pero todos sacudían la cabeza cuando les preguntaba acerca de Tom.

—Seguro que ya habría oído algo si fueran malas noticias —le dijeron, y ése se volvió su mantra. No recibir noticias debía significar que no había noticias malas que recibir.

Aunque Lucy sentía ansiedad por Tom y tristeza por el distanciamiento con Jamie, tuvo poco tiempo para pensar en ello cuando regresó a Benidorm durante la última semana de agosto, con casi setenta niños y el personal nuevo. Desde que amanecía y hasta que anochecía, se mantenía ocupada supervisando el lento acondicionamiento de los nuevos niños de Pablo Iglesias; se aseguraba de que Mateo y Valentina comprendieran la filosofía de la colonia; mediaba la rivalidad entre Juan y Emilia para producir las recetas más sabrosas y baratas, y se mantenía atenta de los romances que pudieran surgir entre sus ayudantes adolescentes.

Ahora, Juanita y Alfonso se paseaban tomados de la mano de la manera más abierta y era evidente que se adoraban. Lucy se sintió obligada a tener una conversación de lo más vergonzosa con los dos acerca de dónde vienen los niños. A todos los asistentes se les había dicho que cualquiera que tuviera relaciones sexuales tendría que regresar a Murcia. No podía darse el lujo de tener a madres furiosas ni embarazos no deseados. No quería perder ni a Juanita, ni a Alfonso, pero se preguntaba si no estaría tomando un riesgo muy grande al dejar que se quedaran. Pepe, de cinco años de edad, todavía se la pasaba siguiendo a Alfonso, pero se había vuelto mucho más manejable. Esperó que su presencia constante limitara las oportunidades de Juanita y de Alfonso para estar a solas.

Mientras corría de un lado al otro del campamento y de la villa, insistió en que Concha se quedara con los demás chiquitines de seis para tomar clases y jugar. Lucy no pudo más que sonreír con orgullo al ver lo rápido que la chiquilla aprendía a leer y a escribir. Aunque Concha todavía no hablaba, los demás niños estaban empezando a aceptarla y platicaban con ella sin esperar que les respondiera. De todas maneras, seguía escurriéndose hasta donde se encontraba Lucy por las noches; ella misma tuvo que admitir que le agradaba despertarse a medias, escuchar el sonido de las olas y sentir el cuerpecito caliente presionado contra su espalda o el peso de uno de sus bracitos sobre su estómago. Quizá todo el mundo necesitaba la calidez del contacto humano, pensó, y entonces volteaba a darle un beso secreto a la pequeña mientras dormía.

A mediados de septiembre, cuando tanto el campamento como la colonia se estaban adaptando a rutinas más armoniosas, la camioneta del guardacostas llegó a mitad del día y el corazón de Lucy dio un vuelco mientras se apresuraba a recibirlo.

Salvador lucía preocupado.

—Le traigo un mensaje. Una llamada telefónica para informarle que su amigo Tom está herido.

Lucy se tambaleó un poco y Salvador tuvo que sostenerla. Lucy sintió cómo la sangre se drenaba de su rostro.

—Está vivo —le informó Salvador de inmediato—, pero está malherido y está preguntando por usted. Lo trasladaron del hospital de campo a Valencia.

Los pensamientos de Lucy parecían chocar entre sí: ¿qué tan mal estaba, dónde, qué tan rápido podía llegar hasta él, estaría vivo todavía y podría dejar a los niños?

—Vaya a recoger sus cosas y avísele al personal. Yo la llevaré a Valencia en auto. Es mi día libre y tengo cosas que hacer allí de todas maneras.

Estaba mintiendo de lo peor, pero Lucy no iba a discutir con él; solamente tomó su mano y la apretó, agradecida.

Empezó a correr por el campamento y puso algunas cosas en una maleta. Mateo, Valentina y Juan le aseguraron que podrían arreglárselas sin ella por algunos días.

—Vaya con él, debe ir —le insistió Juan y supo que estaba pensando que no dudaría ni un segundo si tuviera la oportunidad de ver a su esposa con vida de nuevo—. No hay nada que importe más que la gente a la que queremos.

Dejó a Concha a cargo de su ayudante Ana, que prometió cuidar a la niña.

—Tiene pesadillas —le dijo Lucy.

—Entonces la dejaré dormir conmigo —respondió Ana.

Lucy se acuclilló junto a Concha, cuyos ojos parecían casi negros.

—Te prometo que voy a regresar. —Pero Concha sabía que no siempre era posible cumplir las promesas y empezó a llorar en silencio mientras Lucy se alejaba en el auto.

Salvador miraba ansioso a Lucy de vez en vez durante el viaje de tres horas, pero comprendió que estaba perdida en sus propios pensamientos, incapaz siquiera de admirar la belleza del camino de la costa con sus aldeas regadas aquí y allá, con sus largas playas arenosas y las aguas de un imposible turquesa.

La mente de Lucy estaba enturbiada por la preocupación que sentía por Tom y por lo que encontraría cuando al fin llegara a Valencia, pero también por cómo se las arreglarían la colonia y Concha si tenía que acompañar a Tom de vuelta a Inglaterra. Todo esto le hubiera parecido inimaginable un par de años atrás. Incluso, es posible que se riera si alguien le hubiera sugerido que todos se encontrarían en España en medio de una terrible guerra. Casi parecía como si sus vidas reales, las que habían planeado, hubieran desaparecido a causa de una especie de truco macabro de magia. O quizá todavía estaban sucediendo en algún otro lugar: esas vidas donde Lucy se convertía en médico; Tom estudiaba economía y no yacía transido de dolor en una cama de hospital y donde la amabilidad y astuta inteligencia de Jamie no se vieran secuestradas por un montón de mentiras.

No era de sorprender que las civilizaciones antiguas creyeran que los dioses jugaban con los humanos; que los tomaban por sus cabezas mientras se reían de sus pequeñas extremidades que se agitaban absurdamente en el aire. Ahora, parecía que trataban a Lucy, Tom y Jamie como si fueran peones en un juego de ajedrez, donde lo único que podían hacer era esperar a que la historia los cambiara a una siguiente casilla.

Sí, es cierto que habían venido a España por elección propia, pero existía infinidad de circunstancias en la que eso no hubiera sido necesario; si Alemania e Italia no hubieran roto el pacto de no intervención; si Inglaterra y Francia se le hubieran enfrentado a Franco, Hitler y Mussolini cuando apenas empezaban a mostrar su fuerza. Y todavía más atrás, si el soldado Murray no hubiera muerto y Jamie no se hubiera sentido impelido a convertirse en una versión pequeña del hombre que apenas conoció, y Tom no se hubiera sentido forzado a tomar el partido contrario siempre. Le daba pena pensarlo, pero si su padre hubiera muerto en lugar de él, ni siquiera estaría aquí en absoluto y su madre podría seguir con vida y estar casada con alguien más. Tantísimas consecuencias de esa única acción impensada del soldado Murray. Lucy se estremeció al pensar en las desconocidas consecuencias de todas las acciones que ella había realizado y las vio expandiéndose por los años venideros como la proa de un barco que avanzaba.

Pensó en los refugiados de Pablo Iglesias, en su tranquila existencia antes de la guerra, cuando se preocupaban de que el pan no se enmoheciera; de que la leche no se agriara durante la noche; del dolor de muelas que los aquejaba y de todas las minucias de amor y muerte. Y, después, el cataclismo de la guerra había pasado por encima de ellos, arrojando a algunos del tablero sin más, mientras permitía que algunos otros batallaran en el horripilante mundo de los refugios nocturnos para los desplazados. Se decía que cinco mil personas habían muerto en los caminos desde Málaga a Motril; gente común con sueños comunes y vidas comunes, arrasados de un momento a otro. ¿Por qué ellos habían muerto y por qué Concha vivía aún? ¿Cómo era posible que Jamie pensara que había un Dios amoroso a cargo de todo esto?

Se removió en su asiento y pensó en lo diferente que podría haber sido venir a este lugar tan bello en tiempos de paz. Casi era difícil recordar que en la vida normal era posible hacer planes a futuro, pensar: «Me gustaría ver tal o cual este fin de semana o visitar a mi tía o vacacionar en el Distrito de los Lagos o casarme o tener un bebé». Parecía inimaginable que para la mayoría de las personas del planeta, la vida siguiera siendo así, pero que la guerra eliminara todas esas posibilidades de tajo. Un ataque aéreo, un llamado a las armas o las necesidades de un solo niño refugiado podían descarrilar tus esperanzas o sueños en un solo instante y mandarte disparado en una dirección diferente, totalmente fuera de control.

Lo único que se podía hacer era estar vivo en el momento y seguir lo que los propios instintos te dictaban, pensó Lucy. Y agradecer el millón de pequeñas amabilidades de los demás, que enviaban dinero y comida y ropa a niños que jamás habían conocido; dar gracias por los dueños de la Villa Blanca, por Juan, que hacía los frijoles, por Salvador, que la estaba llevando y que la miraba de cuando en cuando y le daba palmaditas en el brazo.

Lucy levantó la cabeza y le brindó una tenue sonrisa.

—¿Cuánto falta para que lleguemos?

—Ya casi estamos allí.

Salvador se estacionó fuera del hospital militar, que era una vieja bodega.

—Salga en un par de horas y avíseme si se va a quedar o si se marcha de regreso a casa conmigo.

Lucy se inclinó y le plantó un beso en la mejilla curtida por el sol.

—Dos horas.

Y, entonces, el estado de ensoñación del viaje se convirtió en una necesidad clara e imperiosa por encontrar a Tom y hacer lo que fuera para ayudarlo a aferrarse a la vida. Entró corriendo al hospital y la sangre en sus oídos repetía «Tom, Tom, Tom», mientras la chica de la recepción arrastraba su dedo de manera interminable por la lista de pacientes para encontrar su nombre y decirle a Lucy en qué pabellón estaba. Mitad caminó y mitad corrió por el laberinto que era el edificio, al tiempo que seguía los señalamientos y les preguntaba a los pacientes y médicos que pasaban instrucciones de cómo llegar.

«Que esté vivo», empezó a rezar al tiempo que abría la puerta de entrada. «Por favor, sólo deja que esté vivo». El pabellón era enorme y estaba atestado de camas con soldados heridos; le preguntó a la enfermera dónde se encontraba Thomas Murray. El aroma a desinfectante era abrumador y el aire estaba tan caliente y quieto que se le dificultaba respirar. Diferentes pares de ojos se fijaron sobre ella desde casi todas las camas del pabellón. Un hilo de sudor empezó a correr por la espalda de Lucy. La enfermera frunció las cejas un momento y después dijo: «Ah, Thomas, sí. ¿Es usted su familiar? Sólo permitimos que entren familiares».

Lucy la miró directo a los ojos antes de responder.

—Soy su hermana.

—Entonces, sígame por aquí, pero debo advertirle que está muy enfermo. La herida en sí no está tan mal, pero no se limpió de manera correcta en el campo y ahora está infectada.

Lucy le tocó el brazo y la enfermera volteó a mirarla.

—¿Va a morir? —se obligó a preguntar.

El rostro de la enfermera mostró un atisbo de compasión antes de recuperar la compostura.

—Tiene una fiebre muy elevada. Esta noche es posible que ceda o, de lo contrario, que lo perdamos.

A la mitad del pabellón la enfermera se detuvo junto a la cama de un hombre que Lucy apenas y pudo reconocer. Tom parecía encogido debajo de las almidonadas sábanas blancas salvo una de sus piernas, que estaba voluminosamente vendada. Su cabello colgaba sin vida, su rostro estaba demacrado, bañado de sudor y sus labios se veían resecos y agrietados. Su corazón pareció dar un tumbo dentro de su pecho. ¡Dios mío, que no fuera que había venido hasta España sólo para ver morir a Tom!

Controló el pánico que parecía querer invadirla por dentro.

—¿Qué puedo hacer? —le preguntó a la enfermera.

—Puede tratar de bajarle la fiebre con compresas frías. Y dele sorbos de agua. Y háblele —Bajó su voz hasta un susurro—, y puede rezar por él si… —Levantó los hombros.

Lucy asintió y jaló una silla hasta la cabecera de la cama. Alrededor, todos los hombres se dieron vuelta en sus camas para ver a esta mujer rubia inclinarse sobre el soldado inglés.

—Tom, Tom. ¿Puedes oírme? Soy yo, Lucy, y estoy aquí contigo; y me voy a quedar aquí hasta que estés mejor.

Pareció detectar un aleteo en sus párpados.

Le tocó el rostro y estaba que hervía. Alejó el grasoso cabello de su frente.

La enfermera le trajo un paño y un cuenco y le mostró dónde rellenarlo de agua fría. Tom emitió un quejido y su cuerpo entero se retorció.

—¿Tiene dolor? —le preguntó a la enfermera. Ella consultó su reloj.

—Tal vez. En una hora más le podemos aplicar más morfina.

Lucy mojó el paño, lo exprimió y lo colocó sobre la frente de Tom, quien volvió a quejarse. Abrió la ventana que se encontraba detrás de su cama en espera de que entrara una brisa fresca, pero el aire de afuera estaba tan caliente y seco como el del pabellón, además de que entraron dos grandes moscas. La enfermera se apresuró hasta la cama para cerrar la ventana e hizo algunos ruiditos de desaprobación.

Lucy colocó el paño mojado sobre una mejilla y después sobre la otra, para después colocarlo sobre su cuello. Le quitó la sábana que tenía encima. Su rostro y antebrazos estaban tan bronceados como los de cualquier pescador español, lo que contrastaba con la piel oculta debajo de su ropa, que debía ser blanca, pero que se mostraba sonrosada por la fiebre. Su pecho y vientre estaban cubiertos de pequeñas cortaduras a medio sanar, moretones que pasaban de morado a amarillo y de un sinfín de picaduras de mosquitos y de piojos, que parecían haber dejado escrita en su piel la historia de su tiempo en España. Pasó el paño húmedo sobre su pecho desnudo y Tom tembló un poco. Su cuerpo calentaba el paño en segundos, así como el agua misma del cuenco, que Lucy tenía que reemplazar de manera constante. Traía puestos unos pantalones de pijama, con una de las piernas cortada para dar cabida a las grandes cantidades de vendas alrededor de su pierna. Lucy sopló sobre su piel ardiente para refrescarla y colocó sus labios sobre su brazo por un instante. Empezó a dejar caer gotas de agua sobre su boca reseca.

Dentro de su cabeza repetía: «No te mueras, Tom, no te mueras», pero en voz alta empezó a contarle todo lo que le había pasado desde su llegada a España; sólo en caso de que pudiera oírla y para que supiera que estaba allí con él.

Tom se quejaba y se retorcía, y Lucy se sintió invadida de desesperación.

Después de una larguísima hora, la enfermera llegó con la morfina y Tom se deslizó en un sueño más profundo, aunque sus párpados aleteaban con sueños o pesadillas febriles y en ocasiones sacudía la cabeza. La enfermera pareció estar satisfecha con que su fiebre no hubiera subido aún más.

Lucy observó cómo las sombras de la tarde se estiraban, hasta que llegó el momento en que debía decirle a Salvador que se quedaría en Valencia.

—Hasta que mejore o… —No se atrevió a decirlo en voz alta. No Tom, ¡no su queridísimo Tom!

Él le entregó su pequeña maleta, algo de comida y de agua que había traído consigo. Lucy no se había dado cuenta, pero llevaba horas desde su última comida.

—Dios la bendiga —le dijo él—. Y trate de no preocuparse por la colonia.

¡La colonia! ¡Se había olvidado por completo de la colonia y de Concha! Tom era lo único que importaba en el mundo. Era lo único que jamás importaría y nunca más volvería a pedir nada si tan sólo vivía.

Regresó a su lado y deslizó su maleta debajo de la cama.

La noche cayó con rapidez y los demás pacientes empezaron a roncar. Más allá en el pabellón, otra enfermera estaba dándole un baño de esponja a otro hombre con fiebre. Lucy bostezó y miró a su alrededor, aunque su mente estaba en otro sitio.

Siguió con las compresas frías y cuando estaba segura de que no hubiera nadie que la viera, besaba el pobre cuerpo amoratado; como lo haría su madre, se dijo a sí misma.

A las diez de la noche, llegó un médico y examinó a Tom con detenimiento.

—La fiebre sigue demasiado elevada.

—Siempre le han dado fiebres muy altas —explicó Lucy—. Su madre lo hacía sentarse en un baño frío.

—Sería maravilloso que tuviéramos un baño frío —respondió el doctor.

La enfermera interrumpió, sospechosa.

—¿*Su* madre? ¿No debería decir *nuestra* madre?

Lucy apartó su rostro para exprimir el paño.

—Ay, disculpe mi mal español. Es por la ansiedad.

—No se puede quedar aquí toda la noche —exclamó la enfermera.

Lucy apeló al doctor.

—Pero si ni siquiera tiene el personal que pase la noche entera poniéndole compresas. Yo puedo hacerlo por mi hermano.

La observó mientras colocaba el paño frío sobre el cuello de Tom y lo vio estremecerse.

—Sólo haga lo que pueda para bajarle la fiebre. Creo que tendremos una crisis en algunas horas. Y, entonces… — Levantó los hombros con desesperación. Lucy supo que quería decir que podría pasar cualquier cosa.

—Entonces buscaré un hotel —dijo Lucy sumisa y pensó: «O, si muere, es posible que me tire aquí mismo a aullar y que jamás me vuelva a levantar».

Después de volver a colocar el paño sobre su frente, Lucy recordó la primera vez que de verdad se dio cuenta de que presentaba fiebres altísimas. A los doce años de edad, Tom se contagió de escarlatina de Lucy. A ella le dio un caso leve y se recuperó casi de inmediato, pero él se enfermó a tal grado que dejaron que Jamie regresara de la escuela durante el fin de semana, aunque sólo tenía permitido ver el rostro rojo brillante de su hermano desde la puerta de la habitación. El domingo por la mañana, Jamie convenció a Lucy de que lo acompañara a misa para rezar por Tom. Debido a que se sentía terriblemente ansiosa y porque Jamie parecía convencido de que serviría de algo, se hincó junto a él y lo imitó cuando se levantaba o se sentaba, pero sin comprender una sola palabra de latín.

—Es demasiado difícil; es como estar en un país extranjero —se quejó de camino a casa.

Jamie se decepcionó de manera más que evidente.

—Es importante entender el latín. Es la base de muchísimos idiomas. Puedes ir a cualquier parte del mundo y sentirte como en casa.

Lucy empezó a patear las hojas secas que yacían en el piso y a pensar con velocidad.

—No a Alemania… ni a Japón… ni a India.

—Está bien… A cualquier lugar donde hablen una lengua romance. Por lo pronto, yo podría ir a una iglesia católica en cualquier país del mundo y la misa me resultaría más que conocida.

Empezó a llover y Jamie se subió el cuello del saco.

—¿Y no te parece que es de lo más bello que personas de todo el planeta estén diciendo las mismas palabras; en México y Ceilán o incluso en Bulgaria o Suecia?

Lucy tuvo que admitir que había algo acerca de eso que daba una sensación de gran poder.

—Sólo espero que haga sentir mejor a Tom.

La fe de Jamie era inquebrantable.

—Lo hará; sé que lo hará. Cuando regrese a la escuela, iré a la capilla dos veces al día hasta que se mejore.

A medida que Tom empeoraba, Jamie redobló sus oraciones y a Lucy la enviaron a ayudar a la señora Murray; tanto porque ya había padecido la enfermedad, como porque el capitán Nicholson consideraba que a los trece años era buena edad para aprender habilidades femeninas, como cuidar de los enfermos. Lucy y la señora Murray tomaban turnos para sentarse junto a Tom e intentar enfriar su cuerpo de la mejor manera posible. Acordaron que Lucy se quedara la noche en la habitación desocupada de Jamie. Cuando la temperatura de Tom alcanzó los cuarenta centígrados, la señora Murray llenó una tina con agua helada y le ordenó que se metiera.

Ya de por sí estaba temblando y aunque su garganta estaba muy irritada como para que pudiera hablar, logró pronunciar algunas palabras roncas.

—¿Estás tratando de matarme? Me estoy helando; necesito más cobijas.

Pero su madre se mostró firme.

—Necesitamos bajarte esa fiebre. Sólo haz lo que te digo.

Salió de la tina castañeando los dientes con violencia, pero su temperatura había descendido poco más de un grado.

Era una batalla constante. Él trataba de cubrirse con las cobijas, por lo que la señora Murray se las quitó y abrió la ventana de par en par para que entrara el frío aire de la noche. A las tres de la mañana, Lucy se despertó al oír que Tom gritaba incoherencias. Se puso la bata y las pantuflas y entró con sigilo al cuarto de Tom.

—Está delirando —le dijo la señora Murray—. No hagas caso de lo que diga.

Mientras Tom sudaba, temblaba y gritaba, Lucy se sintió invadida por el temor de que no iba a mejorar. Sentía que alguien estaba apretando su corazón con sus manos. Mientras colocaba paños fríos sobre su cabeza y cuello enrojecidos, repetía algo que quizá fuera un rezo o sólo una instrucción.

—Que se ponga bien. Haz que se ponga bien.

La señora Murray bañaba su pecho y estómago con una esponja, y subió los pantalones de su pijama para enfriarle las piernas.

A las cuatro de la mañana, los gritos delirantes de Tom se acallaron para convertirse en un murmullo ocasional y, después, cesaron por completo cuando cayó en una especie de estupor, y su respiración era ligera y veloz. Lucy miró a la señora Murray y vio que tenía los labios apretados entre los dientes. ¿Acaso significaba que Tom se estaba dando por vencido y que iba a despedirse de la vida? Colocó de vuelta en el agua la toalla de mano que estaba usando para después exprimirla, mientras controlaba sus lágrimas. Si la señora Murray podía contenerse, ella también lo haría. Corrió la toalla por el brazo de Tom y no se sintió caliente al retirarla. Sintió la piel con sus dedos.

—Creo que está más fresca.

La señora Murray colocó la palma de su mano sobre la frente de su hijo y asintió. Tom inhaló, una bocanada de aire grande y temblorosa, y las dos mujeres se quedaron inmóviles, mirando su rostro. Contuvo la respiración durante los dos o tres segundos más largos de la vida de Lucy y ella hizo lo mismo. Después, exhaló lentamente y ella exhaló también.

Lucy y la señora Murray se quedaron como congeladas mientras esperaban que volviera a inhalar. ¿Cómo podría seguir respirando si Tom no lo hacía?

Y, entonces, lo hizo, de manera tranquila y normal, como cualquier persona que está profundamente dormida.

—¡Dios mío santísimo! —exclamó la señora Murray—. ¡No vuelvas a hacerme eso jamás!

Las lágrimas empezaron a correr por el rostro de Lucy mientras colocaba la palma de su mano sobre el hombro de Tom para después subirla hasta su propia frente a fin de verificar su temperatura contra la suya. Aunque su piel seguía viéndose enrojecida, su cuerpo no estaba más cálido que el suyo y su respiración era regular y profunda.

Miró cómo la señora Murray le bajaba las piernas de los pantalones para después colocar una sábana y una cobija sobre la figura durmiente de su niño, después le pasó una mano sobre su cabello antes de besarle la frente. Lucy añoraba besarlo también, sollozar contra su hombro, esperar a que le diera palmaditas en la espalda y le dijera: «Vamos, vamos, Luce. Deja eso ya».

La señora Murray se enderezó con sus ojos húmedos.

—Creo que necesitamos una taza de té —dijo mientras acompañaba a Lucy fuera de la habitación y apagó la luz, pero sin cerrar la puerta del todo.

—Eres una maravilla. No podría haberlo hecho sin ti. Serás una médico maravillosa; de lo más tranquila y ecuánime.

Lucy se limpió sus propias lágrimas. No se sentía para nada tranquila y ecuánime. Quería ir a acostarse junto a Tom, dormir junto a él hasta que despertara, pero siguió a la señora Murray a la planta de abajo.

—¿Alguna vez lo había visto así de mal? —le preguntó mientras soplaba la superficie del té en su taza.

La señora Murray mordisqueó una galleta.

—Con mucha frecuencia hasta que le extirparon las anginas. Casi nunca desde ese entonces y, si Dios quiere, nunca más. Me envejece como no tienes una idea.

Lucy la observó y era cierto que la señora Murray parecía diez años más vieja que de costumbre, con círculos negros debajo de los ojos y el cabello despeinado.

—No sé cómo aguanta hacerlo.

—Lo aguantas porque tienes qué y porque es parte de tu trabajo como madre.

Lucy le dio otro sorbo a su té.

—¿Le puedo preguntar algo?

—Lo que quieras.

—En un momento así, ¿lo quiere más de lo que quiere a Jamie? ¿Siente que no quiere a nadie más en todo el mundo?

La señora Murray remojó su galleta en el té de manera pensativa.

—Cuando tienes dos criaturas, las quieres con la misma intensidad, pero de manera diferente. Jamie fue mi primer hijo y Tom es mi bebé. Jamie me rompe el corazón cuando intenta ser un hombre como su padre, aunque la ironía es que su papá era la imagen viva de Tom... tanto en aspecto, como en carácter; siempre hacía bromas, nunca era serio, como Jamie. Mientras que Tom... —Se detuvo, tratando de encontrar las palabras—. Tom me enoja y me hace reír, además de que me siento llena de amor con sólo mirarlo, aunque jamás se lo diría.

«Sí», pensó Lucy, «es justo eso. Me siento llena de amor con sólo verlo».

—Y entonces, cuando uno de ellos está enfermo o me necesita con desesperación, no es que lo quiera más que al otro, pero se apodera de mi mente y la ocupa por completo durante un tiempo, como si el total de mis energías tuviera que dirigirse a quien me necesita más.

—Sí —respondió Lucy—. La entiendo.

La señora Murray le sonrió.

—Sé que así es —le dijo, por lo que Lucy se sonrojó.

La señora Murray recogió las tazas vacías.

—Nunca te avergüences de querer a mis muchachos.

Estaba demasiado oscuro y era demasiado temprano por la mañana para que Lucy se marchara a casa, de modo que volvió a meterse en la cama de Jamie. Oyó a la señora Murray cuando entró a ver cómo seguía Tom y, después, asomó la cabeza por su puerta.

—Está durmiendo como un bebé. Si quieres, puedes ir a darle un beso de las buenas noches.

Lucy entró con cuidado a la habitación de Tom, descalza y en su camisón. Un rayo de luz de luna iluminaba su forma durmiente y entró de puntitas para besarle la fresca mejilla. Ni siquiera se movió.

Una semana después, Tom estaba levantado y dando vueltas por todas partes, como si jamás hubiera estado enfermo. Jamie vino de fin de semana de nuevo y sus ojos brillaron de felicidad cuando le dijo que estaba seguro de que sus oraciones habían salvado la vida de Tom.

—¿Me acompañarías a misa de nuevo para dar las gracias?

Y aunque Lucy se sentía agradecida, hasta el fondo de su alma misma, sacudió la cabeza. La vez anterior se había sentido demasiado ajena.

La decepción de Jamie fue palpable. Se irguió con formalidad y acomodó su rostro en una expresión de indiferencia. Lucy siempre detestaba no complacerlo y no ver su radiante sonrisa de aprobación, por lo que cedió de inmediato.

—Bueno, está bien. Pero sólo esta vez.

Cuando Jamie regresó a su escuela y Tom se recuperó por completo, se burló de ella por ir a misa. Estaban caminando por el bosque. Tom afirmó que estaba observando aves, pero no mostraba gran interés en ninguna de las pequeñas criaturas emplumadas que Lucy le señalaba.

—Todos esos pases mágicos —dijo el muchacho al tiempo que imitaba los gestos de los sacerdotes. Lucy lo empujó en broma y él hizo lo mismo.

—¿Y entonces qué crees que te puso mejor? —le preguntó mientras pateaba las hojas secas.

Se detuvo en seco y asumió una mirada de seriedad. La novedad de ver algo así también hizo que Lucy se detuviera.

—Tú —respondió—. Tú y mamá.

Miró al interior de sus ojos cafés, a la misma altura que los suyos, y el muchacho se inclinó hacia ella de repente y la besó de lleno sobre los labios. Ella brincó hacia atrás, sorprendida, pero pudo sentir la suavidad de los labios del chico sobre los suyos; ese beso dejó una impresión que jamás olvidaría.

Su corazón empezó a latir con fuerza.

—¿Y eso por qué?

—Porque me salvaste. —Rio Tom.

17

Ahora, en el agobiante calor del hospital español, la respiración de Tom era superficial y rápida de nuevo, y sin importar cuánto bañara su cuerpo maltratado con agua, Lucy no podía lograr que la fiebre bajara. A veces, una de las enfermeras que hacía sus rondas con un rechinar de zapatos volteaba a verla y asentía con aprobación y aliento. La mayoría de los demás hombres del pabellón estaba durmiendo, y algunos roncaban mientras otros más gritaban entre sueños. Más allá, al otro extremo del pabellón, una enfermera estaba haciendo lo mismo que Lucy, intentando refrescar a un febril soldado, aunque a menudo tenía que levantarse para ver a sus demás pacientes. Lucy y esa enfermera tenían dos velas para cada una a fin de ver lo que estaban haciendo, además de la luz que brillaba en el escritorio de la recepción, pero aparte de eso, el pabellón estaba hundido en una profunda oscuridad.

Los párpados de Lucy se cerraban de puro cansancio, pero hora tras hora aplicaba el paño húmedo contra el cuerpo de Tom, deseando que la señora Murray estuviera junto a ella. «No lo dejaré morir», se prometió en silencio. Se dio cuenta de que el amor no era un elemento fijo, sino tan fluido como el agua o como el mercurio, que se adentraba en cada recoveco y esquina, llenándote, justo como lo había descrito la señora Murray. La persona a la que más amabas en cualquier momento dado era la que más te necesitaba y, en ese preciso momento, su amor por Tom la consumía de lleno.

A las cuatro de la mañana, al otro lado del pabellón, vio que la enfermera cubría la cabeza del hombre al que estuvo tratando de salvar.

Lucy se levantó para cambiar el agua tibia y para rellenar el cuenco con agua fría. Cuando regresó, Tom estaba muy quieto en el parpadear de las velas y su boca estaba un poco abierta.

«No, por favor no». El estómago de Lucy se contrajo con un intenso dolor físico.

Bajó el cuenco al piso y se inclino para acercarse más a él. No estaba respirando. No podía oírlo respirar. Colocó sus dedos sobre su frente y se percató de que estaba fresca, no caliente.

Había muerto mientras iba por el agua; había muerto en una tierra extranjera y sin nadie junto a él. Le había fallado por completo.

Lucy intentó detectar su pulso en el cuello, pero no había nada, de modo que inclinó su cabeza, la colocó sobre su pecho y allí escuchó su corazón, su maravilloso corazón, latiendo con fuerza. Ta-tan, ta-tan, ta-tan. Gracias a Dios, estaba vivo. Levantó la cabeza y ahora pudo escuchar su respiración pacífica.

Se dejó caer sobre la silla y hundió la cabeza entre sus manos, temblando con violencia.

La enfermera debió haberla visto intentando escuchar el latido del corazón de Tom, porque se apresuró hasta la cama. Sintió su pulso y sonrió ampliamente.

—Por lo menos, uno más a salvo —exclamó.

Tom había sobrevivido e iba a vivir.

La enfermera colocó la sábana alrededor del cuerpo del muchacho y apagó las velas.

—Le convendrá quedarse aquí hasta mañana —le dijo a Lucy antes de regresar a su escritorio.

En la profunda oscuridad, Lucy cubrió el rostro de Tom con besos y envolvió su cuerpo entre sus brazos, como tanto había ansiado hacerlo cuando tenía trece años edad. Después, volvió a sentarse sobre la silla, dobló sus brazos sobre la orilla de la cama, reclinó la cabeza sobre ellos y, exhausta, cayó en el sueño más profundo de su vida.

A las seis de la mañana, el cambio de turno del personal de enfermería la despertó a ella y a Tom también. Lucy levantó la cabeza y se vieron sin pronunciar palabra.

—Tú —susurró Tom.

—Tú —respondió ella al tiempo que entrelazaba sus dedos con los de Tom.

Lucy recordó con exactitud el color castaño de sus ojos, la curva de sus cejas, los rizos de su cabello y sus orejas, que se despegaban un poco de su cabeza. Sus labios eran del rosa más profundo y la línea de sus dientes perfectamente recta.

La enfermera colocó un termómetro bajo su lengua y le tomó el pulso mientras Lucy trataba de controlar su cabello rebelde. ¡Sin duda que se veía terrible! La enfermera inclinó el termómetro hacia la luz.

—Excelente —le dijo a Lucy, agitando el termómetro para bajar el mercurio de nuevo. Y a Tom—; tuvo mucha suerte que su hermana estuviera lo bastante cerca como para poder venir. Ella le salvó la vida.

Una mirada divertida cruzó el rostro de Tom y apretó la mano de Lucy.

—Mucha suerte. —Coincidió y después, en inglés—. ¡Gracias, hermanita!

Lucy se levantó, se estiró y recuperó su maleta de debajo de la cama mientras la enfermera le traía a Tom una charola con una grasosa tortilla de huevo, una sopa muy diluida y algo de pan.

—Necesito encontrar un hotel para dormir y bañarme.

Tom inclinó la cabeza.

—Sí, ¡te ves de lo más terrible!

—¡Qué encantador!

Lucy se inclinó y le dio un casto beso de hermana en la mejilla.

—Ah, y Lucy…

—¿Sí?

—Muero de hambre. ¿Podrías traer algo decente de comer cuando regreses?

La joven soltó una carcajada; era el mismo Tom de siempre.

Lucy salió al brillante sol de septiembre en Valencia. Resultaba difícil abrirse camino entre la multitud de personas que había en la calle. Sabía que ese pueblo de treinta mil habitantes había crecido hasta un millón gracias a los desplazados, y que resultaría difícil encontrar un hotel a un precio que pudiera pagar. No tenía la energía de caminar de un hotel a otro de modo que, en lugar de ello, tomó un taxi hasta las oficinas de Barbara Wood, quien dirigía las operaciones de los Amigos ahí. Francesca había hablado con Barbara el primer día que estuvieron en Murcia y ella era quien había estado surtiendo a Pablo Iglesias y a la Villa Blanca con cargamentos de alimentos desde ese entonces. Sin duda podría recomendarle algún hostal.

Por supuesto que Barbara se negó a hacer tal cosa. Vio a Lucy, le abrió la puerta y la condujo al interior.

—Te ves agotada, si no te importa que te lo diga.

Lucy casi se colapsó sobre la silla que le ofreció.

—Llevo despierta la noche entera cuidando de mi más querido amigo —Pausó y, al ver la angustia que se estaba dibujando en el rostro de Barbara, se apresuró a continuar—. A las cuatro de la mañana la fiebre cedió; va a estar bien. —Y, entonces la sobrecogió el llanto, sus lágrimas corrían por su rostro en un torrente que ya no tuvo la fuerza de contener.

Barbara puso un brazo alrededor de sus hombros y le dio un pañuelo. Cuando Lucy pudo recuperarse, le anunció:

—Te vas a quedar conmigo un par de días; así, puedes contarme todo acerca de Pablo Iglesias, del Hospital Inglés y de tu Villa Blanca.

Ante la mención de la colonia, Lucy se dio cuenta con un sobresalto que no había pensado en ella por horas.

—¡Tengo que regresar con los niños! —Miró a los ojos de la mujer mayor—. Pero sería de lo más amable de tu parte si pudiera quedarme algún tiempo.

—Una taza de cocoa y a la cama —dijo Barbara.

Después de que Lucy durmiera algunas horas y comiera algo, regresó al hospital a ver a Tom. Cuando entró al pabellón, los demás pacientes empezaron a llamarla en español desde sus camas.

—¡Ey, señorita, venga a verme a mí!

—¿Podría ayudarme con esto?

—¡Creo que estoy enamorado!

¿Habían hecho lo mismo el día de ayer? De ser así, no se dio cuenta de ello.

Al ver a Tom, que volteó la cabeza y le brindó una enorme sonrisa, se sintió tan llena de amor por él que casi no pudo respirar.

Tom empezó a comerse lo que le trajo con voracidad, como si no hubiera comido en semanas, pero pronto pareció llenarse y apartó la comida, de modo que Lucy terminó de comérsela. Había perdido su silueta casi cuadrada y ahora parecía delgado y musculoso, con el oscuro cabello despeinado. Lucy colocó la palma de su mano contra su brazo y sintió la flexión de sus músculos al moverse. El hecho de que estuviera frente a ella, vivo y respirando, era como un milagro.

Cuando le preguntó cómo lo habían herido, solamente sacudió la cabeza.

—No necesitas saberlo, Luce.

—Pero ya no vas a regresar, ¿verdad? ¿No crees que sea tiempo de volver a casa? Yo diría que ya cumpliste con tu deber.

Le brindó una larga mirada, pero no le respondió, y Lucy supo que lo mejor era no presionarlo, así que empezó a contarle acerca de la Villa Blanca, de las travesuras de los niños y acerca de Concha, sólo para darse cuenta de que extrañaba a la pequeña.

—Típico de ti que hayas encontrado a una cosita abandonada —dijo Tom.

Lucy se sintió indignada por Concha; era una persona, una persona que no tenía a nadie más, no un animalito perdido. De modo que se quedaron en silencio y Lucy sostuvo la mano de Tom mientras éste dormitaba, dándoles vuelta a los conocidos dedos entre sus manos, examinó las uñas ennegrecidas, las cutículas lastimadas, y la marca roja de una cortada que parecía correr desde sus nudillos y hasta su muñeca. Era como si ahora sus manos le pertenecieran a ella y necesitara aprender cada línea de la palma, la curva de cada nudillo y los finos vellos negros que crecían sobre los mismos para fijarlos en su memoria. Se inclinó para besar la palma de su mano y, al levantar la cabeza, vio que Tom estaba despierto y que la estaba contemplando.

Tom entrelazó sus dedos con los de ella y, por un segundo, Lucy pensó que diría algo burlesco, pero sólo exhaló.

—Me da gusto que estés aquí —le dijo.

—¿Y dónde más estaría?

Se vieron a los ojos durante un largo momento y no necesitaron decir más.

Más tarde, Lucy habló con el médico acerca de la pierna de Tom y del tiempo que podría tardar en recuperarse.

—Lo tendremos aquí hasta que estemos seguros de que está sanando como debe. Es frecuente que en los hospitales de campo les dejen las heridas abiertas y apenas cubiertas con un trozo de muselina para protegerlas de las moscas. No hay antisépticos, ni vendas, ni anestesia. Esta herida era muy profunda y tiene infinidad de suturas. Es posible que algunos tendones y ligamentos hayan quedado afectados o, incluso, rotos, pero no se fracturó ningún hueso. Todas las demás cortaduras y moretones están sanando a la perfección. Tuvo suerte… en esta ocasión.

Lucy se estremeció ante la implicación de alguna otra ocasión en que Tom pudo haber resultado muerto sin más. Le hubiera gustado que la bomba le hubiera roto la pierna. Una pierna rota de seguro lo devolvería a Inglaterra y, entonces, al menos uno de sus muchachos estaría a salvo.

—Ha estado internado en distintos hospitales las últimas dos semanas —siguió el médico— y si sigue mejorando, es posible que pueda irse en algunos días, pero no estará lo bastante bien como para regresar al frente. ¿Hay algún sitio donde pudiera quedarse?

—Puede venir conmigo a convalecer cerca de Benidorm, en la costa. —Sintió la necesidad de hacerle saber a este doctor que no era solamente una rica británica privilegiada. Allí administro una colonia infantil con niños refugiados de Málaga.

El doctor inclinó la cabeza hacia ella.

—Entonces, señorita, nos dedicamos a lo mismo; a sanar a los rotos desechos de esta barbarie.

Lucy apretó los labios para mostrarle su acuerdo y el médico siguió adelante.

—Aunque espero que sus propios refugiados no insistan en arrojarse de vuelta al peligro tan pronto como los haya sanado.

—Planeo convencer a mi hermano para que regrese a casa.

El médico le lanzó una mirada de incertidumbre.

—Dudo que lo logre; estos Brigadistas Internacionales son hombres de lo más testarudos.

Lucy se sentó junto a Tom por dos días más y después regresó a casa de Barbara por las noches. Junto con Barbara, dispuso que transportaran a Tom a la Villa Blanca en un camión de comida tan pronto como lo dieran de alta. Lucy regresaría por tren, pero Tom no estaría lo bastante bien como para hacer el viaje por el mismo medio.

—El doctor me dijo que salvaste mi vida —le dijo él la mañana del segundo día.

—Me parece que eso significaría que tengo derecho a decir algo en cuanto a cómo pases el resto de ella.

Tom emitió un aullido de burla y, después, se agarró el costado, donde sus risas estaban haciendo que le dolieran las amoratadas costillas.

—Ni lo imagines.

—¿De verdad? Pensé que tenía poder sobre ti.

Tom bajó la mirada hasta la mano que tenía entre las suyas y mientras subió los ojos hasta su rostro, Lucy sintió cómo su vista recorría su cintura y su pecho de la manera en que tantos otros lo habían hecho, pero Tom no se había atrevido a hacer de manera franca con anterioridad.

—Siempre has tenido poder sobre mí; es sólo que jamás lo supiste.

Tom seguía durmiendo gran parte del tiempo y cuando lo hacía, Lucy se paseaba por el pabellón y hablaba con algunos de los demás pacientes. «Este pabellón es como la Liga de las Naciones», pensó, con soldados heridos de todas partes de Europa y América. Podía hablar con algunos de ellos y traducía lo que los médicos y enfermeras les estaban diciendo, pero había otros que solamente yacían en un doloroso aislamiento.

Después de la hora de la comida del segundo día, se levantó para marcharse y sintió casi un dolor físico en su pecho al tener que despedirse de Tom. Dios santísimo, ¿así de difícil era querer a alguien?

Tom la tomó de la mano y volteó sus ojos hacia ella.

—¿Es necesario que te vayas?

—Tengo que regresar con los niños.

—¿No hay nadie más que se encargue de ellos?

—Son mi responsabilidad. Tan pronto estés lo bastante bien como para viajar, irás a reunirte con nosotros. Ya todo está dispuesto.

—No creo que deba hacerlo.

—Te hará bien ver a los niños y el agua salada ayudará a que tu pierna sane.

La miró directo a los ojos y su habitual máscara jocosa cayó a un lado para revelar a un Tom que jamás había visto antes.

—Es sólo que temo que no me quiera ir jamás.

Sintió que la recorría una onda de esperanza, pero mantuvo su voz de lo más casual.

—Si así fuera, podrías quedarte. La colonia sigue siendo un trabajo en pro de la República.

Tom le apretó la mano con tal fuerza que empezó a dolerle. Las palabras parecieron salir a la fuerza desde su interior, a través de sus dientes apretados.

—Debo regresar al frente, con mis camaradas. Podrías hacérmelo demasiado difícil.

Supo que no debía discutir con él.

—De todas maneras, no les servirás de nada si no puedes caminar y necesitarás convalecer en algún lugar.

Liberó su mano derecha y la frotó con la izquierda.

—Debo irme ya o perderé el tren. —De todas maneras no toleraba dejarlo.

—Vete, pues —dijo Tom en voz ronca.

Lucy se inclinó para besarle la mejilla, pero Tom volteó la cabeza para que sus labios se toparan y se mantuvieran juntos; Lucy deseó que pudiera seguir besándolo por siempre. Se enderezó, temblando un poco, y se dio la vuelta. El paciente de la cama de junto le habló con suavidad.

—Ahora me toca a mí, bella Lucy.

—Te veo en unos días —le dijo a Tom en una voz ligera, aunque cada fibra de su ser le decía que no se marchara. ¿Qué pasaría si se negaba a ir a la Villa Blanca, regresaba al frente y jamás lo volvía a ver?

El Tom nuevo y serio levantó la mirada.

—No será lo bastante pronto.

Mientras caminó a lo largo del pabellón, con su maleta en mano, los distintos pacientes empezaron a chiflarle su aprobación. En el escritorio de la recepción, la enfermera le reclamó.

—¡Sabía que no era su hermano!

Lucy se encogió de hombros a manera de disculpa.

Miró por encima de su hombro para ver a Tom una última vez; él se esforzó por erguirse para despedirse de ella agitando la mano.

Cada paso que dio hasta la estación le pareció difícil, como si trajera puestas unas botas de plomo. ¿Por qué lo estaba dejando cuando su amor por él invadía cada fibra de su cuerpo? Tuvo que recordarse que la mejor oportunidad de convencerlo de no regresar al frente era que estuviera en la Villa Blanca. Y si algo sabía de Tom era que la mejor manera de hacer que llegara hasta allá era permitirle pensar que había sido decisión propia.

El viaje de Valencia a Benidorm tomó seis horas en lugar de cuatro. El tren iba atestado de campesinos con costales de verduras, pollos cargados de cabeza que cacareaban sin cesar y un bolso lleno de conejos vivos. En una de las estaciones, se subió un hombre con una oveja. Algunas otras personas del carro en el que iba empezaron a pasar una bota de cuero llena de vino y Lucy dio algunos tímidos sorbos para no insultar a nadie. Por la ventana, vio a un grupo de milicianos que cantaban mientras marchaban, olivares y muchachas con mantillas negras.

Al final de la tarde, el tren pasó por unas colinas llenas de pastizales secos y de tierra afectada por la sequía, por completo diferente al verdor de Inglaterra, y por aldeas blancas que reflejaban la enceguecedora luz del sol. La costa era rocosa en algunos sitios y bordeada por playas rubias en otras, pero siempre marcada por el mar, con sus eternamente cambiantes parches de azul marino y turquesa. El asiento junto a ella iba vacío y ansió que Tom estuviera ahí para que pudiera recargar su mejilla contra su hombro y ambos contemplaran toda esta belleza libre de los horrores de la guerra.

A la caída del ocaso, se permitió pensar en Jamie, en cuánto la amaba, y en que de verdad había pensado que lo amaba de la misma manera durante el viaje a Córdoba. ¿Acaso era posible que se sintiera intoxicada por su adoración y que quería agradarle tanto que se había enamorado de la idea de amarlo? No podía tolerar pensar en el dolor que le ocasionaría enterarse de cómo se sentía acerca de Tom.

Oscureció mucho antes de que llegara a la estación de Benidorm, y sacó la linterna de su maleta para poder caminar los dos kilómetros y medio hasta la Villa Blanca. Jamás lo había hecho de noche, y se sintió nerviosa por la posibilidad de que le salieran animales silvestres u hombres borrachos al paso, pero allí, en la salida, estaba la camioneta de Salvador el guardacostas y abrió la portezuela con enorme agradecimiento.

—No debió venir —afirmó cuando arrancó el motor.

—Cené con una de mis tías en el pueblo y supe que el tren llegaría tarde.

—No sabe qué gusto me dio verlo. Estoy agotada. —Al instante de decirlo, la tensión emocional de los últimos días la hizo casi desfallecer de cansancio.

Salvador parecía estar tratando de verle el rostro y se dio cuenta de que no le había contado nada acerca de Tom.

—¡Está vivo! —exclamó—. La primera noche fue terrible, pero se va a salvar; y todo gracias a que usted me llevó hasta él para cuidarlo. Jamás podré agradecérselo lo suficiente.

Lucy le contó que Tom vendría a la Villa Blanca a pasar su convalecencia.

—Y, si me es posible, impediré que regrese a pelear.

Cuando el auto se acercó a la Villa Blanca, primero Juan, después los maestros y, todavía después, una verdadera ola de niños emocionados que deberían haber estado en cama salieron a darle la bienvenida. Mientras se arremolinaban a su alrededor, se dio cuenta de que la Villa Blanca se sentía como su hogar. Todos estaban hablando a un mismo tiempo: Valentina y Mateo le aseguraron que todo había estado bien a excepción de que todas las luces se habían fundido, que tres chicos se habían enfermado de diarrea y que el fulgor de las bombas que habían caído sobre Alicante había atemorizado a todos los pequeños; Juan quería saber si su querido amigo Tom estaba vivo; Juanita y Alfonso habían tenido una pelea de novios y no se estaban hablando; y las chicas empezaron a acusarse entre sí, culpándose unas a otras de jalarse el cabello, de robarse lápices y de quién había pisado a quién. Lucy sonrió y asintió a todo lo que le dijeron, pero empezó a mirar ansiosa en busca de Concha.

—¿Concha está enferma?

—Sólo herida del corazón —respondió Juan y se hizo a un lado para que Lucy pudiera verla, parada junto a la puerta con los brazos cruzados y sin intención alguna de perdonarla por haberse marchado. Lucy se abrió paso entre la emocionada muchedumbre y abrió los brazos frente a Concha, que sólo dudó un segundo antes de correr hacia ellos para que Lucy la abrazara como si fuera una mamá oso. El calor de su pequeño cuerpo, sus delgados brazos en torno al cuello de Lucy y sus piernas alrededor de su cintura fueron una bienvenida completa en sí. Concha escondió su rostro en el cuello de Lucy y empezó a sollozar. Y aunque Lucy no podría prometerle que jamás la volvería a dejar, se dio cuenta de que debía intentarlo. Era una responsabilidad de lo más tremenda recibir un amor así de enorme.

Se acomodó a Concha sobre una cadera y caminó el trecho que faltaba para llegar a la villa.

18

Pasó una semana entera antes de que el ruido de un camión que se acercaba hiciera que Lucy se levantara de un brinco y tirara las tareas de costura que tenía sobre su regazo. Sintió que su corazón revoloteaba ante la idea de ver a Tom, de tenerlo con ella y de poder convencerlo de que jamás regresara a pelear.

Se quedó de pie sobre los escalones que conducían a la villa, protegiéndose los ojos del brillo del sol de la tarde, mientras el conductor corría a la parte de atrás para abrir la puerta trasera del camión.

Poco a poco, con enorme cuidado, Tom empezó a salir, con los pies por delante. Jamás lo había visto en su uniforme del Ejército Popular, en su uniforme de soldado. El conductor lo ayudó a bajar sobre su pierna buena y le entregó una muleta que Tom colocó bajo su hombro contrario. Después, el conductor se alejó y Tom levantó la vista para verla; fue como si el Tom de cuatro años de edad estuviera mirándola, con la misma mezcla de curiosidad y temor con que la vio el primer día en que llegó a su vida. El corazón de Lucy dio un vuelco en su pecho.

Lucy llamó al conductor para agradecerle y se apresuró a darle la bienvenida a Tom, deslizando su brazo alrededor de su cintura para dejar que se recargara contra ella. La solidez de su cuerpo y de su peso contra ella fue tan emocionante como si jamás hubiera tocado a una persona antes y podía percatarse de cada punto en el que se tocaban sus cuerpos. Percibió el olor de su axila y se deleitó ante su acre vivacidad.

Trató de hablar sin que su voz temblara.

—¿Cómo estuvo tu viaje?

—Me traquetearon como costal de papas. Hasta mis moretones tienen nuevos moretones.

Lucy miró a la parte de atrás del camión. Aunque trataron de hacerle una especie de nido con cobijas para que se acostara, no pudo haberle resultado cómodo.

—Me senté enfrente la mitad del camino, pero después tuve que estirar las piernas.

Concha corrió escaleras abajo y después se quedó parada frente a él, con los brazos cruzados y las piernas bien plantadas, como alguna especie de pequeño ángel vengador. Lucy sabía que esa postura podía anunciar problemas.

—Concha —dijo a modo de advertencia—. Este es mi amigo Tom, que vino a quedarse un tiempo. Te dije que vendría. Lo conozco desde que era más pequeña que tú y si te portas amable, él será tu amigo también.

Concha lo miró con suspicacia y, en ese instante, Tom sacó la lengua e hizo un bizco con los ojos, por lo que la pequeña no pudo evitar soltar una andanada de risitas roncas. Era la primera vez que Lucy la oía reírse y se preguntó si su voz tendría ese mismo tono profundo y grave cuando al fin se decidiera a hablar.

—Así que ésta es la famosa Concha —dijo Tom al tiempo que estiraba una mano—. Buenas tardes, señorita. —La pequeña no tomó la mano que le ofreció, sino que corrió al otro lado de Lucy para abrazarse a su pierna, afirmando su posesión del lado donde no se encontraba Tom.

Tom levantó las cejas y le sonrió a Lucy.

—Ya se acostumbrará a ti. Ahora, vayamos adentro. ¿Quieres comer o acostarte?

—Las dos cosas al mismo tiempo.

Tom se mantuvo en silencio cuando lo ayudó a subir por los escalones, pero pudo ver cómo evitaba recargar cualquier peso sobre la pierna lastimada. «Excelente», pensó. «No se irá en un buen tiempo».

Habían reacomodado a todo el mundo para que Tom pudiera tener la habitación junto a Lucy en la planta baja, no muy lejos del baño. El conductor los siguió con las mochilas que traían las pertenencias de Tom y ayudó a Lucy a colocarlo sobre la cama.

Concha, algunos de los otros niños y Valentina se aparecieron en la puerta detrás de Lucy.

—¿Necesita algo más de ayuda, señorita? —le preguntó el chofer—. ¿Quiere que la ayude a desvestirlo?

—No, muchas gracias; yo me haré cargo.

Una sonrisa traviesa se dibujó en el rostro de Tom, pero Lucy optó por ignorarla.

Le pidió a Valentina que se llevara a los niños y Lucy cerró la puerta tras ellos, mientras Tom se prendía un cigarro. Sosteniéndolo entre sus labios, apartó el mosquitero con sumo cuidado y se sentó sobre la orilla de la cama para desatarse las botas. Lucy arrugó la nariz ante el aroma del tabaco, pero no le disgustó tanto como para que no se acercara a él y recorrer su cabello con los dedos. Él tomó su mano y la jaló para sentarla junto a él; después apagó el cigarro contra la suela de su bota antes de atraerla hacia sí y besarla con una urgencia que la dejó sin aliento y llena de sensaciones nuevas. Tom sabía a tabaco.

—Tú, comida y cama al mismo tiempo —dijo él.

Como forma para tratar de tranquilizar las cosas y acostumbrarse a esta nueva manera de estar con su viejo amigo Tom, optó por ocuparse de las cuestiones prácticas, de modo que se apresuró a quitarle una de las botas y luego la otra. Sus calcetines apestaban. Se los quitó de inmediato.

—¿Cuándo fue la última vez que los lavaste? —le exigió, pellizcándose la nariz.

—Más o menos al mismo tiempo que todo lo demás —respondió con cara de vergüenza—. ¿Como hace un mes?

—Entonces entrégamelo todo, excepto tus pijamas, y haré que lo laven.

—Es posible que tengan bichos…

—Entonces haré que lo fumiguen. ¿Tú tienes bichos?

—Me despiojaron en el primer hospital y después me afeitaron la barba.

Lucy no podía imaginarlo con barba. Tom le brindó una amplia sonrisa.

—Pensé que usted iba a desvestirme, enfermera Lucy.

—Desvístete tú solo, bribón —respondió—. ¡Piojoso! —Esto se sentía más como el intercambio normal entre ella y Tom—. Tira tu ropa infecta en una esquina, si es que no decide caminar por sí misma, mientras yo te consigo algo de comer.

Para cuando regresó con un plato de los deliciosos frijoles de Juan y pan fresco del día, Tom estaba dormido. Había dejado todas sus cosas sucias junto con su mochila en una esquina y se había metido bajo las sábanas. Junto a la cama, estaba la fotografía de ella donde aparecía riéndose.

Lucy colocó la comida y algo de agua sobre una silla junto a la cama, levantó el mosquitero, se inclinó sobre él y rozó su mejilla sin afeitar con sus labios, dejándolos allí un momento, con una cierta esperanza de que se despertara. Lo miró con fijeza y corrió uno de sus dedos sobre el crecimiento de la barba de su mentón, intentaba acostumbrarse a esta nueva y confusa intimidad.

De camino a su propia cama, volvió a pasar por su habitación y le llevó un orinal, un cenicero y un vaso de agua fresca, pero no había despertado. Levantó la comida para que no atrajera cucarachas.

A mitad de la noche, la despertaron unos gritos horripilantes. Se incorporó en la cama, con el corazón galopante en su pecho. Al principio, pensó que alguien los estaba atacando y que la guerra había llegado al fin al tranquilo pueblo pesquero de Benidorm, pero entonces reconoció la voz de Tom y corrió a la habitación de junto. Todavía estaba acostado, pero se había quitado la sábana y estaba gritando y agitando los brazos como si estuviera peleando con alguien.

Lucy se asomó por debajo del mosquitero y tomó sus muñecas en cada mano.

—¡Tom! ¡Tom! Despierta. ¡Es una pesadilla!

Por un momento, luchó contra ella y Lucy pensó que la superaría, pero después sus brazos cayeron a su lado, se enroscó como una pelotita y empezó a gemir con suavidad. Ella se subió a la cama y lo envolvió entre sus brazos.

—Tom… Tom. Despierta. Soy Lucy. Estás a salvo.

Dejó de gemir y volteó la cabeza.

—¿Luce? ¿Eres tú?

Lo apretó con fuerza y se acercó más a su espalda encorvada.

—Sí, soy yo. Todo está bien. Estás en la Villa Blanca. Nada puede lastimarte aquí.

Tom se dio la vuelta y se secó las lágrimas del rostro con el antebrazo. Ella se deslizó a la orilla de la cama, cuidando no tocar la pierna herida.

—Tengo pesadillas. Les pasa a muchos de los chicos.

Lucy le dio un beso en la frente.

—No me sorprende, pero estoy aquí contigo.

—Fue horrible, Luce. —No supo si estaba hablando de la pesadilla, de la guerra o si una era extensión de la otra y era imposible saber dónde acababa la primera y dónde iniciaba la segunda.

Le acarició el cabello y recordó cómo su padre mantenía cerrada la puerta de su habitación porque era frecuente que gritara en sueños; por primera vez, Lucy se preguntó qué cicatrices llevaba consigo tras la Gran Guerra. Le escribiría mañana, pensó, y le contaría acerca de las pesadillas de Tom. Tal vez pudiera darle algún consejo.

—Ya duérmete —susurró. Pero ella se quedó despierta largo tiempo, mientras su mente daba de vueltas con ideas de cómo podría impedir que regresara al frente, y disfrutaba de la emoción de su cuerpo estirado junto al suyo, pero llena de culpa por traicionar a Jamie.

Por la mañana, Juan le encontró algo de ropa limpia a Tom y se quedó parado junto a él mientras se lavaba. No se suponía que mojara la pierna lastimada. Habían suturado la pierna en un hospital de campo, pero en Valencia le dijeron que no la tocara por una semana más antes de encontrar a un médico que le retirara los puntos.

Durante el desayuno, Lucy vio que se estaba sobando el lado de la pierna.

—¿Te duele? —le preguntó.

Tom hizo una mueca.

—No tanto como antes, pero la pierna entera me da comezón, como si tuviera piojos, y los puntos están jalándose.

Concha se asomó de detrás de Lucy para mirarlo.

Tom estiró la mano y le mostró la larga marca roja que corría desde sus nudillos y hasta su muñeca.

—Esta también me la cosieron, pero me sacaron los puntos en el hospital.

La pequeña estudió el relieve de la raya levantada color de rosa con un interés tan profundo que Tom tuvo que sonreírle a Lucy.

—Otra médico en ciernes.

Bajó la mano de la mesa y la colocó sobre la pierna de Lucy, como si supiera que tenía todo el derecho de estar allí. Lucy podía sentir el calor de su mano penetrando su piel.

Juanita se inclinó hacia él sobre la mesa.

—Anoche estaba gritando —le dijo—. ¿Le estaba doliendo la pierna?

Tom sacudió la cabeza, avergonzado.

—No, tengo pesadillas. Les pasa a muchos soldados.

Juanita hizo un ademán en dirección a Concha.

—Ella también tiene pesadillas; pero ya no tantas.

—¿Y qué hizo para deshacerse de ellas?

Juanita miró nerviosa a Lucy, como si hubiera dicho demasiado.

—Duerme en la cama de Lucy.

Tom soltó una carcajada.

—¡Excelente idea!

Juanita se sonrojó hasta las raíces de su cabello y Lucy le dio un empujón de broma a Tom.

—¡Idiota!

Por debajo de la mesa, Tom apretó la pierna de Lucy con suavidad por un instante.

Aunque ya casi era octubre, el clima seguía espléndido. El terrible calor de la mitad del verano había desaparecido y ahora el sol se sentía deliciosamente cálido. Lucy acomodó dos sitios donde Tom pudiera sentarse o acostarse a ver las actividades de la villa; uno en el sol y el otro del lado sombreado de la veranda. Se recargaba sobre el barandal del balcón, mirando las palmeras y la blanca playa arenosa, y la mano de Lucy sobre su hombro.

—Este sitio es el paraíso.

Se deslizó hasta quedar sentado en la silla que le había puesto al sol y entrecerró los ojos para mirarla.

—Siento como si la marea me hubiera arrastrado hasta Eea y que tú eres Circe, a punto de hechizarme para que me quede por todo un año y te dé dos hijos.

—Abracadabra —respondió ella, agitando un dedo como si fuera una varita mágica.

Tom volteó su rostro al sol y suspiró, pero Lucy no pudo determinar si fue a causa del dolor, del placer o de la angustia de las decisiones que aún tendría que tomar.

Cada vez que se lo permitían sus obligaciones, salía a la veranda para revisar cómo se encontraba. Siempre que estaba dentro de la villa o sobre la arena, sentía cómo todo su cuerpo parecía verse atraído hacia él, como si fuera una marea afectada por la luna. Se preguntó si él también lo sentiría.

Varias mañanas después, lo encontró sentado al sol. Se había quitado la camisa y traía los pantalones de Juan enrollados. Lucy pudo ver cómo los moretones de su torso empezaban a tornarse amarillos.

—¿Te duele eso? —le preguntó después de tocar el más grande con un dedo cuidadoso. Era como si no pudiera resistirse a tocarlo.

—¡Sólo cuando me clavas los dedos!

Tom tomó su mano, vio a su alrededor y, al ver que se encontraban solos, condujo su dedo para que acariciara otro más de los moretones.

—Intenta con éste… y con este otro. Esta noche, podrías intentar besarlos para que mejoren.

Una colección de pasos anunció que los niños más pequeños estaban saliendo de la villa para tomar sus lecciones de natación.

—Ridículo —dijo Lucy con recato, mientras la mera idea de besar su cuerpo incendiaba su cerebro—. Voy a ayudarlos.

—¿Puedo ir a verlos? El médico me recetó verte en tu traje de baño.

—Ridículo —volvió a repetir, pero lo ayudó a bajar los escalones hasta la playa.

Lo sintió viéndola cuando se quitó el vestido por encima de la cabeza para después doblarlo con cuidado y dejarlo con la demás ropa que se encontraba en la playa. Se puso de pie y se estiró para alcanzar su estatura máxima al tiempo que metía el estómago, y dejó que Tom la estudiara de arriba abajo. Cuando sus ojos se encontraron, Tom fingió estarse abanicando con una mano, como si el solo verla lo sobrecalentara, por lo que Lucy se rio mientras corría hasta las olas.

Mientras sostenía y ayudaba a los niños, siguió viendo a Tom, quien usó su muleta para brincar hasta la arena algo más sólida a la orilla del agua. De manera experimental, bajó la pierna lesionada al piso y colocó un poco de peso sobre la misma. Después, descansó y se quedó mirando al mar. Siempre fue un nadador poderoso y Lucy estaba casi segura de que se iba a echar un clavado al interior de las olas. Los imaginó nadando juntos en la luna, enredando sus extremidades... y después una manecita insistente empezó a jalar la suya.

—¡Señorita Lucy, mire lo que puedo hacer!

Después de la clase de natación, se paró junto a él, secándose el pelo con una toalla. Él se estiró y tocó su brazo, su mano cálida contra su piel fresca.

—Estás de lo más bronceada.

—Llevo todo el verano dando clases de natación.

—No puedo esperar a meterme al agua contigo.

Lucy lo miró a los ojos y se preguntó si estaría compartiendo su sueño diurno o si el suyo iba mucho más allá de lo que ella se atrevía.

—Voy de regreso a la casa para vestirme antes de la comida. ¿Necesitas que te ayude a llegar?

Colocó su brazo sobre sus hombros desnudos.

—Es casi seguro que podría arreglármelas solo, pero esto es mucho más agradable.

Era bueno que Tom la necesitara, pensó ella.

Por las tardes, la villa se silenciaba durante el sopor de la siesta. Lucy y Tom se sentaban en la veranda en un cómodo silencio, mientras Lucy recorría las líneas de la palma de su mano con un dedo, maravillada ante su novedosa familiaridad. Él fumaba un cigarro hasta la colilla para después apagarlo bajo su bota. Y, después, el silencio empezó a sentirse extraño, como si hubiera demasiadas cosas que no pudieran compartir. Ella recordó cómo hablaba con Jamie cada instante que estaban juntos, y después deseó no haber pensado en él porque la hacía sentir miserable.

—En tu última carta mencionaste que estuviste en Brunete —empezó ella, pero él jaló su mano de entre las suyas y se sobó la palma de manera vigorosa.

—No puedo hablar de ello y no quiero pensar en ello.

—Lo siento —y lo dijo en serio.

Se arrepentía de haber arruinado el momento y también se sentía triste de que él no pudiera compartir sus experiencias de batalla, que se erguían como una pared entre los dos. Eso y Jamie.

Tom se levantó con dificultad y tomó sus cigarros.

—Me voy a recostar; necesito estar solo un momento.

—¿Necesitas ayuda?

—No soy un maldito inválido. —Caminó con dificultad hasta la puerta y, después, se dio la vuelta y sin sonido, dijo «Lo siento». Se pareció tanto a su versión de niño travieso y arrepentido que Lucy no pudo evitar más que sonreír.

«Qué cosas tan terribles debió ver Tom», pensó Lucy. Sabía que no podría dormir, de modo que se marchó a preparar una lección en la que invitaba a las chicas a comparar la *Odisea* de Homero con sus propias travesías. «Todo ese tiempo que ha pasado desde los griegos», pensó, «y todavía estamos en guerra».

Concha se mantenía cerca de Lucy adondequiera que fuera, en especial si estaba con Tom. Parecía que sus celos flotaban en el aire. Un día, después de la comida, se sentó entre los dos al tiempo que movía el diente flojo que tenía enfrente.

—Déjame que vea eso —ofreció Tom y Concha abrió su boca para enseñarle.

Tom presionó el diente flojo con un dedo de manera cuidadosa para después inclinarlo casi de forma horizontal con respecto a sus demás dientes; apenas se mantenía fijo.

—Está más que listo para salir —pronunció Tom—. Lo que necesitas hacer es jalarlo hacia abajo y darle vueltas.

Con sumo cuidado, en caso de que le doliera, Concha tomó el dientecito entre sus dedos y le dio la vuelta. Al cabo de unos segundos, el diente había salido y se encontraba sobre su mano. Lo sostuvo en alto para que Tom lo examinara al tiempo que exploraba la extrañeza del nuevo espacio entre sus dientes con la lengua.

—¡Un espécimen perfecto! —declaró—. El hadita de los dientes lo querrá para construir su castillo.

Lucy le habló en inglés.

—¡No sé si exista el hada de los dientes en España! ¡Y no podemos darnos el lujo de darle dinero a cada niño al que se le caiga un diente!

Tom pareció tan desilusionado que Lucy quiso abrazarlo.

—Pero supongo que podríamos darles conchitas de mar —afirmó—. Podríamos encontrar algunas conchas de parte del hada esta tarde mientras toman su siesta.

De modo que esa tarde se pasearon por la línea de la marea alta eligiendo las conchas más pequeñas y perfectas. Esa noche, Concha colocó su diente debajo de su almohada y despertó azorada al encontrar una diminuta conchita rosa en su lugar.

Cuando se la mostró a Tom durante el desayuno, la admiró con tal seriedad que Concha se inclinó de repente y le dio un beso en la palma de la mano.

Lucy le sonrió a Tom por encima de la cabeza de la pequeña y, por un momento, pareció que eran una familia hecha y derecha.

Ya estaba oscureciendo más temprano y esa noche Tom le sugirió que tomaran una breve caminata experimental para ver la puesta del sol. Lucy supuso que necesitaba huir del constante ruido y ajetreo de la villa; el clamor de treinta niños de seguro le resultaría opresivo a alguien que no estuviera acostumbrado a ello. Dejó a

Concha con Ana, quien le estaba leyendo un cuento, y empezaron a caminar por la playa juntos. Lucy se frotó la piel con aceite de limón. Se suponía que impediría que los mosquitos la picaran, pero no servía de gran cosa.

Tom estaba usando su muleta, pero empezaba a recargar la pierna mala sobre el piso con cuidado. Pensó que quizá diría algo romántico acerca de los vivos tonos mandarina y fucsia de las nubes del cielo, pero estaba pensando en otras cosas.

—Necesito caminar más; volver a ponerme en forma —masculló.

Tenía una respuesta en la punta de la lengua. «¿Y para qué? ¿Para que regreses a que te vuelvan a disparar?», pero aligeró su tono.

—Es buena idea. He estado tratando de enseñarles a jugar *cricket*, pero tú lo harías mucho mejor.

—Mañana mismo voy a iniciar con algo de entrenamiento físico. Veré lo que puedo hacer. Mis costillas no me duelen tanto hoy.

Lucy suspiró. Quizá fuera más seguro hablar acerca del pasado.

—¿Recuerdas a mi padre tratando de enseñarte a atrapar la pelota de *rugby*? Insististe en que volviera a lanzártela hora tras hora hasta que oscureció y tu mamá salió a buscarte.

—Era un diablillo de lo más determinado.

—Siempre supiste lo que querías.

Con su brazo libre, la acercó con fuerza y la besó. Fue algo rudo y desesperado, como si no hubiera tiempo que perder y Lucy empezó a besarlo de la misma manera, enredando sus dedos en su cabello.

Tom la soltó de repente.

—Lo siento, pero no puedo seguir sosteniéndome en una sola pierna.

Después de sentarse sobre la arena, volvieron a besarse con desesperación, como si lo hubieran esperado toda su vida. Ahora que las manos de Tom estaban libres, empezó a pasearlas por su espalda y brazos y, al fin, sobre sus senos, se inclinó para besarlos y morderlos a través de la tela de su vestido hasta dejarla perdida en sus deseos. Levantó su cabeza un instante.

—Te deseo tanto, Luce.

Parte de su cerebro registró que se trataba de deseo y no de amor y, de un momento a otro, todo esto le pareció demasiado rápido, demasiado confuso.

—Espera un momento —rio—. Tengo que acostumbrarme a esto.

—No he pensado en nada más desde que me fui de Inglaterra.

—Sólo dame un poco de tiempo.

Ya había oscurecido demasiado como para que pudiera ver su rostro, pero conocía la mirada malhumorada que se apoderaba de él cuando no obtenía lo que quería.

—Es que no sé cuánto tiempo me quede —afirmó él, rascándose algunos nuevos piquetes de mosquito con enojo.

Lucy se levantó y se sacudió la arena del vestido.

—Vamos. Enviarán un equipo de búsqueda si no regresamos.

—Le ofreció la mano para que se levantara, pero él se levantó con la muleta y caminaron de vuelta a la casa en silencio.

A medianoche, volvieron a escucharse gritos desde su habitación y Lucy corrió para despertarlo de sus pesadillas, parándose junto a su cama y sosteniéndole las muñecas. Por unos segundos, siguió luchando contra lo que fuera que estaba tratando de atacarlo y después rodeó su cintura, temblando, aferrándose a ella como si se estuviera ahogando, sus lágrimas mojaban su camisón. Lucy le dio suaves palmadas en la espalda para tranquilizarlo, trataba de envolverlo con su amor y, después, se acostó junto a él hasta que cayó en un profundo sueño. Ella también comenzó a quedarse dormida hasta que el brazo que colocó debajo del cuello de Tom empezó a hormiguearle, por lo que lo liberó de debajo de su cabeza para después desenredarse de entre sus brazos. Parada junto a la cama, le dio un beso y pensó que quizá era así como más lo quería; después levantó la tela del mosquitero y se dio la vuelta para salir de la habitación. Concha estaba parada en la puerta y Lucy se preguntó cuánto tiempo llevaba allí. La recogió.

—Vámonos de regreso a la cama, tontita. Tienes los pies congelados.

Concha susurró las primeras palabras, que Lucy jamás la había oído pronunciar.

—Creo que también mataron a su mami y a su papi. —Su voz era profunda y musical, como la voz de una cantante de *jazz*. Lucy la cargó de vuelta hasta la cama que compartían y se sentó debajo del mosquitero con la pequeña sentada sobre su regazo, con una cobija alrededor de las dos, mientras las palabras que tanto había contenido brotaban de ella, al fin.

—Llegaron los aviones y corrimos al lado del camino, pero no había dónde escondernos y el ruido de los aviones y de las balas y de la gente que gritaba y lloraba y le pedía a Dios, y mi mamá trató de escondernos a mi hermana y a mí debajo de ella y mi papá se puso arriba de todas nosotras y mamá decía: «Dios te salve María, Dios te salve María»; y mi hermana lloraba y lloraba y las balas rompieron el suelo junto a nosotros y mi papá soltó un grito y mi mamá dejó de rezar y mi hermana dejó de llorar. Y entonces los aviones volvieron a dar la vuelta y a romper el suelo más y más y más y casi no podía respirar porque todos pesaban mucho encima de mí y cuando los aviones se fueron, me salí de debajo de todos, y cuando me quedé parada junto a ellos, pude ver trocitos de sus entrañas encima de su ropa y todo estaba rojo. Y había un hoyo en la cabeza de mi papá y le salía algo oscuro y traté de jalar a mi hermana por si acaso estaba atrapada abajo como yo, pero también tenía un hoyo y había sangre negra que caía al suelo y empecé a gritar y un hombre llegó y me llevó lejos de allí. Y entonces me oriné y lloraba y lloraba y esa mujer me encontró.

Concha se dejó caer contra Lucy y ella le besó la cabeza y empezó a mecerla, esperando que su amor fuera lo bastante poderoso como para arreglar lo que habían experimentado Tom y Concha, pero temía que llevarían las cicatrices de la guerra consigo por el resto de sus vidas.

Los días de Lucy en la villa eran igual de ocupados que siempre y dividía su tiempo entre las discusiones del menú con Juan, las listas de víveres que todavía les quedaban y los pedidos de más a Barbara Wood en Valencia; revisaba la ropa de lavandería, acompañaba a uno u otro de los niños a ver al médico o al dentista, daba sus clases de natación y supervisaba las actividades relacionadas y, durante todo ese tiempo, encontraba momentos para pasarlos con Tom.

Juanita y Alfonso acudieron a verla y le dijeron que querían casarse; Lucy se sintió consternada. Eran demasiado jóvenes; apenas tenían dieciséis y diecisiete años respectivamente. Debió separarlos antes. Ahora, tendría que enviarlos de vuelta a Murcia y apartarlos uno del otro hasta que Alfonso tuviera la edad necesaria para mantener a Juanita. Sólo entontes era que sus familias aprobarían la unión. Pero ¿a cuál de los dos debía mandar de vuelta a Pablo Iglesias? Cuando se los dijo, los dos empezaron a llorar y Juanita insistió en que no le importaría a su madre, siempre y cuando no tuviera que hacerse cargo de ella. Al final, Lucy decidió que tendrían que ir a Murcia a pedirles permiso a sus familias para casarse. Se preguntó a quién habría elegido para casarse a los dieciséis, ¿a Tom o a Jamie? Parecía que fue hacía muchísimo tiempo.

Tom se hacía lo más útil que podía: cortaba leña para los fuegos y jugaba con los niños, que lo consideraban un héroe. Lucy se dio cuenta de que su adulación le agradaba hasta cierto punto y que al fin contaba con un público que de verdad apreciaba todas sus gracejadas. Concha estaba acoplándose más a su presencia, aunque todavía lo consideraba como el rival de los afectos de Lucy. Era cada vez más frecuente que se escuchara el sonido alegre de sus risas en la playa o en algún lugar de la villa y Lucy se detenía y se aferraba a la idea de que el viejo Tom estaba regresando a ella. Si tan sólo pudiera convencerlo de que se quedara una vez que sanara su pierna.

A veces, durante el día, si se cruzaban en algún pasillo vacío, Tom la tomaba de los hombros, la empujaba contra una pared y la besaba hasta que la dejaba temblando o hasta que no podía sostenerse en una pierna; en ocasiones, alguno de los pequeños o uno de los otros adultos daba la vuelta a la esquina y brincaban para apartarse. Los adultos sonreían de manera indulgente o se disculpaban, pero los niños ni siquiera se daban cuenta de nada. Durante la hora de la siesta, Lucy y Tom esperaban a que Concha cayera dormida y que toda la villa se hubiera hundido en el silencio de la animación suspendida, antes de salir con sigilo y caminar hasta los árboles de pino para que no los vieran los chicos al despertar.

Acostados en un suave colchón de agujas de pino, con el fuerte aroma de los árboles y el sonido de las olas a su alrededor, sus besos y su deseo se volvían cada vez más apremiantes. A diario, Tom pasaba sus manos con mayor libertad sobre su cuerpo por encima del vestido de verano, sobre sus pezones endurecidos y sus nalgas redondeadas y, al paso del tiempo, por el espacio entre sus piernas. Y ella se aferraba a él, jadeante y deseosa de más.

Cada noche, Tom despertaba presa de sus pesadillas y Lucy entraba para tranquilizarlo, sentía el calor de su cuerpo a lo largo del suyo a través del delgado camisón; las lágrimas de su amado empapaban su garganta y su pecho. Y cada noche se hacía más difícil alejarse de su cama.

19

Apenas una semana después de la llegada de Tom, el campamento entero despertó por el rugido de los aviones enemigos que pasaban sobre ellos. Los niños que se encontraban en las tiendas de campaña empezaron a gritar y los que se encontraban dentro de la villa pronto acompañaron su pánico. Fue la primera vez que los aviones se acercaban tanto. Lucy tomó su megáfono, pidió silencio a gritos y les indicó a todos los pequeños que bajaran al sótano. Se dio cuenta de que Tom no había salido de su habitación, pero tuvo que asegurarse de que los chicos estuvieran a salvo antes de tratar de encontrarlo. ¿Por qué no la estaba ayudando?, pensó con enojo.

Cuando estuvo segura de que todos los niños a su cargo estaban en el sótano, corrió a la habitación de Tom y lo encontró agazapado sobre su cama, temblando con tal fuerza que la cama se movía debajo de él. Ahora, parecía que los aviones se estaban alejando, en dirección a Alicante, pero no podía tomar ese riesgo.

—Ven conmigo al sótano —le insistió, pero él sólo sacudía la cabeza.

—No puedo dejar que los niños me vean así —dijo a través del castañeo de sus dientes—. Creen que soy un héroe.

Lucy miró por la ventana y escuchó, a gran distancia, las primeras bombas que caían sobre Alicante y las líneas que trazaba el fuego de los cañones antiaéreos que parecían destrozar el cielo. Era poco probable que los aviones regresaran.

Se subió a la cama junto a él, acariciándole el cabello hasta que dejó de temblar y los sonidos de la noche regresaron a ser el mero chirriar de las cigarras.

Tom ocultó su rostro en la almohada y se negó a hablar, de modo que Lucy le dio un beso en la nuca y se marchó para organizar el regreso de los pequeños del sótano a sus habitaciones.

Todas las noches, como siempre, Salvador llegaba con noticias de la guerra. Se sentaban en la veranda para escuchar la letanía de avances y retrocesos, de frentes de batalla y generales, de los números de hombres que se presumía estaban muertos y de las bombas que habían caído sobre los civiles de Alicante, mientras los aviones de Franco regresaban a su base aérea de Mallorca. Salvador y Tom fumaban y sus rostros se iluminaban de rojo cada que inhalaban.

Una noche, Tom estaba escuchando con la cabeza gacha hasta que, de repente, a mitad de una oración, tomó su muleta, se levantó y se dirigió hasta la playa lo más rápido que pudo.

Salvador pareció horrorizado.

—¿Dije algo mal? ¡Lo siento!

Lucy lo tranquilizó de inmediato antes de salir tras de Tom.

Lo encontró sentado sobre una roca con la cabeza entre las manos. Se sentó junto a él y colocó una de sus manos sobre su pierna para dejarle saber que estaba allí.

Miró las olas, que hacían pequeñas incursiones hacia la costa bajo la luz de la luna y que suspiraban al llegar a la orilla, como siempre lo hacían y como siempre lo harían años después de que ella y Tom ya no estuvieran para verlas. A medida que la luna se elevaba, trazó un camino plateado a lo largo del mar y hasta el horizonte. El sonido habitual de los susurros del mar era tranquilizador y, cuando Tom levantó la cabeza, su voz sonó controlada y ecuánime.

—No debería estar aquí, en medio de toda esta belleza, contigo. No tengo derecho a estar vivo cuando tantos de mis amigos han muerto.

Lucy envolvió un brazo alrededor de su cintura y le acarició el lado del rostro.

—Estás convaleciendo —le dijo en tono razonable.

Tom estiró su pierna herida.

—Estoy empezando a sentir las cosas de nuevo y eso es algo que no te puedes permitir. Estar aquí me está ablandando. Representaré un peligro para todos si me ablando.

Lucy recargó su cabeza contra él y pensó: «Entonces, no regreses. Por favor, no regreses».

Esa noche, después de su pesadilla, no se quedó dormido como siempre, sino que empezó a besarla. Lucy dejó que corriera sus manos por debajo de su camisón y que acariciara su cuerpo desnudo, se apretaba contra él, ardiendo de deseo, hasta que pensó que oyó a Concha en la puerta y se separó de él con fuerza.

—Detente ya.

Ella se deslizó de su cama y Tom se dio la vuelta para después emitir un gemido. Lucy vio la curva de su espalda en la luz de la luna. Tal vez, pensó, habría una manera de mantenerlo alejado del frente.

Algunos días después, llegó una carta de Jamie, la primera en varias semanas.

1 de octubre de 1937

Mi adorada Lucy:

Pienso de manera constante en los días en Ronda y en Córdoba y me pregunto qué pude haber hecho de manera diferente. Entonces, sentí que éramos como dos vertientes que se mezclaban para convertirse en un solo río, que nos comprendíamos por completo y que nada nos era oculto. Y ahora, ¿qué? En tu última carta me contaste que tienes a Tom contigo en la villa. Sé que lo que quieres es que nos reconciliemos, pero me hace sentir más que celoso pensar que él te ve a diario cuando yo no puedo hacerlo.

Te imagino sobre la playa, rodeada de niños, mientras tu cabello se mece con el viento y me siento vacío y añoro estar allí. Me imagino a Tom, comiendo contigo, haciéndote reír y otras cosas más que no me atrevo a pronunciar porque él siempre te amó también y quizá te gane con palabras dulces susurradas durante el ocaso. O tal vez no con palabras dulces, sino con algo por completo más Tomesco, más físico. Te ruego que no hagas nada sólo por complacerlo. Si yo te traté demasiado como una madonna, él no dudaría en convertirte en su Magdalena. Y punto. Está dicho. Y si te mando esto verás mi corazón completo abierto ante ti como si estuviera hecho de vidrio. Y es posible que me odies por pensar tan poco de ti que pudiera pensar que permitirías que Tom te sedujera.

Las confesiones parecen sencillas en papel, de modo que te diré que me está matando vivo que no aproveché la ventaja que tuve en el momento y que ahora pueda ser demasiado tarde. Creo que hubieras podido ser mía esa noche en Córdoba, cuando nos sentimos tan cerca que éramos como una extensión del otro. ¿Me lo estoy imaginando? ¿Me estoy engañando? ¿Debí liberarte de tu promesa de que no te casarías con nadie hasta que regresáramos a Inglaterra? Creo que eso me rompería el corazón.

Quizá te sirva saber que plantaste la semilla de la duda y que, mientras viajo de aquí a allá, noto que no hay nadie en absoluto que diga que no está más que feliz con el nuevo régimen. Hasta en el paraíso no faltaría quien se quejara de que las flores le parecieran demasiado vivas de color o que la leche y la miel fueran demasiado empalagosas, de modo que sí me parece extraño. Y no parece haber nadie que esté dispuesto a admitir que la República pudiera haber tenido algunas ideas positivas. ¿Qué pasó con todos los que apoyaban a la República? Después de todo, ascendieron al poder gracias a la mayoría democrática que los eligió. Sé que por allá tienes incontables refugiados pero, ¿acaso es posible que todos los republicanos se hayan marchado?

Recuerdo ese día que fuimos a El rincón del orador en Londres y que vimos a todos esos locos parados sobre cajas y gritando sus ideas, y pienso acerca de los puntos de vista encontrados del Daily Worker y del Daily Mail, y me preocupa la falta de disidencia que hay aquí. Aunque también me pregunto qué sucedería primero: ¿la libertad de culto bajo *un régimen comunista o la educación de los campesinos bajo un régimen fascista? Para mí, la libertad de culto lo es todo.*

Pero voy a viajar más alrededor del país y trataré de acercarme más al frente de Aragón para poder entender más de todo esto, para tratar de ganarme tu amor de nuevo.

Tu eternamente

fiel, Jamie

Lucy se quedó sentada con la carta sobre su regazo y quiso llorar porque Jamie tenía razón; esa noche en Córdoba hubiera estado dispuesta a ir a su habitación con él y ahora estaba al borde de hacer lo mismo con Tom. ¿Eso la convertía en alguna especie de chica mala? Sonó la campana que anunciaba la comida y dobló la carta para después guardarla en su maleta al fondo de su guardarropa.

Tom había visto la llegada de la carta con la conocida letra de Jamie y parecía de mal humor cuando se sentaron juntos bajo los pinos a la hora de la siesta.

—Entonces… ¿vas a contarme lo que te dijo?

—Las cartas son privadas —dijo Lucy con seriedad mientras jugueteaba con la orilla de la cobija sobre la que estaban sentados.

—Las de amor son privadas. Apuesto a que fue una carta de amor, ¿verdad?

—Dijo que se estaba dando cuenta de que el régimen fascista no permitía ningún tipo de disentimiento.

Tom lanzó un bufido de desprecio.

—¡No se necesita ser un maldito genio para darse cuenta de algo así!

—Pero sabes cómo se siente acerca de la Iglesia.

—El opio del pueblo —dijo Tom de manera automática. Empezó a recoger piñas de pino y a arrojarlas a la playa hacia una gran piedra que usaba como blanco.

—Su religión lo hace sentir más cerca de su padre.

—Pues yo no recuerdo a «nuestro» padre. Jamie decidió convertirse en su propietario exclusivo desde hace mucho tiempo.

Lucy paseó sus dedos con ligereza por su espalda.

—Tu madre dice que te ves y actúas exactamente como él. Dice que incluso tu voz es parecida a la suya.

Tom arrojó una piña con fuerza y logró pegarle a la piedra.

—¡Eso! Pues qué ironía, ¿no? Casi me da pena Jamie. Todos esos esfuerzos por parecerse a papá y resulta que yo soy el que se le asemeja. Eso debe corroerle las entrañas, y ahora, te tengo a ti también. ¿Ya lo sabe?

—Lo adivinó.

Tom volvió a asestarle un golpe a la piedra.

—Te ama, ¿verdad? Siempre te ha amado.

«¿Y tú?», pensó Lucy. «¿Siempre me has amado? ¿Por qué no puedes decirlo?».

Le contó a Tom un poco acerca de su viaje al sur.

—¿Y entonces qué? —respondió en un tono burlesco—. ¿Fue todo un encuentro de inteligencias?

Lucy empezó a atar y a desatar los hilos de la barba de la cobija y pensó, «algo así».

Tom la jaló hacia sí con brusquedad y empezó a besarla con tal fuerza que sus dientes le lastimaron los labios; después metió su mano por debajo de su falda para abrirle las piernas. Lucy lo alejó de un empujón con tal fiereza que lo hizo caer hacia atrás. Se levantó de un brinco, limpiándose la boca con el dorso de la mano, sus ojos centelleaban de furia.

—¡No vuelvas a hacer algo así jamás!

De inmediato, se mostró apenado, protegiendo sus ojos del sol con una mano para verla, igual que el pequeño Tom cuando lo acababan de regañar.

—Lo siento. Jamás te lastimaría —respiró hondo—. Es sólo que tengo celos. Siempre me he sentido celoso de ustedes dos.

«Y quizá esa sea la máxima admisión de amor que jamás obtenga de Tom», pensó. Empezó a caminar de un lado al otro mientras su enojo desaparecía.

Él empezó a destruir una de las piñas del pino, quitándole las escamas una por una, sin mirarla.

—¿Te pidió que te casaras con él?

—Sí, pero no me voy a casar con nadie hasta que regresemos a Inglaterra.

Esperó un momento, pero Tom no le dijo: «Me quiero casar contigo».

El día que le quitaron los puntos, el sol brillaba, el mar centelleaba como si alguien hubiera arrojado un manojo de diamantes a su interior y Lucy tuvo que fingir que estaba feliz por él, aunque eso representaba que estaba más cercano el día cuando quizá lo perdería para siempre. El médico dijo que sus ligamentos se habían dañado y que cojearía durante algún tiempo; tal vez de por vida. Le recomendó que nadara mucho y que hiciera ejercicios. Tom preguntó cuándo podría regresar al frente. El médico levantó la cabeza y vio la miseria en el rostro de Lucy.

—El día en que pueda correr más rápido que una bala —le respondió.

Tom emitió una risa amarga, carente de toda gracia.

—No sirvo para nada más —dijo—. No sirvo para la vida normal.

La desesperación embargó a Lucy y el brillo del sol pareció burlarse de ella.

Tom empezó a dedicarse a recomponer su cuerpo; nadaba varias veces al día y cada vez se adentraba más lejos, mientras Lucy lo miraba. ¿Qué pasaría si le daba un calambre? ¿Estaba desafiando a la muerte para que se lo llevara? Mientras miraba cómo se alejaba su oscura cabeza y cómo se hacía cada vez más pequeña en las ondulantes olas, era como si estuviera ensayando su partida y apenas lograba respirar hasta que veía que se daba la vuelta para regresar poco a poco hasta ella. La anticipación de su partida era como una enfermedad estomacal que le impedía comer algo más que algunos bocados en la comida y cuando ella alejaba el plato, Tom se lo acercaba para acabarse su porción con voracidad.

—¿Qué no tienes apetito, Luce? —le preguntaba.

—Es sólo que no tengo mucha hambre —suspiraba ella.

—Juan es un genio. Le voy a pedir que me enseñe a hacer esta salsa y podré darle la receta al cocinero de la compañía.

Ante su determinación de regresar al batallón, un enorme cansancio se apoderó de Lucy. Tom era igual de malo que Jamie en cuanto a su absoluta inflexibilidad. Se obligó a concentrarse en lo que estaba diciendo.

—Y estaba pensando que quizá Juan pudiera conseguir un barco para enseñarles a los chicos mayores a navegar.

Un pequeño asomo de esperanza se avivó en su interior. Si pudiera representar una parte más activa en la vida de la villa, si no por ella, tal vez se quedaría por los niños.

—Serías maravilloso para eso.

—Otra cosa que tengo que agradecerle a tu padre —dijo con cierta tristeza—. Por enseñarnos a navegar.

—Por enseñarles a ustedes, a navegar, no a mí —señaló Lucy con cierta fuerza.

—No, tú no estabas —dijo al tiempo que sacudía la cabeza, incrédulo.

La intensa decepción de ese primer fin de semana de navegación regresó a Lucy. Ella tenía ocho años cuando su padre anunció su intención por llevarse a los chicos. Lucy se detuvo con el pan a mitad de camino hacia su boca. Sin duda se estaba refiriendo a todos los niños, ¿o solamente a los muchachos?

—¿Y yo? —preguntó.

—No, no —respondió felizmente el capitán Nicholson mientras revolvía su té—. Pensé que tendríamos un fin de semana para nosotros los muchachos, para los hombres. Iremos a acampar. Sería demasiado rudo para ti.

Había dejado caer sus cubiertos para después salir corriendo del comedor mientras escuchaba a su padre exclamar: «¿Y ahora qué mosco le picó?», y subió furiosa por las escaleras para arrojarse sobre su cama en una violenta tormenta de llanto.

Ese día al fin aceptó que, sin importar lo mucho que tratara de agradar a su padre, jamás la querría como ella necesitaba que lo hiciera. De modo que la labor de su vida se volvió agradar a todos los demás que estaban a su alrededor; hacer que sus maestros la admiraran, que sus amigas eligieran estar con ella antes que con nadie más, que Tom y Jamie la adoraran. Y ahora únicamente le quedaba una forma de complacer a Tom.

Era evidente que la mente de Tom seguía reflexionando acerca de su propia relación con el padre de Lucy.

—¿Sabes lo último que me dijo antes de que me marchara?

Lucy recogió los platos restantes y Tom la siguió mientras se dirigía a la cocina con ellos.

—Pensé que me daría algún consejo útil para calcular el rango de la artillería enemiga o formas de mirar sobre el parapeto de una trinchera, pero el último consejo del viejo soldado fue: «Jamás te cases con una chica sólo porque te diga que está embarazada». Le prometí que no lo haría.

Lucy se preguntó si ésa era la razón por la que su padre se casó con su madre. Siempre supuso que ella le desagradaba por causar la muerte de su madre, pero tal vez jamás la quiso. Supo que jamás podría preguntárselo.

Los siguientes días habrían sido los más felices de la vida de Lucy de no ser porque vivía con el constante conocimiento de que podrían ser los últimos que pasarían juntos. Si tan sólo fuera posible vivir del todo en el presente y no arruinar el ahora con temores de lo que pronto podría suceder. Pero la idea de que se fuera colgaba sobre las soleadas y divertidas horas que pasaban mientras Tom se dedicaba de lleno a las lecciones de navegación y de natación, a los partidos de *cricket* y al entrenamiento físico. Los niños lo adoraban por su entusiasmo, energía y risas, y porque era uno de los héroes de las Brigadas Internacionales, llegado de ultramar para convertirse en salvador de la bendita República, con una impresionante cicatriz roja que corría a lo largo de su pierna. Lucy experimentaba cantidades iguales de dicha y de dolor al verlos con él y escuchar sus gritos de júbilo, mientras los arrojaba al aire o corría con ellos por la playa con su nueva y dispareja manera de correr.

A solas con ella, era más tierno y gentil; colocaba su cabeza sobre su regazo y dejaba que le acariciara el cabello o miraba su rostro con atención mientras ella le frotaba la cicatriz con una pomada sanadora o le colocaba aceite de limón en los piquetes de mosquito. El humo de su cigarro se elevaba en el aire con lentitud y había veces que formaba círculos que observaban mientras flotaban hasta las copas de los árboles antes de desaparecer.

Sus pesadillas empezaron a disminuir y había ocasiones en que Lucy se despertaba después de pasar la noche entera en su propia cama con Concha. Le daba gusto que estuviera durmiendo mejor, pero tristeza de que la necesitara menos, además de que extrañaba con desesperación la sensación de su cuerpo musculoso contra el suyo.

Empezó a parecer que se estaba adaptando, que se volvía parte de la comunidad, y Lucy estuvo a punto de convencerse de que jamás se iría hasta una tarde cuando descansaban debajo de los pinos. Tom la había besado y acariciado casi hasta la desesperación, por lo que se apartó de él como si fuera la orilla de un precipicio; ahora estaba recostada sobre su brazo, alejando a las moscas.

—Mañana viene el camión que trae las provisiones, ¿no es así?

Escuchó cómo parecía quebrarse un poco su voz y supo lo que iba a decirle incluso antes de que formara las palabras.

—Entonces… voy a aprovechar para regresar a Valencia con ellos y de allí reunirme con mi brigada.

Lucy dejó escapar una exclamación.

—¡No! ¿Tienes que hacerlo?

—Sabías que lo haría. Mis camaradas me necesitan.

Lucy se dio vuelta para recargarse sobre uno de sus codos y lo miró llena de tristeza.

—Pero te necesito. Los niños te necesitan. Por favor no te vayas.

No pudo verla a los ojos y desvió la mirada hasta el dosel de pinos sobre su cabeza.

—Te las arreglarás. Eso es lo que haces, Luce. Siempre lo has hecho. Pero siento que estoy traicionando a todos los que murieron si no regreso y trato de terminar lo que empezamos juntos.

Lucy se incorporó y puso sus brazos alrededor de sus rodillas, sus uñas se enterraban en sus palmas.

—Te van a matar.

Tom se incorporó junto a ella.

—Es muy posible. Las probabilidades no me favorecen.

Lucy se sintió presa de la angustia.

—¿Qué no quieres vivir? ¿No quieres estar conmigo?

Tom se levantó de un brinco.

—No me lo hagas más difícil, Luce. Claro que quiero vivir y estar contigo y hacerte el amor a diario.

La tomó de la mano y la ayudó a ponerse de pie junto a él, sus ojos estaban casi negros de la desesperación.

—Pero ésta es mi última noche aquí. —Colocó una de sus manos con cuidado sobre su seno y las rodillas de Lucy casi no pudieron sostenerla por la fuerza de su deseo—. De modo que ¿lo harás? ¿Esta noche? Quiero saber cómo es antes de morir.

Lucy quería gritar de la angustia que estaba sintiendo, pero respiró hondo y dio un paso atrás.

—Eso es chantaje.

Tom levantó su rostro sosteniéndola de la barbilla y la besó hasta que la dejó sin aliento.

—Sabes que tú también lo deseas. Y cuando la guerra termine puedes casarte con Jamie y tener cuatro hijitos católicos perfectos y olvidarte de mí.

—No quiero casarme con Jamie y nunca jamás podría olvidarme de ti.

—¿Entonces me estás diciendo que no? —Parecía tan triste, tan lleno de desesperación que no podía tolerarlo. ¿Era ésa la mirada que estaba destinada a recordar por siempre? Tal vez si hacían el amor y todo era maravilloso, no sería capaz de abandonarla. ¿Acaso no valía la pena?

—Es un quizá.

La noche pareció eterna, la cena, la hora de los cuentos para los pequeños y las conversaciones y lecturas para los niños mayores, hasta que al fin, uno por uno, cada quien empezó a bostezar y a irse a la cama. Tom se levantó antes que Lucy y le lanzó una mirada de súplica, además de llevarse media botella de vino bajo el brazo. Lucy se desvistió como siempre, pero la atravesó una sensación de anticipación nerviosa y empezó a tocar su propio cuerpo como si se estuviera despidiendo de su control sobre el mismo o como si estuviera diciéndole qué esperar.

Concha estaba dormida pero inquieta, y Lucy se acostó junto a ella a esperar que todos los sonidos y pisadas de la casa se apaciguaran. Al fin, todo quedó en silencio y Concha quedó en un sueño profundo. Lucy se bajó de la cama y sacó el frasco de mermelada de uno de los cajones de su ropero. Después caminó a la puerta y la cerró.

Fue al baño e introdujo la esponja con vinagre lo más lejos que pudo, donde Tom no tardaría en estar, y la idea fue tanto emocionante como desconcertante.

Después, caminó con sigilo a la habitación de Tom, que estaba despierto y esperándola. Abrió los brazos, pero ella sacudió la cabeza.

—Aquí no. Allá, junto al mar. Los mosquitos no son tan fieros. Trae una cobija y no hagas ruido.

Lucy lo llevó de la mano a través de los pinos, más allá de las palmeras y a la izquierda sobre la playa, donde no podrían verlos desde la casa. La luna menguaba y miles de estrellas brillaban sobre ellos. El mar era de un color azul profundo y reflejaba la luz de las alturas mientras acariciaba la costa con suavidad. Una leve brisa llevaba hasta ellos el aroma fresco y verde del mar. No podía ser una noche más perfecta.

Al fin, se detuvo. Podía sentir un hilillo de vinagre que corría por el interior de su pierna y eso le recordó la razón por la que se encontraban en este lugar. «Ahora o nunca», se dijo a sí misma.

—Aquí. Podemos usar estas piedras para detener la orilla de la cobija.

La colocaron con cuidado y Tom tomó un trago de la botella de vino antes de pasársela a ella. Lucy, agradecida, tomó un gran trago para sentir que la inundaba su calidez. Entonces, Tom volteó hacia ella, le tomó ambas manos y las abrió frente a él.

—¿Me dejarías mirarte? —le pidió—. ¿Por favor?

Sería de lo más extraño que su antiguo compañero de juegos la viera desnuda, pero alejó el pensamiento y asintió de manera casi imperceptible.

Tom se acercó y subió la orilla de su camisón, se lo quitó por encima de la cabeza arrugándolo. Ella lo tomó y lo colocó debajo de una piedra para que no se volara. Al enderezarse, cubrió sus senos con uno de sus brazos y su entrepierna con la otra mano. Tom tomó sus muñecas con gentileza y las colocó a sus lados, para después acomodarla a fin de que la luna iluminara su cuerpo, ante lo que dejó escapar un suspiro. Sus ojos se pasearon de arriba a abajo, como si quisiera memorizar cada curva y recoveco.

—¿Podrías voltearte? —le pidió con voz ronca, de modo que Lucy se dio la vuelta lentamente, como si estuviera presumiéndole algún vestido nuevo mientras miraba la luz de la luna sobre el mar y, después, levantó sus brazos meciéndose un poco, como si fuera una sirena bailando al ritmo de las olas.

Tom dio un paso para colocarse detrás de ella y sostuvo sus senos en las palmas de sus manos antes de besar su nuca, lo que la llenó de un deseo electrizante que corrió a lo largo de su cuerpo y la atravesó completa. Se dio vuelta en sus brazos y empezó a besarlo con urgencia mientras él terminaba de desvestirse y la llevaba hasta la cobija.

Su respiración superficial y veloz, y el vino que había bebido con rapidez, la estaban haciendo sentir algo intoxicada, mientras Tom la recostaba de espaldas al tiempo que besaba sus senos y sus labios, se acomodaba sobre ella y separaba sus rodillas. Empujó sus dedos en su interior y después la volvió a besar mientras se acomodaba. Lucy lo deseaba con una fuerza descomunal; supo que sería ahora, y se abrió para darle paso, deleitándose en esta unión tan completa.

Al principio, Tom empezó a moverse con lentitud, como si quisiera enviar olas de sensación cada vez más profundas por todo su interior. Estaba mirándola e, incluso en la oscuridad, Lucy podía ver su sonrisa de absoluto deleite y sintió dicha de estarlo complaciendo tanto. Pero entonces algo cambió y Tom cerró los ojos antes de empezar a arremeter contra ella como si solamente se tratara de su propia gratificación brutal. El cuerpo de Lucy se congeló y su mente pareció separarse de ella y quedarse parada junto a los dos, mirando esta cosa que le estaba haciendo a ella, no con ella, con más y más fuerza cada vez. «Esto no es hacer el amor», pensó. «Esto es coger». Había escuchado la palabra, pero jamás la había utilizado... hasta ahora. Tom volvió a lanzarse a su interior con un grito apagado y después se dejó caer sobre ella con la totalidad sofocante del peso de su cuerpo.

Lucy estaba temblando de rabia. ¿Cómo se atrevía a hacerle esto? Siempre fue tan egoísta. Todo tenía que ver solamente con él. Lo empujó de encima para poder respirar.

Tom respiró a profundidad y se dejó caer de espaldas junto a ella.

—¡Vaya! —dijo con enorme satisfacción—. ¡Vaya, vaya, vaya!

Lucy volteó su rostro a un lado, demasiado furiosa como para hablar.

Tom se levantó sobre un codo para mirarla y colocó una de sus manos sobre su seno como si fuera de su propiedad. Lucy alejó su mano con desprecio.

—¡La buenaza de Luce! —Y, entonces, adivinando la conocida sensación de su desaprobación, continuó—. ¿Te lastimé?

Lucy se esforzó por controlar su furia y por morderse la lengua antes de pronunciar las cáusticas palabras que se merecía. Ésta no había sido la experiencia amorosa y romántica que había esperado, pero quizá todavía sirviera a su propósito de evitar que regresara al frente para que lo mataran si tan sólo lograba decir lo correcto. Algo dudosa, sacudió la cabeza.

—No mucho; es sólo que no sabía qué esperar.

Y ahora, Tom se estaba disculpando, pero no por el acto en sí.

—Mi intención era, ya sabes, salirme antes, pero fuiste demasiado para mí. —Recorrió su mano por el costado de la muchacha—. Aunque, no creo que sea posible que te embaraces la primera vez, ¿o sí?

Se obligó a mantener su voz firme y fingió que todo estaba bien mientras le explicaba acerca de Margarita y de la esponja. Tom se rio al pensar en lo que Jamie el católico pensaría de sus precauciones y volvió a repetir: «La buenaza de Luce».

Lucy estaba experimentando una pulsante incomodidad entre sus piernas. Tom no tenía idea de cómo se sentía y quizá ni siquiera le importara. Tal vez para él jamás había sido algo más que lujuria. Se preguntó si hubiera sido diferente con Jamie; ¿más considerado, más gentil, más amoroso? ¿O acaso todos los hombres eran iguales en ese sentido? Pero no podía pensar en eso. Había hecho su elección y ahora tenía que jugar su última carta.

—Si te quedaras, podríamos hacerlo todas las noches.

Tom se dejó caer de vuelta sobre la cobija, prendió un cigarro e inhaló a profundidad. La punta del cigarro ardía roja y Lucy contó tres olas que llegaron a la playa antes de que le respondiera, con una voz tan baja que apenas y lo pudo escuchar.

—No me pidas eso; sabes que no lo puedo hacer.

Se quedaron acostados por largo tiempo, mirando las miles de estrellas, y una brisa otoñal salió del mar e hizo temblar el cuerpo de Lucy, como anunciándole la magnitud de la miseria que la esperaba. Se incorporó y buscó su camisón para ponérselo por encima de la cabeza.

La mente de Tom estaba corriendo por otro camino, otra vez de lo más satisfecho consigo mismo.

—Me has convertido en hombre, Luce, y yo te convertí en mujer.

«Qué poco sabe», pensó Lucy. «Copular así no es lo que lo que me transformó en mujer. Yo me convertí en mujer el día que regresé por Jorge en medio de un ataque aéreo y corrí al refugio con él en brazos».

—Ahora puedo morir tranquilo.

—Hubiera preferido que pensaras en ello a diario si tan sólo sirviera para mantenerte con vida —respondió Lucy con cortedad.

Tom tomó su rostro entre sus manos.

—Pensaré en ello a diario, Luce, y en ti. Pensaré en ti y haré todo lo posible por regresar con vida si puedo.

Doblaron la cobija y empezaron a caminar de vuelta a la villa.

Lucy sintió cómo el frío se extendía por su columna y se asentaba a profundidad en su interior. De modo que todo se había acabado. Tom iba a largarse para conseguir que lo mataran y no había nada más que pudiera hacer para salvarlo.

20

De alguna manera, por pura fuerza de voluntad, Lucy logró contener sus lágrimas cuando Tom se marchó, vestido de nuevo con su áspero uniforme café del Ejército Popular. Quería que su último recuerdo fuera de ella sonriente mientas agitaba el brazo en señal de despedida. Pero una vez que el camión atravesó la reja de la propiedad y se acabaran las oportunidades para que cambiara de parecer, regresó corriendo a su habitación y empezó a sollozar. Después de un tiempo, Concha se deslizó al interior de la habitación para sentarse junto a ella, y le acarició el cabello hasta que pudo recuperarse un poco. Entonces, Lucy tomó a Concha entre sus brazos y las dos empezaron a llorar de nuevo por todo lo que habían perdido en la vida.

Aunque apenas eran los primeros días de octubre en la mente de Lucy el invierno ya había comenzado. Claro que octubre en Benidorm apenas y era otoñal según los estándares ingleses, pero el frío se había colado en su interior y rodeaba su corazón. Cada vez que pensaba en Tom, bajaba una especie de cortina dentro de su mente y pensaba en algo más, en algo pequeño, inconsecuente, menos personal: en qué niño necesitaba zapatos nuevos; si habría jitomates suficientes en el mercado esta semana; la mejor manera de enseñar las tablas de multiplicar. Juan el pescador era el único que la comprendía y por las noches se sentaba con ella y con Concha en la veranda, cada uno rodeado de sus propios fantasmas. Y una vez, cuando alguno de los muchachos estaba elogiando la valentía de Tom, escuchó que Juan le respondía:

—Es un jovencito muy estúpido. Haber desperdiciado tanto…
—Y ya de camino a la villa, terminó por mascullar—: No se la merece.

Juanita y Alfonso regresaron de Murcia con la orgullosa noticia de que estaban casados. Organizaron una fiesta para celebrarlos y Lucy le obsequió a Juanita una esponja con vinagre. Cuando salió a la luz que el sonido de sus noches de amor podía escucharse por toda la villa, Lucy les sugirió que se mudaran a un departamentito arriba de la cochera. Pronto salió la noticia de que Pepe se había mudado con ellos y declaró que eran su familia.

Lucy decidió que ya era hora de que Alfonso desarrollara todavía más sus talentos artísticos, de modo que, para ayudarlo, fue a visitar a un respetado artista de Benidorm y llevó algunas muestras de su trabajo. El artista tomó un largo tiempo analizando los dibujos y pinturas.

—Es bueno, pero necesita capacitarse.

Lucy le brindó una de sus sonrisas más beatíficas, ésa que pocos hombres podían resistir.

—Pero ¿dónde podría encontrar algo así en Benidorm? No tiene dinero el pobre.

El pecho del artista se hinchó.

—Sería un honor hacerme cargo del muchacho, señorita. Mándemelo.

Cuando se lo dijo a Alfonso, le tomó la mano con tal fuerza que pensó que iba a rompérsela. Tenía lágrimas en sus ojos.

—Sería mi sueño hecho realidad.

De modo que una vez por semana, caminaba hasta el pueblo y regresaba a casa lleno de libros de arte y materiales diversos. Parecía que el artista casi lo había adoptado. Lucy lo liberó de algunas de sus obligaciones en el campamento y el cuarto de arriba de la cochera se convirtió en su estudio, así como en su hogar.

Concha también estaba creciendo y se hacía más independiente. Tan pronto como comenzó a hablar, Lucy le preguntó su verdadero nombre, pero Concha pareció atribulada.

—Me pusieron Ernestina, pero siempre me dijeron Conejito.

A Lucy se le hizo un nudo en la garganta al pensar en la amorosa familia que había llamado Conejito a Concha. Trató de controlar el temblor de su voz.

—¿Quieres que te digamos Ernestina de ahora en adelante?

Concha sacudió la cabeza con vehemencia y frunció el ceño.

—Odio ese nombre. Soy Concha y vivo con Lucy.

Ahora que Concha hablaba de manera constante en su voz baja y algo ronca, los demás niños la aceptaron de lleno como una de los suyos. Era un gozo verla jugar con ellos, cantar con ellos y, a veces, pelear con ellos. Lucy logró convencer a Concha de que dejara de dormir con ella y que lo hiciera en una pequeña camita junto a la suya, aunque extrañaba el consuelo que le ofrecía el pequeño y cálido cuerpecito. Ahora sabía que se llevaría a Concha a donde fuera. El amor incondicional de un niño era un don precioso y jamás podría defraudarla. Se preguntó si alguna vez había amado a su padre con la misma fidelidad ciega que Concha le brindaba.

A finales de octubre, Margarita le escribió con noticias sorprendentes.

Mi muy querida amiga:

Debo contarte algo increíble.

Una noche, la cuáquera danesa, Elise Thomsen, llegó a nuestro nuevo cuartel general en el Hogar Luis Vives, y parecía muy atribulada. Cuando le pregunté qué le sucedía, me contó que una de las madres que tenía registrada en su comedor estaba terriblemente enferma y que sin duda moriría al cabo de algunos días.

—Tiene una bebita, Dorotea, de apenas dos meses de edad —dijo Elise—. Es la bebita más dulce que jamás hayas visto. Ya empieza a

sonreír, como si el destino no estuviera a punto de darle un golpe tan duro.

Le pregunté si su padre estaba con vida y Elise me contó que lo habían matado en Brunete.

—Será muy triste ver a la bebita ir al orfelinato —dijo—. Lleva trayéndola al comedor a diario desde que nació y todo el mundo la adora.

Sus palabras me estrujaron el corazón. Puedo decirte, querida Lucy, sin que pienses que me volví loca, que fue como si mi pequeño malogrado me estuviera hablando para decirme que tenía que ayudar a esa bebita. Casi no pude esperar hasta la noche para hablar con Domingo. Al principio, se mostró renuente, pero cuando vio mi emoción me dijo que si me haría feliz, podía cuidar de la pequeña un tiempo mientras la madre se encontraba en el hospital. Es posible que no le haya comentado lo enferma que se encontraba la pobre mujer.

De modo que, a la mañana siguiente, Elise me llevó a ver a la mujer. Perdía y recuperaba la conciencia a ratos. Las enfermeras trataban de cuidar a la bebé, que lloraba sin cesar y tenía el rostro rojísimo, casi de seguro por hambre, pero cuando la tomé entre mis brazos se tranquilizó de inmediato y se quedó dormida. Tuve la abrumadora sensación de que estaba donde debía estar y que tenía la aprobación de mi propio niño.

La mamá despertó y me vio sosteniendo a la chiquilla, estiró una mano para acariciar la mejilla de la bebita con un dedo. Después, me miró directo a los ojos y me dijo: «Cuide a mi niña».

Yo asentí, pero ella insistió. «Prométamelo».

De modo que se lo prometí. Sin preguntárselo a Domingo, se lo prometí. Los médicos llegaron para revisar a la mujer y yo me alejé con la bebé Dorotea en mis brazos. De vuelta al Hogar Luis Vives, me detuve en el camino y compré un biberón y un vestidito, ya que el que traía estaba sucio. En casa, saqué los pañales y cositas tejidas que ya había reunido para nuestro hijo y llevé a la bebé a la oficina de Domingo, para enseñársela. Estaba de lo más ocupado, por supuesto, pero me dio un beso en la cabeza y me dijo que podía cuidarla si no me entristecía demasiado tener que regresarla.

No teníamos una cuna, de modo que vacié un cajón, lo forré con algunas cobijitas y lo coloqué junto a nuestra cama. Cuando la escuché llorar por la noche, salí del cuarto en silencio para no despertar a Domingo y la llevé hasta la cocina para calentarle algo de leche. Empezó a llorar con desesperación y cuando le puse el chupón del biberón en la boca, lo escupió y siguió llorando al tiempo que buscaba algo más. De modo que me abrí el camisón y la pequeña se aferró a mi pezón de inmediato con su boquita, sin dudarlo siquiera, aunque, claro está, no tenía leche. Logré meter el chupón de la botella dentro de su boquita de manera que estaba bebiendo de la botella al tiempo que se amamantaba de mí y empecé a sentir un cosquilleo en el pecho. Después de unos minutos, soltó el pezón, de manera que la coloqué del otro lado y, de nuevo, empezó a mamar del chupón y de mi pezón al mismo tiempo. Otra vez volví a sentir ese extraño cosquilleo, como cuando mis pechos soltaban leche después de que muriera nuestro pequeñito. Las lágrimas empezaron a correr por mi rostro.

Cada que pedía leche, le daba la botella pero también la dejaba que amamantara de mi pecho y, al cabo de algunos días, empecé a producir leche para ella; no mucha, al principio, pero más y más a diario. Cada vez que amamantaba, más producía.

Lo mantuve en secreto y me pregunté al respecto en mi corazón. De todas maneras, después de que llevaba cerca de una semana con nosotros, empezó a llorar muy temprano por la mañana y simplemente la subí a la cama y, sin pensarlo, me abrí el camisón.

Después de un momento, sentí que Domingo estaba despierto. Se incorporó en la cama y me miró.

—¿Qué estás haciendo? —me preguntó, como si no fuera evidente.

—Es como un milagro —le dije—. Tengo leche para alimentar a la bebé.

Se pasó la mano sobre la cara, para nada tranquilo.

—No es tu bebé —me dijo muy serio.

—Lo sé —le respondí—. Sé que no es nuestro hijo, pero es un bebé hambriento y tengo la leche para darle de comer. ¿Acaso quieres que se la niegue?

Parecía dudoso y preocupado, pero se vistió y se marchó al trabajo. Yo me quedé con la chiquita; me aprendía los contornos de su rostro y dejaba que sus manecitas se aferraran a mis dedos como si jamás quisieran soltarlos.

Más tarde, ese mismo día, Elise vino a decirnos que la mamá de la bebé había muerto y Domingo parecía muy desconcertado. Elise nos dejó a solas y yo le dije: «¿No crees que pueda ser el destino? Dios se llevó a nuestro bebé, ¡pero nos dio a esta pequeñita!».

—Sabías que la madre iba a morir —me respondió, y yo le tuve que admitir que sabía que estaba muy grave.

Me levanté y coloqué a la bebita entre sus brazos; miró sus oscuras pestañas contra la blancura de su piel, los párpados casi transparentes con sus venitas azules y, de repente, ella abrió sus ojazos y lo vio directamente, como si quisiera encontrar alguna respuesta en su rostro.

Volteó a verme con una terrible mirada de desesperación.

—No sé qué decir.

—Di que sí —le contesté—. Dime que podemos cuidar de esta bebita. Necesita nuestro amor.

El rostro de Domingo se atribuló.

—Hay muchos niños que necesitan nuestro amor.

—Pero ella está aquí.

—¿Te hará feliz? —me preguntó, a lo que asentí.

—Entonces quédate con el bebé, por lo menos hasta que averigüemos si no tiene más familia.

Entonces lo besé, con todo y la niña entre mis brazos.

—Es que has estado tan triste desde… —dijo.

—Jamás olvidaré a nuestro hijo —le respondí.

Así que, Lucy, ahora tengo una hijita. Se llama Dorotea, que significa regalo de Dios. Es la cosa más bella de este mundo y también la *mejor portada. Sólo llora cuando tiene hambre o cuando necesita que la cambie. Todo el mundo la adora; yo la adoro. Fue cierto lo que le dije a Domingo: jamás olvidaré a nuestro hijo, pero mi amor por esta cosita ha llenado parte del terrible hueco que había en mi interior.*

Espero que vengas a la conferencia en diciembre y que te quedes con nosotros para que la conozcas. Di que lo harás.

Tu amiga,

Margarita.

Lucy le escribió de inmediato y le dijo que claro que iría en diciembre. No parecía tan lejos en el futuro.

Las hojas empezaron a caerse, las noches se hicieron más frescas y llegaron todavía más cartas. Margarita volvió a escribirle acerca de lo mucho que adoraba a esta bebita milagrosa y las cartas desde Gran Bretaña enteraron a Lucy de las nuevas habilidades culinarias del capitán Nicholson y de la vida de la señora Murray en Lanarkshire, pero jamás llegó la carta que más temía recibir, esa que le anunciaba la muerte de Tom en batalla. De vez en cuando le llegaban breves cartas escritas en su estilo de siempre desde el frente de Aragón; le contaba acerca de la incomodidad de las trincheras, de las noches heladas y los días lluviosos, del aburrimiento y del terror. A lo largo de los mismos meses, las cartas semanales de Jamie llegaban desde diferentes puntos de España mientras seguía el rastro de las victorias de Franco, pero al inicio de diciembre le anunció que él también estaría yendo al frente de Aragón «para ver por mí mismo lo que está sucediendo de veras». Afirmó que estaba en busca de la verdad, pero Lucy pensaba que estaba igual de ciego que siempre. En sus cartas, tanto Jamie como Tom juraban estar pensando en ella, aunque a ninguno de los dos les importaba lo suficiente como para irse de España y liberar la helada banda que le apretaba el corazón.

A mediados de diciembre, Lucy viajó hasta Barcelona para la conferencia de trabajadores de ayuda humanitaria de toda España. Fue con la Amiga estadounidense, Esther Farquar, y durante la larga travesía en tren, Esther le contó a Lucy que ahora estaba a cargo de los hospitales ingleses en Almería, Alicante y Murcia, así como de los refugios nocturnos como Pablo Iglesias. Parecía extenuada. En Murcia, estaba trabajando con las autoridades locales para llevarles desayuno a cuatro mil escolares a diario.

—Empezamos a trabajar con la mezcla de la leche a las seis y media de la mañana, tengo a un equipo de ocho mujeres que sudan y se esfuerzan sobre los enormes peroles calientes. —Ella misma pareció quedar en absoluto asombro por lo que dijo a continuación—. Tenemos que preparar mil litros diarios. Eso es más de doscientos galones... a diario... ¡Imagínate eso!

Le comentó que habían iniciado un programa de desayunos gratuitos en muchas escuelas y después se rio.

—¡No puedo decirte lo mucho que ha mejorado la asistencia a las escuelas!

Lucy se sintió encantada al enterarse de que ciento siete niñas y mujeres ahora participaban en los talleres de costura que ella inició. Los manteles bordados y las muñecas que hacían se enviaban a Inglaterra y a Estados Unidos para su venta. Esther le dijo que los talleres contaban con espacios dedicados para clubes vespertinos y de fin de semana, donde se enseñaba a las mujeres a leer y escribir, y podían divertirse con juegos de mesa. La idea se había ampliado a diez pueblos más y las autoridades locales prometieron mantenerlos abiertos de manera permanente. A Lucy le pareció increíble que una simple idea suya pudiera hacerse tan grande como un roble nacido de una bellota.

Tan pronto como llegaron a la estación de Barcelona, Lucy pudo ver lo mucho que todo había cambiado. Ella y Esther tuvieron que abrirse paso con dificultad entre las hordas de refugiados que abarrotaban las calles, mientras que en los restaurantes personas con ropa elegante bebían café y comían pastelitos, al tiempo que en los caminos se mezclaban los pulidos autos de lujo con las carretas y carretones de personas sin hogar. Los puestos de flores a lo largo de La Rambla hacían parecer que todo estaba como siempre, pero el aullido de las sirenas y los apagones afirmaban lo que era verdad; que ésta era una ciudad sitiada.

Los treinta trabajadores de ayuda humanitaria provenientes de nueve diferentes países, que estaban desperdigados por toda la República Española, se habían reunido en Barcelona para la conferencia. Había menonitas pacifistas de Estados Unidos, así como representantes de otros grupos protestantes. En algún sitio de esta superpoblada ciudad, Alfred, Domingo y Margarita habían hallado alojamiento y comida para todos. Lucy sospechaba que Margarita había hecho la mayoría del trabajo y que también se ocupaba de su casa, mientras cuidaba a la bebé Dorotea, atada a sus espaldas como si fuera una campesina. Había garantizado que Lucy se quedara con ellos en el nuevo cuartel de los cuáqueros, el Hogar Luis Vives, una mansión de piedra blanca detrás de rejas de hierro forjado que había pertenecido a la familia Sagnier antes de la guerra, en el suburbio aristocrático de Sarrià, que tenía vista hacia la ciudad. Era el tipo de edificación enorme que pudo haber sido una embajada o una galería de arte antes de la guerra y los cuáqueros le dieron el nombre de un humanista del siglo XVI, Juan Luis Vives.

Fue una verdadera dicha volver a reunirse con Margarita y las dos se abrazaron por largo rato antes de empezar a hablar sin parar con noticias y preguntas. Cuando estuvieron a solas, hablaron acerca del horror del aborto espontáneo de Margarita y de la negra desesperación que pareció volverse parte de su vida desde ese momento, y Lucy pasó horas haciendo ruiditos y admirando a Dorotea, que había regresado a Margarita a sí misma. Lucy sintió cómo la tensión de los últimos meses se drenaba de ella mientras canturreaba suavemente a este bebé que no necesitaba nada de ella. Apapachar a esta criaturita confiada con aroma a leche le hizo sentir que el amor por los hombres era demasiado complicado. Extrañaba a Concha y eso le produjo un pequeño pero agudo dolor.

—Serías una madre maravillosa —dijo Margarita.

—Algún día, quizá —sonrió Lucy.

Margarita la estaba contemplando con gran expectación.

—¿Y entonces? —dijo en tono de broma—. ¿Usaste la esponja?

Lucy jugueteó con los dedos de la bebita mientras le contaba a su amiga todo acerca de la visita a Jamie, de Tom al borde de la muerte y del regreso a la Villa Blanca para su convalecencia.

—Y entonces, ¿él es el indicado?

Las lágrimas empezaron a correr por el rostro de Lucy por primera vez desde la partida de Tom.

—Está decidido a que lo maten. Ama a la causa más de lo que me ama a mí.

Margarita se inclinó por encima del bebé y abrazó a Lucy mientras lloraba.

—La guerra es algo sucio y vil.

La bebita Dorotea, medio aplastada entre las dos, lanzó un aullido de conmiseración y se soltaron, riéndose, para dirigir su atención a la pequeñita.

En la conferencia, Lucy se enteró de que estaban logrando pasar entregas estadounidenses a gran escala, y que a Alfred Jacob y a su equipo se les había dado la tarea de administrar la enorme operación de presupuestos, colonias, comedores, suministros y una flotilla de camiones que daban servicio a todas las agencias de ayuda. Escuchó acerca del trabajo que estaban llevando a cabo consejos citadinos y agencias gubernamentales, así como grupos religiosos del extranjero. Hablaron acerca de aspectos prácticos como dónde conseguir las ollas necesarias con capacidad de más de cincuenta litros y cómo encontrar leña suficiente. Los empaques de madera donde se transportaban la comida y el jabón eran su principal fuente de combustible. Alfred resumió su tarea: «Nuestro trabajo es hacer una labor de paz en medio de la guerra».

El frío se estaba extendiendo a lo largo y ancho del país y todo el mundo empezó a temblar en la sala de conferencias, de techo alto y mosaico, en el Hogar Luis Vives. Su única fuente de calor consistía en dos parrillas eléctricas colocadas de lado y la mayoría de los delegados jamás se quitó el abrigo. Todos acordaron que probablemente sería un inverno de lo más cruento y que la crisis de los refugiados era más urgente que nunca. Un trabajador de ayuda humanitaria proveniente de Estados Unidos habló acerca de su viaje a Oviedo.

—Teníamos cuarenta cobijas que repartir, pero había seiscientos cincuenta y dos niños que las necesitaban. —Pausó un momento para ver a los rostros de quienes lo miraban—. Varios de los pequeñitos que no recibieron cobijas caminaron hasta donde se encontraban tan sólo para tocarlas. Uno de ellos acarició las cobijas antes de salir al frío de la noche.

La cabeza de Margarita se agachó y sus lágrimas empezaron a caer sobre su regazo. Lucy le tomó la mano. El problema era gigantesco y lo que podían hacer era muy, muy poco.

Ahora, todos los comedores de Barcelona estaban a cargo de Elise Thomsen. Llevó a los delegados de la conferencia al comedor Sant Andreu, subvencionado por los cuáqueros noruegos, donde un joven llamado Josep les mostró orgulloso un enorme calentador de acero inoxidable de un metro de altura por un metro de ancho, que tenía un mecanismo para mezclar el agua y la leche en polvo sin dejar grumos. Elise les dijo que hacían mantequilla con cualquier remanente. Lucy admiraba su silencioso buen humor. Era evidente que era pacifista por naturaleza y logró subsanar las rencillas entre los partidarios de la leche condensada y los de la leche en polvo, simplemente dejando que los cuáqueros siguieran usando el polvo y que Save the children usara la condensada. A los ojos de Margarita, era el ángel que la había reunido con su amada Dorotea.

Al final de la conferencia, Margarita le rogó a Lucy que regresara a vivir a Barcelona, pero ella todavía no estaba lista para abandonar la Villa Blanca. No podía esperar a reunirse con Concha en Benidorm.

Al igual que sucedió durante la Gran Guerra, cuando los nombres de poblados y ríos desconocidos como Somme, Ypres y Galípoli estaban en boca de todos, ahora toda España conocía el nombre de Teruel, el centro de las peleas del frente de Aragón. Antes de la Navidad, Tom le informó que se estaban preparando para una importante ofensiva y Lucy le envió un paquete con cigarros, pasta de dientes, navajas de afeitar, chocolate y dulces. Incluso, logró prepararle algo que se asemejaba al tradicional pudín de higos clásico de las Navidades inglesas.

La Navidad vino y se fue, y todos los niños de la Villa Blanca la celebraron con gusto. Mateo organizó una obra donde todo el mundo representó algún papel. Concha hizo de ángel y los ojos de Lucy se llenaron de lágrimas cuando vio a su pequeñita desearles paz en la tierra a todos. Esther Farquar mandó un cargamento de juguetes y ropa de los Amigos estadounidenses, mismo que se abrió con gritos de deleite y discusiones celosas acerca de qué llevarían «los reyes» el 6 de enero. Francesca se encontraba en España por las fiestas decembrinas y fue a celebrar con ellos; le llevó a Concha un par de zapatos rojos de regalo que rehusó quitarse, incluso durante la noche.

Tom le escribió que el intendente Hookey Walker había logrado hacerse con un cerdo de quién sabe dónde y que aparte habían comido nueces y bebido vino.

Cuando el personal de la Villa Blanca le dio la bienvenida a 1938, Lucy rezó por que ése fuera el año en que lograra convencer a Tom y a Jamie de que regresaran a casa. Ocho días más tarde, los periódicos anunciaron que las fuerzas republicanas habían tomado Teruel en una cruenta batalla. Lucy aguantó la respiración, pero no llegó noticia alguna de que cualquiera de los hermanos hubiera resultado muerto.

De una manera u otra, Alfonso se entero de que su cumpleaños era el 11 de enero y organizó a todos los niños para que le hicieran dibujos especiales, además de que Salvador llevó conejos para que Juan les hiciera un delicioso estofado. La señora Murray y su padre se acordaron de escribirle, aunque las cartas no eran lo que ella más deseaba. El único regalo que quería era saber que Tom y Jamie estaban a salvo.

Miró alrededor a sus nuevos amigos y a su nueva familia, todos reunidos en el comedor de la Villa Blanca, y pensó cuánto tiempo había pasado desde su cumpleaños veintiuno en Welwyn. Apenas y había transcurrido un año, pero la chica que era había desaparecido hacía mucho. Alguien nuevo había surgido de la crisálida de la «niña tonta». Alguien resiliente, fuerte y decidida; pero también mucho más triste.

Contempló a los niños, a los ayudantes, a Mateo, a Valentina, a Juan y a Salvador reunidos para cantarle en su cumpleaños y se dio cuenta de que no era la única que había cambiado. El rostro de Concha lucía relajado y sus ojos brillaban mientras aplaudía de gusto; Alfonso tenía el brazo en torno a la cintura de Juanita y estaba viendo el rostro de Lucy de frente, algo a lo que jamás se hubiera atrevido a hacer hacía algunos meses. Emilia, la cocinera, había subido de peso y hasta su querido Juan había perdido su expresión de constante dolor. Si tan sólo Tom estuviera aquí con ella; si tan sólo pudiera saber que estaba vivo. Se preguntó qué les traería el año venidero.

A la larga, llegó una nota de Tom en la que daba algunos de los detalles de la batalla de Teruel y sus pérdidas. No mencionó su cumpleaños, sino que escribió acerca de las batallas que se dieron entre la nieve de medio a un metro de profundidad.

Ahora, el Batallón Inglés es mitad español por la cantidad de ingleses que han muerto. Dormimos hechos pelotas en camiones soviéticos y tratamos

de cavar trincheras en la tierra congelada. Pasamos una noche en un tú-
nel ferroviario, donde el calor de nuestros cuerpos derritió las estalactitas
de hielo, que no dejaron de gotearnos encima la noche entera, empa-
pando nuestras cobijas. Cruzamos montañas sin senderos y peleamos en
medio de tremendas tormentas de nieve. Nuestros tanques se congelan y
se pegan a los caminos. Los bombarderos fascistas nos sobrevuelan pla-
teados contra el azul profundo del cielo en formación perfecta. Tengo el
cabello lleno de escarcha; de verdad. Escarcha. ¿Puedes creerlo?

Estaba vivo. Eso era todo lo que necesitaba saber. El alivio la hizo sentir feliz por unos momentos y empezó a cantarle a la sorprendida Concha, al tiempo que le daba vueltas en un feliz baile, antes de volver a retroceder al interior del centro silencioso y congelado que Tom había dejado atrás.

Los días de invierno llegaron y se fueron de la villa en una especie de estrepitoso limbo. Las tormentas de las felicidades y tristezas de los niños eran como un tornado que giraba a su alrededor mientras ella se mantenía refugiada en su silente centro. La anticipación cotidiana de su dolor parecía minar la energía habitual de Lucy pero, por supuesto, tenía un trabajo que hacer y gente que la necesitaba. Los pequeños jugaban en la playa, pero sólo Lucy se atrevía a adentrarse en el mar. Los españoles pensaban que era una especie de locura inglesa que se atreviera a nadar durante el día más frío de enero en los últimos cien años, pero el hormigueo de sus extremidades le recordaba todos los días a Lucy que se encontraba viva y que seguiría estándolo mientras aquellos a quienes amaba permanecían en este mundo.

Daba sus clases y se sentía complacida con el progreso de los niños, quienes parecían muy distintos de los gatos salvajes que había traído desde Murcia. Concha ya podía leer y Lucy se sentía de lo más orgullosa de su pequeñita.

En su tiempo libre, Lucy reunía los dibujos que los niños pintaban para Alfonso y volvía a ver las imágenes de los terribles enjambres de aviones que regaban muerte sobre las aldeas, los charcos de sangre, los cuerpos regados por doquier, las figuras que corrían y el fuego que se extendía hasta las nubes. Le envió los dibujos a Francesca, en Inglaterra, quien hizo que un psicólogo infantil escribiera un prólogo y que, con su magia habitual, logró que se publicaran en un libro titulado *¡Aún dibujan!*, que reunió dinero para el Socorro Cuáquero en España. Llegaron ejemplares del mismo hasta la villa y los niños quedaron sorprendidos y orgullosos de ver sus dibujos en una obra publicada.

El 22 de febrero, Salvador llegó a la villa con la terrible noticia de que las fuerzas de Franco habían retomado Teruel y que ahora se dirigirían a la costa mediterránea. Se decía que la República había perdido a seis mil hombres. El gobierno republicano se había trasladado a Barcelona y las cartas de Margarita le rogaban que regresara hasta allá antes de que las rutas al norte quedaran cerradas. Desde Barcelona, podría escapar a Francia si resultaba necesario.

Con la caída de Teruel, Juan y Salvador añadieron sus voces a la de Margarita y, a medida que las fuerzas de Franco iniciaron su violento avance hacia la costa, Lucy empezó a hacer sus planes para abandonar la Villa Blanca. Se acordó que algunos de los niños se quedarían en Benidorm, al cuidado de Valentina y de Juan. Otros regresarían con sus familias en Murcia, quienes iniciarían la larga marcha al norte juntos. Los muchachos mayores se trasladarían a la colonia agrícola de Francesca. Emilia consiguió un trabajo de cocinera en Benidorm y Mateo encontró un puesto como maestro. Y, en cuanto a Concha, no había duda alguna en la mente de Lucy: la acompañaría a Barcelona.

BARCELONA Y PUIGCERDÀ

Marzo de 1938

21

Lucy se aferró a la mano de Concha mientras se abrían paso entre las enormes cantidades de refugiados que abarrotaban las calles de Barcelona. Muy pocas personas traían abrigos y una buena cantidad tenía las piernas desnudas a pesar de que aún no llegaba la primavera. Había niños que temblaban en sus delgadas prendas de ropa y, por el hedor de los cuerpos que pasaban junto a ellas, era evidente que había una falta de jabón. Concha se detuvo frente a una pastelería para mirar las pilas de dulces del escaparate. Lucy estuvo a punto de entrar hasta que vio los inauditos precios. Ella misma empezó a salivar mientras jalaba a Concha para alejarse del allí.

—Lo siento, pequeña, pero son demasiado caros para nosotras.

Los bombardeos diarios habían devastado gran parte del área cercana a los puertos. Había casas en ruinas y Lucy y Concha tuvieron que caminar con cuidado sobre los restos de lo que alguna vez fueron hogares de alguien. Lucy sabía que a diario llegaban todavía más refugiados que se dirigían al norte desde Murcia, Valencia y Madrid.

Cuando Lucy tocó el timbre del Hogar Luis Vives, Concha presionó su rostro entre los barrotes de la reja de hierro forjado para mirar con admiración al sitio que se convertiría en su nuevo hogar. Lucy sabía que las ventanas arqueadas, los balcones de hierro y las torretas en cada esquina debían parecerle como un castillo de cuento de hadas a Concha. Margarita, con el nuevo bebé atado a la espalda, corrió escaleras abajo desde la puerta de entrada para dejarlas entrar. Le dio un beso a Lucy y otro a Concha, y las condujo de vuelta a la entrada. Margarita estaba tan encantada de recibirlas que Lucy sintió cómo su corazón empezaba a derretirse ante la idea de vivir en medio de este afecto tan poco demandante. Margarita se desató a la bebé Dorotea, que ya había crecido considerablemente en los tres meses desde que Lucy había estado en Barcelona. Se despertó y le sonrió a Concha, quien quedó prendada al instante.

Margarita llevó a Lucy y a Concha a su habitación en el ático mientras les explicaba que, como directora de la casa, estaba a cargo de quién dormía y dónde, por lo que eligió una habitación cercana a la suya, con vistas espectaculares. Lucy dejó su maleta en el piso y levantó a Concha para que se asomara por la ventana. La blanca ciudad estaba extendida a sus pies, con columnas de humo que se elevaban desde los edificios bombardeados cercanos al puerto. En el azul del Mediterráneo, podían verse las siluetas ominosas de los bajos y grises barcos de guerra.

—Los bombarderos italianos vienen desde Mallorca todo el tiempo —afirmó Margarita—. Cuando alcanzaron la gasolinera, subió una enorme ráfaga de fuego hasta el cielo nocturno y la ciudad entera quedó bajo una nube de humo negro por toda una semana. Hasta acá no estuvo tan mal, pero fue terrible más abajo, en la ciudad. No se podía respirar y todo el mundo tosía.

Margarita sacudió la cabeza ante el recuerdo y Lucy la abrazó, se preguntaba por los peligros a los que habría traído a Concha.

Después, Margarita les mostró los jardines, en tanto que sostenía a su bebé en un brazo y tomaba de la mano a Concha; le señalaba las naranjas amargas, las mandarinas, los limones, los olivos y las higueras que ahí crecían.

—Aquí es donde jugarás —le dijo a Concha—. Puedes oír el canto de los ruiseñores en el verano. Es un jardín mágico.

Los ojos de Concha se abrieron como platos.

Margarita les mostró el área de estacionamiento para sus seis viejos camiones de entrega Bedford rotulados en mayúsculas

«Amigos cuáqueros» y con la estrella cuáquera pintada en cada costado; además de los seis camiones más nuevos que había donado la marina republicana. Cada uno recorría cientos de kilómetros a la semana, les informó, y distribuían alimentos a las colonias y a los comedores con la gasolina que les proporcionaba el Departamento de Transporte.

Tomó una llave enorme de entre las que llevaba alrededor de su cintura y abrió la puerta que conducía a un sótano atiborrado de comida.

—En todo Barcelona es bien sabido que guardamos suministros aquí —dijo Margarita con una nerviosa mirada de soslayo a Lucy—. Todo el personal hace rotación para estar pendiente de la reja y alejar a la gente hambrienta. Es de lo más doloroso.

—Espero que pase mucho tiempo antes de que llegue mi turno —dijo Lucy mordiéndose el labio.

—Veré qué puedo hacer —dijo Margarita y sus hoyuelos se marcaron en su rostro.

Lucy pensó en lo maravilloso que era que alguien se hiciera cargo de ella para variar un poco. Después, Margarita se dio la vuelta para ver a Concha.

—¿Quieres venir conmigo a ayudarme con mi bebé mientras la señorita Lucy se dedica al aburrido trabajo de oficina?

Concha la tomó de la mano y la acompañó, apenas y miró atrás.

* * *

Lucy empujó la pesada puerta de madera para entrar a la oficina que alguna vez fue un salón de baile con lujosos decorados o, quizá, un comedor formal. El piso de losetas y el techo alto hacían que se escuchara el eco de las personas que hablaban y el traqueteo y las campanitas de las máquinas de escribir. Alfred Jacob levantó la mirada cuando se abrió la puerta y una enorme sonrisa se dibujó sobre su rostro mientras se apuraba a ir a su encuentro. Su cabello empezaba a escasear y, junto con el agotamiento, se veía mucho más viejo que cuando se conocieron. Lucy tuvo que recordarse que todavía no cumplía los 30. Tomó su mano entre las dos suyas, a la usanza estadounidense. Lucy se preguntó si ella también se vería mayor a la vista de los demás. Había días en que se sentía como si tuviera cien años.

—No sabes el gusto que me da tenerte aquí de vuelta. Hay muchísimo que hacer y será una maravilla contar con alguien que pueda poner manos a la obra. Siéntate acá.

La operación de Alfred para dar auxilio a los refugiados, que había iniciado con un solo comedor en la estación ferroviaria de Barcelona, había crecido hasta incluir a doce trabajadores extranjeros y sesenta españoles y catalanes. Lucy contó un total de treinta y dos escritorios, nueve teléfonos y doce máquinas de escribir mientras escuchaba a Alfred advertirle que trabajaban siete días a la semana durante el mayor número de horas que pudieran mantenerse despiertos, y que tomaban tres turnos para comer. También le explicó que de vuelta en Inglaterra, Edith Pye había establecido la Comisión Internacional para la Asistencia de Niños Refugiados en España. Había convencido al Ministerio de Relaciones Exteriores de Gran Bretaña para que le prometiera diez mil libras esterlinas, si podía convencer a otros gobiernos diferentes a hacer lo mismo. Sus esfuerzos habían resultado tan exitosos que, ahora, la comisión tenía su base en Ginebra y contaba con fondos provenientes de veinticuatro gobiernos. Lucy pensó en la pequeña excomadrona con el acento de Somerset, a quien había visto por primera vez en la Casa de los Amigos con Ruth y se sorprendió de que una sola mujer de mediana edad lograra hacer tanto. Alfred le indicó que aunque ahora tenían grandes cantidades de donativos internacionales, el trabajo de campo en sí seguía a cargo de trabajadores voluntarios; en Cataluña, de los Amigos ingleses liderados por Alfred; en el sur de España, de los menonitas y los Amigos estadounidenses, liderados por Esther Farquar; y en Madrid, de los suizos. Tan sólo en Barcelona, ya había diecinueve comedores que alimentaban a tres mil quinientas personas a diario, además de distribuir ropa y alentar a los refugiados a formar grupos de costura, coros y sociedades de teatro. Había comedores en cada distrito de la ciudad: en restaurantes, en un hotel, en la estación de bomberos, en el edificio municipal y en lo que fue un seminario. Estaba orgulloso de decirle que la mayoría de los voluntarios en los comedores eran refugiados, a quienes premiaban por su labor con un paquete de alimentos cada semana. Lucy ocultó una sonrisa. Había ganado esa discusión, entonces. Sabía que habían llegado a un tenue acuerdo relacionado con la leche en polvo y la leche condensada; los cuáqueros ingleses seguían enviando leche en polvo, aunque la mayoría de los refugiados recibía leche condensada.

—¿Qué quieres que haga primero? —preguntó ella.

Alfred estudió el papel que tenía entre las manos.

—La Cruz Roja de Estados Unidos va a mandar seis toneladas de harina de trigo. Necesitaremos bodegas alejadas de los puertos y también necesitamos conseguir panaderos y medios de transporte que les lleven la harina a diario y que transporten el pan de vuelta a los comedores y a las colonias.

Lucy sabía a quién dirigirse en el consejo de la ciudad y en el comité de ayuda regional gracias a las personas con las que Margarita la había presentado cuando llegó a Barcelona. Tomó el papel de entre las manos de Alfred.

—A trabajar, entonces.

Durante el descanso de la comida de su segundo día, Lucy se sentó junto a Kanty Cooper, una inglesa vivaz de treinta y tantos años con el cabello oscuro, que hablaba perfecto español y que apenas había llegado desde Inglaterra. Kanty arrugó la nariz al ver su comida: sopa, con un plato de frijoles en salsa, lechuga y una naranja de postre.

—¡El domingo nos sirvieron bacalao y una papa como platillo especial! Lo único que jamás falta son las naranjas. Pero tenemos suerte; la mayoría de las personas está viviendo de nabos hervidos y arroz.

Mientras comían, Kanty le explicó que había sido escultora en Inglaterra y que estudió con Henry Moore, pero que tuvo que interrumpir sus actividades a causa de una neuritis.

—Por las noches, si había estado trabajando con madera o piedra, o incluso cuando solamente dibujaba, sentía que corrían flechas de fuego por mis brazos —suspiró—. De modo que decidí que mejor debía venir aquí.

A pesar de tener que sacrificar su arte, Kanty era una persona alegre y enérgica cuya risa se escuchaba por toda la enorme mansión. Ella y su amiga, Audrey Russel, estaban trabajando en un plan para ofrecer alimento adicional en los comedores a pequeños de entre dos y cuatro años de edad que no eran candidatos ni para las raciones de bebé, ni para las raciones escolares.

—El problema es que sólo podemos alimentar a un tercio de los treinta y seis mil que lo requieren.

Después de algunos días, Lucy notó que Kanty usaba pantalones.

—Son mucho más abrigadores y más prácticos. Además, también puedes ponerte calcetines gruesos debajo de ellos.

Lucy salió, se compró algunos pantalones para chico y al regresar a la oficina, halló que no se sentían para nada mal. Margarita inclinó su cabeza para considerar el nuevo estilo de Lucy.

—A los anarquistas no les gusta que las mujeres usen pantalones —dijo.

—Bonito estilo de anarquismo que crea más reglas que las que había antes —respondió Kanty en tono de sorna.

—Hmmm —respondió Margarita y Lucy supo que eso significaba que a ella tampoco le parecía del todo lo de los pantalones, o quizá temía que Kanty tuviera una influencia demasiado poderosa sobre Lucy.

En la entusiasta compañía de Kanty y con el afecto de Margarita, Lucy encontró que su propia motivación empezaba a regresar a medida que el sol de primavera hacía reverdecer los árboles del jardín. Después de todo, se decía con firmeza, todavía no habían matado ni a Jamie ni a Tom. Era un desperdicio de energía preocuparse por cosas que no podía ni influir, ni controlar y, de alguna manera, le parecía desleal o de mala suerte temer que estuvieran muertos. Se espabiló con velocidad. Todavía quedaba muchísimo por hacer.

Llegó un camión con naranjas dulces del sur, pero no tenían idea de cómo descargarlo. Lucy notó que la plataforma de carga quedaba a la altura de las ventanas de la oficina del primer piso, de modo que el camión se echó en reversa para quedar alineado con las mismas y descargaron diez toneladas de naranjas a mano sobre el piso de las oficinas. Todo el mundo participó y hubo muchas risas, en especial cuando Kanty trató de mostrarles cómo hacer malabares con tres naranjas.

Lucy llenó dos bolsas de red con naranjas y las llevó hasta la colonia Los Cipreses, en Pedralbes, donde seguía viviendo Jorge. Esta vez, llevó a Concha consigo y se la presentó al serio muchachito con las manchas doradas en los ojos. Ya se le había caído otro diente y Concha le mostró lo flojo que estaba uno de los suyos.

—No tarda nada en salir —dijo Jorge con autoridad y eso pareció sellar su relación.

Les contó que ahora estaba a cargo de la imprenta porque ya tenía siete años de edad. Ofreció mostrarle a Concha cómo funcionaba. Lucy miró las dos cabezas de cabello oscuro inclinadas una junto a la otra y sintió una oleada de amor.

—Regresaré de nuevo, Jorge —dijo cuando se marcharon.

Él le sonrió.

—Sé que lo harás, Lucy la del cabello amarillo.

De camino a casa, al Hogar Luis Vives, Concha le preguntó: «¿Y yo también tengo siete años de edad?», y Lucy se percató de que no sabía cuándo era el cumpleaños de la pequeña. Concha hizo una mueca de concentración, pero no logró recordar la fecha.

—Creo que debería ser en mayo —dijo al fin.

—Mayo será —dijo Lucy—. ¿Y cuál es tu número favorito?

Concha lo pensó con detenimiento.

—El diecisiete.

Lucy rio.

—¡Creo que acabas de recordar tu cumpleaños!

En su segunda semana en Barcelona, una vez que Lucy hizo los arreglos para la entrega de la harina de trigo de los Estados Unidos, a Kanty y a Lucy les asignaron tres comedores que administrar a cada una. A Lucy le dio gusto tener algo práctico que hacer que la alejara de las constantes presiones de la oficina. Estar de vuelta en el mundo de los necesitados le parecía más real.

Uno de los comedores de Lucy se encontraba en un distrito bombardeado cercano a los puertos, y era necesario que caminara con cuidado entre los escombros regados por las calles. Después de alimentar a todos los niños registrados en el comedor, todavía quedaba algo de chocolate, de modo que abría las puertas a los ancianos que estaban allí reunidos en busca de sobras.

Ya antes, mientras alimentaban a los niños que estaban formados, observó a una pequeñita delgada, vestida toda de negro, a la que le permitían ir hasta el frente de la fila y a la que le daban varias porciones de leche y galletas.

Una de las ayudantes vio lo que sucedía.

—Es Marita. Tiene doce años y cinco hermanos menores a quienes cuidar. Deja al mayor a cargo de los demás, mientras viene por leche para todos ellos.

Algunos días después, Lucy volvió a ver a Marita en espera de que le sirvieran. Marita levantó la cabeza cuando escuchó el sonido de golpes sordos a la distancia; todo el mundo se quedó en silencio. Después, empezaron a sonar las alarmas y Lucy brincó. Algunas personas corrieron en dirección a los refugios mientras otras se ocultaban bajo los muebles. El estruendo de los proyectiles que caían se acercaba cada vez más. Lucy se agazapó debajo de una mesa cerca de Marita y tomó a dos niños temblorosos, uno debajo de cada brazo, mientras trataba de tranquilizarlos.

—No se preocupen; no tarda en detenerse. Estamos a salvo.

La tierra se sacudió y la leche empezó a volar por doquier. Lucy vio a Marita, la preocupación y la indecisión se dibujaban sobre su rostro mientras masticaba su labio inferior. Y, entonces, antes de que Lucy pudiera detenerla, Marita salió por la puerta a todo correr mientras gritaba: «¡Mis niños!».

Dejó a los niños que estaba abrazando y corrió tras ella, pero el polvo de afuera era más denso que una niebla londinense y no pudo ver por dónde se había ido Marita. Estuvo a punto de caer sobre un caballo muerto que se encontraba todavía atado a los enganches de una carreta que había volado en mil pedazos. Árboles enteros yacían sobre la plaza y una casa había perdido toda una pared. Lucy se cubrió la boca y la nariz con su mascada de seda y regresó al interior del comedor para limpiar las cosas, pero el resto del día estuvo preocupada pensando en Marita y si habría logrado llegar a casa con sus hermanos. Les preguntó a todos los asistentes, pero nadie sabía dónde vivía.

De regreso al Hogar Luis Vives, Lucy caminó por las calles llenas de vidrios rotos. Junto a ella pasaban ambulancias con hombres asidos a sus costados que soplaban silbatos con fuerza. En otros lugares, hombres y mujeres cavaban entre los escombros en busca de sobrevivientes. Marita podría estar debajo de alguna de esas paredes, pensó.

Antes de llegar a casa, comenzó a oír los golpes sordos de nuevo y la alarma empezó a sonar. Lucy corrió a una estación de metro cercana. Su corazón batió con fuerza al oír el estruendo de los cañones antiaéreos y cuando volteó la mirada hacia arriba, pudo ver los destellos plateados de los bombarderos en el azul del cielo. Al llegar al metro, alcanzó a ver a los cazas republicanos en busca de los bombarderos. Entraron volando bajo y a gran velocidad, como una parvada de golondrinas. El ruido era ensordecedor. Un hombre de mediana edad estaba parado a la entrada del metro y mientras veía la lucha aérea, las lágrimas corrían por sus mejillas.

—Debería acompañarme abajo —dijo Lucy tomándolo del brazo.

Se dejó llevar por las escaleras mientras se soplaba la nariz con un enorme pañuelo. Cuando se sentaron en la plataforma, le explicó su situación.

—Tengo cuatro hijos. Dos están en las fuerzas aéreas de Franco y los otros dos en las de la República. Cada que veo bombarderos y luchas aéreas en el cielo, sé que existe toda posibilidad de que mis amados hijos se maten entre sí.

Levantó ambos brazos al cielo y empezó a dar voces.

—¡Mis amados hijos!

Una mujer al otro lado de él sacudió la cabeza en señal de conmiseración.

—Esta guerra es una bastardía.

Lucy dejó caer la cabeza sobre sus rodillas mientras pensaba en otro par de hermanos más.

Algunos días después, en el comedor, una mujer entró en trabajo de parto mientras recogía su ración de alimentos. Lucy la llevó hasta su casa en una vecindad con altos edificios de departamentos. Subieron a tientas por las escaleras oscuras y apestosas mientras Lucy sostenía a la mujer, que tenía que detenerse cada par de minutos cuando el dolor la sobrecogía. Lucy la ayudó hasta su departamento, donde la esperaba su hermana y, cuando ésta ya se marchaba, la puerta del departamento de enfrente se abrió y allí estaba Marita, con la boca abierta de sorpresa.

—¡Señorita!, ¿pero qué hace usted aquí? Entre, por favor, y conozca a mis niños.

Lucy la siguió al interior de una pequeña pero iluminada habitación que tenía un balcón atestado de macetas con geranios y hiedra. Un tendedero lleno de ropa abarcaba la longitud de la estancia y, al centro, cinco niños se encontraban sentados a la mesa, desayunando leche y pan en silencio. Todos estaban vestidos con pulcritud; el cabello de las niñas estaba peinado en trenzas y el de los niños estaba acomodado con agua. Las niñas estaban vestidas de negro, al igual que Marita, incluyendo una pequeñita de no más de dos años de edad.

Mientras Marita los presentaba uno por uno, se pusieron de pie, le dieron la mano y dijeron: «Buenos días, señorita». Incluso la bebita estiró su regordete puñito. Lucy no sabía si reírse o llorar.

—Trato de mantenerlo todo como lo dejó mi madre —indicó Marita, mostrándole un remiendo en la camisa de uno de sus hermanos que reparó con puntadas tan pequeñas que apenas y podían verse.

—Estaría más que orgullosa de ti —afirmó Lucy, a lo que Marita sonrío de oreja a oreja.

Una idea se apoderó de Lucy.

—¿Y qué pasa cuando suena la alarma de los bombardeos? —Detestaba la idea de que Marita llevara a los pequeños seis pisos abajo en la absoluta oscuridad hasta un sótano frio y húmedo.

Marita se levantó de hombros.

—Nos sentamos debajo de la mesa. Sólo podemos morir una vez, de manera que es mejor si todos morimos juntos.

Lucy volvió a darles la mano a todos los niños y después metió la mano en uno de sus bolsillos, donde encontró algunas monedas. Las colocó en una esquina de la mesa sin que Marita la viera para no lastimar su orgullo en caso de que no quisiera aceptar caridades.

Una nueva palabra alemana ingresó en su vocabulario cuando leyeron en los periódicos que *Herr* Hitler había iniciado algo llamado *blitzkrieg* en el frente de Aragón. ¿Cómo era que Tom podría sobrevivir a los intensos bombardeos en las trincheras sin siquiera tener un sótano o un refugio donde ocultarse? Lucy se estremeció y cruzó los brazos. Parecía imposible que pudiera sobrevivirlo, si acaso no estaba ya muerto.

En Barcelona, los bombardeos aumentaron de frecuencia hasta que empezaron a suceder a intervalos regulares cada dos horas y media. Todo el mundo trabajaba con los ojos puestos en el reloj y los nervios de punta mientras esperaban el siguiente ataque. Una semana, hubo dieciséis en treinta y seis horas. Si Lucy se encontraba en la mansión, tomaba a Concha entre sus brazos y se refugiaba con ella en el sótano, pero era frecuente que se encontrara fuera, en alguno de los comedores, y corría hasta el refugio más cercano o al sótano del edificio en el que se encontrara.

Al principio, sus brazos y piernas temblaban por horas después de cada ataque, pero pronto dejó de preocuparse por sí misma. Toda su ansiedad se centraba en los niños de los que era responsable, en los refugiados, los ayudantes, en sus amigos y en Concha, que se encontraban en el Hogar Luis Vives. Si acaso la alcanzaba alguna bomba, pensaba al tiempo que levantaba los hombros, sólo podía morir una vez, como había dicho Marita.

Cuando los ataques aéreos terminaban por destrozarles los nervios o por hacerles perder la paciencia, o simplemente, cuando estaban exhaustos, Kanty los entretenía durante sus parcas comidas con historias de las decadentes vidas de los artistas famosos y con detalles de las extravagantes fiestas a las que había asistido en Chelsea. Sus anécdotas podían ser algo escandalosas, pero no cabía duda de que les levantaba el ánimo a todos. Lucy pensó en lo enorme y variado que era el mundo, a diferencia de lo que jamás pensó durante su vida entera en Welwyn.

—Nunca pareces descorazonarte —le dijo a Kanty una noche.

Kanty la observó con detenimiento.

—Lo único que quería en la vida era ser escultora y cuando ya no tuve esa posibilidad, hubo un tiempo en que pensé que no tenía caso seguir con vida. Pero después, hice de tripas corazón y recordé algo que mi madre solía decir: «Jamás puedes sentirte por completo miserable cuando estás haciendo algo por alguien más», y, por casualidad, conocí a Audrey, quien quería venir hasta acá. Bueno, por casualidad o como quieras llamarlo, entonces decidí acompañarla. No poder esculpir era lo peor que podía imaginar, y ahora resulta que me sucedió lo peor y pude sobrevivirlo. Además, te conocí a ti, a Margarita y a Concha, y encontré algo que hago bien y que me dio una nueva razón de ser, de modo que las cosas no parecen tan malas después de todo.

Lucy se dio cuenta de que lo mismo le había sucedido a ella. Su mundo había girado en torno a Jamie, a Tom y a su misión por regresarlos a casa en Inglaterra. Sin embargo, en España encontró a otras personas que la necesitaban y pensó en Concha, que quizá la quería más que los muchachos.

Todavía no había noticias de Tom. Por las noches, si no se sentían demasiado cansados, Lucy, Kanty, Alfred y Norma escuchaban la estación de radio del Partido Socialista y Comunista de Cataluña, donde Ralph Bates transmitía noticias de las Brigadas Internacionales en inglés y donde leía cartas que venían del frente. Otro de los locutores era uno de los viejos camaradas de Tom, Jim Shand, un estudiante de Liverpool a quien habían herido. Una noche, anunció que habían capturado a algunos de los soldados de las Brigadas Internacionales. Lucy esperó que Tom fuera uno de ellos y que ésa fuera la razón por la que no estaba escribiendo. Le pareció que una celda sería más segura que una trinchera.

El 15 de abril, la radio transmitió la noticia que todos esperaban y temían; el ejército fascista de Franco había llegado al

Mediterráneo, lo que aislaba a Barcelona de las demás ciudades en España. Lucy pensó en sus amigos de Murcia, que ahora estarían a la merced de los fascistas. Hubiera deseado traerse a Alfonso, a Juanita y al pequeño Pepe al norte con ella.

Alfred levantó sus ojos hacia Norma y ella asintió de manera reticente. Habían acordado que Norma se llevaría a los niños de Barcelona una vez que Franco llegara a la costa.

Algunos días después se despidieron de Norma, de Piers, de cuatro años, y de su hermana Teresa, a quien todos llamaban Terry, de tres. Se mudarían de regreso a Puigcerdà en los Pirineos, cerca de la frontera con Francia, que había sido un centro vacacional próspero para esquiar y hacer senderismo antes de la guerra. John Langdon-Davies, el corresponsal del *News Chronicle* en Cataluña, había establecido tres colonias infantiles allí a través de su propia institución caritativa, el Plan de Familias de Acogida para Niños de España.

Norma no tardó en escribir para contarles que había encontrado una casa cuya parte posterior daba al río Reür, que formaba la frontera con Francia en ese punto. Por las ventanas traseras de la casa podía ver el pueblo francés de Bourg-Madame. Dijo, con cierta nostalgia, que había más que espacio suficiente para Lucy y para Margarita si querían unírsele allá. Aunque habían sufrido dos bombardeos de aviones italianos dirigidos en contra de la estación ferroviaria, Puigcerdà seguía siendo considerablemente más segura que Barcelona y se encontraba apenas a unos pasos de Francia.

«Anden, vengan», escribió. «El aire de la montaña es maravilloso y es excelente para los niños».

Lucy se inclinó sobre la silueta durmiente de Concha y le retiró un mechón de cabello de la frente. ¿Debía marcharse de Barcelona por el bien de Concha? El problema era que todavía quedaban muchísimas personas necesitadas y aún más trabajo por hacer.

Cada vez se le dificultaba más tratar de trasladarse por la ciudad. Era frecuente que los refugiados bloquearan las calles con sus carretones apilados de bultos, colchones, cacharros de cocina y gallinas. Había caballos y burros aletargados sobre las calles, que apestaban por sus heces. Pero cuando Lucy esperaba los camiones de comida que llevaban suministros a los comedores, los hambrientos hombres que vivían en las calles ayudaban al conductor a descargarlos sin que alguna vez faltara nada, ni un solo pan, porque la estrella cuáquera pintada sobre el camión les indicaba a todos que esa comida era para los niños.

Un domingo por la tarde, Margarita llevó a Lucy, a Concha y a Kanty a la plaza de San Jaime, en el conjunto de barrios bajos que conformaban la vieja ciudad.

—Quiero que vean algo —dijo en tono de misterio—. La Sardana.

Al acercarse a la plaza, después de atravesar las oscuras calles que parecían formar elevados cañones, pudieron escuchar el sonido de una flauta y de un tambor, y cuando la plaza se abrió frente a ellas, pudieron ver círculos de personas muy serias, de todas las edades, que bailaban tomadas de la mano. El azul de los overoles de las chicas que trabajaban en las fábricas se mezclaba con el café del uniforme de los miembros del Ejército Popular, con los vestidos negros de las viudas y con los grises y deshilachados trajes de los hombres ancianos. La música era alegre, pero los bailarines se movían con lentitud, daban pasos a derecha e izquierda, cruzando y enderezando los pies, y levantando los brazos con gracia y dignidad. El baile no tenía los saltos y reverencias a los que Lucy estaba acostumbrada en los bailes campiranos ingleses, y los solemnes círculos parecían decir: «Perduraremos. Sobreviviremos a esto».

Margarita le pasó a Dorotea a Lucy y se llevó a Kanty y a Concha para que se unieran al baile. Kanty tomó las manos de un viejo y de un soldado y trató de imitar los pasos. Los pies de Margarita se movían con liviandad y naturalidad en un baile en el que era evidente que había participado toda su vida. Ahí pertenecía y Lucy, de repente, sintió una terrible añoranza por estar en el lugar en el que había crecido y donde todo le era conocido.

Cuando la música se detuvo, Margarita regresó a donde se encontraba Lucy y estiró los brazos para que le regresara a Dorotea.

—¿Ves? —le dijo—. Morimos bailando.

En mayo, Norma Jacob escribió para decirles que se había presentado un brote de escarlatina entre los niños refugiados de una de las colonias de John Langdon-Davies en Puigcerdà y que el maestro que la dirigía se había enfermado de gravedad. Estaba haciendo lo que podía, pero temía contagiarse de la enfermedad y pasársela a sus propios hijos.

—Yo tuve escarlatina a los trece —dijo Lucy mientras le daba vueltas a la idea dentro de su cabeza.

Kanty le sonrió ampliamente.

—Entonces, es más que evidente. Debes ir a administrar la colonia hasta que el maestro recupere la salud. Te hará mucho bien.

Lucy dudó al pensar en sus tres comedores, hasta que Kanty añadió algo más con la más tremenda astucia.

—Y le hará bien a Concha respirar el aire de las montañas. Se ha estado viendo de lo más pálida.

Lucy se mordió el labio. ¡Cómo le gustaría alejar a Concha del constante peligro de los bombardeos!

—Pero hay un brote de escarlatina. Podría pescar la enfermedad.

Kanty levantó las cejas.

—Tiene muchas más probabilidades de pescar una bomba si se queda aquí. Simplemente no la lleves a la colonia; inscríbela en alguna de las escuelas locales.

Lucy pudo ver a Concha corriendo por los pastizales al pie de las montañas y asintió.

—Pero sólo hasta que se recupere el maestro.

No se necesitó mucho para convencer a Margarita de que también se llevara a Dorotea y, pronto, estaban empacando con toda la anticipación de un grupo de amigas que se preparaban para unas vacaciones en tiempos de paz.

El alivio de abandonar la sitiada ciudad las hizo sentir casi eufóricas y aunque el tren estaba sucio, atestado y marchaba con lentitud, no pudieron evitar reírse como colegialas. Concha sonreía mirando a una y a otra, feliz con la novedad de verlas tan felices.

Cuando el tren se acercó a la pequeña estación ferroviaria de Puigcerdà, el corazón de Lucy pareció levantar el vuelo. Las montañas detrás del pueblo aún tenían nieve en sus cimas. Cuando bajaron del tren, tropezándose con sus maletas, el aire tenía un helado aroma a limpio. Norma las recibió en la plataforma y de camino a la casa les mostró el centro de la ciudad con su teatro, casino, plaza central bordeada de árboles y el lago artificial rodeado de villas del fin del siglo anterior que habían pertenecido a los barceloneses ricos. En el agua podían ver el reflejo del cielo azul porcelana, una villa con una elegante torre cuadrada y árboles donde apenas empezaban a brotar nuevas hojas. A Lucy le pareció el lugar más bello del mundo. Todo estaba en calma y en silencio, y muchas menos de las personas que pasaban junto a ellas parecían andrajosas o famélicas. Abrazó a Concha y a Margarita y se dio cuenta de que se sentía completamente feliz por primera vez desde que Tom se había marchado de la Villa Blanca.

La colonia infantil se encontraba en otra casa de lo más suntuosa, la Villa San Antonio. La organización caritativa de John Langdon-Davies había tomado la mansión de tres pisos que, al igual que la casa junto al lago, contaba con una gran torre cuadrada en una esquina, coronada de un techo inclinado de tejas rojas y pequeñas ventanas que miraban a los cuatro puntos cardinales. «Parece la torre de Rapunzel», pensó Lucy. Cuando acabara

321

el brote de escarlatina, llevaría a Concha para que subieran hasta arriba.

Por el momento, Lucy no podía permitir que Concha ingresara a la villa infectada, por ello la inscribió en la escuela que ocupaba el antiguo convento de Sant Domènec. Concha jamás había asistido a una escuela con anterioridad, por lo que apretó la mano de Lucy con fuerza mientras las dos se paraban fuera del viejo edificio con sus tres pisos de galerías arqueadas.

—Harás muy buenos amigos aquí —le dijo Lucy tratando de parecer confiada.

—Pero no hablo catalán —le dijo Concha miserable y el estómago de Lucy se retorció de culpa al pensar que quizá no fuera la mejor persona para cuidar de la niña después de todo.

—¿Podrías darle algunos días? —le rogó a la pequeña y Concha asintió con cuidado.

Administrar la colonia de la Villa San Antonio le pareció de lo más natural a Lucy, quien no tardó en aprenderse los nombres de los niños y las niñas, y de enterarse de sus tristes historias; estaban aquellos que habían perdido a sus padres en la desesperada huída de Málaga o aquellos a quienes sus familias los habían enviado a un sitio más seguro lejos de Madrid. Todos esperaban ver a sus madres de nuevo; incluso quienes sabían que sus madres habían fallecido. Pensó en cómo ella se aferraba a la esperanza de ver a Tom y a Jamie de nuevo, aunque sabía que las probabilidades estaban en su contra.

A los diez niños que se habían infectado de escarlatina los habían llevado a dos habitaciones al fondo de la casa y estaban en aislamiento. Dos de los más pequeños habían muerto antes de la llegada de Lucy y los demás estaban aterrados. Ahora, todos estaban cubiertos del brillante sarpullido rojo, pero lo peor del peligro parecía ya haber pasado. Lucy dividía su tempo entre cuidar de los enfermos y enseñarles a los niños sanos junto con algunas mujeres locales. Una de las enfermeras era una mujer de mediana edad que había perdido a uno de sus propios hijos a causa de la fiebre escarlata y dormía en su mismo dormitorio, los cuidaba y rezaba con enorme fervor. Todas las noches, Lucy iba a leerles a los pequeños convalecientes; se alegraba mientras recuperaban sus fuerzas y su piel empezaba a descamarse de sus rostros y cuerpos, revelando un sano color rosado por debajo. Al cabo de una semana, todos simplemente parecían haberse expuesto demasiado tiempo al sol.

A pesar de preocuparse por los niños con escarlatina, Lucy sintió que podía respirar con mayor tranquilidad en el pacífico aire de Puigcerdà. La tensión en su cuello y espalda, que no había notado con anterioridad, empezó a desaparecer cuando logró dormir profundamente en las noches silenciosas; pudo ver cómo los rasgos de Concha se volvían menos duros al descubrir que las demás niñas de la escuela competían por hacerse sus amigas y que una de ellas se estaba encargando de su bienestar. La maestra le pidió que la ayudara con las clases de español. Tanto Lucy como Concha empezaron a subir de peso gracias a la comida que entraba de contrabando desde el otro lado de la frontera con Francia.

—Aquí, la frontera es permeable —les explicó Norma mientras desenvolvía la primera entrega clandestina de queso—. Sigue el río en ciertos lugares pero, en general, se encuentra en diferentes puntos de los campos y existen muchas rutas de contrabando; tanto para comida como para personas.

Qué extraño le parecía a Lucy que justo allá, al otro lado de uno de los puentes o de alguno de los campos, no había hermanos que lucharan contra hermanos, ni la muerte caía de los cielos, ni había niños huérfanos a quienes se les estaba cuidando en colonias, ni había gente común y corriente que buscaba guarecerse en refugios sucios y sobrepoblados, ni había pequeñas de doce años de edad que tenían que criar a sus hermanos.

Lucy, Margarita y Norma se asentaron en su propia compañía y tomaban turnos para cocinar y lavar lo que se necesitara dentro de su hogar. Norma mantenía horarios de cama ingleses para Piers y Terry, de modo que Concha también empezó a irse a la cama temprano y, durante las pacíficas noches, las tres jóvenes mujeres escuchaban música por la radio mientras hacían ropa para los niños o para sí mismas, o leían o platicaban acerca del futuro que tenían planeado. Norma accedió a enseñarle inglés a Concha al tiempo que Margarita la ayudaba a elaborar un regalo de cumpleaños especial para la pequeña.

Piers y Terry casi se estaban convirtiendo en los hermanos de Concha y como sólo le hablaban en inglés, no tardó en comenzar a entender y usar algunas palabras y frases. Le encantaba ser la mayor y estar «a cargo».

El 17 de mayo, organizaron una fiesta de cumpleaños para Concha. Margarita hizo un pastel de miel y Lucy le regaló la muñeca de trapo que cosió durante las noches y mantuvo oculta. La muñeca tenía pelo lacio y negro hecho de estambre, detenido con un prendedor, al igual que Concha. Y aunque los ojos no estaban perfectamente alineados y la boca estaba un poco chueca, Concha ni siquiera lo notó; la apretó contra su pecho y juró que la amaría por siempre. Norma y Margarita le regalaron la ropa que hicieron para ella. Todos le cantaron las diferentes versiones de *Las mañanitas* en inglés, español y catalán, y Lucy intentó enseñarles a jugar leones dormidos, pero a Piers y a Terry les hacía gracia jalarles la nariz y el cabello a los demás para que se movieran, aunque el reto del juego consistía en que el «cazador» podía hacer cualquier chiste o ademán para despertar a los leones, pero no podía tocarlos.

—Ésta es la mejor fiesta de cumpleaños que jamás he tenido —exclamó Concha. Pensó un momento más y dijo—: Creo que es la única fiesta de cumpleaños que he tenido.

Siempre que podían escaparse, Alfred o Domingo viajaban a reunirse con sus esposas durante algunos días y Lucy deseó que tuviera a alguien que vinera a visitarla, para sentarse con su brazo alrededor de sus hombros, para besarla cuando pensaran que nadie podía verlos y para hacer el amor en la oscuridad de la noche. Margarita se encontraba en la habitación contigua a la de Lucy y, aunque lo intentaba, le resultaba imposible no escuchar los bajos gemidos y ahogados gritos de su placer mientras la cama de hierro crujía cada vez con mayor velocidad.

Un día que Domingo se marchó de vuelta a Barcelona, Margarita estaba lavando mientras Lucy secaba cuando le dijo:

—Espero que no te hayamos despertado anoche. De verdad que me esfuerzo por no hacer ruido cuando…

Lucy tomó un plato empapado para comenzar a secarlo.

—¿Puedo hacerte una pregunta? Acerca de… ¿eso?

Margarita miró a su amiga con velocidad.

—Por supuesto. Lo que quieras.

—Te gusta, ¿verdad?

—Más que el pastel de miel —respondió ella con una risa.

Lucy sonrió. Sabía que su amiga no podía resistirse al pastel de miel.

Margarita volvió a mirarla, frunciendo en entrecejo.

—¿No fue así contigo y Tom?

Lucy sacudió la cabeza.

—Hay veces en que no es tan agradable la primera vez —afirmó Margarita con autoridad—. Tienen que acostumbrarse el uno al otro. ¿O quizá el ansioso muchacho inglés se comportó como un toro tratando de embestir al matador?

Lucy no pudo evitar reírse.

—Algo así. —Aunque se preguntó si un ansioso muchacho español mostraría más mesura.

—Bueno, a la siguiente, debes hacer que le dé la vuelta al ruedo algunas veces hasta que tú estés lista. Tú eres el matador; tú tienes el control. Y los hombres necesitan que se les diga todo, como: «Sí, así está bien» o «deja de hacer eso», «allí no», o «más lento». —Se rio con su voz profunda y gutural mientras listaba las instrucciones.

Lucy llevaba la vida entera diciéndole a Tom qué hacer; pensó que no se le dificultaría en este caso.

—E intenten con diferentes posiciones —siguió Margarita, colocando el último traste en el escurridor.

Los ojos de Lucy se abrieron como platos.

—¿Hay diferentes posiciones? —Eso era algo que la señora Murray jamás le había dicho.

—Quien se ponga arriba tiene mayor control —dijo Margarita y Lucy pensó: «Sí, a la siguiente se hará como yo quiera». Si acaso había una siguiente.

22

Ya era junio y todavía no había noticias de Tom, pero llegó una carta de Jamie que le enviaron desde Barcelona a Puigcerdà. Escribió triunfante que su apoyo por el régimen fascista se había visto reivindicado porque el papa Pío había condenado el «odio verdaderamente satánico hacia Dios» de la República. El papa había reconocido a Franco de manera formal y el santo padre no podía estar equivocado. Lucy sacudió la cabeza y quemó la carta.

Pero Jamie estaba siguiendo el avance de las tropas terrestres de Marruecos y estaba cercano a la refriega, por lo que no tardó en llegarle una segunda carta.

Mi amada Lucy:

Algo de lo más terrible. ¡Terrible, terrible!

Apenas y me atrevo a escribirlo, pero me volveré loco a menos de que se lo cuente a alguien y ¿a quién más podría contárselo sino a ti?

Es posible que destruya esta carta después de escribirla. Si quiero enviarla, tendré que hacerlo de alguna manera, pero de contrabando.

Estoy destrozado. Todo está destrozado.

No mi cuerpo; eso ni siquiera me importaría, pero tengo roto el corazón. Algo sucedió y se han caído las escamas de mis ojos.

Pensé que era un cruzado que estaba haciendo el trabajo de Dios contra los poderes de la oscuridad, pero ahora veo que los poderes de la oscuridad están por doquier y que mi alma está tan negra como la noche porque he sido parte de ello.

Intentaré escribírtelo.

El equipo de noticias y yo seguíamos al ejército en su avance. A cada paso, nos mostraron a católicos agradecidos cuyas iglesias habían limpiado y reabierto; gente común y corriente, Lucy, que lo único que deseaba era poder rezar en paz de nuevo. Y me sentía de lo mejor con todo aquello que Franco estaba haciendo.

Y, entonces, ayer, cuando estábamos más cerca de la línea de fuego, me topé con un campamento de mercenarios. Los hombres estaban descansando después de la batalla, comían y bebían. Y entonces vi a su sargento, que venía por el camino del pueblo que acababan de liberar. Traía consigo a dos muchachas españolas, que caminaban muy lento a unos pasos por delante de él.

Cuando se acercaron más, pude ver que eran chicas muy bonitas, de trece o catorce años más o menos, hermanas, quizá. Estaban aterradas y una tenía una marca roja que le cruzaba la cara. Sus brazos estaban detrás de la espalda y cuando llegaron a donde me encontraba, pude ver que traían las manos atadas y que el sargento les apuntaba con un arma.

—Ayúdenos, señor. Sálvenos por favor —me rogaron.

Levanté una mano y detuve al sargento.

—¿Qué mal han hecho estas muchachas?

Me vio con cara de astucia.

—Son escoria republicana.

Yo protesté.

—¡Pero si apenas son unas niñas!

—Pero son hijas de rojos.

Las niñas empezaron a protestar a gritos.

—No es cierto, somos buenas niñas católicas.

El sargento golpeó la boca de una de ellas con el dorso de su mano y cuando yo salté hacia adelante me apuntó con su arma.

Los ojos de las chiquillas estaban abiertos y atemorizados, y miraban a su alrededor en busca de algún lugar a donde correr y ocultarse, en busca de alguien que las rescatara. La niña a la que el sargento golpeó no dejaba de llorar.

—Vamos, sargento —dije con mayor calma de la que estaba sintiendo—. Déjeme hacerme cargo de ellas y yo las entregaré a donde tienen a los demás prisioneros a los que van a interrogar.

Los ojos del sargento miraron hacia el campamento, que estaba un poco más adelante. Algunos de sus hombres ya se habían puesto de pie y nos estaban mirando.

Él se encogió de hombros.

—Ya se las prometí a mis hombres; se merecen algo de diversión.

Mi estómago dio un vuelvo y pensé que vomitaría. Para ese momento, las dos chiquillas estaban sollozando.

—Por favor, señor, por favor, sálvenos —volvieron a rogarme.

Yo también empecé a rogar.

—No, no; no puede hacer esto. Son las hijas de alguien.

Pero el sargento se limitó a encajar su arma en la espalda de una de las niñas para hacerla caminar hacia adelante.

Respiré muy hondo y me paré delante de ellos. Él volvió a apuntarme con su pistola.

—Si interfiere, mis hombres lo harán pedazos.

Miré por encima de mi hombro y pude ver que ahora había más soldados de pie y que algunos tenían armas en las manos, y Lucy, no sabes cuánto lo siento, pero temí por mi vida y me quité de en medio. Las niñas empezaron a gritar todavía más.

—No se preocupe —me dijo el sargento cuando empujó a las niñas más allá de donde yo estaba—. Estarán muertas en menos de cuatro horas.

Me di la vuelta y vomité sobre el piso, mientras temblaba como hoja.

Después corrí de vuelta a la línea y entré a las diferentes tiendas para buscar al oficial de mayor rango que pudiera encontrar.

Casi no podía respirar mientras le contaba mi historia al sargento que estaba de guardia frente a una de las tiendas de campaña y después me hizo esperar antes de pasarme al interior. Había un capitán de lo más urbano e inmaculado. Me invitó a sentarme y me ofreció una copa de vino.

—No, no —trastabillé—. Tiene que acompañarme para salvar a esas niñas.

—Se ha llevado un susto —me dijo, tratando de tranquilizarme antes de colocar un vaso en mi mano.

Bebí un trago.

—Tiene que detener lo que están haciendo.

—Cuénteme de qué se trata.

Se lo dije con velocidad, escupiendo las palabras con asco, convencido, con plena esperanza, de que tomaría su arma y daría las órdenes parta detener el horror que estaba sucediendo a corto trecho del camino. Pero levantó las manos en un gesto de impotencia.

—¿Y yo qué puedo hacer? Es lo mismo a dondequiera que vamos.

Bebí más vino.

—Pero son niñas inocentes. ¡Madre mía! Por favor. ¡Se lo ruego!

Pero sólo se quedó sentado y empezó a beber de su propio vaso.

—Lo haría si tan sólo pudiera; pero si interfiriera, tendríamos una segunda guerra civil entre manos. —Se rio de su propia broma—. Y con una nos basta. Por favor, siéntese y platique conmigo. ¿De dónde es usted?

De modo que me quedé allí sentado, Lucy. Para mi eterna vergüenza, platiqué con él y traté de no pensar en lo que estaban soportando esas niñas ni en mi propia cobardía por no estar preparado a morir por ellas.

Bebimos toda una botella y yo le conté acerca de Oxford y él de sus días universitarios en Valencia. De no ser por las circunstancias, me hubiera caído de lo mejor.

Abrió otra botella y un hombre nos trajo algo de comer y, al fin, le pregunté acerca de las tropas alemanas e italianas y la razón por la que los soldados marroquíes estaban peleando por la iglesia católica.

—No son más que mercenarios —me dijo sin darle la más mínima importancia—. Pelean por el dinero y por la ridícula esperanza de que Franco le otorgue la independencia a Marruecos una vez que triunfe.

Rio sin diversión.

—Además, los marroquíes piensan que es una broma de lo más fabulosa que nosotros, sus amos imperiales, les estemos pagando por matar españoles. A cada uno de los caciques que nos proporcionó siete mil quinientos soldados se le dieron tres cañones antiaéreos. Nos detestan y les importa poco qué tipo de español están matando.

Y está en la Biblia, ¿no es así? «Las escamas cayeron de sus ojos y pudo ver». Así es como me sentí. De repente, me sentí como si me hubieran engañado, tomado por imbécil. Mi gran causa sagrada, Lucy, no era más que un engaño.

Me alejé a tropezones de su tienda y regresé al campamento de los periodistas, tratando de razonar conmigo mismo, de convencerme de que hay ocasiones en que los fines justifican los medios y que restaurar la Iglesia en España valía lo que fuera. Pero no valía la violación tumultuaria y el asesinato de esas dos criaturas, ¿verdad, Lucy? Y, mañana, seguirán adelante y serán las hijas de alguien más en algún otro pueblo.

Mi mente parecía arder con todas las demás cosas que negué; el bombardeo alemán de Guernica, las razones por las que las tropas alemanas e italianas se encuentran aquí. Franco no está peleando por Dios, sino por el poder; por el fascismo. Ésta no es la guerra santa que creí que era.

No sé cómo es que logré quedarme dormido, pero así sucedió después de largo rato, sólo para despertar con un terrible dolor de cabeza. Todos los demás periodistas y equipos noticiosos siguieron entrevistando a los agradecidos católicos a los que alinearon para su beneficio. Yo me quedé en mi tienda y escribí esto.

Pensé que quizá lo quemaría después de escribirlo, pero quiero hacértelo llegar de alguna manera. Quiero que sepas la verdad.

No puedo quedarme aquí. Enviaré un artículo al Catholic Herald donde diré todo lo que ahora sé. Después, me dirigiré al frente del Ebro y trataré de llegar hasta ti. Quizá pueda ayudarte con tus refugiados; quizá haya manera en que pueda resarcirme; quizá viaje a Roma y le diga al Vaticano lo que está sucediendo en realidad.

Querida Lucy, ¿alguna vez podrás perdonarme por no salvar a esas niñas incluso si hubiera significado mi muerte? Sé que jamás me perdonaré a mí mismo. Veré sus rostros hasta el día que muera.

Ahora, voy a empacar mis pertenencias y veré si hay alguna manera en que pueda cruzar el frente para llegar hasta ti. No sé cómo lo haré.

¡Oh, Lucy!

Lucy arrugó la carta contra su pecho. ¿Cómo era posible que le hubiera llevado todo este tiempo a Jamie darse cuenta de la verdad? ¿Y ahora qué haría? Sintió miedo al pensar que tratara de cruzar las líneas de batalla. Le escribió recomendándole que se fuera derecho a casa a través de Portugal, pero supo que había pocas posibilidades de que la carta lo alcanzara.

Para mediados de junio, el maestro de la colonia de Villa San Antonio se había recuperado lo suficiente como para retomar sus actividades y Lucy supo que regresaría a Barcelona. Alfred les contó que Kanty estaba ocupándose de cincuenta y cuatro comedores y que estaba alimentando a casi doce mil niños a diario, a medida que seguían llegando desde el sur las enormes cantidades de desplazados. También había establecido centros alimentarios para ancianos e inválidos. Barcelona estaba bajo sitio y la hambruna se estaba apoderando de la ciudad. Al parecer, el Hogar Luis Vives se estaba quedando chico para administrar la enorme operación.

Lucy miró hacia las montañas y se despidió de la paz que parecía bajar de ellas hasta el pueblo. Con enorme tristeza decidió dejar a Concha en la seguridad de la Villa San Antonio con Margarita y Norma. Lucy le explicó que debía quedarse atrás por su propia seguridad y le prometió que vendría a visitarla lo más que pudiera, pero una determinación férrea se apoderó de los rasgos de Concha. Sus ojos felinos se cerraron casi por completo y su boca se apretó en una línea. Plantó las piernas y se cruzó de brazos.

—No me quedaré aquí sin ti. Me escaparé y encontraré a alguna buena persona que me lleve en el tren hasta Barcelona. Y si me traes de regreso, volveré a escaparme.

—Pero los bombardeos... Recuerda cómo eran. Y, a la siguiente, podrías morir. Aquí estarás más segura.

Pero los ojos de Concha brillaron con furia.

—Prefiero morir a vivir sin ti.

Lucy envolvió el cuerpo rígido y colérico de Concha entre sus brazos y la sostuvo hasta que la sintió relajarse.

Margarita las despidió en la estación y dijo que ella misma regresaría a Barcelona dentro de poco. Concha se sentó muy cerca de Lucy, como si temiera que la bajara en la siguiente parada. El tren que iba al sur estaba casi vacío, pero sobre los caminos que iban al norte, hacia Francia, había un número incontable de refugiados. Por la ventana, Lucy y Concha vieron carretones de granja atiborrados con colchones, cacharros, bicicletas y, a veces, gallinas o conejos vivos.

—¡Mira, mira! —señaló Concha, sorprendida—. ¡Un mono!

Lucy pensó que debía estar equivocada, pero, en efecto, había un babuino domesticado sentado en una de las carretas que pasaron, sus ojos estaban llenos de una infinita tristeza.

—¿Puedo tener un monito? —preguntó Concha, a lo que Lucy rio.

Más tarde, y poco después de que hubieran regresado al Hogar Luis Vives, empezaron a sonar las sirenas. Mientras se apresuraban al sótano, pudieron escuchar el rugido de los aviones que volaban sobre los techos y, después, un largo silbido y el golpe sordo de la explosión que sacudió la casa y que voló todas las ventanas de una construcción contigua. Lucy trató de proteger el cuerpo de Concha con el suyo mientras corrían escaleras abajo hasta el sótano, furiosa consigo misma por no haber dejado a la pequeña en Puigcerdà.

Ya bajo tierra, Kanty se apresuró hasta ellas y levantó a Concha por los aires, haciéndola chillar de alegría y olvidarse de las bombas que caían a su alrededor.

Todos se sentaron en cajones de naranjas para esperar a que sonara la señal de fin de alerta.

Lucy notó que Kanty seguía usando pantalones, a pesar del calor que hacía en Barcelona para este momento.

—¿Todavía incomodando a los anarquistas? —le preguntó.

Kanty le respondió con un guiño.

—Rompiendo todas las reglas posibles. —Estiró una mano tras de sí y tomó una naranja, que le dio a Concha.

—¡Pero chitón, que es robada! —exclamó y los ojos de la niña brillaron de diversión.

El rostro de Kanty seguía lleno de su habitual energía indomable, pero ahora había círculos oscuros bajo sus ojos.

—Te ves tan descansada —afirmó añorante—. Pero eso desaparecerá muy pronto, aunque ahora tenemos los domingos libres. Las oficinas de Londres enviaron a un médico que nos examinó a todas y dijo que teníamos que descansar un día por semana. De modo que pasado mañana iremos a la playa. ¿Te gustaría, Concha?

Concha aplaudió con emoción y Lucy tuvo un repentino y doloroso recuerdo de ella mientras jugaba con Tom en las olas frente a la Villa Banca. Pudo ver el musculoso y bronceado cuerpo con la lívida cicatriz que recorría su pierna, mientras corría en su extraña forma hasta el mar, y Concha sobre sus espaldas, las piernas de la pequeña se aferraban alrededor de su cintura y sus brazos en torno a su cuello, casi estrangulándolo. Los dos reían sin parar. ¿Dónde estaría Tom ahora?

—Sí —respondió Concha—. Me fascina el mar. Puedo nadar, ¿sabías? —Después, volteó a ver a Lucy—. ¿Ves? Sabía que debía regresar.

—Y tuviste toda la razón —dijo Kanty mientras le hacía cosquillas.

—Y, entonces, ¿cómo están las cosas? —preguntó Lucy cuando las risitas de Concha cesaron.

Kanty se encogió de hombros.

—Desalentadoras. A diario sale el pan del trigo estadounidense para cerca de noventa y tres mil escolares, pero hay muchas enfermedades entre ellos. En uno de tus viejos comedores, tenemos casi quinientos niños inscritos, pero cerca de un cuarto de ellos están demasiado enfermos como para acudir a recoger sus raciones.

Lucy se preguntó cómo les estaría yendo a Marita y a «sus niños». Se prometió que los visitaría tan pronto como pudiera.

—Me da gusto que hayas regresado —afirmó Kanty después de descansar su mano brevemente en el brazo de Lucy.

—Tal vez me consigan un monito como mascota —anunció Concha—. Podríamos llevarlo a la playa y le podría enseñar a nadar.

Algunas noches después, estaban escuchando a Jimmy Shand en la radio cuando anunció, con una enorme emoción en su voz, que el decimocuarto cuerpo de las Brigadas Internacionales había llevado a cabo una audaz incursión guerrillera sobre Carchuna, al sur, donde las tropas de Franco mantenían presos a trescientos soldados republicanos. El rescate se había hecho el 20 de mayo, pero pasó más de un mes para que los sobrevivientes llegaran hasta Cataluña porque estaban viajando de noche para ocultarse de los fascistas. Empezó a listar los nombres de los rescatados que habían llegado hasta Barcelona. Lucy respiró hondo y rezó por que Tom se encontrara entre ellos. Se dijo a sí misma que debía estar entre los nombrados si podía aguantar la respiración hasta que terminara de leer la lista.

Jimmy Shand siguió leyendo la lista de nombres con gran lentitud. Y entonces, justo cuando Lucy sintió que sus pulmones estallarían, dijo: «Camarada Thomas Murray».

Lucy brincó en el aire, dejando caer las prendas que estaba cosiendo y que tenía sobre el regazo.

—¡¿Pero qué sucede?! —preguntó Kanty.

—¡Es Tom! —tartamudeó Lucy, viendo con fijeza a la radio. Kanty levantó una mano para que guardara silencio y escucharon la noticia de que habían llevado a los prisioneros rescatados a Barcelona, donde habrían de recuperarse antes de permitirles regresar al frente.

Lucy ya se estaba dirigiendo hacia la puerta.

—¿A dónde vas? —le preguntó Kanty mientras la seguía.

—A encontrarlo —respondió Lucy—. Voy a encontrar a Tom.

23

El hombre sentado en la silla del hospital con la cabeza recargada sobre sus brazos estaba casi irreconocible. La última vez que Lucy lo vio, Tom lucía musculoso y su piel parecía brillar con el profundo bronceado de las semanas que pasó en la playa.

Ahora, Lucy estaba de pie frente al esqueleto de un hombre cuyos huesudos brazos se asomaban por las mangas de la pijama del hospital. Sólo la mata de cabello oscuro y despeinado le dijo de quién se trataba.

Respiró hondo y se acercó aún más.

—¿Tom?

El hombre levantó la cabeza y los conocidos ojos cafés de Tom la miraron desde el extraño rostro cadavérico. Su lengua se paseó sobre los resecos labios mientras trataba de enfocar la figura parada frente a él.

—¿Lucy?

Ella se sentó en la orilla de la cama y pasó sus dedos entre su cabello.

—¿Y quién más habría de ser?

Tom asió su mano, le dio la vuelta y llevó la palma hasta sus labios, donde la sostuvo en una especie de beso o de bendición, o como para probarse a sí mismo que era real.

Lucy se rio con nerviosismo.

—Lo escuché en la radio. Jimmy Shand leyó tu nombre y dijo que te habían rescatado. ¡No puedo creer que de verdad estés vivo!

Tom se aferró a su mano y se enderezó un poco más.

—Bueno, vivo a medias… como puedes ver. —Hizo un gesto hacia su demacrado cuerpo.

Lucy contempló su piel casi traslúcida y tocó la delgadez extrema de la porción superior de su brazo, donde solía haber músculos. Arrugó la nariz con desagrado.

—Algo flaco y desgastado, pero vivo al fin. ¿Estás herido?

Pareció regresar desde una larguísima distancia y habló como un mal actor que estaba representando el papel del muchacho que alguna vez fue.

—No. Estoy más fuerte que un roble.

—Hmmm. Algo deshojado, si me lo preguntas. ¿Qué te dicen?

Sus ojos jamás dejaron de verla.

—No me dejarán regresar al frente hasta que haya subido algo de peso —sonrió de una manera que casi pareció grotesca—. Espero que hayas traído algunos pastelitos de crema.

—¡Si tienes la fortuna que cuesta comprarlos!

Tom se quedó en silencio, como si hablar le representara un esfuerzo terrible; Lucy lo estudió con cuidado. Parecía muy joven y muy viejo al mismo tiempo. Apenas y quedaba rastro del muchacho a quien había amado. Habló con determinación.

—Tendrás que venir a vivir con nosotros. Buscaré la mayor cantidad de comida que pueda y haré que Margarita te mande queso de Puigcerdà. Te engordaremos. ¿Crees que te dejen venir?

Los ojos de Tom empezaron a brillar con un asomo de su viejo humorismo.

—No creo que se atrevan a negártelo.

* * *

Durante los días que siguieron, Lucy siguió visitándolo en el hospital y le llevaba cualquier pequeño manjar que pudiera encontrar. Aunque estaba comiendo menos que un niño pequeño, cada vez que iba a verlo se parecía más a sí mismo y menos a un fantasma que podría volver a desaparecer en cualquier instante. O quizá sólo era que se estaba acostumbrando a su nueva apariencia. Se la pasaba sentado afuera, en los jardines del hospital, y el color empezó a regresar a su piel poco a poco, como si alguien la pintara con acuarelas rebajadas. Cada día caminaba un poco más lejos. No decía palabra acerca de su tiempo como prisionero y Lucy supo que no debía preguntárselo. Ya hablaría de ello cuando estuviera listo, pensó.

Mientras tanto, preparó todo en el Hogar Luis Vives. Le dijo a Concha que Tom necesitaría dormir en su cuarto, mientras ella lo ayudaba a recuperarse y la pequeña se sintió de lo más emocionada de compartir alguna de las literas con los demás hijos de los trabajadores de auxilio.

Kanty se paró al centro de la habitación de Lucy en el ático mientras contemplaba las dos estrechas camas individuales.

—No quiero meterme en asuntos personales, pero la cama de mi cuarto es matrimonial. Si quieres, podríamos intercambiar habitaciones mientras se encuentre aquí.

Lucy miró por la ventana para ocultar sus sonrojos. Nadie más que Kanty le hubiera sugerido algo así a una muchacha soltera.

—Sí, gracias —susurró.

Kanty cruzó la habitación en dos largos pasos y colocó una mano sobre el hombro de su amiga.

—No te avergüences de aprovechar cualquier asomo de dicha que puedas; en tiempos de guerra, cada momento podría ser el último.

El día en que le permitieron a Tom salir del hospital, Lucy lo llevó a la casa por metro y tranvía, aunque tuvieron que detenerse en varias ocasiones cuando subieron por la última colina para que recobrara el aliento. No traía equipaje alguno. Al igual que lo hiciera Concha, se quedó parado afuera del Hogar Luis Vives con una expresión de sorpresa, mientras Lucy abría las grandes rejas de hierro.

—Impactante casa la que tienes —dijo con voz ronca.

—Hay un jardín en el que podrás sentarte, pero no te sorprendas si te dan algo que hacer; siempre estamos necesitados de ayuda. Te mostraré nuestra habitación y, después, me temo que tendré que ir a las oficinas.

Había tratado de decir «nuestra habitación» de la manera más casual posible, pero se dio cuenta de que Tom había advertido sus palabras y sintió que el rubor subía por su cuello. ¿Estaba asumiendo demasiado? Habían pasado nueve meses desde esa noche en la playa. Los dos eran personas muy diferentes.

Kanty encontró una colcha de algodón de colores brillantes para la cama y Lucy dispuso algunas flores del jardín en un florero. La habitación se veía de lo más acogedora. Tom miró la cama matrimonial y después caminó hasta la ventana que miraba al jardín, hacia las ruinas de la ciudad y hasta el mar con sus lejanos brillos.

Dándole la espalda, destacándose contra el brillo de la ventana, le hizo una pregunta.

—¿Estás segura? ¿De que me quede aquí contigo? Parezco un esqueleto viviente y tú estás más bella que nunca. Además… no creo que pueda hacer nada… de eso.

Lucy le respondió escuetamente para ocultar sus propios sentimientos de vergüenza.

—Estarás aquí conmigo en caso de que tengas pesadillas. No quiero que despiertes a todos los de la casa.

Tom dejó caer su cabeza y sus hombros parecieron encogerse.

—Sí, claro, por supuesto. Por supuesto. Y me temo que sí… tengo pesadillas.

Se veía terriblemente solo y vulnerable. La compasión y el amor se desataron en el interior de Lucy y se acercó a él, envolvió su esquelética figura con sus brazos y apoyó su mejilla contra su espalda.

—Sólo quiero estar contigo —le dijo—. Pensé que estabas muerto.

Tom se dio vuelta entre sus brazos e inclinó su cabeza hacia la suya por primera vez desde su rescate, la besó suavemente, con más tristeza que pasión. La familiar sensación de fuego no se despertó en su interior, pero para Lucy fue maravilloso sentir sus labios sobre los suyos y sus brazos a su alrededor. Descansó su cabeza contra su pecho y se quedaron parados allí por un largo tiempo, hasta que se percató de que sus piernas empezaban a temblar por el esfuerzo del viaje.

—¿Por qué no tomas una siesta? —le preguntó—. Te traeré algo de chocolate caliente y te llamaré cuando la comida esté lista.

Durante los primeros días, Tom se limitó a sentarse en la sombra del jardín. Hablaba poco y se mostraba taciturno e impaciente por regresar con sus compañeros en el frente.

—Soy como un pez fuera del agua aquí —se quejó—. Ya no tengo idea de cómo estar con la gente común y corriente.

Lucy le preparaba algo de cocoa tres veces al día, con cremosa leche condensada, y Tom los acompañaba a todos durante la hora de la comida, mientras recuperaba su apetito poco a poco. Se quedaba parado a las puertas de la oficina mientras escuchaba el repiqueteo de las máquinas de escribir, el timbrar de los teléfonos y el sonido de las personas que hacían arreglos urgentes para salvar miles de vidas, y contemplaba la veloz eficiencia de Lucy con asombro. Empezaba a comprender la magnitud y alcance de la operación de auxilio y lo esencial en que se había convertido el trabajo de Lucy.

Durante las primeras noches, se quedaba dormido mucho antes de que Lucy abandonara su escritorio y se metiera entre las sábanas con él. Todavía gritaba y se agitaba con las pesadillas que lo acosaban y, aunque sus terribles sueños no parecían despertarlo, seguía adormilado cuando ella se despertaba por las mañanas y se vestía para regresar al trabajo. Pero durante la quinta mañana, Lucy se percató de que Tom la estaba contemplando mientras se quitaba el camisón y se ponía su vestido. Cuando se sentó en la orilla de la cama para atarse las alpargatas, Tom corrió la palma de su mano por su columna y Lucy sintió la energía que pasaba de las puntas de sus dedos hasta su piel. Ella se dio vuelta para plantarle un beso en la frente, pero él levantó la cabeza y empezó a besarla como en el día en que se había marchado para unirse a la Brigada Internacional, jalándola hacia él; el cuerpo de Lucy respondió lleno de alegría.

Tom tomó uno de sus senos en la palma de su mano, pero Lucy se alejó, riéndose.

—¡Te estás sintiendo mejor!

Tom se dejó caer de vuelta sobre la almohada.

—¡Parece que sí!

—Bueno, pero yo tengo un trabajo que hacer y, si de verdad te sientes mejor, te encontraremos algo que hacer también.

Esa noche, Tom volvió a quedarse dormido antes de que Lucy pudiera irse a la cama, pero el día siguiente era domingo, por lo que no tenía que arrastrarse de la cama para empezar a trabajar, de modo que se dio la vuelta hacia donde estaba Tom y se acurrucó contra él. Él se despertó y se acercó a ella, ante lo cual el cuerpo de Lucy respondió con las mismas ansias.

Tom se movió y bajó una mano para ver lo que estaba sucediendo con su cuerpo.

—Me curaste —dijo con soñoliento encanto—. Durante muchísimo tiempo… pensé que jamás podría…

«Si tan sólo cada uno de las demás partes de los hombres fueran tan fáciles de regresar de la tumba», pensó Lucy.

—Necesito ir al baño —exclamó ella mientras tomaba el frasco de vinagre de debajo de la cama.

—No tardes —suspiró él.

Cuando regresó a la cama, Tom se había dado la vuelta y estaba de espaldas hacia la puerta. Lucy se metió en la cama con él, llena de emoción y deseo, pero Tom se dirigió hacia la pared en una voz áspera y forzada.

—No puedo prometerte nada. Debes saberlo.

Lucy presionó su cuerpo contra su espalda, envolviéndose contra él.

—Lo sé.

Lo sabía, claro que lo sabía, pero lo deseaba tanto.

Tom siguió adelante, repitiendo un discurso que resultaba evidente que había estado ensayando.

—Tengo que regresar al frente y me imagino que me matarán; de hecho, ya debería estar muerto.

Lucy corrió sus dedos por el xilófono de sus costillas y susurró contra su oreja.

—Pero hoy estás vivo y yo estoy viva también.

Volteó a verla.

—Dios mío, Luce; eres tan bella.

Ella empezó a acariciarle el estómago y Tom empezó a besarla con un ansia equivalente a la suya.

Sin embargo, en esta ocasión, ella tomó el control y le decía que fuera más rápido o más lento, montándolo y moviéndose a su propio ritmo hasta que supo la razón por la que Margarita y Juanita habían sido incapaces de acallar sus gemidos y gritos; hasta que al fin se sintió saciada y en paz.

Después, Tom la abrazó por mucho tiempo y Lucy pensó que se había vuelto a dormir, pero no fue así. Cuando levantó la cabeza, pudo ver que estaba acostado con los ojos abiertos, viendo al techo con fijeza.

—No soy bueno para ti —le dijo—. Hay demasiado de mí que ya está muerto.

Lucy sacó las piernas por debajo de las sábanas.

—Cocoa —respondió—, y hoy te mostraremos la playa de Barcelona.

* * *

Hubo un torbellino de actividad y emoción antes de que cerraran el Hogar Luis Vives y la totalidad del personal abordara un camión para dirigirse al mar. Empezaron a reírse a carcajadas a medida que sus presiones se fueron disipando como si fueran el vapor de una olla de presión. Kanty organizó un juego de *cricket* de playa y los sobrios trabajadores de auxilio se volvieron tan escandalosos como los niños; corrían por la arena, gritaban instrucciones y se insultaban de manera hilarante en una mezcla de idiomas digna de la torre de Babel. Lucy asestó un golpe maestro y empezó a bailar una dichosa giga. Cuando todos se acaloraron demasiado, corrieron hacia las cálidas olas, felices de olvidar todas sus preocupantes ansiedades y de estar viviendo sólo por el momento.

Al principio, Tom sentía vergüenza de quitarse la ropa para quedarse en su traje de baño prestado a causa de su demacrado cuerpo, pero Concha insistió. Corrió a ocultarse en las olas y ella lo siguió, gritando como un demonio. Cuando Concha terminó por cansarse de salpicarlo y de gritarle órdenes, Lucy la envolvió en una toalla y después vadeó al interior del mar hasta encontrarse con Tom, nadando con lentitud en un curso paralelo a la costa, junto a él, hasta que se cansó. Después, se acostaron a la sombra y comieron frijoles en salsa y bebieron vino tinto hasta que se sintieron atolondrados y satisfechos.

Esa noche, volvieron a hacer el amor, embriagados y libres de inhibiciones, y exploraron sus cuerpos con sus dedos y lenguas antes de caer en la más absoluta inconsciencia.

Tom empezó a subir de peso y pasaba casi la misma cantidad de tiempo ejercitándose que descansando en el jardín. Identificaba cada avión enemigo que volaba sobre Barcelona: los bombarderos Heinkel, enormes con alas bajas, y los aviones de caza Heinkel y Fiat, y sabía cuándo debían correr al sótano para refugiarse antes de que sonaran las sirenas.

A lo largo de las siguientes dos semanas, recuperó la suficiente fuerza física como para ofrecerse a ayudar a los conductores de los camiones de suministros cuando llevaban comida a los comedores y a las colonias. Era la primera vez que veía la devastación de la ciudad mientras maniobraban entre los escombros. Había veces en que las calles estaban bloqueadas por las carretas y carretones de los refugiados. En otras ocasiones, se detenían a ayudar a las personas que buscaban a sus hijos o a sus padres entre las ruinas de las casas bombardeadas.

También fue la primera vez que vio de cerca el trabajo de auxilio que se llevaba a cabo en los comedores para los desplazados: la desesperación de las madres, los brazos y piernas esqueléticos de los pequeños, los aletargados bebés con sus intrigados ojos exageradamente grandes, la enorme cantidad de niños que Lucy estaba intentando rescatar. Ahora comprendió por qué sonaban los teléfonos y traqueteaban las máquinas de escribir y por qué Lucy solamente se iba a la cama cuando no podía mantener los ojos abiertos ni un momento más. Todos los soldados de las Brigadas Internacionales, al igual que él, daban ya una porción de su mísero sueldo para apoyar a los niños hambrientos. Ahora, Tom se prometió que donaría todavía más; cada centavo que pudiera.

Pero a medida que aumentaba su fuerza física, Lucy sintió cómo Tom se alejaba mentalmente de ella y aunque se negaba a pensar en ello, supo que no se quedaría con ella en Barcelona por mucho tiempo. No existía el ayer y no existía el mañana. Estaba decidida a vivir únicamente el día a día, exprimiendo cada hora de felicidad que pudiera de su breve época con Tom. Sabía que regresaría al frente y que quizá no lo volvería a ver, pero alejó ese pensamiento de su mente. Y como jamás podría decirle adiós con palabras, se lo decía con su cuerpo, y él le respondía con la misma ternura. Sus actos de amor a lo largo de la cálida oscuridad de mediados de verano se convirtieron en un prolongado adiós mientras saboreaban cada sensación en una lenta despedida el uno del otro y, quizá, de la vida misma.

Durante los primeros días de julio, el ejército de Franco empezó a concentrar sus esfuerzos en el sur y las Brigadas Internacionales tuvieron tiempo de reagruparse y descansar sobre la ribera norte del Ebro. Algo empezó a endurecerse en el rostro de Tom cuando escuchaba las noticias en la radio, como si estuviera preparándose para su retorno. Lucy vio ecos de las batallas dibujarse en sus facciones y la tristeza se solidificó en su pecho. Concha miraba a Lucy mirar a Tom y estiraba su mano como para decirle: «Seguiré aquí cuando él se marche».

En esta ocasión, Tom no le dio advertencia alguna de cuándo se iría al saber que el dolor de la partida sería demasiado para los dos. Así que después del desayuno, una mañana a mediados de julio, mientras estaban en el comedor, solamente le dijo: «Es hoy, Lucy. Voy a regresar».

Sus ojos estudiaron los de él y pudo ver que había elevado una especie de barrera para protegerse de sus emociones. No tenía caso que se arrojara sobre él a rogarle que se quedara. No haría diferencia alguna. Asintió con seriedad mientras Tom seguía.

—Tengo que terminar. —Lucy volvió a asentir y empezó a estudiar sus rasgos, haciendo el intento por fotografiarlos en su mente: la melena de cabello desordenado, sus orejas algo prominentes y sus ojos color castaño; sabía que ésta podría ser la última vez. Él también la estaba estudiando de la misma manera, memorizándola, como si esperara que su rostro fuera lo último que pudiera ver.

Se negó a que lo acompañara al centro militar.

—Tienes trabajo que hacer aquí; trabajo importante —le dijo—. No sabes lo orgulloso que estoy de ti, Luce.

Lucy se quedó de pie afuera de las rejas del Hogar Luis Vives y no lloró cuando lo besó como despedida, aunque sintió que se había tragado un trozo de plomo que estaba inmóvil dentro de su pecho. Esto era demasiado terrible como para llorar. Ninguno de los dos dijo nada. ¿Qué había que decir?

Su espalda desapareció colina abajo, paso a paso, y Lucy se envolvió con sus brazos. Cuando llegó a la esquina, Tom se dio la vuelta, se despidió con la mano y, después, desapareció.

Se quedó parada allí por un largo momento, mirando al espacio vacío donde había estado Tom y, en ese instante, justo cuando estaba a punto de regresar al interior de la casa, otra figura conocida dio vuelta a la esquina, esforzándose por subir por la colina hacia ella mientras empujaba una carriola. Lucy se protegió los ojos del sol de julio a medida que la figura se acercaba y, después, corrió a su encuentro. ¡Margarita! ¡Era Margarita!

Cuando se toparon, Margarita le puso el freno al carrito, abrió sus brazos hacia Lucy y la abrazó con fuerza.

Las dos hablaron a un mismo tiempo. Margarita le dijo:

—Creo que lo vi pasar. ¿Ése era él?

Mientras Lucy preguntaba:

—¿Qué te trajo? ¿Cómo supiste que tenías que venir hoy?

Margarita dejó de abrazar a Lucy y empezó a buscar un pañuelo. Las lágrimas corrían por sus mejillas como si estuviera llorando por las dos.

—Kanty me escribió —respondió después de sonarse la nariz de manera enérgica.

—Pero ¿y ella cómo lo supo? Yo misma no me enteré sino hasta esta mañana.

Margarita se encogió de hombros.

—Me dijo que podía verlo alejándose hacia su propio interior, a un lugar donde fuera capaz de apartarse.

Esa noche, Lucy y Concha regresaron a su habitación en el ático, pero antes de marcharse a su habitación, Lucy se sentó con Margarita y con Kanty en la cama de esta última para compartir una botella de vino y llorar en los consoladores brazos de sus amigas.

Cuando ya no pudo llorar más, les dijo:

—La verdad es que prefiere morir por la República que vivir por mí.

—Es un idiota —bufó Kanty.

Margarita sacudió la cabeza.

—No tiene nada que ver con él, ni contigo. Es simplemente la guerra. Es una bastardía.

Una semana después, Lucy recibió dos breves cartas de las riberas opuestas del río Ebro. En la de Tom, del lado norte, leía:

Perdóname por no decirte adiós. Fue cobardía de mi parte. Pensé que si tenía que decir la palabra, me vendría abajo y no sería capaz de hacer lo que sabía que tenía que hacer. Por favor, trata de recordarme como alguien que te amó mucho, pero que debía una deuda demasiado grande a sus camaradas muertos. Espero que encuentres a alguien que pueda amarte como te lo mereces. Jamás fui digno de ti.

Lucy notó que era la primera vez que decía que la amaba, pero ya estaba hablando de sí mismo en pasado. Una cinta de acero se apretó alrededor de su corazón.

La nota de Jamie, del lado sur del río, decía:

Te escribo esto con mucha prisa y no sé si acaso te llegue. Estoy cerca del río Ebro y decidido a llegar hasta ti, sea como sea, para decirte lo estúpido que fui y para rogarte que me perdones. Te amo más que a la vida misma.

Imaginó a los dos hermanos a cada lado del río y casi se sintió abrumada por el temor de que murieran juntos o, quizá, que incluso se mataran el uno al otro.

24

A medida que seguían llegando miles de refugiados a Barcelona, las reservas de alimento empezaban a escasear y la ayuda que ofrecía el Hogar Luis Vives se convertía en la diferencia entre la vida y la muerte para muchísimas personas, Lucy se dedicó a su trabajo con absoluta concentración. Los desplazados, sus amigos y Concha; no se permitía pensar en nada más y tomaba cada día como se presentaba.

El 26 de julio la radio anunció que los republicanos habían lanzado una enorme ofensiva para cruzar el Ebro en una noche sin luna a fin de empujar al ejército de Franco hacia el sur. Lucy se sintió aterrada de que cualquier día escucharía de la muerte de Tom.

Le llegaban notas esporádicas de Tom. Escribía del intenso calor, de las piedras desnudas, del hedor de la sangre, del intenso sol, de los combates aéreos sobre sus cabezas, de pilotos que saltaban en paracaídas y de los aviones que caían envueltos en llamas, pero jamás mencionaba el amor.

Lucy se sentía enferma de ansiedad por él, pero también tenía algo más de qué preocuparse. Su regla no se había presentado en el día esperado. No necesitaba verificar las fechas, porque todas las mujeres del Hogar Luis Vives se habían sincronizado entre sí, y tanto Margarita como Kanty se sobaban el vientre y se quejaban de los cólicos el mismo día de cada mes. Lucy pensó que quizá fuera su pena la que estaba interrumpiendo su ciclo; había oído de cosas así. O, quizá, a pesar de la esponja de Margarita… ¿podría estar embarazada? Estaba esa vez en que todavía tenía la esponja en su lugar la noche anterior, pero no había refrescado el vinagre cuando se habían visto superados por su deseo la mañana siguiente. O tal vez la esponja no fuera más un cuento de viejas. Quizá su periodo empezaría mañana o al día siguiente. Trató de serenarse. Preocuparse no le serviría de nada y todavía había mucho que hacer.

A lo largo del intensísimo calor de agosto, siguió la batalla del río Ebro. En julio, los republicanos cruzaron el río y tomaron por sorpresa a las tropas de Franco, pero éste no tardó en enviar artillería pesada y aviones para hacerlos retroceder al otro lado de las aguas. La fuerza aérea republicana estaba superada casi al doble y sus puentes flotantes se veían destruidos casi con la misma velocidad con que los reconstruían. Por la noche, tenían que trasladar a las tropas heridas al otro lado del río en pequeños barcos.

Tom le escribió sobre la lucha de trincheras, un infierno de fuego y explosiones continuas, de ametralladoras en las colinas y de los sangrientos asaltos en los que se ganaban y perdían sólo unos pocos kilómetros. «Ellos tienen tanques y nosotros tenemos granadas y cocteles molotov». Para finales de septiembre, todo el mundo en Cataluña sabía que las pérdidas republicanas eran devastadoras y las cartas de Tom dejaron de llegar.

El 23 de septiembre, en la Liga de las Naciones de Ginebra, el Primer Ministro Negrín anunció su intención de disolver las Brigadas Internacionales y enviarlas a casa con la esperanza de que Franco también enviara a casa a sus tropas alemanas, italianas y marroquíes. El gobierno republicano todavía creía que podía derrotar a Franco si no contaba con el poder del fuego extranjero. Lucy pensó que sería un cruel destino que hubieran matado a Tom en los últimos días antes de retirarlo del frente. Recordó que Wilfred Owen, el poeta de 25 años de edad, había muerto en la Gran Guerra sólo seis días antes del armisticio. Pero no dieron indicación alguna de cuándo retirarían a las Brigadas Internacionales de la lucha.

Para ese momento, cuando el abrasador calor de Barcelona empezaba a amainar por las brisas más frescas, Lucy ya se había saltado tres periodos y sus pechos le dolían y se sentían duros, aunque no tenía molestia alguna por náuseas matutinas. Segura de que debía estar embarazada y de que alguna de sus amigas lo notaría pronto, llevó a Margarita y a Kanty a su habitación y cerró la puerta.

Sus amigas se sentaron una junto a la otra en una de las pequeñas camas y miraron a Lucy con ansiedad mientras ella se paseaba nerviosa y se retorcía las manos.

—Tengo algo que decirles, pero me tienen que prometer que no se lo dirán a nadie más.

Las dos juraron mantener su secreto.

—Creo que estoy embarazada —espetó—. Más bien, sé que lo estoy. Voy a tener un bebé. En marzo, creo. O en abril.

En el rostro de ambas pudo ver los sentimientos de compasión que le decían lo difícil que sería criar a un bebé ilegítimo; a un bebé al que llamarían bastardo. Hubo una pausa.

—¿Pues qué no usaste la esponja? —le dijo Margarita con cierta molestia.

—Sí, lo hice, pero al igual que tú, hubo una vez en la que…

Margarita agitó sus expresivas manos.

—Debes escribirle a Tom para que regrese a casarse contigo.

Lucy se sentó de golpe sobre la cama de Concha y las miró a las dos.

—Me hubiera casado con él en la Villa Blanca, si me lo hubiera pedido. —Empezó y le costó un enorme trabajo seguir adelante—. Pero no me amaba lo suficiente. —Y si no la amaba lo suficiente en la Villa Blanca o aquí, ¿cómo la amaría lo bastante como para ser un buen marido y padre cuando regresaran a Inglaterra? Si se veía obligado a casarse, quizá se sentiría resentido y atrapado. Recordó

351

las últimas palabras de consejo que su padre le dio a Tom: «Jamás te cases con una chica sólo porque te diga que está embarazada».

—Tú te mereces más que eso —dijo Kanty mientras golpeaba un pie contra el piso con una furia apenas contenida.

Margarita asintió con lentitud.

—Si tienes al bebé aquí, yo podría criarlo como si fuera mío. Lo amaría como te amo a ti, Lucy. Domingo estará de acuerdo. Nadie en Inglaterra necesitaría saberlo.

Fue evidente que a Kanty le gustaba la idea.

—Podrías seguir con tu trabajo y un día, si Tom o alguien más te pareciera adecuado, podrías regresar y recuperar a la criatura.

Lucy lo consideró por menos de un segundo, pero supo que jamás podría renunciar a su bebé.

—No —respondió con firmeza—. Es mi responsabilidad.

—O bien —continuó Kanty—, podrías comprarte un anillo y decirle a todo el mundo en casa que eres viuda.

Lucy la miró con fijeza.

—Podría hacerlo —dijo con cierta renuencia. Jamás había sido buena para mentir y sabía que a los ojos del mundo había cometido el pecado de la fornicación y que tendría que pagar el precio.

De todas maneras, sintió un aligeramiento de la tensión entre sus hombros por haber compartido su secreto con sus amigas.

Cuando Margarita se marchó, Kanty se quedó atrás y se detuvo en el marco de la puerta. Miró por el corredor, a una dirección y a otra, para asegurarse de que nadie la escuchara y después miró el rostro de Lucy con seriedad.

—¿Necesitas que encuentre a algún médico que te ayude a ponerle fin al embarazo? Sería peligroso, pero si eso es lo que quieres hacer…

Lucy sacudió la cabeza. Eso era impensable. El bebé era suyo y quizá fuera lo único que le quedara de Tom.

El embarazo hacía que sus sueños fueran extraordinariamente vívidos y casi todas las noches tenía la misma pesadilla en la que Jamie y Tom se enfrentaban cara a cara en las riberas del Ebro y se mataban el uno al otro en diferentes y horrorosas maneras: hundiendo bayonetas en sus vientres o con disparos que acababan con el rostro de uno o del otro, o bien, estrangulándose con sus propias manos.

Durante el día, poco pensaba en ellos o en su embarazo; sencillamente no tenía tiempo de hacerlo. Habían atiborrado más escritorios al interior de la oficina y reorganizaron las labores de cada quien. Lucy trabajaba con Kanty y con sus auxiliares locales para administrar los comedores para los pobres de Barcelona, mientras que Domingo se centraba en los comedores para los desplazados. Otras personas se encargaban de las compras y los suministros, de enviarlos a las colonias, de manejar los centros médicos y de llevar cuenta de las finanzas; mientras que Alfred realizaba la supervisión general de todo. El equipo estaba batallando para mantener la llegada de suministros para los setenta y cuatro comedores que alimentaban a quince mil niños, mientras las tropas de Franco, en efecto, terminaban de hacer un bloqueo a Barcelona y la hambruna se generalizaba en toda Cataluña. Dos de los camiones cuáqueros se convirtieron en dispensarios rodantes a medida que las enfermedades se propagaban por las hacinadas poblaciones de refugiados con sus debilitados niños.

Desde Murcia les llegó la terrible noticia de la desaparición y posible fusilamiento del inspector escolar y director del Comité de Refugiados que tanto los había ayudado, por lo que Lucy no pudo contener su furia al enterarse de que los fascistas habían cerrado los hospitales infantiles.

En el Ebro, las fuerzas republicabas se habían retirado hasta el río después de sufrir pérdidas masivas. Lucy no había oído de Tom en semanas y estaba en una agonía de terror mientras esperaba tener alguna noticia.

Al fin, la mañana del 2 de octubre, le entregaron una carta oficial; la que desde hacía tanto temía recibir. La llevó hasta el jardín, lejos de ojos curiosos, y la abrió con dedos temblorosos. Las palabras entraban y salían de foco. Decía poco. Alguien a quien jamás había conocido sentía una tremenda pena de tener que informarle que el Camarada Thomas Murray se encontraba desaparecido después de la valerosa lucha por evitar que las tropas de Franco cruzaran el río Ebro y que se le daba por muerto. Esa palabra pareció brincarle de la hoja como si alguien la hubiera gritado en su oído. Muerto. ¡Tom estaba muerto!

Decía que había sido un intrépido héroe, siempre al frente de sus hombres en batalla. Arrugó la hoja, asqueada. Pudo verlo al frente de la brigada, blandiendo su bayoneta, corriendo a enfrentar su muerte. Empezó a temblar de ira, furiosa con él por amar a su estúpida causa más de lo que la amaba a ella o a su madre. Más de lo que amaba el futuro que pudieron compartir y más que al bebé que jamás conocería. Más de lo que amaba a la vida misma.

Se escuchó a sí misma gritar: «¡No! ¡No! ¡No!», y aullar como un animal herido, por lo que de golpe se tapó la boca con la mano.

Margarita cruzó el patio a todo correr y la envolvió en sus brazos. Lucy se aferró a ella y empezó a sollozar. La pena que corría a torrentes como en una tormenta tropical inundó la totalidad de su cuerpo.

Kanty salió de la casa y las dos amigas llevaron a Lucy de vuelta a su habitación. Se sentaron con ella hasta que lloró tanto que sintió que no quedaban más lágrimas en el mundo, su rostro estaba enrojecido e inflamado. Pero cuando se detuvieron las lágrimas, el dolor físico de su pérdida se retorció en el interior de su estómago y de su pecho, y subió por su garganta hasta que la cerró y empezó a esforzarse por respirar.

¿Cómo podía existir un mundo en el que no estuviera Tom? Había estado allí desde que tenía recuerdo. Y, ahora, el mundo estaba despedazado. Miró al indiferente sol y no pudo creer que los pájaros siguieran cantando. Todo estaba mal. ¿Cómo podría continuar despertándose por las mañanas? Sintió el peso de todas las madres, esposas y novias afligidas de España sobre sí.

El día pasó, de alguna manera, en un borrón de tiempo que no era tiempo. Margarita y Kanty tomaron turnos para acompañarla. Esa noche, se dio cuenta de que la señora Murray habría recibido la misma carta, probablemente con un paquete de las pertenencias personales de su hijo, los restos desgastados de una vida. De modo que se sentó en su escritorio para escribirle, sintió de repente lo mucho que desearía a ver a la mujer que fue como una madre para ella. Sostuvo la pluma sobre la página y pensó si era momento de confesarle que estaba embarazada y si a la señora Murray le serviría de consuelo saber que algo de Tom perduraba. Pero quizá se sintiera horrorizada o insistiera en que Lucy regresara a casa para cuidarla; todavía había mucho que hacer en España y seguía existiendo una pequeña oportunidad de que pudiera llevar a Jamie de vuelta con su madre. «Todavía no», pensó Lucy. «No se lo diré por el momento».

Esa noche, Concha se escurrió al interior de su cama como no lo había hecho por meses y, mientras sollozaba por la pérdida de su amigo Tom, Lucy también lloró por todas las esperanzas que tuvo y que ahora jamás se materializarían, por el padre de su criatura y por el amante al que jamás volvería a ver.

A la mañana siguiente, cuando despertó, la conciencia de la muerte de Tom fue como un golpe en el estómago que, por su fuerza, la dejó sin aliento, pero Lucy se arrastró de la cama, se vistió y regresó a trabajar. Porque tenía que hacerlo, porque los niños la necesitaban y porque era la única manera de sobrevivir a esto. Trabajó con una férrea concentración, pero su cuerpo estaba al tanto de la muerte de Tom. Sentía un peso sobre su pecho y demasiadas náuseas como para probar bocado. Por la noche, Margarita le acercó un plato de comida, pero Lucy lo alejó.

—Tienes que comer —insistió Margarita.

—¿Por qué?

—Por el bebé, por Concha, por todos los demás niños.

Sin deseo alguno, Lucy levantó una cucharada de frijoles hasta su boca, masticó y tragó.

Y, así, empezó el resto de su vida; su vida sin Tom. Tenía un vacío enfermizo en su interior, uno que sólo podía llenar por medio de trabajar hasta que caía exhausta mientras se aferraba a Concha y a sus amigas.

Dos noches después de la llegada de la carta acerca de Tom, el 4 de octubre, escucharon por la radio que Negrín, el Primer Ministro de la República, al fin había retirado a las Brigadas Internacionales del frente. Esa noche, Lucy aulló contra su almohada. ¡Demasiado tarde! Los había retirado de batalla demasiado tarde y ahora su amado Tom estaba muerto.

En los días que siguieron, Lucy se entregó de lleno a su trabajo; desde que despertaba y hasta que le era imposible mantener los ojos abiertos. Sabía que Concha también estaba sufriendo, pero no podía hacer más que sostenerla y arrullarla hasta que se quedaba dormida. Sus amigas cuidaban de Concha durante el día y se aseguraban de que Lucy comiera a sus horas, pero no trataron de romper el muro de dolor que había construido a su alrededor. Sólo estaban allí; una presencia inmutable lista para atraparla si caía.

Al final de una tarde, cuando sus ojos empezaban a sentirse como si alguien les hubiera arrojado un puño de arena, Lucy levantó la cabeza de la lista de suministros que estaba verificando con ese extraño instinto animal que le indicó que alguien la estaba mirando. Al otro lado de la atestada oficina, vio a Kanty de pie, hablando por teléfono. Después se dio la vuelta y miró a Lucy con una expresión imposible de descifrar. Anotó algo con rapidez en un trozo de papel y sin demora le dijo algo a Alfred antes de serpentear entre los escritorios hasta donde se encontraba.

Lucy se puso de pie.

Kanty la tomó de la mano y la empezó a arrastrar hacia la puerta.

—Ven, tenemos que irnos.

—¿Ir a dónde?

Pero Kanty ya estaba corriendo hacia el espacio techado al otro lado de la casa.

—A un hospital que se encuentra al oeste de la ciudad. Necesitamos llevar un auto. Alfred ya sabe. Yo manejaré.

Lucy le siguió el paso a su amiga.

—¿Pero de qué se trata? ¿Qué te dijeron?

Kanty no se detuvo.

—Te diré en el auto; espero que puedas leer mapas.

Se quedaron sentadas en el coche leyendo un mapa. Kanty señaló a un distrito que Lucy desconocía, donde había un viejo convento que habían transformado en hospital.

Kanty salió a toda velocidad de la propiedad con un rechinar de llantas y Lucy se vio arrojada de lado a lado.

—Perdón —dijo Kanty, que bajó la velocidad un poco—. Era una enfermera la que llamó. Mi catalán era tan malo como su español, pero me dijo que el señor Murray estaba preguntando por ti. —Lanzó una mirada ansiosa hacia Lucy—. Lo siento mucho; dijo que estaba gravemente herido y que casi no había tiempo; que debías llegar lo más pronto posible.

«Desaparecido… se le da por muerto», decía la carta. ¿De modo que Tom no estaba muerto después de todo? Pero a punto de morir, con casi toda seguridad. Quizá lograra salvarlo como lo había hecho en Valencia. El terror hizo que su estómago se contrajera y el sudor empezó a chorrearle por el cuello. Aunque su embarazo de cuatro meses todavía no era perceptible, Lucy colocó una mano sobre su vientre, donde dormía el bebé de ambos.

—Si está preguntando por mí, quiere decir que todavía no ha muerto —dijo Lucy.

—¡Justo eso! —respondió Kanty mientras trataba de evitar a un burro que yacía acostado sobre el camino.

Lucy se concentró en el mapa, aunque leer en un auto, mientras se movía violentamente la estaba haciendo sentir cada vez más náuseas. Bajó la ventana.

—Tienes que ir más lento o voy a vomitar.

Algunos de los caminos estaban cerrados a causa del colapso de edificios y en otros se toparon con refugiados que parecían estar acampando en la calle. Kanty metía el auto en reversa y conducía con la misma velocidad hacia atrás que hacia adelante, en su rostro se observaba la determinación de llevar a Lucy hasta el hospital a tiempo para despedirse.

Al fin, llegó al convento y Lucy abrió la puerta de inmediato.

—¿Quieres que entre contigo? —preguntó Kanty.

Lucy ya se estaba alejando del auto y volteó la cabeza para responderle por encima de su hombro.

—No, no. Vete a casa. Cuida de Concha. ¡Gracias!

El largo pabellón tenía paredes de madera y estaba mal iluminado. Quizá había sido el refectorio del convento. Lucy entrecerró los ojos y empezó a mirar de un lado al otro en busca de la cabellera despeinada de Tom sobre alguna de las almohadas. Una robusta enfermera, con cabello gris muy corto y una verruga, le señaló unas cortinas improvisadas en torno a una cama al extremo más alejado.

—El señor Murray está allá —le dijo en español con un pesado acento francés. Su voz expresaba la compasión que sentía por la chica.

Lucy sabía, por su trabajo en el hospital de Murcia, que las cortinas equivalían a muerte. Casi voló al otro lado del pabellón y, por un momento, no pudo encontrar la abertura entre las cortinas. Al fin, logró abrirlas y se quedó parada al pie de la cama. Sin embargo, no fue la oscura cabellera de Tom la que vio sobre la almidonada funda. En la tenue luz pensó que habían cometido un error y la embargó la más absoluta confusión, pero entonces la cabeza se dio vuelta y, para su más absoluto pasmo, se dio cuenta de que estaba viendo el cabello rubio y el pálido rostro de Jamie.

Sus brillantes ojos azules se llenaron de lágrimas.

—¡Te encontraron! Viniste —dijo en un susurro.

Lucy se apresuró al lado de la cama, tomó sus delgados dedos en su mano y se inclinó para besar la húmeda y helada frente.

—Jamie, aquí estoy —respondió mientras su mente trataba de recalibrar lo que estaba sucediendo. De modo que Tom sí estaba muerto y, ahora, aquí yacía Jamie, con esa extrema palidez que tantas veces había visto en quienes estaban a punto de morir. Era como si una de sus pesadillas hubiera sido una visión de la verdad y los muchachos se hubiesen matado el uno al otro de alguna manera.

Las cortinas se abrieron y un médico con pobladas cejas blancas le susurró que el señor Murray tenía sólo unas cuantas horas de vida o un día, a lo más.

—Le ruego me espere afuera mientras lo reviso.

Lucy salió al pabellón dando traspiés, casi insensible por el dolor de perder a sus dos muchachos. Había fracasado en su misión de llevarlos de vuelta a casa y no había podido estar con Tom al momento de su muerte. No había duda alguna en su mente; se quedaría con Jamie hasta el final.

Un soldado republicano en la cama de junto le estaba diciendo algo y se obligó a concentrarse, mientras le explicaba la manera en que habían herido de muerte a Jamie.

—Lo vi todo —dijo—. El señor Murray cruzó el Ebro con éxito y pudo haber subido por la ribera conmigo, pero volteó hacia atrás y vio a una familia cuyo barco se había volcado. El agua hervía con la lluvia de balas de las tropas de Franco y tanto el padre como la madre estaban tratando de proteger a los niños. Era poco menos que suicidio, pero se deslizó de vuelta al río para tratar de ayudarlos. —El soldado sacudió la cabeza con una mezcla de admiración y de desprecio por la imprudencia de Jamie.

—Sin siquiera pensar en sí mismo, el señor Murray nadó hasta el barco y llevó a toda la familia hasta un sitio seguro, pero lo alcanzó el fuego de un francotirador mientras estaba llevando al último niño hasta la orilla. Es un héroe y deberían darle una maldita medalla.

—Gracias —masculló Lucy, que no pudo más que pensar: «Una maldita medalla para un maldito idiota».

El médico le hizo señas para que volviera a acercarse a la cama de Jamie y le proporcionó una silla.

Lucy volvió a tomar la mano de Jamie. Sus dedos estaban helados, aunque el día otoñal de octubre se sentía cálido.

— Ya me enteré de lo que hiciste —dijo al tiempo que sonreía al amado rostro lleno de pecas—. ¡Pero qué tonto fuiste!

Su voz apenas y se oía.

—Es que tenían dos hijas, ¿sabes? —le explicó—. Dos niñas que salvé por las dos a las que dejé morir.

«Logró satisfacer su ambición de convertirse en su padre y de sacrificarse por otros», pensó Lucy con amargura.

—Sé que estoy muriendo, Lucy —susurró, con su mirada clara—. No tengo miedo, pero me gustaría que viniera un sacerdote. ¿Te metería en problemas tratar de conseguir a uno?

Lucy se puso de pie. Sabía que el primer ministro Negrín ya estaba permitiendo el culto católico privado en Cataluña y encontraría un sacerdote si era humanamente posible.

Dos jóvenes enfermeras estaban rodando a un paciente a uno y otro lado para tender su cama. Ellas no; miró a un lado y al otro del pabellón en busca de la enfermera de mayor edad. Había algo monástico acerca de su pelo corto y el largo de su falda.

La enfermera estaba lavando un cómodo cuando Lucy se acercó a ella y tosió de manera educada para llamar su atención.

—Disculpe, ¿podría ayudarme? —dijo y la mujer se dio vuelta.

—Desea que se le den los últimos sacramentos. —Siguió al tiempo que la enfermera se secaba las manos en su mandil y analizaba a esta muchacha inglesa para ver qué riesgo podría representar.

—Se lo ruego, por el amor de Dios —insistió Lucy—. Significaría todo para él.

El rostro de la enfermera se suavizó.

—No puedo prometerle nada, pero veré qué puedo hacer.

Lucy la observó sostener una consulta privada con el médico, quien la miró con seriedad desde el otro extremo del sombrío pabellón. Lucy lo miró suplicante, hasta que asintió con brevedad a la enfermera, quien se alejó con rapidez por una puerta oculta en las paredes de madera.

Cuando la enfermera regresó, ella y el médico colocaron a Jamie con cuidado sobre una camilla. Él se mordió los labios, pero no pudo evitar lanzar un quejido y su rostro quedó desprovisto de cualquier rastro de color que le quedaba. El corazón de Lucy se contrajo de compasión y amor. El médico y la enfermera lo cargaron por la puerta oculta y le hicieron señas a Lucy para que los siguiera. Al otro lado había una pequeña y oscura habitación que quizá alguna vez hizo de oficina, pero que ahora estaba por completo vacía, excepto por una cama y una mesa. Colocaron a Jamie sobre la cama y pusieron una sábana almidonada sobre él.

La enfermera tomó su pulso y la respiración de Jamie se hizo cada vez más superficial, pero estiró la mano para tomar la de Lucy, quien la envolvió en su mano firme y cálida.

—Aquí estoy, Jamie, jamás te dejaré.

Era justo lo que la señora Murray le había dicho: era el que la necesitaba quien ocupaba la totalidad de su mente.

Sus labios se movieron y tuvo que acercarse para oírlo.

—Cuando llegue el sacerdote, después de que me dé la extremaunción y si sigo vivo… ¿Te casarías conmigo, Lucy? Significaría todo para mí.

Lucy vio al interior de sus ojos azules como un lago y corrió su dedo por su rostro hasta el crecimiento rojizo de barba sobre su mentón. Había sido su más querido amigo, el que la conocía mejor que nadie, quien guió y protegió su vida entera y cuyo amor por ella jamás varió. En este momento, quería casarse con él más que ninguna otra cosa. No para agradarlo, como quizá lo hubiera hecho en el pasado, y no porque era imposible estar con Tom, ni porque estuviera al borde de la muerte, sino porque siempre había amado la brillante llama de quien era.

—Claro que lo haré —dijo, inclinándose para darle un beso en la boca—. Claro que lo haré.

El hombre bajito y calvo que entró a la oficina con el médico y la enfermera no parecía sacerdote en absoluto. Estaba metido en los overoles azules de un trabajador y llevaba consigo una pesada bolsa de lona llena de herramientas.

Dio un vistazo a la escena y le sonrió a Lucy.

—Ahora, me dedico a la carpintería —le dijo—, como José.

Abrió su bolso y sacó un pulcro conjunto de herramientas de carpintería. De un compartimiento oculto, extrajo una estola blanca enrollada como venda, un sombrero negro, un crucifijo, una botella de perfume, un recipiente con agua, una botella de vino en miniatura y algo envuelto en una servilleta. Colocó todo junto a la cama.

La enfermera se cubrió la cabeza y sacó su propio crucifijo de entre su ropa para que quedara sobre su uniforme. El sacerdote se puso la estola, el crucifijo y el sombrero sobre el incongruente overol azul y se paró junto a Jamie. Mientras escuchaba su confesión, Lucy le susurró a la enfermera que querían casarse si Jamie vivía el tiempo suficiente. Ella le dio unas palmaditas en la mano a Lucy y se alejó de inmediato una vez más.

Cuando regresó, el sacerdote le estaba dando los últimos sacramentos, ungiendo la cabeza de Jamie con óleo tomado de la botella de perfume y colocando sus manos sobre él. Mientras pronunciaba las palabras en latín, toda la tensión se alejó del rostro de

Jamie. Tenía los ojos cerrados y pareció tan pacífico que, por un momento, Lucy pensó que había muerto, pero entonces los abrió y la buscó con urgencia. El sacerdote desenvolvió las hostias de la servilleta y abrió la pequeña botella de vino. Lucy le sonrió alentadora, mientras el sacerdote le levantaba la cabeza y colocaba una de las hostias sobre su lengua, para después acercarle la pequeña botella de vino.

Jamie tragó y sonrió.

—*Viaticum* —susurró y luego le dijo a Lucy—, provisiones para emprender el viaje.

Los ojos de Lucy se llenaron de lágrimas y los limpió con el puño de su vestido.

La enfermera se acercó a susurrar algo al oído del sacerdote, quien volteó a mirar a Lucy.

—¿Tenemos anillo? —le preguntó a la enfermera, que sostuvo una argolla de oro en la palma de su mano. Lucy pudo ver la marca de su dedo, donde el anillo estuvo por años. Novia de Cristo, pensó Lucy, ¿cómo podría agradecérselo? El sacerdote también vio de dónde provenía y apretó la mano de la enfermera mientras le hacía señales a Lucy para que se acercara.

La respiración de Jamie era agitada y superficial, además de que resultaba evidente que sentía dolor, pero sus ojos jamás se alejaron de los de Lucy cuando el sacerdote colocó la mano de ella sobre la de él por encima de la sábana. Empezó a indicarles cuál era el propósito del matrimonio, aunque resultaba evidente que Jamie jamás podría darle hijos. Por primera vez, Lucy recordó a la criatura que crecía en su interior y se preguntó si debería habérselo dicho a Jamie y si esta ceremonia era una terrible deslealtad a Tom, pero dejó tales pensamientos a un lado cuando el sacerdote empezó a pedirles que repitieran sus votos. El francés y español que hablaba Lucy le daban una muy buena idea de lo que se estaba diciendo en latín, pero la enfermera le susurró la traducción al oído, por lo que pudo responder en los momentos adecuados en español. El padre roció el anillo con agua bendita y lo colocó sobre su dedo, después de lo cual el sacerdote puso su mano sobre la cabeza de cada uno para bendecirlos.

Cuando el padre se alejó de la cama para guardar sus cosas, Jamie estiró ambos brazos para acercarla y Lucy se inclinó para darle un beso.

—¡Esposa mía! —murmuró. La dicha que irradiaba de su rostro parecía iluminarlo desde adentro—. Cómo desearía que mamá pudiera vernos. ¡Estaría tan feliz!

«No si pudiera verte», pensó Lucy con angustia.

El sacerdote se marchó con disimulo antes de que Lucy pudiera darle las gracias porque, al mismo momento, un espasmo de dolor atravesó a Jamie, quien lanzó un grito. Lucy miró impotente del médico a la enfermera.

—¿Acaso no hay nada que se pueda hacer?

—Llevémoslo de vuelta al pabellón —indicó el médico—. Estará más cómodo allá.

Se ocuparon de él tras las cortinas y Lucy apenas y podía tolerar los quejidos y gemidos que Jamie no podía controlar. Escuchar su agonía le producía un dolor físico en el pecho. Su querido Jamie; su querido esposo. La extrañeza del anillo alrededor de su dedo se mezclaba con la irrealidad de la última media hora. Cuando se había marchado del Hogar Luis Vives no tenía idea de que este fuera el resultado y, sin embargo, al probar el sabor de las palabras sobre su lengua, le parecieron adecuadas.

La enfermera salió de detrás de la cortina, su crucifijo quedó guardado bajo su ropa de nuevo.

—Ya puede entrar a sentarse con él. Le dimos morfina, por lo que estará adormilado y, si Dios quiere, es posible que se vaya mientras duerme sin que vuelva a experimentar dolor alguno.

Lucy se sentó junto a Jamie y volvió a tomar su mano entre las suyas, besando sus largos y pálidos dedos. Él la veía extasiado y sus ojos brillaban en la tenue luz. Se lamió los labios antes de hablar.

—Eres lo único que jamás quise —dijo antes de que sus ojos se cerraran con lentitud.

Lucy se quedó sentada a su lado la noche entera, sosteniéndole la mano. En ocasiones, se quedaba dormida y despertaba con la cabeza recargada sobre su antebrazo encima de la cama. Cada hora, la enfermera entraba para tomar el pulso de Jamie y, en una de esas ocasiones, trajo una almohada para que Lucy pudiera recargar la cabeza.

Llegó el amanecer y Lucy se levantó para estirarse. Cuando la sintió moverse, la mano de Jamie se agitó en su dirección, por lo que Lucy volvió a sentarse. Cambió el turno de las enfermeras y una joven le trajo un plato de frijoles y café. Lucy podía escuchar el ruido del resto del pabellón al otro lado de las cortinas. No sabía qué tanto podía entender, pero le empezó a hablar a Jamie en voz muy baja acerca de las cosas que solían hacer de niños, de los animales lastimados que le llevaba para que ella los pudiera curar, de lo agradecida que se había sentido por rogarle a su padre que la dejara estudiar medicina y de su trabajo con los refugiados, pero jamás mencionó a Tom. Lo llevó en una caminata mental a través de Welwyn para recordar cada reja, cada jardín, cada pared cubierta de una cascada de aubretias moradas, y el sitio donde vivían cada gato y cada perro a los que habían acariciado durante esa infancia que parecía ya tan lejana; en otra vida. De vez en vez, alguien se asomaba a ver cómo estaban y Lucy sólo sacudía la cabeza. Pasaron las horas con lentitud, marcadas no por los minutos ni las horas, sino por el sonido de la leve respiración de Jamie: adentro, afuera, adentro, afuera, como si su cuerpo se estuviera aferrando a la vida de una manera u otra.

El día más largo del que Lucy tuviera memoria cedió paso a una nueva noche y el pulso y respiración de Jamie seguían agitándose levemente. El esfuerzo de abrir sus ojos era demasiado, pero Lucy pudo sentir la leve presión de sus dedos, que le decían que sabía que seguía acompañándolo. Y, más tarde, sus propios ojos se cerraron también y descansó su cabeza junto a la mano de su amado.

Cuando despertó, supo de inmediato que algo había cambiado. Todavía respiraba, pero el sonido era un estertor lento y bajo.

—Te amo, Jamie —susurró y solamente hubo el más breve movimiento de sus dedos entre sus manos. Después de que exhaló, hubo una larga pausa antes de que volviera a inhalar. Lucy se inclinó y le besó los labios. Exhaló de nuevo, con otro bajo estertor y Lucy esperó a que volviera a inhalar. Pasaron varios segundos y, después, todo un minuto, pero ya no volvió a respirar. Levantó su mano hasta sus labios y se sentía laxa. La besó y la besó y dejó que sus lágrimas cayeran hasta que la mano de Jamie quedó empapada con ellas.

Cuando levantó la cabeza, la boca de Jamie estaba abierta y sus ojos parecían menos cerrados, como si hubiera hecho el intento de verla una última vez. Lucy se secó la cara con las sábanas y fue en busca de una enfermera.

La misma mujer mayor del día anterior estaba de guardia de nuevo y vino de inmediato. Buscó el pulso en su cuello, cerró su boca y sus ojos y, después, le permitió a Lucy que besara sus labios, ya más fríos, por última vez antes de subir la sábana sobre su rostro.

Lucy puso la cabeza entre sus manos y lloró, y la enfermera la acompañó hasta la habitación donde se habían casado hacía tan poco tiempo.

Cuando pudo recuperarse, Lucy le dio las gracias a la mujer y empezó a quitarse el anillo para devolvérselo.

—No, no; ahora te pertenece —le dijo la enfermera, colocando su mano sobre la de Lucy—. Es para recordarte que todo esto de verdad sucedió y que eres la señora Murray. Puedes quedarte aquí hasta que amanezca. El turno de la mañana llegará en poco más de una hora.

Lucy se dejó caer sobre la cama pulcramente hecha donde Jamie había recibido la extremaunción antes de que se casaran.

Cuando iba llegando a la puerta, la enfermera se dio la vuelta y regresó hasta donde estaba Lucy.

—Conozco el trabajo que llevas a cabo en el Hogar Luis Vives y sé que es obra divina. Dios te bendiga.

Lucy se acostó sobre la cama y se quedó viendo a la oscuridad. Parecía que todas las lágrimas de su vida entera habían caído al enterarse de la muerte de Tom y que ya no le quedaba llanto para Jamie. Sus ojos le ardían por la resequedad de la desesperación absoluta. Se sentía físicamente exhausta, agotada, insensibilizada. Demasiado cansada como para dormir, como para pensar, como para sentir.

Vio cómo el cielo se iluminaba poco a poco y cuando pareció que había amanecido un día más sin la presencia de Tom y de Jamie, se levantó del lecho y salió por la puerta por la que había entrado el sacerdote, al sinsentido de un nuevo día. Su mente estaba convertida en piedra pero, de alguna manera, sus piernas la llevaron, un paso a la vez, hacia el metro y rumbo a casa, aunque nunca supo cómo llegó hasta allí. La normalidad de caminar colina arriba hacia el Hogar Luis Vives le pareció por completo irreal. ¿Cómo podían pasar estas cosas tan comunes y corrientes en un mundo tan vacío? Estiró la mano para abrir la reja y vio su anillo de matrimonio. La enfermera tenía razón; de no ser por el anillo, Lucy hubiera pensado que todo había sido un sueño.

La manera en que Margarita la detuvo en el pasillo le dijo a Lucy que la tensión de los últimos dos días y noches podía verse en su rostro y en cada movimiento de sus extremidades.

—Sólo quiero dormir —le dio a su amiga—. Quiero taparme la cabeza con una cobija y no despertar jamás. —Margarita la ayudó a llegar hasta su recámara y se hincó frente a ella para desatarle las alpargatas y, después, Lucy se recostó sobre la almohada y cayó en un trance profundo sin ensoñación alguna.

Cuando despertó ya era de noche y, por un momento, no tuvo idea de dónde estaba o si se había imaginado los últimos días. Alguien había colocado una taza de cocoa y un par de galletas junto a su cama. La cocoa estaba fría y tenía una capa de nata sobre la superficie. La atravesó un profundo dolor cuando recordó que tanto Tom como Jamie estaban muertos.

Miró a la cama de junto y vio que Concha no se encontraba en ella. Tuvo la repentina necesidad de verla y de abrazarla. Lucy le dio vueltas al anillo de bodas. ¿Estaba mal lo que había hecho? Hizo un examen de conciencia y no experimentó rastro alguno de culpa.

De la puerta se abrió una rendija y entró algo de luz del rellano. Kanty asomó la cabeza.

—Ah, estás despierta.

Lucy se incorporó sobre sus codos.

—Sí, pasa, ¿qué horas son?

—Las doce. Estaba de camino a la cama. Llevas horas dormida. Margarita y yo estuvimos revisándote.

—¿Y Concha?

—Conmigo.

Lucy le hizo un ademán y le dio unas palmaditas a la orilla de la cama. Kanty entró, se sentó y estudió el rostro de su amiga bajo la luz que entraba por la puerta, su ceño se arrugaba de preocupación.

—¿Estás bien? —Sacudió la cabeza, irritada consigo misma—. Qué pregunta tan imbécil. ¿Quieres algo de cocoa caliente?

—Lo que quiero es un abrazo —dijo Lucy, creía que empezaría a llorar de nuevo, pero se sentía hueca, carente de sentimientos y más que agotada. Se abrazaron en silencio hasta que Lucy levantó la cabeza al escuchar la entrada de Margarita, que venía con una tortilla de huevo, frijoles y cocoa, y se sentó sobre la cama de Concha, instando a Lucy a comer. La comida le supo a aserrín, pero pensó en el bebé y se puso a masticar de manera obediente. Pudo ver que las dos habían visto el anillo que llevaba puesto.

Cuando terminó de comer, Margarita habló.

—No tienes que decirnos nada ahora —dijo, aunque su rostro estaba lleno de curiosidad. Sin embargo, Lucy decidió que quería compartir toda la historia y ver, por sus rostros, si había traicionado a Tom o, peor aún, si se había traicionado a sí misma. Tenían que saber que todo estaba perdido. Necesitaba escucharse decirlo antes de que pudiera empezar a creer que así era.

Quedaron tan atónitas como ella al enterarse de que el señor Murray del hospital no era Tom y que se había casado con Jamie.

—¿Creen que haya estado mal? —les preguntó Lucy—. No sentí que estuviera mal.

—Entonces no lo estuvo —afirmó Kanty de manera decisiva. Margarita asintió.

—Queridísima Lucy. Tu corazón fue lo bastante grande para los dos... y para nosotras... y para Concha. —Pausó como si se le hubiera ocurrido algo más—. Además, el bebé...

Se detuvo, pero Lucy supo lo que estaba pensando; ahora, no nacería como bastardo.

Una inmensa ola de cansancio invadió a Lucy. Quería dormir y dormir, y jamás despertarse al dolor que sabía que estaría esperándola cada una de las mañanas del resto de su vida. Mañana tendría que escribirle a la señora Murray para confesarle que había fracasado en su promesa. No había traído de vuelta a ninguno de sus hijos y ahora los dos estaban muertos. Todo había acabado.

25

7 de octubre de 1938
Barcelona

Mi muy querida señora M:

Escribir la presente es lo más difícil que jamás haya tenido que hacer en toda mi vida. Quizá tendría que haber viajado para decírselo yo misma en persona. Perdone mi cobardía al escribirle en lugar de hacerlo.

Sé que sin duda habrá recibido la misma terrible carta que yo, donde nos informan que Tom está «desaparecido» y que «se le da por muerto». Sé la terrible agonía que no dudo está experimentando y la crueldad de ni siquiera contar con un cuerpo que pueda sepultar.

Y, ahora, tengo que acentuar este dolor insoportable porque debo decirle que Jamie también murió. No hay manera fácil de decirlo. Le escribí más de una docena de cartas y las destruí todas. Enviaré ésta, sin importar lo brutal que parezca.

No sé si le sea de consuelo alguno saber que estuve con Jamie hasta el último momento. Lo hirieron de muerte mientras rescataba a una familia que intentaba escapar de las tropas de Franco al cruzar el río Ebro. Logró poner a salvo a todos los miembros de la familia, pero él quedó malherido. Me llamaron para que fuera a su lado a un viejo convento de Barcelona que ahora funciona como hospital. Estaba despierto y supo quién era yo. Pidió los santos óleos y pude encontrar a un sacerdote que se los proporcionara.

Después, preguntó si yo dejaría que el sacerdote nos casara; era lo único que podía hacer por él, de modo que nos casaron en ese preciso momento. No sé si sea legal sin que hayan publicado las amonestaciones y todo lo demás, pero en realidad creo que estamos casados ante los ojos de Dios. Una enfermera, que quizá haya sido monja antes, me regaló su anillo de bodas; estoy mirándolo justo en este instante.

Me senté a su lado día y noche hasta que, al fin, nos dejó. Le aplicaron una buena cantidad de morfina, de modo que murió en paz.

Eso fue el día de ayer; regresé ofuscada por la pena y mis queridas amigas, Margarita y Kanty, están conmigo. Los funerales se hacen deprisa en los países cálidos, de modo que se hará el día de mañana.

Así que le fallé. Completa y absolutamente. Fracasé en llevarle de vuelta a cualquiera de sus adorables muchachos. Lo siento mucho, muchísimo. Quisiera envolverla entre mis brazos y llorar con usted por los chicos a los que amamos con tanta fuerza. No puedo imaginar cómo seguiremos adelante sin ellos, ni cómo es que el mundo podrá seguir adelante tampoco. Siento que debemos seguir viviendo por los dos, pero la verdad es que no sé cómo.

También tengo algo más que compartir con usted. Algo que quizá haga que jamás quiera volver a verme. Me da muchísimo miedo contarle y mi corazón no deja de golpear en mi pecho.

Como sabe, después de que hirieran a Tom, para recuperarse acudió a la colonia infantil cercana a Benidorm que yo administraba. Nos acercamos más que nunca y, aunque me apena decirlo, pensé que no regresaría a la guerra si yo le permitía… ya sabe. Pero tengo que escribirlo… nos convertimos en amantes, tanto en nuestros cuerpos como en nuestros corazones. Sin embargo, a pesar de eso, de todas maneras quiso regresar al frente.

Después, claro, pensamos que lo habíamos perdido cuando lo capturaron pero, al fin, regresó a mí en Barcelona y se quedó en el Hogar Luis Vives conmigo por dos semanas. Mi dicha al verlo con vida fue tanta que quise pasar cada instante con él, día y noche. Espero que no piense demasiado mal de mí cuando le cuente que compartimos cama.

Mi esperanza era que se quedara aquí para ayudarme con el trabajo en pro de los niños, pero no podía esperar a regresar con sus camaradas al frente. Ya sabe lo obstinado que podía ser. Nada de lo que traté de hacer o decir pudo hacerlo cambiar de parecer y, ahora, sucedió lo que más temíamos y lo perdimos para siempre.

No obstante, hubo consecuencias de nuestro tiempo juntos, del amor que nos teníamos. Estoy encinta con la criatura de Tom.

¿Está horrorizada; pasmada? ¿Querrá volverme a ver algún día? ¿Podría perdonarme en alguna oportunidad? Estoy casi segura de que mi padre me desheredará.

Suena tan terrible cuando lo expreso por escrito que quisiera esconderme de pura vergüenza; casarme con uno de los hermanos mientras esperaba el hijo del otro. Pero cuando me casé con Jamie ya me habían avisado de la muerte de Tom. Sabía que Jamie sólo tenía algunas horas de vida y que lo deseaba con todo su corazón, además de que me parece de lo más correcto que yo sea Lucy Murray, y no Lucy Nicholson.

¿Fui capaz de explicarle todo esto de manera adecuada? ¿Puede comprenderme o acaso me desprecia?

No puedo más que temblar en espera de su respuesta, porque es la madre que jamás tuve y su buena opinión me importa muchísimo. Será un triple duelo si jamás quiere volver a verme, pero, aun así, no la culparé si eso sucede.

Aparte, espero que no me odie por siempre por no llevar a sus hijos sanos y salvos de vuelta a sus brazos. No sabe cómo me esforcé por lograrlo.

Además, espero que pueda perdonarme por amarlos a los dos. El mundo jamás podría comprenderlo, pero espero que usted lo haga.

Con todo mi amor le ruego que me perdone,
Lucy

Llovió el día del funeral de Jamie. Kanty y Margarita se pararon junto a Lucy frente a la tumba abierta. Margarita se puso un vestido y abrigo negros y llevó un paraguas. Tanto Kanty como Lucy se vistieron con sus sobrios vestidos cuáqueros de color gris y, aunque Margarita trató de taparla con el paraguas, Lucy dejó que la lluvia cayera por su rostro y sobre su cabello, como si el mundo entero la estuviera empapando de tristeza. La única otra doliente fue la vieja enfermera, que se mantuvo un poco aparte de ellas, y el sacerdote que los casó, con sus overoles azules de carpintero debajo de un largo abrigo negro.

Las invitaron a dar un paso adelante para arrojar un puñado de tierra sobre el barato ataúd y a Lucy le pareció que estaba arrojando tierra tanto sobre Jamie como sobre Tom, envueltos juntos en un abrazo de ensueño, como cuando eran muy pequeños.

* * *

Tres semanas más tarde, el sábado 29 de octubre, los trescientos cinco Brigadistas Internacionales sobrevivientes a los que retiraron del frente marcharon en un desfile que atravesó Barcelona. Todo el mundo quiso estar allí para vitorearlos. Concha le rogó a Lucy que la llevara y, aunque sentía que apenas y podría soportar ver al Batallón Inglés sin Tom, supo que él esperaría que estuviera allí para despedirse de sus viejos camaradas.

Ahora, todo le suponía un enorme esfuerzo, como si hubiera envejecido cincuenta años, pero creía que esto era lo último que tenía que hacer por Tom y que era su deber ir. Kanty vio el trabajo que le estaba costando y se ofreció a acompañarlas.

Desde que había perdido a Jamie, Lucy se había centrado de manera exclusiva en su trabajo a favor de los refugiados. Cada vez que su mente intentaba dirigirse al horror de la pérdida de los dos hermanos, le cerraba la puerta con fuerza a esa idea. Pronto, sintió como si se encontrara dentro de un larguísimo corredor atestado de puertas cerradas, sin nada que hacer más que caminar hacia adelante con dificultad, un triste paso tras otro, repitiendo, entre dientes «los niños, los niños, los niños». Pero ahora, el día del desfile había obligado a que se abriera una puerta y el dolor de perder a los muchachos la estaba embargando, como si estuviera reviviendo la mañana que se enteró de la muerte de Tom y la noche cuando fue testigo de la lenta muerte de Jamie. Su corazón latía de pena cuando salió acompañada de Kanty y de Concha.

El desfile habría de pasar sobre la Avinguda Diagonal, porque era la calle más amplia de Barcelona, con aceras amplias y llenas de árboles que podrían recibir a todos los espectadores.

Podían escuchar el ruido de la muchedumbre desde una gran distancia y llegaron para encontrar que el bulevar estaba colmado de una cantidad enorme de personas y de fotografías gigantes de Stalin y del primer ministro Negrín, que colgaban de los edificios. Diversas bandas tocaban en una estruendosa cacofonía y los discursos se estaban transmitiendo a través de altavoces. El ruido se vio intensificado por el rugir de los aviones republicanos que patrullaban los cielos para protegerlos a todos de un ataque de los bombarderos.

La multitud se conformaba de varias filas muy extensas de personas, desde la calle y hasta los edificios sobre las aceras, como si todo Barcelona estuviera ahí para lanzar vivas a los héroes de las batallas de Jarama, de Brunete, del Ebro y de tantas otras más. Todo el mundo conocía las enormes pérdidas que habían sostenido y cuántos hombres extranjeros, como Tom, jamás regresarían a casa con sus madres.

—¡Jamás he visto a tanta gente reunida en toda mi vida! —gritó Kanty—. Debe ser casi un millón. Tendremos que caminar más lejos por la avenida o jamás podremos ver nada.

Concha se acercó lo más que pudo al costado de Lucy, quien la tomó con fuerza de la mano mientras se paseaban por el río de personas, detrás de las multitudes agazapadas, y trataban de abrirse camino hacia adelante para poder ver algo de las filas de los Brigadistas Internacionales que habían alcanzado a sobrevivir.

La multitud alzó la voz como una sola persona, las bandas dejaron de tocar y Lucy reconoció la voz de Dolores Ibárruri, la

Pasionaria, cuando empezó a dar un vehemente discurso que podía escucharse a gritos por los altavoces a cada lado de la calle. Parecía una eternidad desde que Tom y ella habían acudido a oírla hablar en Londres. Otra vida.

—Ofrecieron su sangre con una generosidad ilimitada —declamó la Pasionaria a las filas restantes de voluntarios de todo el mundo, sus palabras se clavaban como un cuchillo en el vientre de Lucy—. Pueden marcharse con orgullo. Son historia; son leyenda.

La multitud rugió su aprobación pero Lucy pensó con amargura que era mejor vivir como cobarde que morir como héroe. Tom se había marchado para siempre y su bebé nacería sin la presencia de su padre.

Sólo una frase la estremeció.

—Jamás los olvidaremos —gritó la Pasionaria, y los espectadores rompieron en silbidos y aplausos.

«Jamás», pensó Lucy, colocando la mano que tenía el anillo de bodas de Jamie sobre su vientre apenas abultado. «Mientras quede aliento en mi cuerpo, jamás te olvidaremos».

Las Brigadas Internacionales empezaron a marchar por las calles atestadas mientras llovían pétalos de flores sobre ellos, hasta que terminaron marchando sobre una alfombra rosa y roja, y sus uniformes se vestían de los mismos brillantes colores. La calle delante de los soldados estaba llena de flores.

Las mujeres se abrieron paso a través de la guardia de honor española para besar y abrazar a estos hombres, que las habían protegido de los fascistas de Franco por tanto tiempo. Muchachas trabajadoras de las fábricas, vestidas con sus overoles azules, plantaban besos de lápiz labial sobre los rostros de los hombres que marchaban y les colocaban flores en el cabello.

Lucy, Kanty y Concha se vieron sacudidas de lado a lado y terminaron apretadas en las apelotonadas filas de personas que estaban frente a ellas y que obstaculizaban su visión del desfile. Lucy levantó a Concha entre sus brazos para que no la pisotearan.

—Esto es demasiado peligroso para Concha. Deberíamos irnos —trató de decirle a Kanty, pero ella se colocó una mano encorvada sobre la oreja y levantó las palmas de sus manos parta darle a entender que no podía escucharla por el estruendo que las rodeaba. Kanty era un poco más alta que Lucy y bastante más alta que el resto de la muchedumbre de catalanes, de modo que al pararse de puntitas y estirar el cuello, lograba atisbar a los soldados por encima de las cabezas de las mujeres que tenía adelante. Lucy pudo ver que Kanty se estaba divirtiendo como nunca y que no se iba a marchar por nada. Pero Lucy apenas y podía advertir una fugaz vista de alguna boina o de un puño elevado en saludo debajo de las banderolas reparadas una y otra vez de las diferentes brigadas y que, una por una, flotaban sobre las cabezas de los espectadores. A medida que aparecía cada estandarte nuevo, aumentaban los aullidos y silbidos de la multitud a un nivel ensordecedor y parecían moverse como una ola hacia adelante. Lucy bajó la cabeza y tomó a Concha con fuerza. Esto terminaría pronto y así podría regresar a su escritorio para perderse por un momento en el urgente problema de cómo alimentar a todos los desplazados. Miró los deshilachados y desgastados abrigos de la gente frente a ella, y trató de concentrarse en pensar cuándo llegaría el momento en que pudiera tener un abrigo nuevo.

Pero, de repente, Kanty empezó a jalarla del brazo y a señalar sobre las cabezas de las personas frente a ellas, que agitaban sus brazos con entusiasmo y gritaban hasta quedarse roncas. Lucy levantó la mirada para ver que se acercaba el desgastado estandarte del Batallón Inglés. Los pétalos rojos y rosas llovían sobre el batallón desde una ventana al otro lado de la calle. Esa banderola tendría que haber ondeado cerca de donde mataron a su amado Tom. Una ola de malestar sobrecogió a Lucy y rogó porque no empezara a vomitar o que no se desmayara. Miró por encima de su hombro para ver qué tantas filas de personas tendría que atravesar para poder escapar. Necesitaba aire; quería que terminara ese tormento. Sin embargo, oyó que Kanty gritaba y lanzaba vivas; tomó a Concha con fuerza de entre las manos de Lucy y la levantó hasta sus hombros para que pudiera ver sobre las cabezas de los demás. El clamor de los silbidos y el rugido de la multitud hicieron que los oídos de Lucy empezaran a pitar. Kanty gritaba y daba de pisotones al tiempo que Concha agitaba sus brazos y gritaba como poscída.

De repente, Concha pareció levantarse sobre los hombros de Kanty, esforzándose por ver mejor. Cuando se acomodó de nuevo, empezó a golpear la cabeza de Kanty con las palmas de sus manos de manera insistente al tiempo que le daba una patada al brazo de Lucy para llamar su atención.

—¡Tom! ¡Es Tom! —empezó a gritar.

Lucy y Kanty intercambiaron una mirada de incredulidad y sorpresa, pero Concha no dejaba de señalar y de gritar «¡Tom! ¡Tom!» con tal convicción que se vieron obligadas a abrirse paso con los codos entre las personas de enfrente para llegar hasta el desfile, empujando a hombres y a mujeres a cada lado.

Concha rebotaba sobre los hombros de Kanty con emoción mientras ella le sujetaba las piernas de la pequeña con fuerza.

Lucy apenas y se atrevía a creerle, pero Concha quería tanto a Tom que seguramente no podría equivocarse, ¿o sí?

—¡Allá! ¡Está allá! —gritó Concha mientras señalaba al contingente de hombres que ya empezaba a alejarse.

—Jamás los alcanzaremos —afirmó Kanty mientras Lucy la tomaba por el brazo.

—Tenemos que rodear el desfile para tratar de salir delante de ellos —dijo Lucy y se volteó, mientras empujaba a la multitud con fuerza en tanto que la gente se abría para dejarlas pasar.

Kanty bajó a Concha al piso, Lucy la tomó de la mano y empezaron a correr veloces por las callejuelas que se habían vuelto tan conocidas para ella como los parajes de Welwyn.

Concha balbuceaba de la emoción.

—¡Era él! ¡De verdad! ¡Era él! ¡No está muerto!

Lucy supo que podrían correr a izquierda, derecha e izquierda por las calles en patrón de rejilla, haciendo zigzag alrededor de las plazas donde se atravesaban las calles. Cada vez que se acercaban a la diagonal, volvían a escuchar el estruendo y los vivas de la multitud, que les indicaban que la avenida seguía atestada de los fanáticos de las Brigadas Internacionales.

Cuando dieron la vuelta a una esquina más, Kanty sintió un agudo dolor en el costado, por lo que tuvo que detenerse a presionarse un costado, con la mano arriba de su cintura. Concha saltaba impaciente de un pie al otro mientras Kanty se estiraba y se tocaba los dedos de los pies, bufando y tratando de respirar a profundidad. Pero tan pronto como se desvaneció el dolor, empezaron de nuevo a correr como el viento por las calles; su cabello volaba detrás.

Después de correr por las calles secundarias alrededor de quince minutos, el sonido de las multitudes pareció acallarse, de modo que Lucy las condujo de vuelta a la diagonal, donde la muchedumbre apenas constaba de algunas filas de pocas personas. Las tres apenas y podían respirar, bañadas en sudor por el esfuerzo. El corazón de Lucy no dejaba de galopar dentro de su pecho y al fin llegaron a un punto al que todavía no llegaba el desfile.

—Por favor, *si us plau* —dijo Lucy tratando de pasar entre las personas que estaban esperando—. ¡Mi esposo! —dijo en español y, después, en catalán—: *El meu marit*.

Hombres y mujeres voltearon de inmediato para ver a esa chica rubia de ojos azules con tanta desesperación en su voz, y se hicieron a un lado, pedían que le abrieran paso a la esposa de uno de los héroes ingleses.

—Gracias, gracias —repetían Kanty y Concha cuando llegaron a la orilla de la multitud, detrás de la guardia de honor española que estaba deteniendo las oleadas de entusiasmados espectadores.

El ambiente carnavalesco alcanzó un nivel de emoción ensordecedor a medida que aparecieron los primeros destacamentos de Brigadistas Internacionales con sus uniformes deshilachados y disparejos, y sus estandartes frente a cada banda de soldados. Cada hombre tenía el puño derecho apoyado contra su sien en saludo a las personas que estaban ahí para darles las gracias. Primero, apareció la Brigada Lincoln-Washington de voluntarios estadounidenses e irlandeses. Lucy jamás había visto a tantos hombres negros juntos. La causa de la libertad sin duda sería cercana a sus corazones, pensó. Ahora, aparecieron los Dimitrov y la Comuna de París. Y después, al fin, lo que restaba del Batallón Inglés bajo su conocido estandarte, izado con orgullo por Jim Brewer, de un metro con ochenta de estatura.

El corazón de Lucy golpeaba con esperanza y con terror de que Concha pudiera estar equivocada. Ahora pensó que de verdad empezaría a vomitar.

Lucy y Concha estudiaban los rostros de cada fila de hombres con ansiedad mientras pasaba frente a ellas. Muchos de ellos llevaban boinas que les cubrían el cabello y otros más tenían sus rostros volteados mientras saludaban a las multitudes del lado contrario de la calle. Eran hombres marcados por la guerra, que marchaban con sus cabezas en alto, sonrientes ante la adulación de las mujeres, con sus uniformes decorados con pétalos de colores.

Pero ninguno de ellos era Tom.

Y, entonces, Concha emitió un agudo chillido, se escabulló por debajo de los brazos de la guardia de honor y salió corriendo hasta el desfile mientras gritaba «¡Tom! ¡Tom!», antes de lanzarse contra un soldado que la levantó en vilo entre sus brazos y empezó a mirar por doquier en busca de Lucy. Ella se sintió aturdida, mareada por la incredulidad. Era como si el resto del desfile y de la multitud desaparecieran; el ruido, los empujones y el color se difuminaron hasta convertirse en nada, únicamente veía el rostro de Tom con el más nítido detalle. Era Tom, Concha tenía razón. Era Tom.

Lucy también se escabulló por debajo de los brazos de la guardia de honor y corrió hasta alcanzarlo. Si empujó a otras personas en su desesperación por llegar hasta él, no lo notó. No había nada en el universo más que Tom y el hecho de que estuviera vivo.

Y, entonces, llegó hasta él y lo tomó del brazo; podía sentir la solidez de su existencia, y él la estaba mirando al tiempo que se reía, con sus familiares ojos tan cafés como castañas.

Subió a Concha sobre su cadera derecha y rodeó con fuerza la cintura de Lucy con su brazo izquierdo. Los soldados con los que estaba marchando se hicieron a un lado para hacer espacio a las nuevas participantes del desfile. Lucy se acomodó para seguirles el paso a los hombres y, sin interrumpir el ritmo perfecto de su marcha, Tom inclinó la cabeza para besar sus labios. Se escucharon vivas enloquecidos de parte de sus compañeros y de la multitud. Lucy se aferró a él y la suavidad de sus labios contra los suyos fue la única realidad por varios largos segundos, hasta que la torpeza de besarse mientras caminaban los obligó a interrumpir su beso. Los soldados cercanos a los dos empezaron a palmotearles la espalda. Lucy pensó que podría explotar por la simple dicha de sentir su brazo como banda de acero alrededor de su cintura.

—¡Me dijeron que estabas muerto! —gritó.

Tom le brindó su familiar y traviesa sonrisa.

—No la última vez que me fijé.

Era imposible seguir hablando entre la cacofonía de la multitud, pero por estos momentos, no había nada en el mundo que importara excepto el hecho de su cuerpo, vivo y palpitante, pegado al suyo.

Lucy y Concha se quedaron con el desfile hasta que los espectadores se dispersaron y los demás acompañantes se quedaron a la deriva, cerca de los límites de la ciudad. Aunque no quería dejarlo nunca más, se obligó a decirle:

—Tendremos que regresar. No podemos acompañarte hasta Francia.

Tom bajó a Concha y besó a Lucy una vez más.

—Te dejaré saber dónde estamos —aseguró mientras él y sus compañeros siguieron su marcha, fuera de Barcelona y hacia las montañas.

26

De vuelta al Hogar Luis Vives, sus oídos todavía estaban ensordecidos por el ruido de la multitud, Lucy se detuvo en la oficina de correos, delirante de felicidad, y le envió un telegrama a la señora Murray.

«¡TOM ESTÁ VIVO!», decía. Y después, para corroborar, «LO VI», porque era posible que la señora Murray no se atreviera a creer la maravillosa noticia. Estaba a punto de abandonar la oficina postal cuando se dio cuenta de que también debía avisarle a su padre. El capitán Nicholson le había respondido de la manera más emotiva cuando le envió la carta donde le decía que Jamie había muerto. Dijo que estaba desconsolado ante la pérdida de sus «amados hijos». Merecía saber que al menos uno de ellos seguía con vida. Despachó el telegrama con toda velocidad. Concha bailó y brincó junto a ella todo el camino a casa.

Esa noche, Lucy brindó por Tom con Kanty y Margarita, sus emociones variaban entre la exultación por la milagrosa reaparición de Tom y la más amarga tristeza por el conocimiento de que Jamie jamás volvería.

A la mañana siguiente, Lucy recibió una carta formal del Batallón Inglés, fechada una semana antes, donde le informaban que Tom estaba vivo, pero que había sufrido una conmoción y que estaba recuperándose en una granja abandonada; además recibió una rápida nota de Tom donde le decía que estaban transfiriendo a las tropas de las Brigadas Internacionales a algún sitio cercano al pueblo de Ripoll, en los Pirineos, mientras se hacían los arreglos correspondientes para enviarlos a casa desde Puigcerdà. Esperaba que pudieran verse antes de que abandonaran España.

—Debes ir a Puigcerdà —afirmó Margarita en forma decisiva—. Yo también te acompañaré. Domingo no deja de insistirme en que es momento de abandonar Barcelona.

Los ojos de Lucy brillaron.

—Podríamos llevarnos a algunos de los huérfanos de las colonias de Barcelona. —Volteó a ver a Kanty—. ¿Y qué me dices de ti?

Kanty lo pensó unos momentos.

—Todavía no. Aunque tenemos mucho personal local muy adecuado, todavía hay mucho que hacer. Puigcerdà tiene las colonias de John Langdon-Davies, Save the Children y la Solidaridad Internacional Antifascista, de modo que no creo que me necesiten.

Lucy pasó los días que siguieron en una mezcla de felicidad extasiada y de desesperación. Cuando miraba la ciudad a su alrededor había infinidad de cosas que reflejaban su dolor por Jamie: las tiendas cerradas; la ruina y desolación en torno a los muelles; los rostros delgados y arrugados de los adultos; el color blanquecino y los párpados inflamados de los niños cuya ropa traían colgando. Y, sin embargo, también escuchaba música y risas, y el famoso refrán del desafío español: «Nosotros, los españoles, morimos bailando». Y, entonces, pensaba en Tom y en el hecho de que estuviera vivo y que no tardaría en volverlo a ver.

Octubre se convirtió en noviembre y las Brigadas Internacionales seguían acampadas en Ripoll, en los Pirineos, a la espera de abandonar España, pero Lucy apenas y tenía tiempo de pensar en Tom. Los teléfonos de la oficina no dejaban de sonar con nuevas peticiones de evacuar a esta o aquella colonia para llevarse a los niños a las montañas o a Francia. En términos oficiales, la frontera de Francia estaba cerrada al paso de los refugiados, pero había informes de largas filas de personas que estaban abandonando España y de aquellos que en las noches cruzaban en secreto por las mismas rutas que tomaron los Brigadistas Internacionales para ingresar al país. Parecía que casi nadie creía que fuera posible el triunfo de la República. Franco no había seguido la iniciativa de los republicanos para deshacerse del apoyo internacional de los alemanes e italianos. Sólo era cuestión de tiempo antes de que toda España cayera ante él.

Lucy y Margarita hicieron planes para viajar hasta Puigcerdà, vaciaron todas sus despensas y pusieron todo su papeleo en orden. Margarita se quedaría allí con Norma Jacob hasta que Franco tomara Cataluña y, entonces, se mudarían a Francia para ver la manera de ayudar a los refugiados españoles allá. Lucy solamente se quedaría en España hasta que Tom se marchara. Cuando tomó la decisión de regresar a casa, sintió que se levantaba un gran peso de encima de ella.

Llegó una carta de la señora Murray en respuesta a la confesión de Lucy, misma que escribió antes del telegrama donde le decía que Tom estaba vivo. Lucy la abrió con gran nerviosismo. Su corazón empezó a latir con fuerza cuando abrió el sobre. Después de todo, llevaba en su vientre al bastardo de uno de sus hijos y se había casado con el otro. No podía tolerar la idea de que la señora Murray la despreciara. Leyó la única hoja de papel azul con velocidad.

Mi queridísima niña:

Gracias por tu valor al escribirme para contarme acerca de nuestro dulcísimo Jamie; debió ser muy difícil hacerlo. Y gracias por contarme acerca del bebito, de mi nieto, del pequeñito de Tom. Habrá algo de él que seguirá con vida.

¿Cómo podrías creer que no quisiera envolverte a ti y al bebé entre mis brazos? Por favor, ven a casa pronto y déjame cuidarte. Estás en demasiado peligro allí donde te encuentras. Te habría dado la bienvenida de todas maneras, pero el hecho de que éste sea el bebé de Tom lo hará infinitamente más precioso.

Creo que te fascinará Larnakshire; el aire está limpio y tendremos a la familia cerca. ¡El pequeñito tendrá primos con quienes jugar! Sin embargo, si no te agrada o si extrañas demasiado a tus amistades, podemos irnos juntas de regreso a Hertfordshire.

No puedo esperar a conocer a Concha. Será como otra nietecita para mí. Una familia hecha será como un sueño hecho realidad después de vivir sola por tanto tiempo.

Gracias por contarme acerca de tu matrimonio con Jamie. Puedo tolerar mi profunda tristeza con algo más de facilidad al saber que estuviste con él hasta el final y que murió en el feliz conocimiento de que eras su esposa. Es todo lo que siempre quiso.

Perder a un hijo es lo peor del mundo y mi corazón está con todas las madres de España, que sufren conmigo. Sé que en mi alma siempre habrá una herida que jamás podrá sanar, pero de cualquier manera, a pesar de todo, siguen existiendo la bondad y la compasión.

Si alguna vez se lo contaras a otras personas, es posible que les pareciera extraño, pero yo puedo comprender a la perfección que hayas amado a mis dos muchachos; por supuesto que sí. Además, sé que ellos siempre te amaron a ti, a su manera.

Por favor, regresa a casa pronto. Ven hoy mismo.

Con gran amor, de quien pronto será… la abuela Murray.

Mientras leía la carta una y otra vez, Lucy se sintió abrumada por la profunda añoranza de apoyar su cabeza en el hombro de la señora Murray y dejarse cuidar para, al fin, empezar a pensar en su bebé. Si Tom se marchaba de España para ese momento, podrían llegar a casa a tiempo para la Navidad y podría enseñarle a Concha los árboles de Navidad, el pudín de higos y las deliciosas galletas de polvorón de la señora Murray. También le enseñaría a cantar varios de sus villancicos favoritos.

Una vez que regresara a la Gran Bretaña, y hasta que naciera el bebé, se dedicaría a juntar dinero para los refugiados. Hablaría en las casas de reunión de los Amigos, en los institutos femeninos y en reuniones gremiales. Francesca la ayudaría. Quizá pudiera escribir un libro y, tal vez, después de nacido el bebé, todavía habría alguna manera de estudiar para convertirse en médico. Parecía que el futuro se desplegaba frente a ella como un camino abierto.

Decidió que le contaría a su padre acerca del bebé cuando volviera a escribirle. Después de todo, también sería su nieto.

Lucy se aseguró de que sus dos asistentes catalanes pudieran hacerse cargo de todo el trabajo que estaría dejando atrás en Barcelona. Visitaron todas las colonias donde, a pesar de todos sus esfuerzos, la escasez de alimentos empezaba a agravarse.

—Abrimos los cojines rellenos de frijoles que usaban para sentarse y cocinamos los frijoles —le dijo una de las directoras—, y después usamos la tela para remendarles los pantalones. Los niños no podrán quedarse aquí por mucho tiempo.

Lucy le indicó a Concha que, de ahora en adelante, únicamente hablarían inglés, para que estuviera lista cuando las dos se mudaran a Inglaterra. Concha la abrazó con fuerza y Lucy se dio cuenta de que había seguido preocupada de que tuviera que quedarse en España cuando se marchara. Levantó la cabeza de Concha y miró sus ojos cafés llenos de lágrimas.

—Jamás te abandonaré —le dijo—. Te quiero como si fueras mía.

Al día siguiente, Lucy fue a visitar a Jorge por última vez, pensando que quizá pudiera llevárselo con ella a Puigcerdà.

Cuando llegó, la directora de la colonia se deshacía en sonrisas. Empezó a decirle algo, pero entonces se detuvo.

—No, ¡mejor que se lo diga él mismo! Está en el cuarto de la imprenta.

Cuando Lucy abrió la puerta, pudo ver el cambio que parecía vibrar en cada nervio de Jorge.

—¡Lucy la del cabello amarillo! —gritó entusiasmado antes de arrojarse a sus brazos, la apretaba con tal fuerza que tuvo que quitárselo de encima.

—¿Pero qué pasa?

—¡Llegó hoy! ¡Esta misma mañana! —Metió la mano para buscar una hoja de papel muy arrugada de tanto manoseo, la desdobló con gran cuidado y se la presentó. Pero antes de que Lucy pudiera leerla, el chico no pudo contenerse.

—¡Es de mi hermana! ¡De mi hermana mayor! ¡Está viva y viene por mí esta misma tarde! ¡Me va a llevar a vivir con ella!

Ahora, le tocó a Lucy abrazar a Jorge. Su cuerpo entero temblaba de felicidad y los destellos dorados de sus ojos brillaban como tesoros.

—¡Sabía que estaba viva!

—Así es; estabas en lo correcto.

Jamás había perdido la esperanza. Quizás ella también debería aprender a creer en los milagros, se dijo con firmeza. En toda esta destrucción y devastación todavía podía haber pequeños momentos de felicidad y, cuando llegaban, debían celebrarse y proclamarse a los cuatro vientos.

La mano de Jorge se posó sobre la imprenta y una pequeña nube ensombreció su feliz semblante.

—¿Crees que haya una imprenta cerca de donde viva y que me permitan utilizarla?

—¡Estoy segura de ello! —Lucy recordó algo que le habían dicho a su llegada en España—. Cada escuela cuenta con una. Tu nueva escuela también la tendrá y estarán felices de contar con un alumno que sepa usarla tan bien.

Fue extraño despedirse de Jorge sabiendo que lo más seguro era que jamás lo volviera a ver, y se alejó pensando en todos los demás a los que estaba dejando atrás: Juan, Salvador, Alfonso, Juanita y todos los demás niños de la Villa Blanca. Supo que siempre era así en la vida, que seguías adelante y que tenías que decir adiós, pero las relaciones que había formado en España le parecían de colores más brillantes y vívidos que cualquier otra que hubiera tenido con anterioridad, como si la cercanía de la muerte te obligara a tener un nuevo aprecio por la vida y otro nivel de amor. Supo que siempre llevaría a todas estas personas consigo, hasta el final de sus días; la habían convertido en la mujer que ahora era.

Pasaron algunos días antes de que la anticipada carta de Tom llegara desde Ripoll, donde estaban acampadas las Brigadas Internacionales en espera de la orden para abandonar España.

Noviembre de 1938

Queridísima Luce:

Todo el mundo está comportándose como si estuvieran en una especie de campamento de vacaciones, con juegos y futbol y concursos de quién tiene las rodillas más huesudas. Supongo que al fin estamos libres del temor de morir en cualquier momento, y no puedes ni imaginarte lo mucho que eso nos levanta los ánimos. Es como si todos estuviésemos ligeramente intoxicados simplemente con la emoción de estar vivos.

La mayoría de los hombres está haciendo multitud de planes para su regreso a casa pero, lo siento, Luce, no creo que sea donde debo estar. Por lo menos, no en este momento. Me he hecho muy amigo de los hombres de las brigadas alemanas, austriacas e italianas que no tienen un sitio seguro como Inglaterra al cual regresar. Para ellos, la lucha en contra del fascismo apenas comienza. Estoy seguro de que sabes que Herr Hitler anexó Austria y que retomó los Sudetes de Checoslovaquia. Creo que Inglaterra y Francia llegarán a arrepentirse de no haberlo detenido

387

y de que Mussolini rompiera el pacto de no intervención aquí en España. Se han fortalecido como nadie imaginaba y aprendieron mucho acerca de este nuevo tipo de guerra desde los aires.

Pero no es mi intención deprimirte. Estoy bien y de muy buen ánimo. Espero verte en Puigcerdà antes de que terminemos por abandonar España.

Tom

Lucy analizo sus sentimientos de manera tentativa, como si estuviera tocándose un moretón. No le sorprendía en lo más mínimo que Tom no planeara regresar a casa, pero pensó que podría perdonarle lo que fuera ahora que sabía que estaba vivo. Esperaba poder verlo para, al menos, contarle acerca del bebé.

Al fin, todas las preparaciones estuvieron hechas y Lucy, Concha, Margarita y la bebita Dorotea abandonaron Barcelona para trasladarse a Puigcerdà en camión, llevaban consigo a un grupo de veinte niños huérfanos de las colonias barcelonesas. Su ruta pasó a través del pueblo medieval de Ripoll y fue extraño estar así de cerca de Tom, pero sin poder verlo.

Durante todo el camino del lento ascenso hacia los Pirineos el camión no dejó de sonar su bocina para advertirles a los refugiados que les abrieran paso. Montones de bultos de pertenencias estaban abandonados a la orilla del camino a medida que aumentaba la inclinación y se volvía imposible seguir cargándolos. Su camión rebasó familias que no podían caminar un paso más y que establecían campamentos improvisados donde pasar la noche, con lonas estiradas sobre algunos palos que les ofrecieran algo de protección en caso de que lloviera o nevara. Las personas más afortunadas eran las que daban la apariencia de gordura por las capas y capas de vestimentas de lana que estaban usando para protegerse del frío de noviembre, pero muchas no dejaban de temblar a causa de la ropa por completo inadecuada que llevaban puesta dada la altura y la época del año.

Un muchachito como de diez años de edad se estaba esforzando por caminar con su hermano a cuestas. No parecían tener otros familiares. Dos mujeres cuyos pies estaban cubiertos únicamente con alpargatas se encontraban sentadas en el camino, se habían tapado la cabeza con sus chales negros y sostenían a sus bebés hacia Lucy mientras pasaba el camión, le rogaban: «Por favor, lléveselos a Francia». Uno de los bebés parecía no poder sostenerse y daba el aspecto de estar muerto.

Lucy se aferró a la mano de Margarita mientras siguieron su camino. Había demasiadas personas. No era posible ayudar a tanta gente así de necesitada. ¿Qué podían hacer? Lucy frunció el ceño con fuerza mientras sus pensamientos brincaban de un sitio a otro, pero después volteó hacia Margarita con sus ojos encendidos.

—Podríamos armar un comedor. Un comedor móvil que pudiéramos llevar a donde quisiéramos.

Margarita asintió.

—Es una idea maravillosa.

El resto del camino, hablaron acerca de cómo podrían organizarlo hasta que fue momento de entregar a los niños huérfanos a las diferentes colonias de Puigcerdà. Aquí estarían más seguros de los bombardeos, pero los pequeños se mantuvieron en silencio, agazapados unos contra otros en el momento que los fueron entregando a otro hogar nuevo.

Ya en el hogar cuáquero, cuya parte posterior daba al río, Norma había preparado huevos y sopa, y las tres mujeres se sentaron a comer mientras hacían listas de lo que necesitarían para el comedor móvil. Lucy dibujó algunas imágenes de cómo podrían convertir alguna camioneta. Estaba llena de entusiasmo y, después de la cena, telefoneó al Hogar Luis Vives y habló con Kanty para leerle sus requisitos en un tono de voz que no permitía contradicción alguna.

—Suena de lo mejor —dijo Kanty con una sonrisa en su voz—. Veré lo que puedo hacer.

Unos días después, una camioneta Bedford gris, con la estrella cuáquera roja y negra pintada en su costado, se estacionó afuera de la casa y empezó a sonar su bocina. Lucy, Margarita y Norma corrieron escaleras abajo para recibirla. Kanty se asomó de la ventanilla del conductor y todas se reunieron en el exterior con exclamaciones de felicidad.

—¡Pero al menos déjenme bajar! —exclamó Kanty entre risas mientras las quitaba de su camino.

Abrió las puertas de atrás con un gesto triunfal y vieron que la vieja camioneta iba cargada de costales de avena para cocinar, leche en polvo, azúcar y cocoa.

—Y eso es sólo el principio —dijo—. Debajo de todo esto hay una estufa, una mesa y un fregadero. Los sacamos de una casa rodante. Aparte, hay una mesa plegable que se puede armar y será posible mantener la cocoa y la avena calientes sobre la estufa. Además, hay dos cacerolas para mermelada, dos cubetas y tres ollas grandes. No traje las ollas gigantes como las de los comedores porque no supe si podrían cargarlas ustedes tres solas y... —le sonrió a Lucy— menos si una de ustedes está «avergonzada y lactante».

—¡Todo es perfecto! —exclamó Lucy al tiempo que abrazaba y besaba a Kanty.

Norma miró su reloj con decisión.

—Si descargamos algunos de los costales aquí y nos llevamos el resto a la bodega, podríamos empezar esta misma noche.

Para el ocaso habían preparado ollas de avena y de cocoa, y estaban listas para emprender el camino, en un estado de absoluta exaltación. Las cuatro mujeres querían salir a este primer recorrido, pero alguien tenía que quedarse en casa para acostar a los niños.

—Es justo que vayas tú —le dijo Margarita a Lucy—. Fue tu idea.

Kanty manejó porque estaba acostumbrada a las idiosincrasias de la camioneta y se estacionaron junto al camino en un lugar que acordaron con el alcalde de Puigcerdà. Tan pronto como abrieron las puertas y los deliciosos aromas de la cocoa y de la avena empezaron a flotar por el aire, la gente se apresuró hasta ellas.

Lucy, Kanty y Norma armaron la mesa plegable y les pidieron a dos hombres que bajaran las ollas calientes de la camioneta.

Los refugiados empezaron a hacer fila con tazas de metal y se las iban pasando a Lucy, que las llenaba de cocoa con un cucharón y estiraban platos y cuencos hacia Kanty para que les sirviera una porción de avena cocida. Mientras pasaban al lado, murmurando su agradecimiento, Lucy miraba los ojos de las jóvenes madres que se esforzaban por cargar sus bultos con todas sus posesiones. La mayoría tenían bebés envueltos en sus chales o pequeñitos cargados sobre sus caderas o cogidos de sus faldas. Miró los arrugados rostros de las viejas y de los hombres heridos, que habían visto tanto sufrimiento, y le deseó buen viaje a cada uno de ellos.

Cuando se agotó la cantidad de comida que llevaban por esa noche, fue terrible tener que desarmar la mesa plegable y cerrar las puertas de la camioneta, después de decirles a las personas todavía formadas que no habría más sino hasta el día siguiente.

Lucy, Margarita, Kanty y Norma empezaron a trabajar en turnos. Se necesitaba a dos de ellas en la camioneta en todo momento y las dos restantes se quedaban en casa para preparar las ollas de avena y de cocoa, para cuidar a los niños y para impedir que los pequeños trataran de «ayudar». Lucy prefería estar fuera.

Se despertaba cada mañana antes del amanecer, llena de determinación, alerta y lista para trabajar, segura en el conocimiento de que había encontrado su sitio en el mundo y de que estaba haciendo lo que siempre estuvo destinada a hacer. Jamie estaba muerto y el dolor de eso jamás la abandonaría, pero ella seguía aquí y tendría que vivir por ambos. Todavía acostada en las oscuras y frías mañanas, su corazón latía con su refrán cotidiano: «¡Empieza! ¡Empieza! ¡Empieza!».

Se ponía gruesos calcetines de lana debajo de sus pesados pantalones de sarga. Aunque había adelgazado durante su tiempo en España y su embarazo todavía no era visible para quien no le prestara atención, ya no podía cerrarse los pantalones. Usaba un trozo de elástico y dos seguros para mantenerlos en su sitio. Sus senos estaban más grandes y no parecían pertenecerle. Se ponía un chaleco de lana y dos suéteres que había tomado de la bolsa de donaciones caritativas. Cuando se veía al espejo, se reía del aspecto de su cuerpo sin forma y de su rostro más redondo. A pesar de perder a Jamie y de no lograr convencer a Tom de regresar a casa, jamás se había sentido más viva, más necesaria. Sentirse necesitada era una forma de felicidad.

Día tras día Lucy se paraba detrás de la mesa plegable de su estación de comida móvil de espaldas a la camioneta, donde la otra se encontraba dándole vueltas a la avena y a la cocoa. Sus pies y la parte inferior de sus piernas estaban perpetuamente congelados a pesar de los calcetines y medias de lana. Golpeaba los pies contra el piso para calentarlos y volteaba su rostro hacia las montañas, grises por la niebla y la nieve, sabía que se iría de España antes de que pasara mucho tiempo; tan pronto como Tom estuviera a salvo en Francia. Y cuando su bebé tuviera la edad suficiente, quizá volviera a emprender su trabajo de campo, y encontraría a Norma, Esther, Francesca, Kanty, Margarita o a otras mujeres como ellas, donde fuera que estuvieran en el mundo, dondequiera que hubiera personas que necesitaran la ayuda de una chica imprudente como ella.

Las nieves empezaron a caer con mayor intensidad y a diario oían de los refugiados que estaban muriendo de frío y de hambre junto al camino. Sin importar lo mucho que trabajaran ellas y las demás agencias de auxilio, no había manera de que le siguieran el paso a la avalancha de necesidad. Lucy entregó otra taza de cocoa en las manos de otra criatura hambrienta más.

La mañana del 6 de diciembre, Lucy al fin escuchó la noticia que todas habían estado esperando: las tropas de la Brigada Internacional se habían trasladado a Puigcerdà, listas para hacer el cruce a Francia. Corrió hasta el otro lado del pueblo, al campo nevado detrás de la estación de trenes, donde la gente del pueblo había preparado un banquete para festejar a los soldados traídos desde el otro lado de la frontera con vino, jamón, pan y mantequilla. Al acercarse al festín colocado sobre largas mesas, vio a Tom que estaba metiéndose una enorme *baguette* en la boca mientras se reía con sus camaradas. No la vio por estar atento a la comida y a la broma de uno de sus amigos. Ella se quedó parada, mirándolo por unos momentos y mientras se ceñía un poco más su abrigo y su bufanda, se volteó para que no pudiera verla y se quitó el anillo de bodas del dedo, colocándolo dentro de su sostén para mantenerlo a salvo. Ver el anillo sería una manera demasiado brusca para que Tom se enterara de que se había casado con Jamie. Se frotó el dedo para disimular la marca dejada por el anillo.

Tom levantó la cabeza, la vio, dejó caer la *baguette* que estaba comiendo y corrió hacia ella, la levantó del piso mientras le daba un gran abrazo de oso y la besaba escandalosamente sobre los labios.

Todos los hombres lanzaron vivas y Lucy empezó a reírse.

—¡Bájame, tonto salvaje!

Tom colocó su brazo sobre sus hombros de manera protectora y bonachona, y mientras la conducía hacia las mesas, Lucy notó que todavía caminaba con una ligera cojera, pero cuando le enseñó dónde podía sentarse notó que se veía bien, mejor que en Barcelona o, incluso, que en la Villa Blanca. Le sonrió con el viejo brillo de siempre en los ojos, como si allí entre sus compañeros fuera él mismo por completo. Se sentó frente a ella al otro lado de la mesa y sus amigos los rodearon, algunos de ellos miraban a Lucy de arriba abajo en franca admiración. Lucy ajustó su abrigo para esconder sus crecientes senos.

—¡Mira! —le dijo Tom—. ¡Jamón! ¡Queso! ¡Vino!

Parecía mucho más interesado en la comida que en ella.

Lucy se sentó a verlo comer y sonrió. Toda la luz que lo había abandonado cuando estuvo en Barcelona parecía estar de vuelta y Lucy se sintió dichosa de poderla ver.

De repente, Tom estiró una mano, tomó uno de los rizos de Lucy entre sus dedos y empezó a darle vuelta, en el viejo gesto conocido, casi como si estuviera estirando la mano hacia un pasado apenas recordado, y ella buscó en sus ojos alguna señal de que significara para él algo más que los compañeros que se arremolinaban a su alrededor; pero entonces, soltó su cabello y volvió a tomar su copa de vino.

—¿Y entonces, qué fue lo que pasó? —le reclamó—. Nos avisaron que estabas perdido y que se te daba por muerto.

Tom empezó a contar la historia de la batalla y parecía que sus amigos no podían contenerse de hacer comentarios, ansiosos por compartir los detalles que demostraran lo calmado, alegre, valiente y sacrificado que era, lo ponían por los cielos. Lucy pensó que casi podrían haber estado describiendo a Jamie. Este hombre de todos para uno y uno para todos que ellos conocían no era el viejo Tom egoísta de siempre que ella recordaba. Lucy estaba ansiosa de oír más; de averiguar quién era Tom cuando no estaba con ella, pero él le restó importancia a todo lo que estaban diciendo, como si Lucy fuese alguien a quien no se debía molestar con tales tonterías.

—… y entonces desperté en la cama de una casa de granja con la cabeza cosida como si fuese el monstruo de Frankenstein y sin recuerdo alguno de las últimas dos semanas. —Su recuento era tanto para beneficio de los compañeros que se apelotonaban tras él como para el de Lucy, y todo el mundo lo escuchaba con absoluta atención. Por lo menos eso sí era clásico de Tom.

Pero Lucy apenas y escuchó lo que estaba diciendo porque se estaba concentrando en las sensaciones que provenían de su propio cuerpo. Por algunas semanas, había estado al tanto de movimientos como del aleteo de un viento en la porción abultada de su vientre, pero ahora se sintió sobrecogida por la emoción cuando la sensación repetitiva, como de un pez que se agitara, se volvió más insistente. Era fantasioso pensar que, de alguna manera, el bebé reconociera la voz de su padre, pero Lucy acarició su vientre con una mano cuidadosa por debajo de la mesa mientras reconocía la presencia de esta nueva vida.

—… y entonces empezamos a marchar por Barcelona y fue cuando Concha me vio.

Lucy sintió que la andanada de pataditas aumentaba. «Vas a ser de lo más travieso si sales una mezcla de los dos», pensó.

—¿Podemos hablar un momento? —le preguntó a Tom, golpeando sus pies sobre el piso nevado—. Tengo congelados los dedos de los pies.

Hubo exclamaciones y codazos jocosos de parte de sus compañeros mientras Tom se alejó con ella a un sitio donde no pudieran verlos, al otro lado de la estación de trenes. Él la tomó entre sus brazos, pero pareció hacerlo casi de manera mecánica, como si estuviera pensando en algo más.

—¿Vas a regresar a casa? —le preguntó Lucy.

Tom alejó la mirada y vio en dirección a las montañas.

—No lo creo. —Sus ojos apenas y se detuvieron sobre los suyos—. Todavía hay muchísimo que hacer. Debemos detener a *Herr* Hitler o habrá muchos más Guernicas.

«¿Y qué hay de tu madre?», pensó Lucy, «¿Qué hay de mí?», pero no lo dijo. ¿Debía contarle acerca del bebé? ¿Acerca de haberse casado con Jamie? Suspiró. No parecía ni el lugar ni el momento; quizá fuera más fácil escribírselo.

Lucy pudo ver con absoluta claridad que éste era el Tom verdadero: un soldado, más cómodo con sus compañeros de armas. De la misma forma en que ella era más ella cuando estaba con sus amigas, atenta y enfocada en ayudar a otros y aliviar su sufrimiento. No eran tan diferentes; más como hermanos que como las almas gemelas de su propia creación romántica. Se había aferrado a la idea de él como el muchacho con el que creció, no como el hombre en que se había convertido. A un nivel muy profundo sabía, incluso desde la primera vez que hicieron el amor, que la verdadera pasión de Tom era la causa antifascista y sus compañeros de armas, no ella. Siempre que existiera el fascismo en el mundo, Lucy haría de plato de segunda mesa. Hubiera esperado sentirse triste ante esta revelación, pero se sintió inundada de fuerza y de determinación, y supo que tenía el valor para seguir adelante sin él, para no depender de nadie más que de ella misma.

Regresaron al festejo, pero uno por uno los soldados a su alrededor cayeron en silencio, sus rostros se tornaban algo verdosos a medida que empezaban a correr hacia las letrinas, que se habían erigido antes de su llegada, cuando sus cuerpos empezaron a rechazar la sustanciosa comida. Llevaban demasiado tiempo alimentándose sin más que arroz y frijoles.

—Lo siento, Luce —dijo Tom, poniéndose más pálido que una sábana mientras gritaba por encima de su hombro—. ¡Me tengo que ir!

No fue precisamente la despedida que ella había imaginado.

Al día siguiente, aparecieron grandes multitudes en Puigcerdà a cada lado del camino que conducía al puente que llevaba a la frontera con Francia. Cerraron las escuelas por la mañana y a todos los niños les dieron pequeñas banderas con las rayas rojas y amarillas de Cataluña. Lucy y Concha se colocaron al frente de la muchedumbre; agitaban las banderas, vitoreaban y lloraban a medida que una tras otra de las brigadas marchaba frente a ellas para salir de España.

Apareció el estandarte del Batallón Inglés y, detrás, las filas donde Tom iba formado. Buscó entre los presentes que aplaudían para encontrar a Lucy y a Concha y, cuando al fin las localizó, una enorme sonrisa iluminó su rostro. Pasó cerca, a unos cuantos metros de ellas y les arrojó un beso con la mano. Después, con sus ojos fijos al frente, en postura militar, volteó hacia Francia y no volvió a mirar atrás. Las lágrimas corrieron por el rostro de Lucy cuando miró su espalda desaparecer entre las filas de los soldados que marchaban detrás de él. Estaban saliendo del país por el que con tanto ahínco lucharon, para liberarlo del fascismo, dejaban atrás los cuerpos de los miles de camaradas que jamás regresarían a sus hogares.

Veinte minutos después, cuando Lucy y Concha regresaron con sus maletas, sobre el puente que conducía a Francia, solamente quedaba una pequeña fila de personas en espera de cruzar la frontera. Una pareja de viejos frente a ellas se detuvo por un momento y el hombre se inclinó para recoger un puñado de tierra española que colocó en uno de sus bolsillos.

Margarita, Kanty y Norma fueron a despedirlas. Kanty abrazó a Lucy con tal fuerza que casi no pudo respirar.

—No te preocupes —le dijo en voz ronca—, y ni creas que te podrás deshacer de mí. —Después, levantó a Concha y le dio vueltas en el aire hasta hacerla chillar de felicidad.

Margarita lloró y se sonó la nariz con fuerza antes de abrazar a Lucy y a Concha por última vez. Los ojos de Lucy estaban llenos de lágrimas cuando se despidió de sus queridísimas amigas.

—Les escribiré —dijo—. Les prometo que les escribiré.

Lucy le mostró su pasaporte al guardia fronterizo de España, quien les indicó que pasaran. Tomó la mano de Concha y le sonrió mientras cruzaban el puente hacia Francia.

—Ven —le dijo Lucy—. Vámonos a casa.

Nota de la autora

En 1947, se otorgó el Premio Nobel de la Paz de manera conjunta al Consejo de Servicio de Amigos y al Comité de Servicio de Amigos Estadounidenses (cuáqueros de Gran Bretaña y de Estados Unidos), «por su trabajo pionero en el movimiento de paz internacional y por sus esfuerzos compasivos por aliviar el sufrimiento humano, con lo que promovieron la fraternidad entre naciones», lo que incluyó sus esfuerzos en España durante la Guerra Civil. Se les otorgó por la «silenciosa ayuda de aquellos sin nombre para aquellos sin nombre». Sin embargo, mis investigaciones pronto revelaron que los trabajadores de auxilio no eran personas «sin nombre». En esta novela, hice mi mejor esfuerzo por dotar de vida a algunos de ellos.

Las familias Nicholson y Murray, así como Concha, son por completo imaginarias, pero la mayoría de los personajes con los que se topan fueron personas reales y extraordinarias. Algunas no son más que nombres en los márgenes de la historia, pero se ha escrito más ampliamente acerca de otras de ellas y otras más dejaron sus propias memorias. En particular, me basé extensamente en las de Francesca Wilson y de Kanty Cooper.

Elegí utilizar los nombres reales de muchas personas, incluso cuando tuve que inventar y expandir lo que se sabe de ellas. La mayoría de los actos que atribuí a Lucy en la novela fueron obra de personas reales. Por ejemplo, Francesca Wilson asumió la totalidad del trabajo con el que Lucy le presta ayuda en Murcia; también fue quien fundó la colonia de playa cercana a Benidorm, aunque fue en 1938, no en 1937; Kanty administró sola todos los comedores de Barcelona.

Me gustaría rendir tributo a todas las siguientes personas de la vida real y espero que mi expansión imaginaria de lo que se sabe sobre ellas no desmerezca nada de lo que llevaron a cabo.

Amigos (Socorro Cuáquero): Francesca Wilson; Domingo y Margarita Ricart; Kanty Cooper; Alfred y Norma Jacob; Esther Farquar; Barbara Wood; Elise Thomsen; Edith Pye; Audrey Russell.

Personajes secundarios: el alcalde de Murcia, el guardacostas de Benidorm, Juan el pescador, Harry Pollit.

Brigadistas internacionales: John Cornford, Miles Tomalin, Ernest Mahoney, Charles Goodfellow, Frank Graham, Jimmy Shand.

Francesca Wilson ya había trabajado con personas desplazadas en Holanda, Francia, Córcega, el norte de África, Serbia, Austria y Rusia. Después de la Guerra civil española, siguió trabajando con refugiados en Francia y Hungría. Murió en 1981.

Kanty Cooper habría de continuar su trabajo de socorro en Grecia, Alemania, Jordania y Amán.

Domingo y Margarita Ricart, así como Alfred y Norma Jacob, pasaron una época con los cuáqueros de Inglaterra antes de mudarse a los Estados Unidos. Norma siguió trabajando con el Consejo de Servicio de los Amigos Estadounidenses.

* * *

Barcelona y Cataluña cayeron ante los fascistas en enero de 1939. Al final, Franco tomó Madrid en marzo de 1939 y, después, el resto de España. Existen historias de republicanos que se mantuvieron ocultos hasta la muerte de Franco en 1975.

Durante los tres años que duró la guerra, se cometieron atrocidades horribles, murió medio millón de personas y millones más se vieron obligados a huir de sus casas.

Se estima que sirvieron entre cuarenta y cincuenta mil voluntarios extranjeros en las Brigadas Internacionales, incluyendo a los quince mil que murieron en combate.

Es difícil obtener cifras precisas, pero se piensa que para noviembre de 1938 había más de un millón de refugiados en Cataluña, cerca de la mitad huyó del país para el final de la guerra.

Las autoridades francesas trataron a los refugiados republicanos que huyeron hacia su país peor que animales; pero ésa es otra historia.

Reconocimientos

Antes que nada, mis más sinceras gracias a la profesora Farah Mendlesohn. En medio del Brexit, le dije que estaba interesada en escribir acerca de las naciones divididas y me dijo: «Deberías leer mi tesis de doctorado acerca del Socorro Cuáquero durante la Guerra Civil española». De la manera más generosa posible, me dio permiso de utilizar lo que hallé en la misma. Esta novela es el resultado.

Debido a que escribí este libro durante el 2020 y el 2021, cuando era imposible viajar a España a causa de la pandemia de COVID-19, quedaré por siempre en deuda por las fantásticas narraciones de viaje de H. V. Morton, así como de las memorias de Francesca Wilson y Kanty Cooper, además de la extraordinaria ayuda por correo electrónico que me brindaron:

Josep Bracons Clapés, *cap del departament de colleccions i centres patrimonials Museu d'Història de Barcelona.*

Mark Smith, El hombre en el asiento 61, para toda mi información relacionada con ferrocarriles.

Miquel Serrano, *historiador i conservador, Museu Memorial de l'Exili.*

Erola Simon Lleixà, *Arxiu Comarcal de la Cerdanya*, por toda la información relacionada con Puigcerdà.

Grégory Tuban, historiador.

Me siento particularmente agradecida con mis primeros lectores, Farah Mendlesohn, Siân Lliwen Roberts, Rose Holmes y Erola Simon Lleixà, por corregir mis errores históricos y geográficos y por ofrecerme sus generosos consejos.

Mi maravillosa agente, Millie Hoskins, y mi talentosa editora, Selina Walker, se mantuvieron a mi lado, alentándome, a medida que la novela adquirió forma. Selina y su asistente editorial, Sophie Whitehead, junto con la correctora de estilo, Sarah-Jane Forder, y la directora editorial, Rose Waddilove, trabajaron en el manuscrito con meticuloso cuidado para ayudarme a que fuera tan bueno como era posible. Estoy en deuda con ellas y con todos los demás miembros de Penguin Random House que participaron en el proyecto. No tengo manera de agradecerles.

Mi amada familia fue de lo más paciente después de que los abandoné y «me fui a España» dentro de mi cabeza, hasta que la novela estuvo lista para que la leyeran y me hicieran sus valiosos comentarios. A Tim, Katie y Amy: amor por siempre.

Por último, mi más profundo agradecimiento a los autores de todas las publicaciones del Consejo de Servicio de Amigos y de los muchos otros textos que consulté, de forma notable, por supuesto, los de Laurie Lee, George Orwell y Ernest Hemingway, pero, en particular:

Bill Alexander, *British Volunteers for Liberty* (Voluntarios británicos por la libertad; Lawrence & Wishart, 1982).

Kanty Cooper, *The Uprooted* (Los desarraigados; Quartet Books, 1979).

Ernest Hemingway, *For Whom The Bell Tolls* (Charles Scribner, 1940) (Edición en español: *Por quién doblan las campanas*, Editorial Planeta, 1981).

Rose Holmes, *A Moral Business: British Quaker Work with Refugees from Fascism, 1933–39* (Un asunto moral: trabajo de socorro de los cuáqueros británicos con los refugiados del fascismo; tesis doctoral: Universidad de Sussex, 2013).

Farah Mendlesohn, *Quaker Relief Work in the Spanish Civil War* (Trabajo del Socorro Cuáquero durante la Guerra Civil española; tesis doctoral: *Quaker Studies*, Volume 1, The Edwin Mellen Press, Lewiston Queenston Lampeter, 2002).

George Orwell, *Homage to Catalonia* (Martin, Secker & Warburg, 1938) (Edición en español: *Homenaje a Cataluña*, LA LLEVIRVIRUS, 2011).

H.V. Morton, *A Stranger in Spain* (Un desconocido en España; Methuen, 1955).

Siân Lliwen Roberts, *Place, Life Histories and the Politics of Relief: Episodes in the Life of Francesca Wilson, Humanitarian Educator Activist* (Lugar, historias de vida y política de auxilio: episodios en la vida de Francesca Wilson, activista educadora humanitaria; tesis doctoral: Universidad de Birmingham, 2010).

Rosa Serra Sala, *Ajuda Humanitària dels Quàquers las Infants de Catalunya Durant la Guerra Civil 1936–1939: Humanitarian Aid from Quakers for the Children of Catalonia During the Civil War 1936–1939* (Ayuda humanitaria de los cuáqueros para los niños de Cataluña durante la Guerra Civil 1936-1939; tesis doctoral: Universidad de Girona, 2006).

Manuel de León de la Vega, *Los Cuáqueros y Otras Organizaciones en la Ayuda Humanitaria Durante la Guerra Civil de 1936* (M. de León, 2018).

Francesca M. Wilson, *In the Margins of Chaos* (A los márgenes del caos; John Murray, 1944).

J.A.W. (ed.), *They Still Draw Pictures* (*The Spanish Child Welfare Association of America for the American Friends Service Committee [Friends]*, 1938); prólogo de Aldous Huxley (Edición en español: ¡Aún dibujan! *Con 60 reproducciones de dibujos realizados por niños españoles durante la Guerra Civil. Introducción de Aldous Huxley;* Área de Gobierno de Cultura y Deportes del Ayuntamiento de Madrid, 2019).